現代語訳

青《あお》砥《と》藤《ふじ》綱《つな》摸《も》稜《りょう》案《あん》

曲亭馬琴の名裁判物語

有坂 正三

ARISAKA Shozo

文芸社

はじめに

曲亭馬琴《きょくていばきん》（一七六七〜一八四八）は、江戸後期の読本《よみほん》作家として著名です。その代表作『南総里見八犬伝《なんそうさとみはっけんでん》』は、いまも日本人に読まれ続けていて、そこには、『水滸伝《すいこでん》』を始めとする中国古典小説の影響を見てとることができます。

馬琴は数多くの作品を残しましたが、そのなかに中国の公案《こうあん》小説を思わせるものがあることは、あまり知られていません。『青砥藤綱摸稜案《あおとふじつなもりょうあん》』（葛飾北斎《かつしかほくさい》画、文化九［一八一二］年刊）がそれで、なかなか面白いのです。ところで、これがまた中国白話《はくわ》小説などの影響を多く受けているのです。この作品は、もっと知られてもよいのではないか。そう考えて、現代語訳を世に出そうと思った次第です。

青砥藤綱というのは、鎌倉時代中期の武士で左衛門尉《さえもんのじょう》（官職で、左衛門府の判官）。執権《しっけん》の北条時頼《ときより》・貞時《さだとき》に仕えた人物です。生没年は不詳。『太平記』（巻三十五）には、青砥藤綱は質素な生活をし、慈悲深かった。賄賂《わいろ》は受けず、権勢のある者を恐れずに道理を通し、執権側を敗訴にしたこともあった、とあります。ただ、大岡越前のお裁《さば》きものと同様、『青砥藤綱摸稜案』に書かれている話は史実ではありません。

さて、現代語訳に当たっては、読みやすくすることに重きを置きました。そのために原文を短く段落分けし、さらに句読点に工夫をし、会話を表す「かぎかっこ」を加えました。その際、後掲の『近代日本文学大系』本を参考にしました。これは訳者の判断によっていることを、はじめにお断りしておきます。なお、文中には枕詞《まくらことば》・序詞《じょことば》・縁語《えんご》・対句、七五調の文章がはさまれているところがあります。これは明らかに馬琴が意図したことと思われますので、なるべく生かすようにしました。なお、テキストは、主に以下の三種を照らし合わせて使用しました。

○『近代日本文学大系　第十六巻』所収「青砥藤綱摸稜案」国民図書株式会社　昭和二年

○『青砥藤綱摸稜案』辻岡文助　秀英舎　明治十七年

○『馬琴中編読本集成　第十三巻　青砥藤綱摸稜案』汲古書院　平成十五年

なお、物語の部分のみを訳出し、以下の部分は割愛《かつあい》しました。「青砥藤綱摸稜案原序」、「青砥左衛門尉藤綱伝」および、前集の巻之四、巻之五、後集の末尾につけられている馬琴の「批」の部分。ほかに省略したものが少しありますが、文中に注の形で示しました。

馬琴は、「今僅《わず》かに太平記、北条九代記、鎌倉志、この余《よ》軍記雑籍に載《の》する所を抄録《しょうろく》し、更《さら》に街談巷説《がいだんこうせつ》を編纂《へんさん》して、これを摸稜案と命《なづ》けたり」と述べています。そういうわけで、青砥藤綱の伝記については、先に挙げた『太平記』（巻三十五）をご覧になるとよろしいかと思います。

馬琴が、どのように中国小説を取り入れたか。これについては、すでに先人の研究があります。それらに拠って、巻末の「青砥藤綱摸稜案の典拠について」に簡単にまとめてみました。

目次

後集

青砥藤綱摸稜案前集

巻之一

○県井司三郎《あがたいつかさぶろう》が禍《わざわい》を転じて福を得たる事

伊勢国《いせのくに》（三重県）鳥羽《とば》の湊《みなと》に、県井魚太郎《あがたいなたろう》という旅商人がいた。毎年鰹節《かつおぶし》、川上茶《かわかみちゃ》、山田の塗り折敷《おしき》（食器を載せる食台）など、さまざまな商品を鎌倉へ送った。自分も船で荷物と一緒にかの地に行き、およそ半年あまり逗留《とうりゅう》しては、在鎌倉の大小の武家を回って、半年限りの掛け売りにして利益を得ていた。

この魚太郎は誠実で情が深く、学問読書を好み、母に仕《つか》えて孝行だった。そういうわけで、老母が生きていた間は隣村へも出かけられず、まして鎌倉へ自分で行くことはなかった。ちかごろ母が世を去って、家には妻の大稲《おいね》と下男二人だけがいた。その商売も人に委《ゆだ》ねては具合の悪いことが多かったが、母がすでに亡くなったので、やっと心配がなくなった。

建長《けんちょう》七年（一二五五）の春からは、鎌倉へ行っても高利は取らず、実際より値段を高くせず、ひたすら誠意をもって商《あきな》いをしているうちに、あちこちのお得意がほめて、多くの者は魚太郎のものだけを買うようになった。ところで魚太郎は和漢の学問に優《すぐ》れ、もろもろの歴史家の書物はなんでも読んだが、商人が博士《はかせ》ぶるのはふさわしくなく見苦しいと思って、素振《そぶ》りにも表さなかったので、誰も彼の学術を知らなかった。ただ普通の商人とだけ思われたので、このように商売の便宜《べんぎ》を得たが、利益を薄くして貸したものもあまり強く求めなかった。ともかくも妻子を養うのに十分な時は、神社仏閣に詣《もう》でて、花を髪に挿《さ》し、紅葉を眺めて遊び暮らした。またひまがある時は、書物を調べて昔の人を友としたので、貧しいというわけではないが、金持ちになれる理由もなかった。

さて、魚太郎の同郷の旅商人に、金刺利平二《かなざしりへいじ》という者がいた。彼もいろいろの商品を鎌倉へ送り、毎年鎌倉へ行く時は、県井魚太郎と同船した。その利平二だが、表面は度量が大きそうでいて裏ではひどいけちだったが、うまく人の機嫌《きげん》を取る方法を身につけていた。それで彼の商品は県井のものより値段が高かったが、口車《くちぐるま》に乗せられて、高いと知っていても買う者が多かった。またこの利平二も、たいそう学問があった。田舎くささは抜けなかったが、弁舌さわやかで、白を黒と言って、相手の言葉を否定する弁舌の才能があった。そういうわけで鎌倉へ行っても和漢の故事を説《と》き、今昔《いまむかし》の物語などをして、いつもその場を面白くした。それで人はみなその才能に感服して、「商人にしておくにはたいそう惜しい博士だ」と言って、彼のために改まった態度をとる者が少なくなかった。

ある年、県井魚太郎と金刺利平二が同船して鎌倉へ行くことになり、鳥羽を出帆《しゅっぱん》した。船の中での退屈に我慢できないので、二人の商人は和漢の史伝を論じ合い、故事や旧説を考証して、ほかの人を加えずに清談《せいだん》（俗世間を離れた高尚な話）をして暇をつぶした。ところが魚太郎は、むやみにため息をつく。利平二はその様子を疑わしく思って、「そなたとわたしは同郷で生まれて成長し、仕事も同じだ。好むことも同じで、幼い時は同じ師について学んだ。だから長年にわたって兄弟のようにつき合い、何事によらず心のすみずみまで話し合ってきたのに、今どうして急に考えごとをなさるのか。心配事があるなら、話してください」。

魚太郎はそれを聞くとうなずいて、「おっしゃるように、わたしのような貧乏商人が歴史書の一部分を調べて、わが国や唐土《もろこし》（中国）の故事を諳誦し、ものの善悪の区別を知ることは、まったく太平の世の恩恵で、このうえない幸《さいわ》いです。とはいうものの、田舎には話し相手になる人もいないので、風流と世俗の区別なく話し合うのはあなただけです。わたしはまた何を隠しましょうか。ご存じのように、わたしにはただ一人の男の子がいますが、先にわたしの母が長い病気だった時、仏菩薩《ぶつぼさつ》に祈願しました。『母の病気を治してくださったら、一子《ひとりご》小太郎《こたろう》を出家させ、長く仏恩にお報い申し上げましょう』と祈りましたところ、はたして母の長い病気が癒《い》えました。それでせがれの小太郎を、八歳の時に輪済寺《りんさいじ》へやって弟子にしましたところ、一年して、かの寺の住職が筑紫《つくし》（福岡地方）にあるどこそこの寺へ移られた時、わが子も連れてかの地に行かれました。ひとたび仏門に入らせたからには、二度と家に還《かえ》ることを禁じているので、便りもすでに絶え、また三年が経ちました。今年は早くも十二歳になることでしょう。

さて、わたしの母の病気ですが、その時には癒えましたが、人の命には限りがあるものですねえ。六十一歳で、四年前に世を去りました。喪服《もふく》を脱いで悼《いた》む涙を収めながら、去年《こぞ》の春にはまた珍しいことに女の子を得ましたが、その喜びはたちまち悲しみとなり、赤子《あかご》のうちに亡くなりました。ところがどれほどの時もおかずに、女房の大稲《おいね》がまた身ごもって、早くも八か月になります。仕事とはいうものの、彼女を見捨てて遠くの鎌倉に行くので、ますます心細くして待っていることでしょう。大稲のことをたいそう可哀想だと思いまして、思わずため息をついてしまいましたが、それで変だと思われたのです」。

利平二はそれを聞くとほほ笑《え》んで、「一人の子が出家する時は、九族《きゅうぞく》（自分を中心として先祖・子孫の各四代にわたる親族）が天に昇《のぼ》るといいます。そればかりでなく、お前さまは至孝《しこう》の人です。一時《いっとき》不幸なことがあったからといって、いつまでこのような状態でいらっしゃるのでしょうか。今度の安産は疑いありません。ひどく心配なさいますな。それについてですが、わたしの女房の鞍《しおで》も身ごもって八か月になります。わたしが四十歳になって初めてこしらえる子どもですので、妻はもちろん、わたしもまた心苦しく思うこと、どうしてあなたに劣るでしょうか。しかしながら遠く故郷を離れるのは、もとより仕事のためなので、気持ちをしっかりさせて思いなおし、このように旅立ったのです。

ところで、あなたの奥様とわたしの女房とが、お産の臨月が同じなのは、これもまた奇縁《きえん》というべきです。互いに安産で、あなたの子が男の子、わたしの子が女の子ならば、おむつの中にいるうちに結婚の約束をし、成長したのちに嫁にやりましょう。もしあなたの子が女の子で、わたしの子が男の子なら、きっとこちらへ嫁入りさせるのがよいでしょう。もし、あなたの子もわたしの子も男の子だったり、女の子だった場合は、幼少の時から義兄弟の関係を結び、長く親族として仲良くしましょう。これを、どうお考えになりますか」。

魚太郎はたいそう喜んで、「これは巧みに計画なさることですなあ。鳥羽は広大な領地をもつ湊ですが、気心の知れた友人はあなただけです。今日の言葉は、決して改めてはなりません」。すぐに船乗りが持って来た酒を求めて、まず天地を祭り、河伯《ふなだま》（河の神）を祝い、代わる代わる誓いを立て、子どもたちの婚姻《こんいん》の縁《えにし》を約束しながら、ともにその妻の安産を祈った。

数日して、船は由井《ゆい》（鎌倉）の湊に着いた。魚太郎と利平二は決めてある宿に逗留し、いつものようにおよそ三、四か月の間商いをした。ところがこの年、魚太郎は以前の掛け売りで取るものも集まらない。故郷のことが気にかかったが、依然として残念ながら逗留していた。

利平二の方は必要なことを終えたので、魚太郎より先に伊勢の鳥羽へ帰ると、留守番をしていた若い召使いたちが港へ出迎えた。利平二がまず妻のことを尋ねると、「去る八月十六日に安産なさいまして、女の子でございます」。利平二は女の子と聞いて、今改めて物足りない気持ちがしたが、「母子ともに無事で元気です」と言うので、たいそう喜ぶ。「それにしても、魚太郎の奥方はどうか」と言うと、「これも八月十五日に、男の子をお生みになりました」と。利平二はうなずきながら、あわただしく自分の住まいに帰る。妻子と対面して生まれた赤子《あかご》を見ると、玉のような女の子である。わが子ながら見事に生まれてきたなあと思うと、たいそううれしくて、膝の上に抱き上げる。この赤ん坊が八月十六日に生まれたので、名前を十六夜《いざよい》と呼んだ。

そうこうするうちに利平二は、先に鎌倉へ行った時に、船の中で魚太郎と約束したことを妻の鞍《しおで》に話す。鞍はことさら喜んで、「それはその場限りの縁《えにし》ではございません。前世から神々が結んで残されたことです。急いでかの家に行って、魚太郎さんも無事に遠からずお帰りになると、お知らせください」。

利平二はすぐに魚太郎の住まいに行くと、安産のお祝いを述べ、船の中で誓った子どもたちのことを話す。魚太郎の妻の大稲《おいね》は、夫が無事だと聞くと、やっと安心する。また子どもたちの婚縁《こんえん》を聞いて非常に喜び、ひたすら夫の帰る日ばかりを待っている。利平二は、魚太郎の赤ん坊におむつを贈る。妻の鞍も訪問し、その時々に県井の母子を慰めた。

時に文永《ぶんえい》三年（一二六六）秋九月二十日、県井魚太郎は鎌倉から戻ると、女房大稲の安産を喜び、以前船の中で利平二と約束したことを語る。かの人が得たのは女の子と聞いて、ますます喜ぶ。自分の赤ん坊をつくづくと見て、大稲に言うに、「この赤ん坊の顔つきは、たいそう上品に見えるよ。目つきが立派で鼻がいかにも高いのは、親以上によく生まれたのではなかろうか。そもそもわが家は数代世間で落ちぶれて、祖父の時に商人になったが、先祖は鳥羽傔《とばけん》仗武盛《じょうたけもり》から出ていて、たいそう畏《おそ》れおおくも柏原《かしわばら》（桓武天皇）の庶流《ながれ》なのだ。子孫にもし大志と天運の二つとも時代にうまく適合する者が出たら、家を興《おこ》すこともあろう。

いにしえは毎年仲秋に司召《つかさめし》の除目《じもく》（京官を任じる朝廷儀式）を行われた。いろいろの司拝《つかさはい》任《にん》（官職に任ぜられる）のともがらを召すことだ。春の除目を県召《あがためし》という。その意味は、司召と同じだ。ただ春は太政官《だじょうかん》で行われ、秋は外記《げき》の役所で召して仕えさせると、教隆卿《のりたかきょう》の記に見えている。わが子は今八月十五日に生まれたので、むかしの司召の時に当てはまる。その生い立ちを祝賀しよう」といって、ほかでもなく司三郎《つかさぶろう》と名づける。

金剌《かなざし》の住まいを訪ねて、たがいに妻の安産を祝い祝われる。ますます以前承諾したことを違《たが》えないで、子どもたちが成長したのちに婚姻を行おうということを合議して決めた。それからはますます親しみを増して、両家は仲良く交際していた。

月日の経つのは早く、司三郎、十六夜は早くも七歳になった。ところが、この年の秋頃から、県井魚太郎は風邪《かぜ》気味で横になっていたが、鍼灸《はり》や薬餌《くすり》も効果がなく、冬の初めになって、たいそう危険な状態に見えたので、妻子は非常にうろたえる。金剌利平二も毎日やって来ては、病気のことを尋ね、妻の鞍《しおで》も食べ物などを贈って、親切に訪ねては慰めた。しかし魚太郎は次第に衰えて、臨終《りんじゅう》も近いだろうと思われた。

ある日、利平二を枕元に呼んで司三郎のことを頼み、「これからはわたしの鎌倉の得意先を、みな貴殿に差し上げましょう。女房の大稲と力を合わせ、せがれの司三郎を教育して一人前にしていただければ、草葉《くさば》の陰《かげ》から貴殿親子が、のちのち繁栄することを祈りましょう」。その声もたいそう細くなって、呼吸がせわしなく聞こえたので、利平二はそれ以上は相談できず、「これはお聞きするまでもない。あなたの子は、わたしの女婿《むこ》です。あなたの奥方は、わが娘の姑《しゅうとめ》です。どうしておろそかに思いましょうか。これらを心配せずに、保養なさい」と答えた。

魚太郎は、たいそう喜んだ様子だったが、その夜に亡くなってしまった。

こうなっては、大稲の悲しみは言いようもない。司三郎もすでに寒い暑いを知る年で、その性質は孝心が篤《あつ》かったので、父を慕って泣き叫び、食べ物さえ気にかけなかった。利平二夫婦はいっそう哀れに思って親切に母子《おやこ》を慰め、いろいろ自分で引き受けて、その後のことなどを行い、七日《なのか》七日の追善供養には必ず出席した。

もともと魚太郎夫婦には、しっかりした親類がいなかったので、利平二は主人《あるじ》に代わって内外のことを行った。大稲はたいそう頼もしく思うものの、このままではいけないと、下男たちにひまを取らせ、大きな家を売って小さな裏だなに移った。しかし何事につけ、夫が生きていた時と同じはずもなく、二、三年が過ぎた。

司三郎は五、六歳から父について大学《だいがく》（儒教の経書）、近思録《きんしろく》（朱子学の入門書）などを素《そ》読《どく》していたが、記憶は多くの子どもより優《すぐ》れていて、一度暗誦した章句《しょうく》を決して忘れることがなかった。父が亡くなってからは、さらに利平二について、ますます読書稽古《けいこ》（昔のことを考え、物の道理を学ぶ）すると、十一、二歳の頃には大部分の書物を読んでそらんじ、詩を賦《ふ》し文を作って、耳目《じもく》を驚かせることもあった。

こうしているうちに金刺利平二は、県井《あがたい》の得意先をすべて引き受けて、毎年鎌倉へ行ったので、利益は十倍になり、わずか五、六年の間に暮らし向きが豊かになった。そうしたところ、近ごろ北条越後守顕時《えちごのかみあきとき》朝臣が、武蔵国六浦《むさしのくにむつら》の荘《しょう》金沢にある称名寺《しょうみょうじ》のそばに文庫を建てて、和漢の書籍をたくさん収め、儒書には墨印、仏書には朱印を押し、印文《いんもん》（刻んだ文字）は楷書《かいしょ》で金沢文庫の四字を縦に書いた。つまり、在鎌倉の若者たちの学問所にしようとしたのである。これにより東国西国の学徒が伝え聞いて、たくさん集まってきたが、まだ学頭《がくとう》（首席の教師）にできる人がいなかった。

顕時があれこれ選んでいらしたところ、毎年鎌倉へ来る伊勢の鳥羽の商人金刺利平二は、長年にわたって顕時の屋敷へ出入りしていたので、彼の学問が優れていることはよく知られていた。時々顕時殿にお目にかかり、和漢の故実《こじつ》を論じ申し上げたこともあった。もともと弁舌の巧みな利平二なので、顕時はその才能を愛しておられたが、この年もまた利平二は鎌倉に逗留した。

ある日、顕時は利平二を呼んで、金沢の文庫が完成したことを話して聞かせ、「学頭がまだいない。そなたがもし商人でなかったら、その任に当たることができる。先祖はどのようなものか」とお尋ねになる。

利平二は拝聴して、「不肖《ふしょう》のそれがしが、このような仰《おお》せをいただくとは、これにまさる名誉はございません。たいそう分不相応な申しごとではございますが、それがしの先祖は旭将軍木曽義仲《きそよしなか》の郎党《ろうとう》（従者）で、四天王《してんのう》と世間に聞こえた手塚太郎《てづかのたろう》金刺光盛《みつもり》から出て、生まれ育った国は信濃《しなの》（長野県）です。子孫は流れ歩いて伊勢の鳥羽に移住して商人となりましたが、家系は連続していて、同郷の人たちはみなこのことを知っています。それがしはなまじっか学問に志を寄せてから、仕官の望みがあるとはいえ、わけもなく祖先の活動《なりわい》にそむくのを恐れて、今日までまいりました」と申し上げた。顕時はそれを聞くとうなずき、「さては名高い勇士の子孫であったか。そなたが言ったことが偽《いつわ》りなく、仕官を願うなら、これからわしに仕えよ。まず三百貫《かん》の荘園を与えるのが適当だ」とおっしゃる。利平二はたいそう喜び、謹んで承諾すると、その日は宿屋に戻った。

翌日顕時《あきとき》は、金刺利平二に衣裳や刀を与えて六浦《むつら》の荘司《しょうじ》（荘官）とし、同時に金沢の文庫を守らせる。利平二を改めて金刺図書《ずしょ》という名前を与えて、「早く故郷に行って、妻子を連れて来るがよい」とおっしゃる。金刺図書は、天にも昇る気持ちがして、取るものも取りあえず伊勢の鳥羽に帰る。

妻の鞍《しおで》や娘の十六夜《いざよい》たちに自分の幸運を話して聞かせ、家や倉を人に与えて金に換える。そのほか持っていた金銭、家具、雑多な道具を一艘《いっそう》の大船に積み込んで由井《ゆい》の浜へ行かせ、今まで召し使っていた下男たちにはひまを取らせる。家に長くいる老僕の繁市《しげいち》とその娘の弱竹《わかたけ》は、長年十六夜が身の回りで使っていたので、ただこの親子だけを供にして、東海道を下《くだ》りながら、妻子を連れて鎌倉へ行った。顕時はすぐに、金沢にある文庫のそばに屋敷をお与えになった。

いく日も経たずに、そこへ移る。若党《わかとう》（武士の従者）や奴僕《しもべ》十人ほどを召し使い、たいそう立派に行動するが、さすがに長年の間伊勢の鳥羽から行き来した商人なので、学徒も彼を侮《あなど》って言うことを聞かない。荘客《ひゃくしょう》や市人《いちびと》（市で物を売る人）たちも彼の悪口を言い、その指《さし》図《ず》に従わない。けれども金剌は富んでいる者であり、今また六浦の荘司の職をいただいたので、主《しゅう》の顕時朝臣の権力を背景にして、これらをものともせず、機会あるごとに貧しい書生や荘客へ、少しばかりずつ金《かね》を貸した。のちには在鎌倉の縉紳《れきれき》（身分地位の高い人々）にも、利益を少なくして金を貸した。そうするうちに、金に引かれるのは世の人情なので、初めは悪口を言っていた者も彼に媚《こ》びるようになり、侮っていた者も彼を敬《うやま》うようになり、職禄《しょくろく》のたいそう高い者でも、道で金剌に会った時は、かえって腰をかがめた。金剌図書は財産を増やすことに巧みなので、貸せば貸すほど金は利息が利息を生み、彼の家がますます豊かになるにつれて、人が思いを寄せることは一通りでない。執権《しっけん》時宗朝臣（最明寺時頼の嫡男北条相模守）にもお目にかかり、このうえない威徳をえた。

それに引きかえ、県井魚太郎の後家《ごけ》の大稲《おおいね》と子の司三郎は、頼りとする樹の下に雨が漏れる気持ちである。親とも思う金剌は、あわただしく妻子を連れて鎌倉へ行ってから年月が経ったが、便りも寄こさない。世の中の動きとともに変わり、その時になると、親しい友人も訪ねてこなくなったので、生活していく手立ても失った。母の大稲は浜の苧《からむし》（麻の一種）を紡《つむ》ぎ、司三郎は磯網《いそあみ》を編んで、ほそぼそと生計を立てていた。司三郎は気立てが孝行な少年なので、何事につけ母の言葉にそむかず、家はますます貧しくなったが、母には暖かい衣服を着せ、よく食べさせ、たいそう心を込めていたわり慰めた。もともと好む道なので、磯網を編みながらも書物を読んで音義《おんぎ》を正した。学問に余念がなかったので、薪《たきぎ》を伐りながら書物に目を通し、巻物を開いて読書に耽り、賢い人の跡《あと》を尋ねて怠る日はなかった。

こうして五、六年経つうちに、司三郎の学問はますます進歩して、はじめ漢文の素読を授けた金刺などの及ぶところでなくなった。しかし、網を引いての漁や海の船を仕事の手段としている湊では、むしろ彼の世渡りに疎《うと》いことを笑う者はいたが、その学問の善し悪しを知る人は、まったくいなかった。

こうしているうちに年月は早くも移り変わって、弘安《こうあん》六年（一二八三）になった。時に司三郎は十八歳。身には破れをつぎ合わせた衣服を着て、みすぼらしく見えたけれど、浜風に吹かれても日焼けせず、色白で肌は清らかで、気立ては賤《いや》しくない。たとえれば泥の中の蓮《はす》、砂の底の玉《たま》のようだったが、いよいよ貧乏に堪《た》えず、朝に飯を炊いても夕方には足りない。今となっては本当にどうしようもなくなり、司三郎はますますつらく思ったが、母の大稲は信念を守って気持ちのしっかりした老女《おうな》なので、ある日わが子を励ましながら言う。

「あなたのもの思いは、貧乏の病《つらさ》に医者を求められないからでしょう。あなたの父が早く亡くなってから、猿の子が枝から離れ、群れなす雁《かり》が連れをなくしたのと同じです。それはそれとしても、頼みとしていた金刺殿は鎌倉へ移り住んで、まったく一度も便りがないけれど、今になって誓った言葉を忘れはしないでしょう。よくよくあなたの人となりを見ると、商人にはなれそうもない。わが身は非常な困難にあって苦しんでいますが、残しておいた銭が十貫文《かんもん》あります。これは物惜しみして飲食をしないで貯《たくわ》えたものではありません。あなたに何か事が起きたような時に、吉であれ凶であれ、それに必要なものをそろえるためなのですよ。これはしかし、亡き父からいただいたものなので、これを旅費にして鎌倉へ行き、金刺殿にあなたの身を任せなさい。あの人がどうしてつれなく扱いましょうか。わたしも一緒に行くほうがよい。早く、早く心をお決めなさい」。そう勧めながら、くだんの銭を簀子《すのこ》の下から取り出して渡す。

司三郎は思いがけないことで、感涙を拭《ぬぐ》うことができない。「わが身は不肖で、ただ一人の母親を養い申し上げることもできず、今またこのようなお言葉を聞くことは、罪がたいそう重く思われます。先の年、鎌倉へは二、三度旅商人に頼んで書状を差し上げましたが、とうとう一度も返事の手紙がありませんでした。これは理解できないことですが、まず試しにかの地へ行って、金刺殿を訪ねてみましょう」と答える。ものを持たない気安さから、いく日も経たないうちに母子は旅支度をととのえ、郷里の人に別れを告げる。

鎌倉をめざして行くうちに日数が経過して、かの地に到着する。そこで金刺図書を訪れると、その屋敷は金沢の称名寺のそばだという。そのまま朝夷《あさひな》の切り通しへ回って出て、その日は野《の》島《じま》のそばに宿屋を求め、母の長旅の疲れをいたわった。

翌日、司三郎はただ一人で金刺図書の屋敷へ行き、姓名を伝える。しばらくして、「こちらへ」と呼び入れられたが、思った以上にどの部屋もきれいである。庭には四季の花を植え、松と檜《ひのき》に築地《ついじ》（泥土を積み上げて築いた塀）を築き、築山《つきやま》があり、前栽《せんざい》（植え込み）があり、楼の渡廊《わたりろう》、書院（居間兼書斎）、数寄屋《すきや》（茶室）など、すべては見えないが、驚いて目を見はるばかりである。

さて、取り次ぎの若党は、司三郎を書院の隣の部屋において茶を勧めなどしているうちに、主人《あるじ》の図書が縁側から出てくる。上座に坐ると、別れたあとの安否を尋ね、しきりにその成長を感心してほめる。司三郎は丁重《ていちょう》にぬかずいて、「先生が当地に移住されてから、早くも七年たちました。時々便りをして安否をお尋ねしなければと思いまして、再三手紙を差し上げましたが、返事をいただけませんでした。これは公務でひまがないのでなければ、きっとお避けになるのだろうと推察し、その後は本意ではありませんが、やむをえず疎遠のまま過ぎてしまいました。しかし、長い間先生の尊顔を拝し申し上げず、たいそう懐かしく思いましたので、身のみすぼらしいのも顧みず、押しかけてまいりました」と謹んで述べる。

金刺はそれを聞くと苦笑《にがわら》いして、「よくぞおいでなさった。いろいろ話さなければならないが、今日はとくに勤めが多くて、応《こた》えているひまがない。まず宿屋に戻って休息し、もう一度おいでなさい」と言うと、さっと立ちあがって奥に入ってしまった。司三郎は図書の胸中を疑って、「さてはこの人は出世してから、わたしがみすぼらしいのを忌み嫌い、早くも前の約束にそむくのだろう」と思ったので、袖《そで》を払って帰っていった。

こうして金刺が、たいそう不愉快そうに居間に入ったところ、妻の鞁《しおで》がそばに近寄って、「絶えて久しい司三郎が故郷から来たことを聞きまして、屏風《びょうぶ》のうしろから垣間《かいま》見ていますと、思った以上に美男子になっていました。着ている衣が汚れて垢がついていて、どんなに貧しさに堪えられないことでしょうと、たいそう痛ましく思いました。どうしてお帰しになったのですか。こちらにとどめて、故郷のことも聞きたかったのに」と言いながら涙ぐむ。

図書はうしろをふりかえって見ながらあざ笑い、「そのように思うのは婦人の仁《じん》（思いやり）というもので、わしが思うのは違っている。あの若者が、あのような姿で、はるばるここまで来たのは、恥を知らないのではないか。その恥を恥と思っておらず、恥ずかしい身なりでわしを訪ねてきたことには、理由のないはずがない。貧しさに堪《た》えかねて、盗みをしたのが露見して故郷を離れたか、そうでなければ人の娘を奪って逃亡したのは疑いない。それを深く考えもせず、わが家へ引き入れたら、禍《わざわい》を招くようになる。それで打ちとけて話をせずに、冷淡なふりをして帰したのだ」と、よく分かっているという表情で話して聞かせる。

鞍《しおで》はそれを聞くとため息をつき、「そうお考えになるのは道理ですが、それはただちょっとだけご覧になったところから、疑いが起こっただけです。よくよく考えてみますと、あの人は前世からの因縁で幸《さち》がなく、幼い時に父を亡くし、親とも師とも頼んだであろうあなたにまで捨てられ、貧しい家で成長して母御《ははご》を養いましたから、みすぼらしくなったのでしょう。たとえ姿はみすぼらしくても、人品骨柄《じんぴんこつがら》やものの言い方は、みごとで立派な若者です。先に娘の十六夜《いざよい》とかの若者が生まれた頃、魚太郎殿と誓いを立てて約束なさったこともあります。まして十六夜も、色気づく年頃でございます。まずあの人を招き寄せてしばらくここに逗留させ、立ち居振る舞いを見て、婿にできる器量があれば、母御も一緒に迎えて援助なされば、誓った言葉にも背かず、亡き人も草深い墓地からどれほど嬉《うれ》しいと思うでしょうか」。

そう言うやいなや、金刺は頰《ほお》をふくらませ眼を見張って、「根拠のない婦人の判断だ。そなたなどの知ったことではない。たとえわしが魚太郎と先に約束したことがあったとしても、申し入れた証拠の品物を受けたのでもない。そのうえその頃は、わしも彼も商人だったので、その婚姻の縁に応《こた》えたのだ。今となっては、そうではない。わしは北条殿の家臣であって、彼は無頼《ぶらい》の浮浪人だ。この婚礼には応じられない。どうして微生《びせい》の信《しん》（融通がきかず馬鹿正直）にならって、千金《せんきん》（非常に価値が高い）の娘を捨てられよう。そもそも鎌倉の縉紳《れきれき》は、十六夜の容貌が世間にくらべるものがないほど抜きんでているのを伝え聞いて、仲人《なこうど》を立てて娶《めと》ろうというのもたくさんある。北条殿の一族か、そうでなければ一国一城の夫人上《かみ》ざま（身分の高い人の妻の尊敬語）と言わせようと思うから、それすらまだ婚儀を定めていないのだ。女子《おなご》が利口ぶってでしゃばると、かえってその浅知恵を見すかされて物事をやりそこなうという諺を、今こそ考え合わせるのだ」と、苦り切ってつぶやく。鞍《しおで》はひどく言い負かされて、それ以上は言いようもなかった。

そうしているうちに県井司三郎は、淵瀬《ふちせ》とかわる飛鳥川《あすかがわ》（世の移り変わりや、人の浮き沈みの定めなく激しいこと）のように、人の心の定めなき金刺の腹の内を十二分に推量して、心はなおいっそう不愉快になる。旅の宿に帰って母親に、図書が言ったことを話して様子を語り、「よせばいいのにあえて誠実でない人を頼ろうとして、故郷を離れて遠い土地へ来たことは、いまさらながら悔しく思いましたが、またおめおめと鳥羽の湊《みなと》へは帰れません。進退ここに窮まりましたが、太平の世のありがたさは、何であってもかまわず生活して、母御を養い申し上げるのがよい。心を落ち着けておいでなさいませ」と、たいそう心丈夫に慰めた。

大稲《おいね》はそれを聞くとため息をつき、「世の中の人の心ほど当てにできないものはありません。かの金剌殿は、そなたの父のお陰《かげ》で手に入れにくい書籍を借りては調べ、そなたの父の得意先を手に入れて、家を豊かにしました。今となってはもう出世して武士になったとしても、恩を忘れ約束にそむき、これほどまでに薄情なのは理解できません。ですが、かの奥方の鞁《しおで》殿は性質が誠実で、たいそう賢い婦人です。今はこうであっても、のちのちはきっと夫を諫《いさ》めて、そなたの杖《つえ》とも柱ともなるでしょう。これまで使った旅費のほかに、まだ四、五貫の銭があるので、たとえ今年はこの場所で親子がこのままずっと暮らしても、木賃宿《きちんやど》の安心なことは、何とでもして暮らすことができるはずです。金剌殿が思い直して、呼び返しなさるのを待ちなさい」と言って、のちのちまでのことを思いやる。

「母は、さすがに母だ」と司三郎は感激して、宿屋にいることが三十日を超えた。しかし図書の使いという者も来ない。気持ちがなにしろ不愉快になるので、金沢文庫のそばに行って、毎日築地《ついじ》のこちら側に立ち止まって、かの場所に集まる学徒たちの読書講書《こうしょ》（書物の内容を講義する）の声を聞いて、わずかに憂《う》さを晴らすばかりで、これまたどうしようもなかった。

時はちょうど秋の末なので、木々の紅葉も色を増して、冬の支度《したく》をしろと虫も鳴く。衣《ころも》の薄い旅人の、わが身ひとつの秋であろうか、何となく悲しいのを忘れようと、今日もまた司三郎は文庫のそばに行った。しかし、日が早くも西に傾いたので、母が退屈でいらっしゃるのではないかとあわただしく宿に帰る時、いつものように金刺の屋敷のうしろを通った。ここだなあと振り返ると、そこは図書の裏庭と思われ、柴垣《しばがき》がまばらに張りめぐらされていて、東向きの冠木門《かぶきもん》がある。これを裏から閉ざしてあるので、垣の崩れたところから丈《たけ》のある菊の花や、色の濃い楓樹《もみじ》などが見えている。これを振りかえり振りかえりして行く。

その折も折、金刺《かなざし》の娘の十六夜《いざよい》は、菊の花を摘《つ》ませようとして、侍女に召し使う弱竹《わかたけ》一人を連れて、思いがけず庭へ出ていた。弱竹はいち早く、垣の崩れたところから司三郎が外を通るのを見ると、あわただしく主人の袂《たもと》を引いて、「あれをご覧ください。あそこへ行く若者は、許嫁《いいなずけ》の殿です」。たちまち十六夜は、顔に紅葉《もみじ》（顔を赤らめる）も庭の隈《くま》。あちこち見ながらため息をつき、「十二歳で別れてから、振り分け髪（童女の髪型）も肩過ぎて、互いに背丈が伸びましたが、幼顔《おさながお》はなくなりません。近ごろここに来たことを以前から聞いていながら、家の主人がつれなくて、再び呼んで迎え入れません。非常に貧しくていらっしゃるので、思った以上にみすぼらしくおなりだわ。もう一度ここをお通りになったら、早く知らせなさい」とささやいた。ところでまた司三郎も、そこの庭からちらっと見たのは十六夜であろうと思うものの、近寄って話しかけることもできず、互いに目と目を交わすだけだった。

次の日も文庫のそばで一日遊んで過ごし、昨日よりずっと遅く同じ道を帰ってくると、弱竹は垣のそばにたたずんで彼の帰りを待っていた。近づくにつれて、「これ、これ」と呼びかけられる。司三郎は恥ずかしそうに、かたわらを振り返りながら歩み寄ると、十六夜はすぐに、垣の崩れたところから顔を半分あらわす。司三郎を見ながら、にっこりとほほ笑む姿は、仙人の住む洞穴の桃の花のよい香りがあふれ出て、漂《ただよ》って人間に薫《かお》るように、宮殿の紅葉が溝に流れて、思いを寄せるようである。互いに気おくれして話もできない。

しばらくして司三郎は、「お別れしてから、雁《かり》の翼にも安否を問う方法がありませんでしたが、ご無事でいらしたことは喜びです。以前、お宅の主人にお目にかかりましたが、わたしがみすぼらしいのをお嫌いな様子を推しはかり、二度と訪問しませんでした。今どういうわけで、うしろめたくも招かれるのでしょうか」。

十六夜は答えて、「おっしゃるようにわが父は気丈《きじょう》で、あなたの身の上を思うに任せません。こちらを頼みとお思いになればこそ、はるばるとおいでになったのでしょう。旅先で泊まるつらい気持ちもお可哀想《かわいそう》ですが、またなすすべもございません。尋ねもし尋ねられもすることが、やはりいろいろございますが、昼間は人目が多くございます。今晩夜がふけてから忍んで来てください。きっとお待ち申し上げております」。そこに人の来る音がしたので、十六夜主従は家の中に入り、司三郎もあわただしく垣のそばを走って離れながら、そのまま宿屋に帰った。

もともと才高く学業に習熟した司三郎だが、二十歳にならない青年なので、みずから欲望をおさえられない。十六夜が言ったことが耳もとに残って気持ちが落ち着かず、止めようとしても止めることができない。夜になるころ、母親が熟睡するのを見て宿屋を忍んで出ると、くだんの垣のそばに行ってことことと敲《たた》く。弱竹は中から冠木門を半分開いて司三郎を中に入れると、ひそかに十六夜の部屋に誘った。ここは主人夫婦の寝所から距離がはるかに遠いので、このことを知る者はまったくいなかった。

十六夜は司三郎が来たのを見ると、席を譲って上座において言うに、「あなたとわたしは前世より、きっと神が結んだ縁でございましょう。生まれる前から親と親が、誓いを立てて許婚《いいなずけ》としました。物事の道理を知るころから、『彼はお前の夫であり、お前はかの人の妻である』と教えられましたが、それきりであなたとお別れしました。また会うことは片思いで、寄ろうとしても道が遠く思いは細りましたが、心だけは結ばれていました。今思いがけず巡り会いました喜びを推しはかってください。とはいえ爹々《ててご》の心はほぐれず、親の許しを得られないので、思うばかりで一緒には一日もいられないのです。一心に努力して学問し、ものを十分にお読みになれば、わが父もすぐに思い直して、あなたを呼び寄せなさるでしょう。わたくしは何時《いっ》まででも、よその男にはお会いしません。いずれにしても時節をお待ちください」と心をこめて慰めたが、真心が言葉に表れている。

司三郎はこれを聞くと、むやみに感涙を拭《ぬぐ》うのをこらえきれずに、「思うのはまず心の持ち方。たとえ夫婦となる日はなくても、決して恨みはいたしません。もとより不肖のわが身ですが、経伝雑史《けいでんざっし》に眼を通し、蛍《ほたる》を集め雪を積み、苦学がしだいに年を経て、七歳の昔から十八歳の今日には至りましたが、才が鈍いのでどうすべきでしょう。ある時は孫子、呉子、京家の八流（剣術の源流・始祖とされる流派)、大江《おおえ》の秘録《ひろく》、和漢の兵書をひもといて、治乱成敗《ちらんせいばい》の道理と正義を考えました。またある時には諸家《しょけ》の旧記を読みあさり、律令職原《りつりょうしょくげん》の古いものを温《たず》ね、有用の人となって家を興《おこ》そうと思いました。しかし、いまだ伯楽《はくらく》(周代の馬を見分ける名人)に出会わないので恨みに思っていました。ところが今晩再会して気持ちを聞いてからは、世の中でわたしを知る人は、ただあなただけだと。大部分の年若い女性を見るに、その家の貧富と男の衣服の良し悪しをことさらに言いたてます。始めは二つとなく将来を誓っても、その人がみすぼらしくなったのを見ると、自分から行き来する道に関所を据《す》え閉ざして、疎遠になるものです。ですがあなたとわたしとは、まだ寝床をともにしておらず、子どもの時に別れてから多くの年を経ましたが、富貴であっても、貧しく身分の低い夫を嫌いません。親が結んだ夫婦の縁を、再びここに結びつけてくださり、心がこもっていて慰められます。その一言こそが、わたしのためには千金《せんきん》なのでございます」と言って、しきりに感激する。

　弱竹が黒漆《くろうるし》を塗った棚にある梅酒の壺を取って、用意した肴《さかな》を一つ二つ取りそろえながら盃《さかずき》を勧めると、司三郎は三度傾けて十六夜にすすめる。こうして興《きょう》たけなわに及ぶにつれて、司三郎はいちずに心が惹《ひ》きつけられ、今晩十六夜と枕をともにしようと思う様子である。それを十六夜は早くも察し、改まった態度をとりながら夫に向かい、「このようにこっそりとお招き申し上げたことでさえ、すでに親を軽んじる罪でございます。まして寝床をともにしましたら、どうしてその責めを逃れられましょう。ですが、お帰りになるにはまだ早い。今しばらくお坐りください」。

夫は恥ずかしく思って、無理強《じ》いはしない。何やかやしているうちに、十六夜はもともと酒を嗜《たしな》まなかったが、興に乗じて飲み過ぎたので、ひどく酔って席をこらえられなくなったからだろうか、挨拶《あいさつ》もせずに寝床に入ると、蒲団をかぶって寝てしまった。

こうしているうちに夜はたいそう更《ふ》けて、丑三《うしみ》つ（午前二時から二時半）ごろになった。司三郎は、十六夜が醒《さ》めるのを待たずに帰ろうとする。それを弱竹は丁寧に引きとめて、「今お帰りになるのは、道中も気がかりです。かの主人がお醒めになるまで、どうかお待ちください」と言うので、気が弱い彼はどうしても帰ることができない。灯火に向かいながら十六夜が醒めるのを待っていると、夜がますます更けたので、初めは引き止めた弱竹も堪《た》えられなくなったのだろうか、寝床に入ってしまった。

秋の夜中の肌寒いなか、司三郎は炉《ろ》に火があるだろうかと、隣の部屋に入って見る。ここは愛《いと》しい人の寝る場所で、立てた屏風《びょうぶ》の雀形《すずめがた》、動く心と一緒に押しあけて内に入り、しばしうたた寝の蒲団の裾《すそ》で、やっとのことで寒さをしのぐ。十六夜はこれに起こされ、たちまち目が覚めたが、夫の衣服が薄いのを哀れんで、つれなく追い返しもしない。これを夫婦の始めにして、どのような夢を見るのだろうか。天がなした奇縁に違いない。

こうしているうちに時が経ち、鶏の鳴き声が夜明けを告げた。司三郎は、あわただしく起き出して帰ろうとする。十六夜は、瑇瑁《たいまい》（海産の亀。背甲は鼈甲《べっこう》色）のかんざしと白銀の指輪を取り出して司三郎に贈りながら、「旅でいらっしゃるので、多くの費用を助けて差し上げればと思いますが、親に養われる身で思い通りにいきません。取るに足りないものですが、お目にかかった贈り物とでもお思いください。やはり言い残したことがございますので、今晩も忍んでおいでください。お待ちしております」。司三郎は、その贈り物を受け取ると、深い気持ちを喜ぶ。「夜が明けたら、人に知られてしまうでしょう」と言って、またの夜を約束しながら、恋慕の情を思い切れずに立ち去った。

これより毎晩忍び会うことが、十日ほどになった。しかし、かの弱竹が冠木門の開け閉めをするので、まったく人に知られなかった。この弱竹は、主人の金刺が伊勢の鳥羽から親子一緒に連れてきた老僕繁市《しげいち》の娘で、今年は二十八歳になった。顔かたちこそ美しくはないが、十四歳の春から十六夜に仕えて、気が利《き》く女だったので、十六夜も万事につけて遠慮せず頼りにできると思っていた。

こうしていたところ、どのようなわけがあったのだろうか。この二、三日、司三郎が来なかったので、主従はともに途方に暮れながら、「どうしておられるのでしょうか」と心苦しく思いながら、人づてに尋ねる手だてもない。ただ空しく弱竹は、冠木門のこちらで立ったまま夜を明かすこと、すでに七夜に及んだ。

巻之二

○県井の中

金刺図書《かなざしずしょ》の娘十六夜《いざよい》は、許嫁《いいなずけ》の夫県井司三郎《あがたいつかさぶろう》を待つこと十日に及んだが、一向にやってこない。そのため侍女の弱竹《わかたけ》は、毎晩庭の向こうにある冠木門《かぶきもん》のそばにじっとして、「あの人は、お出でになるでしょうか」と真剣に待っていたが、やはり残念なことに来なかった。

こうして十日に及んだ夜のこと。金刺の屋敷から百歩ほど東の坊《まち》に、一軒の質屋があった。主人の名を子母家利九郎《しぼやりくろう》といい、暮らし向きも立派だった。この日の夜分、亥中《いなか》（午後十時ころ）の時分と思われるころに、しきりに門を敲《たた》き、旅の途中で日が暮れた行脚僧《あんぎゃ》だと名乗って、宿を求める者がいた。しかし夜が更《ふ》けてからは、理由なく門の扉を開けないのが店の習慣なので、店で寝ていた下男たちは寝惚《ねぼ》けた声を出して、「宿屋ではございませんので、お宿はかないません」と、たいそうつれなく返事をする。

法師はこれを聞くと、「おっしゃることはその通りでしょうが、様子の分からない里に来て、思いがけず日が暮れるまで時を過ごしたので、左を見ても右を見ても、借りられる宿を尋ねる方法がありません。夜が更けて宿を求めましたが、すっかり疑っていなさる。そのような怪しい者ではありません。それがしは、筑前《ちくぜん》（福岡県北西部）にある大童寺《だいどうじ》の荘《しょう》で有名な某寺院の修行中の僧です。近ごろ師匠にいとまを求め、西海東海で券縁《けんえん》（助けること）し、今日は鎌倉の五山を順拝して、今晩は金沢にある称名寺《しょうみょうじ》に寄宿しようと思っていました。ところが日が暮れたので山門は固く閉ざされていて、敲《たた》いても人はまったく出てこないので、やむを得ずここに来て宿を求めました。是が非でもお許しください」と、心をこめて頼んだが、下男たちははっきり返事もしない。「何とおっしゃっても、宿はかないません」と寝ながら言うので、いよいよ手だてがない。

「よし、それなら夜が明けるまで、ここの軒下をお貸しください。見れば空まで一面に暗くなりました。『捨て果てて　身はなきものと思へども　雪の降る日は　寒くこそあれ』とは、西《さい》行法師《ぎょう》がお詠《よ》みになったとかいう。捨て果てた身も、しかしながら、濡《ぬ》れたくないと思う雨宿り、しばしわが身の置きどころ。南無阿弥陀仏」と唱えながら、笠を取って敷物とし、軒のそばに牽《ひ》き捨てた車の下に這《は》って入り、袖の中で数珠《じゅず》を指先で繰《く》り動かして、夜が明けるのを待っていた。

そうしているうちに、称名寺の鐘の音が近くに聞こえて、丑《うし》の刻（午前二時頃）だろうかと思われる時に、雲は半輪《はんりん》の月を吐《は》いて、降る露霜《つゆじも》にますます寒くなる。顎《あご》先は襟《えり》で覆《おお》い、あと二刻くらいだと、つらく明かす軒《のき》の側面にうかがいよる曲者《くせもの》がいる。

見ると、たいそう気味が悪い二人の大男が、軒を見上げてしばらくささやく。なかでもひときわ背の高い者が、いま一人の肩先へゆっくりと足をかけながら、廂《ひさし》の上へひらりと登り、煙《けむ》出《だ》しの破風門《はふぐち》から裏へ忍びこんだと思われる。行脚《あんぎゃ》の僧はこれを見るとたいそう驚き、「あいつらは、きっと盗賊だろう。内にいる人に声をかけて目覚めさせよう」と思ったが、「二人の賊はまだ外側にいる。なまじっか声をたてて、自分がここにいるのを知られたら、すぐに殺されるだろう。たとえわしが主人に信《まこと》をつくしても、命を落としては何にもならない。黙っているにこしたことはない」と考え直した。

　ますます身をかがめて音もたてず、ただ彼らの様子を見ていると、内に忍びこんだ大男が、衣類だろうか、銭だろうか、一枚の風呂敷には余るものを、廂の上から降ろしかけた。すると外側に立っていた盗賊が、これを受け取って背負う間に、くだんの大男は身も軽やかにひらりと飛びおりる。この者とあの者はにっこりほほ笑んで、また何事かささやいたが、物を背負った方は西の方へ走り去り、かの大男は東の街なかに向かって逃げ去った。

　法師はこのありさまを見てため息をつくと、「いにしえの諺《ことわざ》にも、『前門に虎を防げば、後門に狼を進める』と言っている。この家の連中は、なまじっかわしを疑って、拒んで宿を貸さなかったが、かえって盗賊が入ったのを知らない。ああ、嘆かわしいことだなあ。だからといって、かの賊がもう逃げ去ったのに、いまさら呼び起こして事情を告げたところで、ますますわしを疑うだろう。そのように疑われたら、弁明しようにも証拠がなければ難しいだろう。こんなところで夜を明かすより、寝る場所を変えて禍《わざわい》を避ける以外なかろう」と再三思案すると、あわただしく起きあがって、野島《のじま》の方へ走り去ろうとする。

月はたちまち雲に入って、にわか雨がはらはらと降り注いだので、ますますあわてふためいて道なき道に迷い入る。まだ三、四町（一町は、約百九メートル）に過ぎないうちに、野原のなかの古井戸に踏みかけて、衝撃を受けて落ちてしまった。そこは人が汲《く》まない古井戸なので落葉が入りこみ、ごみに埋もれて底には水もないので、幸いにして無事だった。だが、その深さはやはり一丈（約三メートル）を超えていたので、縄が切れた釣瓶《つるべ》と同じく、人の力を借りなければ、弥勒《みろく》の世まで出るのは難しい。もとよりこの場所は、街道の便利な道ではないので、夜が明けても誰がこのことを知るだろうか。雨は降るようでどうにも降らず、秋の夜なのでたいそう長い。だんだん夜が明けていくにつれて、たびたび声を張り上げ、しきりに助けを求めたが、井戸のそばを通る者は一人もいなかった。

それはさておき、金剌の庭口では、弱竹《わかたけ》がいつものように人が寝静まったあとで、冠木門のうちにたたずんで司三郎を待っている。秋も終わりのころなので、夜が更けるにつれてたいそう寒くて、冬よりも堪《た》えがたい。空は急に暗くなり、また急に月が出て、丑三《うしみ》つのころになった。「今まで訪問されなかったので、あの人はおいでにならないでしょう。わたしはとにかく、かの君《きみ》（主人）が毎晩毎晩むなしい期待をして、苦しい気持ちでいらっしゃるようだわ。男の心に喩《たと》えた、空でさえ移り変わりやすい夜だこと」と独りごとを言いながら、樹の下で相変わらずぼんやりと立っていた。恋する主人に使われるわが身は恋をしていないのに、来ない人を待つ（松に掛ける）のは、秋も染めようとしてできないことだ（待っても無駄の意）。今はもうこれまでと諦《あきら》めて、内へ入ろうとする。

ちょうどその時、外に人がいて、こっそりと来る音がする。「そら、これだ」と思うと、心がしきりに騒ぐほど、嬉《うれ》しさは言いようもない。外の方でもこれを知ってだろうか、足をつま立てて忍び寄り、門のそばに身を寄せて隠れたので、弱竹はあわただしく、「県井《あがたい》の主人がいらっしゃいました。どれほどの数の夜を、あれこれと思いわずらいなさったことか。早くお入りください」と言い終わらないうちに、静かに門の扉を開く。

見ると、それはかの人ではなく、たいそう恐ろしい大男が、氷のような刃《やいば》を手にささげ持って、不意になかへ入ってきた。弱竹は「ああっ」と驚き騒いで、「賊です、賊です」と叫ぶ。二度と叫ぶこともできないうちに、刃をひらりと振り上げて、弱竹の肩先を一刀のもとに斬《き》りおろすと、あおむけに倒れてしまった。

こうして盗賊は血のついた刃をささげ持ち、宵《よい》に弱竹が出た縁側の戸の端の方から、障子に映る灯火の光を手引きにして、十六夜の部屋に入る。衣類や身の回りの道具など、手に触れるものをすべて奪いとりながら、騒ぐ様子もなく、もとの庭の出入り口から逃げ去った。

ところが十六夜は、今夜も司三郎を待つうちに、夜が更けるまでどうにも寝られず、「どうしたのでしょうか」とふさぎこんでいた。その時、急に弱竹が「賊です」と叫ぶのを聞いて、あわただしく寝床をでたが、肌は粟立《あわだ》ち、足まで萎《な》えしびれて、歯の根が合わない。もしかしてあの盗賊が、ここへ来るのではなかろうかと思うと驚くばかりで、わが家ながらどうしていいか分からず、布団や風呂敷をひっかぶって、屏風《びょうぶ》のうしろに隠れた。しかし盗賊は、ものを盗《と》ろうと思うだけで、さすがに逃げ足が気ぜわしかったので、隅々まで探すことができない。ただ手近にあるものをだけ掻《か》っさらって、いち早く逃げていった。

十六夜はやっと我に返って、しきりに人を呼ぶと、二親《ふたおや》はもちろん召使いたちも手に手に紙燭《しそく》（灯火）を持って走ってきた。それを聞き、このありさまを見てひどく驚き、まだ盗賊がそこらに隠れているかもしれないと、主人も召使いも浴室や厠《かわや》の戸を開け放ち、そのまま庭へ走り出る。さらにくまなく探して捕らえようとすると、冠木門は半分開いたままだった。「これだ、ここから入ったのだ。早く門を閉じて逃がすな」といきりたち、図書《ずしょ》はみずから先に進んで、門のそばへ行って見る。ああ、意外なことに、弱竹は肩先から乳の下まで切り裂かれ、鮮血にまみれて倒れている。

主従はこれを見ると、驚いたりあきれたりしてあわてふためく。そのなかで老僕の繁市《しげいち》は、娘の死骸を抱き起こして声を限りに呼びかけたが、すでに息が絶えていて、華陀《かだ》（後漢末期にいたとされる名医）がいたとしても救うことはできず、身体もたいそう冷えていたので、繁市はますます激しく泣く。流れる涙は雨のようで、降りかかった禍の、神の祟《たた》りが恨めしい。死んで魂がなくなった遺骸をゆり動かして、「おい弱竹、お前は十三の年に母を失い、生活をしていく手立てがないので、親子ともども当家に仕えて、十六年の今日になった。今年は二十八なので、身のいとまをお願いして、しかるべき人の妻にして、初孫の顔を見たいものだと思ったのになあ。想像もしなかったよ、盗賊の手にかかって、あっけなく命を落とすとは。たとえ仇《かたき》の名が分からなくても、木を伐《き》り草を刈り払ってでも恨みに報いてやるつもりだ。道理に合わないよ、恨めしいよ」と、かえらぬことを何度も言う老いの繰《く》り言《ごと》は終わりがなく、天に叫び地に叫び、人目もはばからずに泣くのだった。

　これではいけないので、あるじの図書は繁市を叱り励まし、まず弱竹の亡骸《なきがら》を母屋《おもや》へ入れさせる。十六夜は、ますますひどく弱竹の非業《ひごう》の死を哀れみ、自分のために夜に出て、このように命を落としたと思うと可哀想で、たださめざめと泣いた。

　このとき金剌は、娘に向かって盗賊の様子を尋ねたが、十六夜がどうして知っていようか。

「先に弱竹が『賊です』と叫んだので、あわただしく起きましたが、さすがに恐ろしくて、屏風のうしろに隠れてそっとのぞき見ていました。暗い方から刃の光がきらきらと閃《ひらめ》きましたので、そのまま衣をひっかぶって、それ以上はよく見ませんでした。年齢がどれくらいか、色は白かったか黒かったか、一切目にとめることができませんでした」

　すると父はじっくりと聞いて眉をひそめ、「その時弱竹は、何のために夜が更けてから、不注意に庭へ出たのだ」と尋ねる。十六夜はそれを隠さず告げられず、頭を垂れて返事をしない。

　なくなったものを改めてみると、多くは十六夜の日用品で、銀で造ったもの、象牙《ぞうげ》や瑇瑁《たいまい》で造ったものなど、いろいろである。あれこれするうちに夜が明けたので、まず弱竹の亡骸を菩提寺へ送って葬らせた。

さて金刺は、こっそり繁市を呼んで言うに、「今度の災難不慮により、かけがえのない娘を斬られたそなたの悲しみを思いやると、わしもまた少女のころから召し使ってきた女《め》の子《こ》なので、痛ましく思う。だからといって、死んでしまったものはどうしようもない。今はただかの盗賊を追いかけて捕らえ、仇《あだ》に報いるほかないだろう。わしがつくづく考えるに、くだんの賊はほかの者ではない。先に鳥羽から来た県井司三郎に違いない。理由はなぜかというと、あいつはひどく落ちぶれて、身の置きどころがないままに、恥を思わずはるばるとやってきたが、わしは思うことがあって寄せつけなかった。そういうわけで、いよいよ良からぬ心を起こして、わしの家に忍び込んだところ、弱竹に怪しまれ、だしぬけに斬り殺して逃げ去ったに違いない。ただそれだけで証拠を手に入れなければ、軽々しくは訴えられない。そなたは今からやつの宿のそばを歩き回って、ひそかに様子を探って調べよ。もし怪しいと思うことがあれば、わしに知らせよ」とささやく。

繁市はしばらく思案して、「なるほど、おっしゃったことはもっともです。かの者が以前来たときに、部屋ごとにのぞいたのは、身の回りを見るためでしょう。娘の仇《かたき》を、どうして逃がすことができましょうか。確かな証拠を見つけ出して、ご報告申し上げるつもりです」と本気になって、すっかり心得てさがった。

こういうわけで繁市は翌日、司三郎の宿の様子を見るために家を出ると、まだどれほども行かないうちに、ふだん鎌倉から小間物を売りにくる与野《よの》四郎という者に出会った。もとより知っている仲間なので、道のかたわらに立ちながら、寒い温かいと話をして、無事であるかを互いに尋ねる。繁市が見ると、与野四郎は頭髻《たぶさ》（髪を頭上に集めて束ねたところ）に璿瑁の笄《こうがい》を挿し、左手に銀の指輪をはめている。よくよく見ると、毛彫《けぼり》の模様は、以前から見知っている十六夜の笄と指輪だったので、心中ひどく怪しんだ。けれども素振りにも表さず、「お前さま、その笄と指輪はどこから持ってきたのですか。もし売りものならば、幸いです。わが主人のご令嬢が、そのようなものが欲しいといって、近ごろお前さまを待っておられたので、さあ、おいでなさい。間《あいだ》を取り持って手に入れさせましょう」。

するとと与野四郎はたいそう喜んで、「推測のように、これは売りものです。先にこれこれの旅籠屋《はたごや》のそばを通りました時に、年の頃は十八、九くらいの旅人が走り出て、わたしを呼び入れ、『このようなものを売ろうと思いますが、どれくらいの値段でお買いになりますか』と言います。見るとこの笄と指輪です。たいそうみすぼらしい若者が所持するものとは思えず、まずその由来を尋ねると、『いいえ、疑われるものではありません。これは近ごろ、高貴な人から手に入れました。もし不審に思うのでしたら、券書《てがた》（証文）を書いて取らせましょう』と言う。

言葉づかいや受け答えが由緒ある人に見えましたので、そうむやみにはと疑念を晴らし、値段を決めて買い取りました。それなのに今、さっそくお得意に出会ってこれを売るとは、元手をうまく運用できて好都合です。手間賃だけで差し上げるつもりですので、手引きをしてください」と、本気になって話す。繁市はうなずくと、「さては、わが娘の仇は司三郎に決まった」と、腹を立てたり喜んだりする。躍《おど》りあがる胸の内を鎮《しず》め、何でもないふりをして笑いに紛《まぎ》らわせ、すぐに与野四郎を伴って帰ると、聞き及んだ事情を残らず主人の図書に告げた。

図書は聞き終わらないうちにたいそう喜び、「思った通り、わしの推測に少しも違《たが》わず盗賊を探り当てた。まず、その小間物商人を呼び入れよ。わしがまた直接に尋ねて明らかにしよう」と、すばやく立って外に近いところに出る。繁市は気ぜわしく、与野四郎を玄関にいざなう。そのとき図書は、与野四郎が持ってきた笄と指輪を手に取って引き寄せ、ひっくり返しひっくり返しこれを見て、その来歴を尋ねる。与野四郎はまた始めのように話をする。

図書はそれを聞いて、「そなたはその人から、沽券《うりてがた》を取っていないか」と尋ねる。「いいえ、姿こそみすぼらしかったですが、人品骨柄《じんぴんこつがら》は下品ではなく見えましたので、沽券を取りませんでした」と言わせ終わらないうちに、図書は丸い眼をみはり、「そなたはひどく不誠実だ。知らないのか。この二品はわしの娘のものだが、前夜に盗賊に奪い去られたのだ。たとえ知らないでこれを買ったとしても、券書《てがた》がなければ同類の疑いは弁明できまい。わしは事情を鎌倉へ訴えるので、やつを逃がすな」と息巻く。与野四郎はたちまち顔色が土気色《つちけいろ》になって、少しも虚実を言うことができず、どうしてよいか分からず、ひたすらじっとしていた。

こうして金刺図書は気ぜわしく奥へ入り、妻の鞁《しおで》に盗賊を突き止めたことを話して聞かせると、急いで衣裳をととのえて鎌倉へ行き、これを訴えようとする。鞁は思慮のある老女なので、よくよく聞くと夫に向かって、「証拠が明らかですから、司三郎を盗賊だとお決めになるのは道理ではございますが、これは別に理由のあることに違いございません。先にかの若者がここに来た時ののぞき見をしましたが、子どものころに見たよりも人品骨柄がすぐれていて、戯《たわむ》れごとをする者には見えません。たとえ貧しさにたえかねて思いがけずに盗んだとしても、十六夜のためには幼い頃から許嫁《いいなずけ》の夫なので、彼の罪はわが恥なのです。再び三たび考え直して、許すことができるならばお許しください」と、言葉をつくして諫《いさ》めた。

金刺は、それを十分に聞きもせず、頭を左右に振って、「これは理解できないことを言うものだ。たとえ実の子でも、罪があるのを許せようか。思うにやつは盗む気持ちが起こって、思いがけずわが家に忍び込み、思う存分ものを盗んだのだ。考えの都合がよいまま、いっそうの邪念を起こし、無理やり弱竹を犯そうとしたところ、従わなかったので、まず庭で彼女を斬り殺して逃げ去ったのは疑いない。やつは父親の友人を訪れることを名目にして、壁を穿《うが》って盗みをする。その罪を許されてよいだろうか。盗みをするのはまだよい。強いて弱竹を犯そうとした。その罪もまた許されてよいだろうか。犯すのはまだよい。刃を振り回して人を殺した。このような罪人は天が罰するもので、人が憎むことだ。ごくわずかでも許しがたい。

一方、わが娘が幼い時にやつと婚姻を相談したとしても、証拠のものが一つもなく、水に書いた文字のようなものだ。誰が知ろうか。わしは今六浦《むつら》の荘官を承りながら、このような曲者《くせもの》を許しておいて他人に訴えられたら、それはまことに恥だろう。慈悲や善行も場合による。無益なことを聞いているひまはない」と息まいて、激しい調子で言う。

老僕の繁市を呼んで、「わしは、今与野四郎を連れて鎌倉へ行き、司三郎の犯した罪を訴えるが、それで今日は日が暮れてしまうだろう。そなたは今夜、二、三人の荘客《ひゃくしょう》たちを連れていき、あの盗賊の宿のそばを離れるな。やつがもし事が露見したことをかぎつけて、逐電《ちくでん》しようとしたら、向こうずねを打って倒してからめ取れ。決して油断してはならんぞ」と、話して聞かせる。繁市は、心得て準備した。ひねくれたことだが金刺図書は、以前娘の婚姻を県井と結んだことがいまさらに悔しいので、今度の思いがけない出来事を幸いにして司三郎を処罰し、万事心配がないようにして、娘の十六夜には豊かで勢力のある婿に来てもらおうと思った。

そこで妻の諫めも聞かず、従者たちに与野四郎を引き立てさせて鎌倉へ行き、まず事情を主人の顕時《あきとき》に報告する。その時に顕時の文書を求めて、問注所《もんちゅうじょ》（訴訟事務を所管する機関）へ訴えた。その時に引付《ひきつけ》（訴訟裁判の審理を慎重にし、敏速をはかるための制度）の長官、評定衆《じょうしゅう》（幕府の最高政務機関で、行政・司法・立法のすべてを司った）の上席である青砥左衛《あおとさえ》門尉藤綱《もんのじょうふじつな》が文書を開いて見て、金刺図書にことの顛末《てんまつ》を尋ねる。また小間物商人与野四郎が申すことをよく聞いて、くだんの笄と指輪を点検し、「こういうことであれば、かの司三郎は見過ごすことのできない罪人だ。そなたたちは、ひとまず下がれ。まずかの者をからめ取って罪を問いただし、そのあとでまた尋ねることがあろう」。

金刺は、与野四郎を連れて坪《つぼ》（建物などに囲まれた中庭で、ここでは裁きの場）を退出した。

それを知らない県井司三郎だが、十日ばかり前の日から、母親の大稲《おいね》に急に持病の癪《しゃく》（さしこみ）が起こった。ひどく苦しそうなので、昼夜に関わらず枕元から離れないで看病する。このために、十六夜のことを思わないのではなかったが、事情を人づてに知らせてやることもできなかった。互いに遠く離れて過ごすうちに、貯えの少ない旅先の宿泊では鍼灸や薬も思うままにならず、あれやこれやで旅費がまたたく間につきてしまった。そこである日、宿のそばを通り過ぎる小間物商人を呼び入れて、先に十六夜が贈った璹瑁の笄と指輪を売却し、これで薬の代金としたのだった。

翌日の朝早くから、また薬を取りに宿を出て侍従川《じじゅうがわ》のほとりに行くと、急に捕り手の兵士が五、六人、前後左右を取り巻いて、たちどころに司三郎を縛ると、鎌倉に向かって走り去った。まさにこれは鶴《はしたか》が燕雀《ことり》をつかむのと同じで、司三郎はひとことの問答もできない。「これは心外だ。犯した罪がない身に、いまさらどんなわけで、こんなつらい目に遭うのだろうか。わが身の恥は取るに足りない。今朝までそばを離れずに母を世話していたのに、今日からは誰がわたしに代わって、煎じ薬を差し上げられるだろうか」と思うと、胸がいっぱいになる。心は後ろへ、また前へ、引かれる親と公《おおやけ》の縛めの縄と、恩愛の束縛にかかる禍《いまし》は、ただ天のなすことと考え直して、かえって悪びれもせず鎌倉の問注所へ参上した。

捕り手の兵士たちは、司三郎を坪の内に引きすえて、廷尉《ていい》（尉《じょう》の唐名）藤綱が来るのを待っている。そこに金沢の商人たちが、ひどく疲れている法師で、年のころが三十くらいの者を、きつく縛って訴えに参上した。彼らも廷尉が出てくるのを待っていると、しばらくして青砥藤綱が問注所に出てきた。そのとき捕り手の兵士が近くに進み、伊勢の旅人県井司三郎を縛ってきたことを申し上げる。次に金沢の商人が恐る恐るひざを進めて、金沢称名寺の門外にある質屋の利九郎らが訴え申し上げる。

「さる晩に夜がふけてから、この法師が、しきりにそれがしの門を敲《たた》いて宿を求めました。ですが夜が更けたので内には入れず、『わが家は旅籠《はたご》ではないので、宿泊はできません』と断りましたところ、『それなら今晩はここの軒下で夜を明かすつもりだ』と独りごとを言って、そのあとは音もしませんでした。夜が明けて見ると、この法師はいつごろ忍び込んだのでしょうか、ものをたくさん盗み去って、行方が分からなくなりました。あちこち綿密に調べましたところ、破風《はふ》門《ぐち》の瓦を踏み破ったところがあり、また車の下に網代笠《あじろがさ》がありました。これにより、その夜の盗賊は、門を敲いて宿を求めた法師だと悟り、また破風から忍び込んだことを知りました。こうしたことから人目を忍んでその行方を探しましたところ、天の網《あみ》にかけられて遠くには逃げられず、わずかに三、四町向こうにある涸《か》れ井戸のなかに落ちましたが、なんといっても深いので出ることもできません。三日目の今日になって、かの井戸の中から探し出したので、連れてきて訴え申し上げます。ことは文書に詳細にしてございます」

藤綱はそれを聞いてうなずくと、まず県井を近くに引きすえさせ、「やい、司三郎。お前の父の魚太郎は、長年鎌倉へ行き来した商人なので、わしもはっきりとその人柄を伝え聞いている。それなのにお前は、親の職業を受け継がず、思いがけず故郷を離散して、亡父の友人である金刺図書の家に忍び込んだ。盗みをしたばかりでなく、下女の弱竹を無理やり犯そうとして、かえって斬り殺した。これは何という悪行《あくぎょう》であろうか。一方で、今金沢の商人の利九郎が捕らえて訴えた賊僧も同じ夜のことで、時刻もまた符合する。思うにこの賊僧は、お前の同類に違いない。そもそも淫《みだ》らなことをしようとし、盗みをしておいて、人がそれを知らないと思うのか。暗いところでは神明が照らし合わせ、明るいところでは王道が正す。その夜分、お前が金刺の家で盗んだ笄と指輪を小間物与野四郎に売ったことは、かの商人が図書《ずしょ》とともに訴えた。証拠はすでに明らかだが、まだ述べることはあるか」。

言われた司三郎は額をついて、「これは、思いもよらない作りごとをおっしゃることでございます。わたくしは七歳で父を失い、母が育ててくれたおかげで一人前となりましたが、職業はすでになくなり、親の仕事を継ぐ手段がありません。商人ではございますが、父は文学の才能がほかの人以上でございましたので、それがしはまた幼い時から苦学いたしました。しかしながら、『田舎にいては出世する手立てもありません。家はたいそう貧しいので、鎌倉へ行きなさい』と母親が言うままに、親子でこの土地にやって来ました。

ご存じのように、かの金刺図書は、はじめ利平二《りへいじ》と呼ばれて伊勢の鳥羽にいた時、親の魚太郎の竹馬の友でございました。それればかりでなく、あの人の娘の十六夜は、襁褓《むつき》のうちからわたくしと婚姻の縁を結びましたので、あの人に頼ったら身を立てられるに違いないと思いまして、はるばるとやって来ました。しかし、あの人は腹黒くて、約束に背いて親交を忘れ、つれなくもてなしましたので、二度と訪れることもできませんでした。しかし、すでに故郷を遠く離れて、頼みとする樹の下に雨さえ漏れる始末、進退ここに窮まって、どうにも手だてがありません。しばらく金沢の宿に逗留して、繋《つな》がぬ船といった心地がしましたが、数年来学んできました聖経史伝の趣旨を受け入れ、順逆（道理に従うことと背くこと）清濁の道理を知りました。たとえ飢えが迫っても、無礼な態度で与える食べ物は決して受けません。たとえ喉《のど》の渇きが我慢できなくても、盗泉《とうせん》の水は飲みません（どんなに困っても不正には手を出さない）。ただし、あの笄と指輪は十六夜が贈ってくれたもので、母の薬の代金にしようとして商人に売ったまでのことです。廷尉、どうかご賢察ください」と、言葉によどみなく述べる。

藤綱はそれを聞くとほほ笑んで、「そうだとしても、申すことには前後にひどく相違がある。お前は先ほど図書を頼ってこの土地に来たが、たいそうつれなくもてなされて、再び彼を訪れなかったと言ったではないか。それなら、いつの日、どの時に、かの十六夜と会って笄と指輪を恵まれたのか」と、繰り返し尋ねた。けれども司三郎は頭を垂れ、黙ったまま返事をしない。青砥はからからと笑い、「これが明らかにならなければ、盗賊の名は削れない。もしかして、それが本当であって理由を言いにくいのか。それならお前は十六夜と密通したのだろう」。司三郎はすぐに赤面して、ますます返事をしない。

こうしてまた藤綱は、旅の僧を近くに引きすえさせると、「おのれ悪僧。お前は司三郎と同意して利九郎の店に忍び込み、また金剌の召使いの女の弱竹《わかたけ》を殺したのか。まことの出家であるはずがない。本貫《ほんがん》（本籍地）はどの国の者だ、早く名乗れ」と責め問う。

法師は騒ぐ様子もなく、「それがしはもと、筑前《ちくぜん》天童寺の荘《しょう》にある閻浮院《えんぶいん》の修行僧で、景空《けいくう》と呼ばれる者でございます。師父《しふ》にいとまごいをして東国に行脚《あんぎゃ》し、衣類と食糧がほとんどつきたために、思いがけず悪心が起こりました。さる夜に、金沢にある商人の土蔵に忍び込み、さらに金剌とかいう家に入ってものをたくさん盗み取り、逃げ去ろうとしました。その時に、一人の女の子《めこ》に追われたので、やむを得ず、いきなりこれを殺害しました。足の向くまま逃げ去ろうとしたところ、誤って涸《か》れ井戸に転《ころ》げ落ちました。底にいること三日で、このように捕えられましたが、この若者のことは決して見知ってはおりません。それがしは、すでに天罰が逃れがたい、みずから罪が大きいと知りました。よくよくこの若者を見るに、ひどくみすぼらしくはありますが、すこぶる富貴の相《そう》があります。盗みのできる者ではありません。そのうえ、母を思うことが切実です。盗賊にも、また仁義があります。首がつながっても、このような孝子を巻き添えにするのは、わが同輩の恥じることです。速《すみ》やかにこの若者を釈放なさって、法の通りに、それがしに罪を科されますように」と、はばかる様子もなく白状する。

青砥はそれを聞くと笑って、「お前が言うことは、疑わしい。初め利九郎の店に忍び込んでたくさんのものを盗み、また金剌の家に忍び込んでたくさんのものを盗んだというなら、きっと盗んだものがあるはずだ。これらはどうしたのだ。また弱竹に追われた時、やむをえず殺したというなら、きっと刃《やいば》を使ったはず。その刃はどうした。詳しく話せ。あれもこれも疑わしい。なぜだ、なぜだ」と詰《なじ》られる。

景空はしばらく考え込み、「それがしは、その夜に利九郎の店で盗んだものを道のかたわらに深く隠し、それから金剌の庭の門で弱竹とやらを殺しました。心中たいそうあわてふためき、村はずれに向かって走ろうとして涸れ井戸に転げ落ちた時、盗んだものをみな落としてしまい、刃をもなくして、一つも身につけていません。まして初めに盗んだものを顧《かえり》みるひまがなく、うろたえていたので隠した場所を忘れました」と、まことしやかに言いくるめる。

青砥はすぐに利九郎たちを振り返って、「お前たちがこの法師を生け捕った時、井戸の中にそのようなものはあったか」と尋ねる。すると、「いいえ。井戸の中には、この賊僧が襟《えり》にかけていた頭陀袋《ずだぶくろ》と菅蓑《すがみの》が一つがありましたので、これらを持ってまいりました。ほかのものはございませんでした」と、返事をしながら蓑衣《みの》と頭陀袋を差しだす。

青砥はみずから頭陀袋の口を開き、なかのものを一つ一つ開いてみてうなずくと、「金剌図書と利九郎とは、その夜に同じくものを盗まれ、また同じく賊を捕らえた。二人の賊を調べて問いただすと、一人は『賊でない』と述べた。しかし盗んだものがある。一人は、すぐに『賊だ』と名乗る。しかし、盗んだものがない。これには、きっとわけがあろう。わしは、あらかた事情を探った。しかし、盗賊を今どちらとも決めることができない。しばらくこの者を獄舎《ひとや》に入れよう。利九郎らは退出せよ」。身のいとまをいただいて、この日の役所は終わった。

○県井の下

青砥左衛門尉藤綱《あおとさえもんのじょうふじつな》は、翌日また問注所《もんちゅうじょ》にでると司三郎《つかさぶろう》を召し出して、「お前は昨日《きのう》言うべきことを全部言わず、十六夜《いざよい》とわけがあるのを言わなかった。景空《けいくう》はすでに賊であることを白状したが、かの笄《こうがい》と指輪の出所がはっきりしないので、図書《ずしょ》の家に入った賊を、かの法師だとも定めがたい。話すことがあるなら早く申せ。恥じることだろうか」と説き諭《さと》す。

司三郎は額をついて、「廷尉《ていい》が情け深いことは、天《あま》つ日《ひ》（太陽）とともに広く知れわたっています。このことは言うまいと思いましたが、母が嘆くのが不憫《ふびん》ですので、恥をさらして申し上げましょう。わたくしは先に、宿での退屈さに堪《た》えられず、毎日金沢文庫のそばに行って読書講談の声を聞き、いささか憂《う》さを忘れようとしていた時に、金刺の庭のそばを行き来しました。そうしたところ、ある日十六夜《いざよい》に呼び止められました。垣根越しに別離の情を述べ、その無事を互いに尋ねあっていると、かの乙女《おとめ》の気だては父の図書と異なって、捨てがたい思いがありました。そこでわたくしは、思いがけずその痴情にひかれて、膠漆《こうしつ》（きわめて親しく離れがたい関係）の語らいをしているうちに、下女の弱竹《わかたけ》を仲立ちにして、忍び会う夜の数が重なりました。それゆえあの笄と指輪は十六夜が贈ってくれたもので、受け取って宿におきました。そのうちに、老母は日ごろの旅の疲れでしょうか、急に病気で寝込んでしまいました。昼夜これを看病し、薬は価《あたい》の高いのをいとわず、あれこれとたくさん使ううちに、わずか十日ほどで旅費がなくなってしまいました。やむをえず、先に十六夜が贈ってくれた瑇瑁《たいまい》の笄《こうがい》と銀の指輪を小間物商人に売って煎じ薬の代金とし、侍従川《じじゅうがわ》のそばにいる医者に行く時に、突然からめ取られて、事《こと》ここに及んだのです。賢公には、これらのことから罪ではないことをお察しくださって、放《はな》して帰らせていただけたなら、母の余命を保つことができます。どうか放免なされますように」と、一部始終を述べた。

青砥はよくよくこれを聞くと、「お前が十六夜と密通したことは、きっと偽《いつわ》りではあるまいか」。問われて県井は頭を上げると、「どうして偽りを申し上げましょうか。あの女子《おなご》を召し出されて直接お尋ねになれば、明らかになるでしょう」と答えた。

青砥は左右を振り返って、「かの連中を呼び出してまいれ」と命令する。雑色《ぞうしき》（下級役人）たちは承って、坪のむこうへ次々に伝えて呼ぶと、金刺図書《かなざしずしょ》は娘の十六夜を伴って、渡り廊下から回って来る。旅の僧景空は、首枷《くびかせ》をかけられて坪《つぼ》の内へ参上する。

痛々しいことに十六夜は、無理やり司三郎に贈った笄と指輪から疑われて、思う男が鎌倉の獄舎にいると世間に聞こえた日から、涙のしずくがついには海にもなるほどのもの思い。深い嘆きを父母に告げることもできず、しきりに『気分が悪い』と言って一人で部屋にこもっていた。衣《きぬ》を引きかぶって寝ていると、急に鎌倉から召されて、問注所へ参上することになった。うしろめたく思うものの、断ってすむことではないので、恐る恐る父に従って簀子《すのこ》のそばに参上した。まさにこれは、雨に悩む漁村の柳、風に痛める園裏《えんり》の花。呉の宮殿で西施《せいし》が胸を病《や》み、顔をしかめていよいよ美しくなったように、漢の宮殿の王昭君が胡に嫁す時、泣いてますます美しくなったようなものである。見ると、司三郎がきつく縛られて、坪の内に引きすえられている。痛々しくもたいそう情けなくて、夢とも現実とも区別がつかず、背後にひかえる。

そのとき青砥藤綱は、金刺親子に向かって、「図書《ずしょ》が先に訴えたこと、笄と指輪を証拠として、司三郎を賊だとは申したが、市中の人利九郎がからめ取った景空という旅の僧は、まだ笞《むち》を受けないうちに、弱竹《わかたけ》を殺したその夜の盗賊だと白状した。しかし、かの笄と指輪の出所《でどころ》がはっきりしない。このため重ねて司三郎を問いただしたところ、彼は日ごろ十六夜と密通していた。くだんの二品《ふたしな》は、十六夜が贈ったものを老母の薬代にしようとして、小間物商人に売ったことを話した。もしこれが本当なら、司三郎はその罪にあたらない。これらの虚実を糾明《きゅうめい》しようと、十六夜を召したのだ。どうだ、こうしたことがあったのか」と尋ねる。

金刺図書は前へにじり出て、「それはもとより根も葉もないことで、すべてかの者がたくらんで申すことでございます。廷尉はこれをお察しください。さる時期に、同郷の事情を告げて、かの若者が訪ねてきたとき、それがしがすぐに会いましたところ、理解できないことばかりでした。それで妻にも娘にも会わせず、たいそうつれなくもてなして、その後は寄せつけませんでしたのに、どうして十六夜と密通する手だてがございましょうか。そのうえ、その夜の盗賊をのぞき見たのは十六夜です。もちろん少女《おとめ》のことですから、非常に恐れて、はっきりとこれを見て判断できないとはいえ、法師だったとは聞いておりません。思うにかの賊僧は司三郎の同類で、いくらか侠気《おとこぎ》がある者なので、罪を自分の身ひとつに引き受けて、ないことまで申すのでしょう。これらの事情をお察しになれば、虚実ははっきりいたしましょう」と、盛んに弁舌をふるって答えた。

青砥は首を左右に振って、「いや、男女の淫奔《いたずら》は、親の知らないことが多い。それればかりでなく、司三郎と十六夜とは、幼い時に親と親が婚姻の縁を結ばせたとか。司三郎はこのことを話した。それなら、彼らは縁《えにし》に引かれて情を運ばせ、密通したこともあるはずだ。おい、十六夜、司三郎と密会して、かの笄と指輪を贈ったことはあるか。またその夜の盗賊は、僧であったか俗人であったか、詳しく話せ。そうむやみに恐れることだろうか」と、言葉を穏やかにして何度も尋ねる。

しかし十六夜は、父の図書が出世した頃から深窓《しんそう》のもとで大人になり、戸外はまったく見ていない。今この華やかな法廷に坐らされて、どうして安心できようか。一方では恐れ、一方では恥じて、ひと言の返事もできずに頭をたれていた。

司三郎はこのありさまに、どうしようもないといらいらして、見上げる眼に怒りをあらわし、「これは頼りにできそうもない吾妹子《わぎもこ》（愛《いと》しい人）だなあ。あなたがいまさら口をつぐんで、お尋ねになるのにお答え申し上げないのでは、わたしの真実の言葉は作りごとだと聞かれ、罪がないのに罪で死んでしまうでしょう。薄命《はくめい》のこのようなことは、やはり天を恨もうか、それとも人を責めようか。ひとたび無実で命を落としたら、また誰がわたしのために事の虚実を弁明できましょうか。わたしはともかく、旅の宿で病気になった母ののちの嘆きも痛ましく、露《つゆ》の玉《たま》の緒《お》（はかない命）はたちどころに絶えておしまいになるかと思いやると、心は乱れ腸《はらわた》はちぎれて、遺恨《いこん》は言葉につくすことができません。毎晩の私語《ささめごと》に、天神地祇《あまつかみくにつかみ》をかけて契《ちぎ》ったのは偽りですか」と、我慢できないばかりに怨む。

十六夜はこれに励まされ、次第に頭をもたげて、「笄と指輪は、さる日わたくしが司《つかさ》ぬし（司三郎）に贈ったものでございます。ですが、その夜の盗賊は、僧であったか俗人であったか、はっきりと見ておりません」と、恐る恐る答えた。

それで金刺は腹立たしくなって、娘を振り返る眼を怒らせ、「やい、十六夜。それは何ということか。親の気持ちも知らないで、かの盗賊を引き入れたのか。ふしだらな女の不孝者。天下の問注所で、これほどまでに恥を明らかにするとは、大胆不敵の言語道断《ごんごどうだん》だ。無理に脅《おど》されて、あらぬことを言ったのだろう。心を決めて、『あの二品を司三郎に贈ったことはございません』と早く申せ、早く言わないか」と息巻く。

藤綱はそれを押しとどめ、「十六夜が、『司三郎にかの笄と指輪を贈りました』と申すのだ。それなのに無理強いに、『そうではない』と言わせようとするのは、どういうわけか。家にいれば、親の威光で懲《こ》らしめることもあるだろう。だが鎌倉殿の問注所で、藤綱が仰せをこうむり、この一件の善悪邪正を糺《ただ》すのに、お前の言葉を借りるだろうか。ひどく馬鹿げておる」と叱ると、金刺図書は当たっている道理になす術《すべ》がなく、かしこまってじっとしている。

藤綱は重ねて図書に言うに、「十六夜の淫奔《いたずら》は、門戸が固《かた》くないところから起こった。もともとこれは親の油断なのに、かえって許婚《いいなずけ》の婿《むこ》にむごい扱いをする。こんなことで、家風が正しいと言うのか。これによって判断すると、司三郎は盗賊ではない。そうではあるが、景空が白状して、弱竹を殺したと申すのもまた信じがたい。理由はなぜかというと、かの者が涸《か》れ井戸に落ちたとはいえ、そばに刃《やいば》がない。また盗んだものも見あたらない。これにはきっと事情があるはずだ。それゆえ司三郎も、やはり疑いがないとは言えない。金刺図書は、娘と一緒に鎌倉に逗留せよ。また尋ねることがあるはずだ」と説き示し、この日の役所は終わった。

そうこうするうちに藤綱は、五十子《いさらご》七郎、浅羽《あさはの》十郎という雑色《ぞうしき》二人に計策《はかりごと》を授けて、金沢へ遣《つか》わす。五十子、浅羽《あさは》は姿を変えてあちこち歩き回り、ひそかに街の噂を聞いたが、まだ一つもよりどころを得なかった。さて、侍従川のそばで葭簀《よしず》を立てめぐらして、土地の者や旅人の休憩所にと、茶を売る婆婆《ばば》がいた。それゆえだれやかれや人が毎日集まって、思い思いにさまざまな雑談をするうちに、もの好きがその名を宇治の尻掛茶屋《しりかけぢゃや》と呼んだ。むかし宇治の亜相《あしょう》隆国卿《たかくにきょう》は、あれこれ人に今昔《いまむかし》の物語をさせて、みずから書きとどめられた草紙《そうし》を、今昔《いまはむかし》物語とも、また宇治納言《うじのうげん》物語とも言うからなのだろう。

そういうわけで五十子と浅羽は、近くの渡し場の土地の者が毎日夫役《ぶやく》（労働で納める課役）をさせられて鎌倉へ行き来する身なりをして、この宇治の尻掛茶屋で休みながら、世のなかの雑談を聞いていた。およそ十日ほどで、一日も休憩しないことがなかったので、かの婆婆もたいそう親しく彼らをもてなして四方山話《よもやまばなし》などをし、また鎌倉の風聞《うわさ》などを尋ねる。

婆婆《ばば》が言うに、「さるころに、金沢で二人の盗賊を捕らえて鎌倉へ引いていったのを見ましたが、一人は年のころが三十《みそじ》くらいの旅の僧でした。もう一人は、伊勢の鳥羽とかいうところの旅人であるとか噂されて、年はまだ二十《はたち》に足りない男でした。それはそうと、彼らはどうなりましたか。あなたたちは、毎日鎌倉へ行かれるので、それがどうなったかなども伝え聞いていらっしゃるでしょう」。

　二人の雑色《ぞうしき》は思いがけなく問いかけられ、渡りに船をえた気持ちがして、「だからよう、あの旅の僧と若者なんだが、一人は質庫《しちくら》に入ってものをたくさん盗み取り、一人は金刺の庭門《にわくち》で下女の弱竹を殺したのさ。罪がもう決まって、僧も若者も由井浜《ゆいのはま》で首を刎《は》ねられたのを、おれがその場所を通りかかってこの目で見たんだよ」と、まことしやかに語った。

　婆婆はそれを聞き終わらないうちに、「ああ、可哀想《かわいそう》に。きびしく責める笞《むち》に堪《た》えられなかったのでしょう。罪でない罪を背負って、刃《やいば》の錆《さび》になったことよ。弥陀仏《みだぶつ》、弥陀仏」と唱える。

五十子と浅羽は目を見合わせて、「姨御《おばご》、それは何をおっしゃるんですか。彼らはまことの盗賊じゃなくて、犯人は別にいるんですか。話してお聞かせくださいよ」。

　ちょうどそのとき傍《かたわ》らに人がいなかったので、婆婆は問われて黙っていられず、手を上げながら声をひそめ、「無実の罪で命を落とすのも、きっと前世《ぜんせ》の業因《ごういん》でしょうが、あの一件の盗賊は、法師と旅人ではありません。確かに別にいるのに」と言いながら、外側を振り返る。五十子と浅羽は耳をすまして、「その盗賊は、どんな者ですかい。聞いても無益なことだが、すっかり聞かないのも心残りだよ」。

言われて婆婆も、なまじっか今さらそれを知らないとも言いかねて、腰掛けに身を寄せると、

「かの盗賊は別にいるとしても、もう罪人と決まって法師と旅人が首を刎《は》ねられたというので、犯人には祟《たた》りもありますまい。とは思いますものの、わたしの口から人の善悪《さが》を言うのもくだらない行いですが、問われると黙っていられません。決して人にお話しにならないでくださいよ。その夜、子母家《しぼや》の質庫に忍び込んでものを盗み、また金刺殿の屋敷に入ってものを盗み、それればかりか女《め》の子を殺した者は、この川下《かわしも》にいる骰子打《さいうち》で、小鼬《こいたち》の我来八《がらはち》、地潜《ぢもぐり》の与東太《よとうだ》と呼ばれる二人の悪者のしわざなんです。法師と旅人がからめとられたころ、我来八も与東太もひどく恐れて三浦の方へ逃げましたが、さすがに家を思い切って捨てられないからでしょうか、昨日帰ってきたのを見ましたよ。この渡し場にいる土地の者は、彼らのことを知っている者もいますが、危害を加えられるのを恐れて、陰口《かげぐち》を言う者はいません。恐れ入りますが、人にはお知らせなさいませんように」と、ひそひそ語った。五十子と浅羽は、心中たいそう喜んだが、相変わらずそうでない表情をして、地潜《ぢもぐり》たちの隠れ家を尋ねる。婆婆は思いがけず興《きょう》にのって親しく話したので、今となっては十分に聞き取った。

二人はすぐに茶店を出ていき、途中で捕り手の準備をすると、かの悪者たちの隠れ家に行く。表門と裏門からうかがうと、我来八と与東太は、出居《いでい》（居間と客間を兼ねた部屋）で向かい合っ

て酒を飲んで坐っていた。

浅羽と五十子はそれを見て、時はよしと前後からどんどん走って入り、「鎌倉殿の厳命である。お縄につけ」と叫んで、一斉に腕をしっかり捉えようとする。「承知した」と、二人の悪者は一緒に身体を起こすと、組ませまいと振りはらい、畳を蹴《け》り上げて盾《たて》として、しばらくは支えた。けれど、五十子も浅羽も拳法相撲《やわらすもう》の奥義《おうぎ》を極めていて、世間に聞こえた捕り手の達人なので、踏み込み踏み込み、撃って悩ませる。五十子七郎は我来八を取り押さえ、浅羽十郎は与東太を組み伏せて、たちどころに縄をかけてしまった。綿密に調査して家の四隅《よすみ》を調べると、彼らが盗んだものがやはりたくさんあった。荘客《ひやくしよう》たちを借りてせきたてて、これを持って行く。

すぐに二人の悪者を鎌倉へ連れて行って、青砥藤綱に事情を告げた。藤綱はたいそう喜んで、五十子と浅羽をねぎらう。地潜与東太と小鼬我来八を問いただすと、彼らはすでに証拠を取られていて、ひと言も述べることができない。

「近ごろ打ち続けて博打《ばくち》に運がなかったので、二人でひそかに示し合わせ、さる夜に利九郎の質庫《しちくら》に入って、ものをたくさん盗み取りました。これを我来八に背負わせて先に帰し、与東太は依然としてあちこちをうかがっていました。金刺図書の庭門に行った時、内で女の声がして、『かの人が来たのでしょうか、早くお入りください』と呼びかけられました。これはきっと情夫を待っているのだろうと疑いました。戸の方で話し声がすると、すぐに門の扉を開けました。笑いをこらえてさっと入ると、くだんの女《め》の子はひどく驚いて、『賊です、賊です』と叫んだので、ただちに刃を引き抜いて、一刀で斬り倒しました。すぐに母屋《おもや》に忍び込んで、手当たり次第ものを盗み取りました」と、一部始終を白状する。こればかりでなくこの二人の悪人は、博打ばかりして平素の仕事がなく、人を苦しめてものを盗む曲者《くせもの》で、この時すべてが露見した。そして厳しく獄舎に繋がれた。

青砥藤綱は、二、三日して、金刺図書、娘の十六夜、小間物商人与野四郎、子母屋《しぼや》利九郎らを召し出す。金刺と利九郎らが盗まれたものを指し示し、「さる九月甲日《それのひ》の盗賊だが、やっと本当のことが分かった。この品々は、図書と利九郎が失ったものか」と尋ねる。両人はそろって膝を進め、一つ一つ点検すると、「おっしゃるように、これとそれは、それがしのものです」、「あれとあれは、それがしのものです」。青砥はそれを聞くとうなずいて、「それなら、県井司三郎と旅の僧の景空は、あの晩の盗賊ではない。また弱竹を殺した者でもない。犯人は別にいる。ものども、地潜《ぢもぐり》与東太と小鼬《こいたち》我来八を早く引き出せ」と命令する。「承知しました」と返事をして、獄卒《ごくそつ》二、三人が、与東太と我来八に首枷《くびかせ》をして、坪の内へ引きすえた。

青砥はすぐに図書と利九郎に、くだんの悪人らを指し示し、「やつらは侍従川のほとりで、たしかに掠奪を事としている与東太と我来八という曲者だ。やつらが白状したことは、しかじかである」と詳しく説き示し、「それなら、利九郎のものを盗んだのは、この二人の賊だ。また弱竹を殺して、金刺のものを盗んでいったやつは与東太だ。なのに旅僧景空は、誤って涸れ井戸に落ちたために疑われ、ついに無実の罪で繋がれた。だがこの法師は、ひと言も述べず、『人を殺してものを盗んだ者は自分です』と言った。これは、まったく理解できない。

ひそかに様子を見ていると、道顔《どうがん》（仙人の顔）法体《ほったい》（僧形の姿）は優れていて、盗みをしそうな者ではない。そのうえ面影は、よく司三郎に似ている。それでますます疑いが解けない。彼の頭陀袋を開いてみたところ、なかに一巻《ひとまき》の度帖《どちょう》（僧尼の得度《とくど》を公認する文書）があった。『伊勢国鳥羽の湊、県井魚太郎《なたろう》の長男、乳名《おさなな》小太郎。某年某月某日、祖母の重病平癒《へいゆ》のため、父の命により出家剃度《ていど》（剃髪して僧になる）させ、法名《ほうみょう》景空と賜《たま》う者である』と記《しる》して、同郷の輪済寺《りんさいじ》の印文《いんもん》がある。そういうわけで、この法師は幼い時に出家したので、互いに顔を知らなかった。だが、彼と同じく罪を得た若者の名字を聞いて、司三郎を弟だと知ったので、自分から罪をかぶって弟を救おうとしたのであり、たいそう憐れむべき者だ」と、心に深く感心してほめたたえる。一時的に獄舎に繋いだとはいえ、一度も厳しい責めは加えず、親身にいたわらせる。

翌日、かたわらの人を遠ざけて、ひそかに彼の心ばえを称賛する。この土地へ来た事情を尋ねたところ、景空はしきりに泣いて、「今となっては何を隠しましょう。それがしは幼い時に出家していくばくもなく、師父《しふ》に連れられて、筑前国天童寺《ちくぜんのくにてんどうじ》の荘《しょう》、閻浮院《えんぶいん》へ赴きました。それなのに父の教訓が厳重で、まったく一度も手紙を出すことを許されませんでした。たいそう懐かしくは思いながら、二十年来遠ざかり、ひたすら仏典に心をささげ、正念《しょうねん》（正しく念想する）正覚《しょうがく》（真の悟り）の修行をする以外、ほかのことはありませんでした。ところが近ごろ毎晩見た夢が、しきりに心にかかりましたので、急に師父にいとまを請い、途絶えて長い時がたった故郷へ戻ってきました。

　聞けば哀しいかな、父が死んで、はやくも多くの年を経ていました。ところがはるかのちになって生まれて、その名前さえも聞き知らなかった弟の司三郎という者ですが、『貧乏の苦しみで行き詰まったけれど、母に仕えてたいそう孝行な者でした。そこで母親が言うままに、父魚太郎の竹馬《ちくば》の友金刺《かなざし》なにがしに身を寄せようと、さる日、親子一緒に鎌倉へ行きましたよ』と、土地の人が告げました。かの水江《みずのえ》の浦島《うらしま》が二百四十余年たって故郷へ帰ったのも、このようでしたでしょうか。よし、それなら追いかけて鎌倉へ行こうと、夜《よ》を日《ひ》に継いでこの土地にやって来ました。

　かの金刺の家を尋ねると、金沢文庫のそばだと人が言うので行こうとしたところ、日が暮れました。様子が分からず道に迷い、思いがけず夜が更けたので、商人の門を敲《たた》いて宿を求めましたが、許されませんでした。やむなく軒下にあった車の下に這《は》って入り、夜が明けるのを待ちました。そこに二人の曲者が忍んできて、かの鄽《いちぐら》（店）の屋根にのぼり、壁に穴をあけてなかに入り、たくさん盗んでいくのを目の前で見ました。けれど一人が外にいたので、家の者に声をかけて目覚めさせたら、それがしはすぐに殺されるかもしれないと不安に思い、そのまま見守っていました。盗賊は早くも出て行きましたが、うろうろしてここで夜を明かしたら、それがしはきっと疑われるだろう。ほかの場所にねぐらを代わるのがよいと、むやみにそこを逃げ出しました。その時、思いがけず涸《か》れ井戸にころげ落ち、底に三日いて捕らえられました。

しかし、犯した罪はないけれど、言いわけできないだろうと思いながら、問注所へ引かれてきました。その時に自分と同じ罪人が、名前を県井司三郎と名乗るのを聞いてから、互いに顔は知らないけれど、取り違えるはずもない弟だったと知りました。ここでつくづく兄弟の薄命を観察すると、前世の悪業《あくごう》に引かれてでしょうか、思いがけず屠所《としょ》の羊（死に近づきつつある人）となっていました。母にとっては同じ子どもですが、それがしは幼いときから遠く離れて二十年余りを過ごしましたので、忘れていらっしゃるのでしょうか。今もし弟が命を落としたら、年老いた母の悲しみはたとえようもないでしょう。それでひどく気持ちが弱って、母までお亡くなりになったら、たとえそれがしが罪のないことを話して許されたとしても、何にもならない。犯していない罪をかぶって弟を救ったなら、母も喜んで余命を保たれることだろう。そうだ、そうだと、一途《いちず》に心に決めて、盗賊だと名乗りました。しかし、廷尉が人の心に光を当てて虚実をお察しになったことは、曇《くも》りのない鏡と同じなので、このように知られました。ああ、司三郎をお許しになって、景空を代わりになさってください」と、熱い涙を袖でぬぐってもれなく述べた。

藤綱も思いがけず感涙を拭うことができず、すぐに司三郎を召し出して事情を聞かせ、景空と兄弟の名乗りをさせる。司三郎もまたひどく泣いて、「どうか兄景空をお許しになり、わたくしを処罰なさってください」と、兄弟は互いに命を惜しまない。兄は弟に代わろうと言い、弟は兄を助けようと願う。その言い争いは誠の心から出ていて、きわめて立派な孝悌忠信《こうていちゅうしん》。

「今どき多くは得がたい若者、なるほどこのような心ばえなら、たとえ貧苦に迫られても、どうして良からぬ行いをしようか。この盗賊は、断じて別にいるはずだ」

そこで五十子七郎と浅羽十郎に計略を授け、ひそかに賊を調査すると、はたして地潜と小鼬を捕まえた。さらにかの兄弟の素性《すじょう》を尋ねると、鳥羽傔仗武盛《けんじょうたけもり》の末裔《まつえい》で、平家の世が盛んだったころは鳥羽一帯を治めていたが、子孫が零落《れいらく》して商人になったことは、家譜《かふ》が切れ目なく続いていて、疑うべきところはない。そのうえ司三郎は、幼い時から読書学問をしたという。試してみると、才能学識が広く、読んでいない書物はない。どうして金刺などが及ぼうか。

藤綱は彼らの孝悌をたいそう感じ、北条殿へ申し上げた。執権は特別に褒美《ほうび》を与えて励まされ、僧の景空に鎌倉の極楽寺法華堂《ごくらくじほっけどう》の別当《べっとう》の官職を授けられた。弟の司三郎は金刺図書に代わらせて六浦荘司《むつらのしょうじ》に任じられ、同時に金沢文庫の学頭の官職を授け、五百貫の荘園をあてがった。

そして、「なかでも金刺図書は、約束に背《そむ》いて婿をしいたげ、たいへん軽はずみな訴えをした。そのうえ家庭内がしっかりしておらず、家が治まらなかった。どうして大荘を管理し、書生教育の任に堪《た》えられようか。きっと厳しく叱られなければならないが、格別に恩赦の裁決で、主人顕時《あきとき》に預けくだしとする。速《すみ》やかに娘の十六夜を司三郎に娶《めあわ》せ、自身は隠居して、信《まこと》を亡き友に果たさなければならない。また子母家《しぼや》利九郎は、わずか一つの笠を証拠にして品行の正しい僧をからめとり、軽はずみな訴えをしたとはいえ、犯人はすでに罪に従わせたので、是非の裁決に及ばない。また小間物商与野四郎は、旅行者のものを買うのに券書《てがた》を取らないで、売買のやり方がいい加減だが、出どころが正しいものなので、今回は情けをかけて罪を許される。今後はきっと慎まなければならない。

司三郎の老母大稲《おいね》が宿で病み臥していた時、その子が捕らえられたと聞いて驚き嘆き、もう少しで死ぬところだった。だが、わしは初めから司三郎が孝子であることを推測し、そのうえその晩の賊でないと考えた。そこでかの大稲が悲しんで命を落とすであろうことを哀れんで、ひそかに宿の亭主に言いつけて親身に看病させ、さらに一人の医者に命じて治療させた。そこで命拾いをしただけでなく、二人の子どもが思いがけない福を得て、それぞれ名をあげ家を興すのを聞いて、病気が急に癒《い》えたので、今日ここへ呼び寄せた。みなその旨《むね》を心得るように」と、賞罰をきわだって明らかに説き知らせる。

かたわらの障子を押し開いて、極楽寺の権《ごん》（正に対する副）の上人《しょうにん》景空、その弟六浦荘司兼《けん》金沢文庫の学頭県井司三郎が、法衣礼服も晴れやかに整えて、老母大稲と一緒に青砥に向かって再拝し、執権北条殿の仁政、廷尉藤綱の明断に心から感謝し、そのうえまともな生活に戻ったことの大恩を感謝申し上げる。金刺図書は恥じて後悔し、背中に冷たい汗を流し、坐っているのにも堪《た》えられないほどである。娘の十六夜は父のためにこれを悲しみ、良人《おっと》のためにはこれを喜び、恐る恐る受け答えするので、与野四郎や利九郎らはびっくりして恐れつつしみ、ひたすら廷尉藤綱が賢くてものごとに明るいのに感謝した。

その時藤綱は司三郎に向かい、「金剌の行状は軽はずみで信に欠け、口先は巧みだが誠実さがなく利益に迷ったとはいえ、そなたのためには指導してくれた師であり舅《しゅうと》である。そのうえ図書の妻の鞍《しおで》は聡明で、いつも夫を諫めていたことは伝え聞いている。ならば年長者の礼で、舅と姑を扶助するがよい。また金剌の老僕繁市の娘弱竹《わかたけ》が恨みを抱《いだ》いて死んだのも、もとよりそなたと十六夜の色情から起こったことだ。そうであれば、かの繁市は老後に娘を喪《うしな》い、その主人までも隠居したなら、このうえなく困るにちがいない。司三郎は図書に頼んで、繁市を家《か》僕《ぼく》として親身に召し使うがよい」と、すみからすみまで余すところなく言い聞かせる。

また五十子七郎と浅羽十郎を呼び、「地潜与東太と小鼬我来八らを由井浜に引き出して、速やかに首を刎《は》ねなければならない」と命令した。事件は、もはや完全に終わった。

さて、藤綱は筆を執って、判定して言うに、

「白衣《びゃくえ》（僧に対して一般の人）の市人《いちびと》（町に住む商人）、青侍《せいじ》（身分の低い若侍）となるも、もとよりこれはおのおの学問にある。一人は若く、一人は老い、あちらはよこしまで、こちらは賢い。一栄一枯、運命は何ともしようがない。魚太《なた》は母のために祈り、一子を仏に奉仕させた。一人《いちにん》出家の功徳《くどく》により、九族《きゅうぞく》は永く栄えた。このような孝行の一門は、また孝子を出《いだ》す。一人は僧で、一人は儒《じゅ》。言行は、どうして先達に恥じることがあろうか。閨女《けいじょ》（未婚の女子）は情欲を誘い寄せて、思いがけず禍をもたらし、奸賊《かんぞく》（害をなす悪人）は首を献上して、それとなく無実の罪を解く。王事盬《おうじもろ》きことなし（王室の関与することは堅実で確実）。皇天（天帝）

は誠を照らす。善を勧め、悪を懲《こ》らして後世に教えよ」

判定し終えると筆を置く。みなはいとまを賜《たまわ》ると、おのおの再拝稽首《けいしゅ》（頭を地に着くまで下げてする礼）して、問注所を退出した。

巻之三　青牛の段

○牽牛星《ひこぼし》茂曽七《もそしち》が青牛主《さめうししゅう》の屍《しがい》を乗《の》して帰りし事

（牽牛星《ひこぼし》茂曽七《もそしち》の青牛《さめうし》が主人の屍《しがい》を乗せて帰ったこと）

相模国《さがみのくに》鎌倉に、池子《いけこ》という村がある。由井浜《ゆいのはま》の西で、朝夷切通《あさひなきりどおし》からは南にあたる。山ふところにぽつんと離れてある村で、神嵩《こうだけ》と多古江川《たこえがわ》を左右にしている。この池子村に、牽牛星茂曽七という農夫がいた。彼のあだ名を牽牛星《ひこぼし》と呼んだわけは、家に牝《めす》と牡《おす》の牛がいて、また妻の専女《おさめ》は年も若くて容貌も醜《みにく》からず、機《はた》までもよく織るので、里人たちはいまいましく思って、この名前をつけたのである。この家は裕福ではなかったが、少しばかり田畑があった。弟の曽《そ》茂八《もはち》が最近まで同居していて、実の兄弟が一緒に稼《かせ》いでいたが、嫂《あによめ》専女のことで兄弟の仲が悪くなった。そこで、曽茂八は兄と別れて、腰越《こしごえ》村にいる式四郎《しきしろう》という農夫が以前から知り合いなので、しばらく彼の家に身を寄せていた。

くだんの曽茂八は言葉数が少なくて、取りたてて言うほどの過ちをせず、農作業などでもたいそうかいがいしく働いた。「なぜ兄の茂曽七が疎《うと》ましく、他人の世話になって生活するようになったのか」と、そのわけを尋ねられたことがあった。

曽茂八の話によれば、もともとかの茂曽七の妻専女は、池子村から山ひとつ隔てた北の方の大同《だいどう》村の者で、はじめは村長《むらおさ》某甲《なにがし》の妻だった。どれほども経たずに夫が死んだので、またある人に再び嫁《とつ》いだが、わずか三年ほどでその夫もまた亡くなった。このようにして、およそ四人ほど夫を替えたが、その夫たちがみな短命だったので、人々はひどくその女を嫌って、娶《めと》ろうという者がいなかった。それなのに茂曽七は色好みで、ある日界《さかい》地蔵へ詣《もう》でた帰りにはじめて専女を見ると、心中深く喜んで、ついに仲人《なこうど》を立てて呼び迎えた。弟の曽茂八は、苦々《にがにが》しいことと思って、たびたび兄を諫《いさ》めたが、茂曽七がどうして聞き入れようか。自分が美しい女を娶るのを見て、弟にもかかわらず憎らしく思って、道理もなく止めるのだとばかり思った。

しかし、十目《じゅうもく》の見るところ、十手《じゅっしゅ》の指さすところは厳《おごそ》かである。かの専女のことは、このあたりの里人もよく知っていた。年齢も茂曽七より、十五、六歳下だった。「こんな不吉な女を娶ったら、将来よいことはあるまい」と、目をそばだて眉をひそめる者も多かった。

こうして茂曽七は、女房専女とある夜の寝物語《ねものがたり》に、はじめ弟の曽茂八がこのたびの婚縁を非難して、たびたび止めたことを話した。専女は大したことではないという表情で、ただほほ笑んでいたが、ただでさえ女の性《さが》はひねくれているもの。ひとたびこのことを聞いてからは、心に深く曽茂八を恨み、折にふれては夫に讒言《ざんげん》したので、兄弟はついに仲が悪くなった。

曽茂八もまたその様子を疑って、これは嫂のせいだと思ったので、ますます不快になり、ついに身のいとまを乞《こ》うた。腰越村に行き、農夫式四郎のもとに身を寄せて、海山の稼ぎに油断なく、ここにいること一年余りで、しっかりと生活の手段を身につけた。ところが主人の式四郎は、年齢が六十になったものの、後継ぎにできる子はおらず、小動《こゆるぎ》という娘が一人いるだけだった。妻は近ごろ亡くなったが、小動がいろいろと誠実に仕えたので、男やもめだったが不自由だとも思わなかった。

よい婿《むこ》が欲しいと思っていた時に、思いがけず池子村にいる曽茂八に身を寄せられて、一緒に生活する立ち居振る舞いに注意を向けると、その性質は誠実である。誤ることがあるとはいえ、偽《いつわ》ったり飾ることはなく、酒を嗜《たしな》まず賭博《とばく》を好まず、年は三十三とかいって、小動には七つ年上だった。「誰かれと選ぶより、この曽茂八こそ婿にすべきだ」と、まず小動に考えを話して聞かせる。そうして人に頼んで曽茂八に、これこれこういうわけでと言わせると、断らなければならないことでもないので、縁談は急に整った。そうこうしているうちに式四郎は、日柄のよい日を選んで曽茂八を婿とし、すぐに小動と婚姻を結ばせて、たいそう富み栄える日を送った。それで親も娘も、昨日までは心細かった暮らしを、先が安心だと思った。

それはさておき、池子村にいる茂曽七は、長年の間二頭の牛を持っていた。一頭は黄牛《あめうし》（飴《あめ》色の毛色の牛）で牡《おす》である。一頭は青牛《さめうし》（白毛の牛）で牝《めす》である。弟の曽茂八が一緒にいた時は、黄牛を弟に牽《ひ》かせ、青牛は茂曽七が牽いて、春は田を鋤《す》き畑を打ち返し、秋は刈った稲をつけ、粗朶《そだ》（細い木の枝を集めて束状にしたもの）を背負わせた。またひまのある日には、七里浜《しちりのはま》へ牽いて連れて行き、榎島《えのしま》（江の島）詣《もうで》の旅人を乗せたりして、駄賃《だちん》をたくさん手に入れた。しかし曽茂八がいなくなってからは、二頭の牛を一人の手で牽くのは具合が悪い。妻の専女がよく機《はた》を織るので生活に損はないが、わが家に二頭の牛がいることは、近郷《きんごう》の人にも知られていた。それで、弟がいなくなったからといって、急に一頭の牛を売ろうとするのは不本意だ、人を雇って牽《ひ》かせたいものだと思っていた。

池子の村はずれに、字平《あざへい》という若者がいた。その身ひとつの者だったが、決まった宿もなく、あちこちで雇われて、牛を牽くのを仕事とする者だった。茂曽七はこれを思い出して専女に話すと、専女は、「その人なら、ふさわしいでしょう」と返事をした。そこで、すぐに字平を呼び寄せてわが家で寝起きをさせ、かの黄牛を牽かせた。もともと字平は筋骨たくましくて力は人にまさり、今年二十八歳である。ところで青牛が牝のためか、ここ数年よく茂曽七に馴れて、行動はすべて主人の思いのままに牽かれた。けれども黄牛はたいそう勇猛で、ともすれば人を突く癖《くせ》があった。しかし字平は、牛を牽くのを上手にこなしたので、このあばれ牛をちゃんと飼い馴《な》らすだけでなく、新参なので、いろいろ誠実に振るまった。そこで専女は言うまでもなく茂曽七も、「弟の曽茂八よりはるかに優《すぐ》れた人を得た」と、心中わだかまりなく使った。

そうするうちに年も暮れて、春も弥生《やよい》の末《すえ》になった。ある日茂曽七は、かの青牛を牽いて七里浜に行き、榎島《えのしま》の弁財天へ詣でる旅人を乗せようとして、朝から日が暮れるまで海辺を歩き回った。だが、この日は特に収穫がなくて、半銭の駄賃も得られなかった。長い一日中困りはてて、むなしく牛を牽きながら由井浜の方へ帰ると、突然背後に人がいて、「その牛よ、しばらく待て。それが戻り牛なら、ものをつけさせよう」と呼びかける。

茂曽七があわただしく振り返ると、これはほかでもなく、若宮巷路《わかみやこうじ》の売卜者《うらないしゃ》で、貝の翁《おきな》と呼ばれる者である。もともとこの翁は、本貫《ほんがん》も定かではない。年齢は、七、八十とも、百歳とも言う者がいたが、これを尋ねると、ただ「忘れた」とだけ答えて話さない。先代最明寺殿《さいみょうじどの》が執権《しっけん》のころは鶴岡若宮《つるがおかわかみや》の下禰宜《しもねぎ》だったが、年老いたので神職を辞し、若宮巷路に隠退して売卜《うらない》を仕事にしていた。また春の頃で海が静かな日には、七里浜に出て貝を拾い、都人《みやこびと》の家への土産《みやげ》に売ることから、人はみな貝の翁と呼んでいた。

その時翁は茂曽七を呼び返し、「やあ、伕公《せなご》（男性を親しんでいう語）。その牛をどこへ牽いて帰るかは知らないが、値段が安いなら、わしのこの拾った貝を背負わせて、若宮巷路までやってくだされ。昨日の風に吹き寄せられてなのだろうか、あまりに貝が多いので、老いの非力《ひりき》を考えずに拾うことは拾ったが、持って帰れそうもない。『欲深い鷹《たか》は爪が裂けるのを知らない』という世の諺《ことわざ》は、わしのことだったよ」と、ほほ笑みながら語る。

ただでさえ茂曽七は得意客もほしい時なので、これまで話したことはなかったが、この翁のことは、その名が評判になっていて、凡人でないことを知っている。そこで少しも相談せずに値段をたいそう安く決めて、貝を鞍《くら》の前輪《まえわ》につけ、上に翁を扶《たす》けて乗せ、若宮巷路へ牛を追い立てて行った。さて、翁は庵のそばに牛を牽きすえさせ、扶けられてゆっくり下りると内へ入る。

茂曽七が二袋の貝を解いて運び入れると、翁は銭を並べて茂曽七に渡しながら言うことに、

「今日は思いがけず、おぬしの助けで、労せずにたくさんの貝を引き入れた。ついては、お礼をしなければならないことがある。わしがよくよくおぬしの様子を見るに、ひどく気がかりじゃよ。もしこの禍《わざわい》を払い除かなければ、遠からず恨みを抱いて死ぬだろう」

茂曽七は聞き終わらないうちにたいそう驚き、翁の顔を見つめて長い息をつくと、「それなら、どうやったら禍を除けますか。たとえ田畑を売却して祭りのために献上しても、命には代えられない。速やかに話してお知らせください」と、竹縁《ちくえん》に額をついて丁寧に頼む。

翁はしばらく考え込んで、「これは行うのが容易でないが、おぬしの心によってするなら行いやすい。早く『さめ』を捨てなされ。このほかには方法もありません。今日は貝を探し求めて過ごしたので、わしはたいそう疲れた。お許しくだされ」と言いかけて、肱《ひじ》を枕にして横になると、すぐにたいそう高いいびきの音を立てる。

茂曽七は、「さめを捨てよ」と言われたことが理解できず、重ねて尋ねようとするが、翁はもう熟睡していた。しかたないので、牛の手綱《たづな》を牽いて名越《なごや》の切り通しの方を池子村へと帰って行く。つくづく思うに、「あの翁は人の様子を見て、身の禍福、命の長短を説き示すのが、昔の指《さす》の神子《みこ》（よく言い当てる陰陽師や占い師）にも勝《まさ》っていると、評判ははっきり聞こえている。今言ったことは、決して戯《たわむ》れのはずがない。だが、『さめを捨てよ』と言われたわけを尋ねようとしたら、早くもお眠りになったのには、わけがありそうだ。『さめを捨てよ』とは、この青牛《さめうし》を捨てよということに違いなかろう。この牛は長年の間飼いなれて、一挙一動すべてわが意のままに、耕作にせよ駄賃にせよ、いまに裕福になるものだ。分別なく捨てるのはひどく惜しいが、命に代わろうか。すぐにこの牛を売るべきだ」と、ひたすら思いさだめる。

延明寺《えんみょうじ》の辻《つじ》を東の方に過《よ》ぎる時、思いもかけず弟の曽茂八に出会った。去年から仲たがいして、はや一年以上になるが、やはり血のつながりの誠《まこと》が表れる。曽茂八は、腰をちょっとかがめて兄のそばに走っていくと、「これはまあ、どこへ行かれるところでしたか。互いに遠くない里にいますが、たいそう嫂御《あねご》に憎まれましたので、なんとなくうしろめたくて、安否をお尋ね申し上げげませんでした。月日の移りゆくままに、門《かど》の敷居《しきい》も高く思われて、これほどまでに不誠実に過ごしたわが身の手落ちこそ罪深いものです。お許しくださいな」と詫《わ》びる。

茂曽七も、すぐに打ちとけてにっこりとほほ笑み、「たとえ疎遠に過ごしていても、互いに変わったことがないので、これ以上の喜びはない。そなたが式四郎の婿になったことは、名越村にいる戸平婆婆《とへいばば》の話で聞いた。浦風《うらかぜ》（浜風）の便りにも一向におとづれ（便り）しないのに、こちらから参って祝いを述べるべきものでもない。それはそうと、どこへ行くのか」と尋ねる。

曽茂八は答えて、「いや、大したことではありません。わが家の牛が急に病気になって、わずか三日ほどで死んでしまったので、よい牛がいればいいなあと思って、今朝戸塚《とつか》の牛市へ見に行ったのですが、目にとまる優れたのがいなくて、このように手ぶらで帰るところです」。

茂曽七は聞き終わらないうちに、「それはよい。わしはわけがあって、この牛を急に売ろうと思うのだ。わしの方では役に立たなくても、そなたが牽くのに何の悪いことがあろう。これでよければ阿爺《おじご》に話して、牽いて持っていけよ」と、本気で話す。

曽茂八はたいそう喜んで、「その青《さめ》のことは、わが養父式四郎もよく知っていますので、帰って相談するには及びません。いよいよ売ろうということになったら、きっとわたしの方へお与えください。値段はいかほどですか」と尋ねる。「いや、他人に売るのでもないので、値段はそなたが決めて、都合のよい時に寄こしてくれ。この鎌倉で、一日でも牛がいなくては不便だ。今そなたに取らせるから、すぐに牽いて持っていけ」と言って、すぐに絆綱《はづな》（轡《くつわ》につけて引く綱）を投げ渡す。

曽茂八は、あまりに急なので理解できなかったが、すぐに良い牛が欲しいと思っていた時なので、心中たいそう喜んで、わけを尋ねようともせず、「それならば、仰《おお》せに従いましょう。帰ったら養父に話して喜ばせ、五、七日の間には、代金を持ってまいりましょう。その時にこそ、ここ数年の訪問が途絶えていたことをお詫びしますので、嫂御《あねご》にもよいように伝えてください。ですが、代金がどれくらいかとおっしゃらないのはよくありません。どれくらい差し上げましょうか。考えのほどをお知らせくださいよ」。

言い終わらないうちに、「他人行儀《ぎょうぎ》なことを聞かないでくれ。兄が弟にものを売るのに、利益を争っていったい何になろうか。その牛は、そなたに売るだけでも気持ちよくはないのだ。お前もかの貝の翁のことは知っているだろう。まずかの翁に占わせて、その牛が『お前の家にいては良くない』と言うなら、どんな人にでも売れ。何やかやするうちに日が暮れてしまう。

わしはもう行かなければならない。式四郎阿爺《おじ》にもお前の妻にも、ことづけしてくれ」と言いかけて、あわただしくきびすをめぐらし、東に向かって去ってしまった。

曽茂八は、じっとうしろ姿を見送りながらため息をつくと、「兄だからこそ、弟だからこそ、一年あまり仲違《なかたが》いしても、逢えば隔たった気持ちはない。こちらが『牛をなくした』と聞いては捨て置きになさらず、値段を決めずに、『この青《さめ》を牽いて持っていけ』と言って下さった。思いやりはありがたいことだ。これほどまでに厚い兄弟の真心は今も変わらないが、かの嫂の讒言《ざんげん》に中垣《なかがき》を作られて、同じ村にもいないようになったのは、みなおのれの間違いだ。お許しください」と独りごとをいう。

折れる恨みの角文字《つのもじ》（牛の角に形が似ている平仮名の「い」）の、磯辺《いそべ》に向かって牽く牛の、絆縄《はづな》も長い由井浜《ゆいのはま》、一の鳥居は過《よ》ぎれども、神ならぬ身はこれぞこの、一生の別れとは、しら波よせる（知らない）砂子路《まさごじ》（砂の道）を、洗う夕陽に干《ほ》しあえぬ（干そうとしてできない）、袂《たもと》はいとど（ますます）汐《しお》（しずくが）垂《た》れて、腰越《こしごえ》村へ帰りけり。

そうするうちに、茂曽七は延明寺のそばで思いがけず弟の曽茂八に出会い、気にかかっていた青牛《さめうし》をすぐに売ったので、重荷をおろした気持ちになり、あわただしく池子村に帰った。専女《おさめ》と字平《あざへい》らに、貝の翁が言ったこと、また途中で曽茂八に出会って牛を売ったことを、一部始終話して聞かせる。

字平は聞き終わらないうちにあざ笑い、「占い者などというのは、人の様子をみて、いろいろこしらえごとを言って銭《ぜに》を取ろうとたくらむものだ。それなのに不覚にも騙《だま》されて、惜しい青牛を売りなさったのは愚かしい」と、手のひらをたたいてばかにする。

専女もあきれて膝《ひざ》を進め、「売ろうとするなら買いもしましょうが、他人に劣る曽茂八にあの牛をお売りになったのは、どうしようもないことです。代金はどれほど手に入れなさったか、それをお見せなさい」と手を出す。すると、「いや、途中で出会って立ったまま急に相談したので、彼の懐《ふところ》にものはない。だが他人に売るのでもないので、『都合の良い時に持ってくるように』と言って、牛をすぐに牽かせてやった。五、七日の間にはきっと来るだろう。そうむやみに疑うことだろうか」。

専女は眉をひそめて、「ああ、情けなや。あなたにとっては弟ですが、兄を兄として敬《うやま》わず、あたりかまわずものを言う。引っ込んで腰越村にいながら、一年過ぎても一向に便りをよこさない。そんな恐ろしい心を知らないで牛を渡して帰っては、弥勒《みろく》の世まで待つのだと言って、銭を持ってくるはずがありましょうか。明日は早朝にあちらに行き、もし銭がないと言うなら、牛を牽いて持ち帰りなさい。かの青《さめ》は、見る人はみなほめるのだから、売ろうと言えば、よい値で買う人はたくさんいるでしょう。損をして後悔なさるな」と、向かい火を焚《た》きつける（けしかける）。

宇平も膝を組みなおすと、「いっそのこと青の牛を腰越から取り戻して、わたしにお売りくださいよ。代金はあなたが考える以上に、売買をして差し上げましょう。人はただ正直がよいというのも、ものによる。甘いやつであるよ」とあれこれ軽んじたが、茂曽七は争わないで笑っていた。

翌朝、専女はいつもより早く起きると夫を急がせ、「腰越村へ行って、牛を取り戻しなさい」と勧めた。けれども茂曽七は行こうともせず、「もともとかの牛を売ろうと思ったのは、利益のためではない。ただ禍を避けるためで、たとえ弟が腹黒くて代金を持ってこなくても、わが家が無事なら、これ以上の幸いはない。ただ、弟にあの青《さめ》を取らせたのも、実のところ快くはない。しかし、わしには不祥《ふしょう》なものでも、弟の家で養えば福《さいわい》となるかもしれないと思い直して与えただけだ。どうして代金を問題にできよう。今は、黄牛《あめうし》一頭になった。字平《あざへい》にはいとまを取らせて、黄《あめ》を自分が牽くべきだ。あの人をお呼びなさい」。

専女はあきれて、夫の顔をじっくり見つめ、「まことにあなたは君子《くんし》か、聖人なのでしょう。これほどまでに欲をはなれて、いちずに考えているものを、あれやこれや言うのではございませんが、字平にまで身のいとまを取らせなさるのは、感心できません。あの黄牛はたいそう粗暴で、あなた様の手に負えないのではありませんか。それだけでなく、この春は時々『気分が悪い』と言って、こもりなさる日が多いのに、あの人がいなければ仕事の手だてを失うかもしれません。ただほかの牛に買いかえて、それをあなた様がお牽きになれば、何の苦しいことがありましょう」と、誠実に諫める。

茂曽七は頭を左右に振り、「言うことは道理があるようだが、もともと字平を雇ったのは牛が二頭いたためだ。それなのに今黄牛一頭になったからといって、ほかの牛を求めて人を雇えば、その費用をすぐに補うのは難しい。またあの黄《あめ》は粗暴でも、わしも長年牛を牽いていたので、どうして恐れることがあろう。ものが増えれば水も増える。人一人とは言えない。理由もなく止めなさるな」と、心をこめて話して諭す。それから字平を呼ぶと、考えていることを話して聞かせ、決めてあった賃金のほかに二月《ふたつき》分の代金を増して与え、身のいとまを取らせた。字平は家を喪《うしな》った狗《いぬ》のように、急に困ってなす術《すべ》がないが、無理にいるとも言えない。そこで村はずれにいる友だちの某甲《なにがし》の家に行って、しばらくそこを寝床にする。

こうしてまた十日ほど過ごしたが、腰越村からは便りがない。専女は毎日曽茂八の陰口《かげぐち》を言ってやまない。「残念なことに牛を騙《だま》し取られて、落ち着いているのはどうしたことです。いいかげんなふるまいではありませんか」などと、たいそうやかましく言われるのもうるさいので、ある日茂曽七は、曽茂八のもとに行って婚姻の喜びでも述べ、また青牛の代金も受け取ろうと思う。まずそれを専女に話すと、酒を一瓢《ひさご》と乾し魚一籠を黄牛の背にくくりつけ、これを牽いて家を出たのは、午《うま》（正午）の貝吹く（ほら貝を吹いて合図する）ころだったろう。

さてこの日、貝の翁はいつものように浜辺へ行くと、あちこち歩きまわって貝を拾う。ふと見ると、はるかかなたの波打ち際《ぎわ》に、たった今入水《じゅすい》した人だろうか、打ち返す波にゆり寄せられ、また引く潮にゆりさげられて、浮いたり沈んだりしている者がいた。「ああ」と言って走り寄り、やっとのことで引き上げる。あわただしく、腰につけていた皮袋から用意してある定心丹《じょうしんたん》を取り出すと、すぐに死人の口の中へ塗りつけて、しきりに生き返らせようとするが、たくさんの水が腹の中に入ったので、薬の効力が届くはずもない。これはどうやって水を吐かせようかと思った時、突然に行合川《ゆきあいがわ》の方から一匹の牛が出てきた。

翁はそれを見るとたいそう喜び、「およそ溺死《できし》した人が水をたくさん飲《の》んだのを吐かせるには、牛の背中へ横にして死人の腹を牛の背に合わせ、静かに牛を歩かせると、腹のなかの水はおのずから出るものだ。ほかの良い方法はいろいろあるが、あるものは年取ってわが力が及ばず、あるものは海辺で薬種《やくしゅ》を求める手だてがない。持ち主が誰か知らないが、あの牛が離れてくるというのは、天がこの人を助けるのだろうか。不思議だ、不思議だ」と、非常に感心する。

またあわただしく走っていき、牛を海辺に引き寄せながら、死人をつかんで乗せようとする。再び驚いて、「不思議なことだよ。今この人を見て、またこの牛を見るに、わしがさるころに、この浜からたくさんの貝をつけさせて、若宮巷路へ送らせた牛飼いの男だ。この人には横死《おうし》の相《そう》があり、禍が身に及ぼうとするのを知ったので、先にわしはそれを告げたのだが、悟らないで溺死《できし》した。これは逃れられない因果《いんが》だろうか。同情すべきだ」と、独りごとを言う。

こうして茂曽七の死骸を牛の背中に乗せると、その牛の歩むにまかせ、「彼が十分水を吐いたあとで、また手だてもあろう」と思ったので、また浜辺をあちこちと、しばらく貝を拾う。もうよいころだろうと牛の行方を振り返ると、どこかへ行ったのだろうか。目の及ぶ範囲を隈《すみ》から隅まで見渡すが、浜辺に牛はまったく見えない。それを見捨てるわけにもいかないので、由井浜まであとを追い、行けども行けども影もない。空までも曇って、雨がはらはらと降り注ぐ。「彼の家を知らないで、どこまで訪ねられようか。辻町《つじまち》の方へ行ったら、市店《いちぐら》が軒《のき》を連ねているから、きっと知っている人もいて、彼の妻子に告げるかもしれない。申下刻《ななつさがり》（午後の四時すぎ）に降る雨は、きっとやまないものだ。道のぬかるまないうちに早く帰ろう」と言って、塗り笠の紐を結びそえ、若宮巷路の庵《いおり》まで雨に追われて走った。

○青牛の下

腰越村《こしごえむら》の曽茂八《そもはち》はさる時分、戸塚《とつか》の牛市《うしいち》へ行った帰りに、兄の茂曽七《もそしち》に出会った。去年からの疎遠を詫びると、思いのほかに茂曽七の心がやわらいで、牽いて帰ろうとする青牛《さめうし》までも手に入れさせた。たいそう喜び、かの牛を追って家に帰る。養父の式四郎《しきしろう》と女房の小動《こゆるぎ》に、これこれの事情を話して聞かせると、養父も妻も喜ぶこと通り一遍《いっぺん》でない。

「嫂《あによめ》が腹黒くて兄弟が疎遠になったからといって、いつまでそのままでいられましょうか。ここで生活の面倒を見ているので、お前さまも一家の主人です。こちらから行って、あれこれ話して聞かせ、みずからの訪問が途絶えているのを詫びなければならないのに、思いがけず途中で出会って兄弟が和睦《わぼく》なさったことは、これ以上の喜びはありません。そればかりか、わが家で『牛を喪《うしな》った』と聞いて、このような優れたものを惜しがりもせず、牽いて帰らせた思いやりは、たいそうありがたい実の兄です。ほんとうにわたしも人も、二親《ふたおや》が亡くなったあとには、兄弟以上のものはありません。けれど妻を娶《めと》り夫に連れ添い、おのおのが独立するようになると、おのずから疎遠になります。ともすれば、おしゃべりな婦人に両者の仲をへだてられ、兄はかえって弟を憎み、弟は兄を疎《うと》ましく思うのは世の人の迷いです。嫂御《あねご》はともかくも、離れる時はもとより他人。何を言われても聞こえないふりをして、兄に背きなさるなよ。そうしようというなら、時を移さずに少しばかりの苞苴《あらまき》（わらなどで魚を包んだもの）を用意して池子村へ行き、牛の代金を差し上げなさい」と、心をこめて説き諭す。

曽茂八は、ますます自分が訪問しなかったことを後悔する。「持つべきものは兄だ」と思うと、再び感涙を拭いながら立ちあがる。牛を小屋に牽き入れてものを食べさせ、自分も夕飯を食べていると、たいそう長い道で疲れたので、その晩は早く横になった。

こうして次の日に曽茂八は池子村へ行こうとして、苞苴の用意をする。式四郎が言うに、「わしが今朝暦《こよみ》をみたところ、日柄《ひがら》がひどく悪い。兄公《あにご》の家へ行くとしても、ここの婿になってから初めての対面なので、今日は思いとどまりなされ。来たる二十八日は丑《うし》の日で、いろいろよいとある。昔から丑の日にしたことは長く成就《じょうじゅ》するというので、しあさってに行くのがふさわしい」と、本気でとどめた。曽茂八はそれに従って、二十八日に決めた。

二十七日の夜になって、養父の式四郎は脳卒中《そっちゅう》で、全身がしびれて口がきけなくなる。夫婦は驚いて心配し、曽茂八は医者のもとに走っていき、小動《こゆるぎ》は父の枕元を離れずに看病する。

こういうわけで曽茂八は、次の日も池子村へ行けなくなった。朝晩の看病でいとまがなく、思いがけずに日数を過ごす。式四郎の中風《ちゅうぶ》は少し良くなったが、日常生活も自由にならず、口をきくのも思い通りにいかない。それなのにかの青牛《さめうし》は、ともすれば綱を抜けて走り出て、東の浜辺へ行くことが二、三度に及んだ。

しかし曽茂八は、早くに追いとどめて引き戻して思うに、「この牛は、長い間兄に馴《な》れていたので、もとの主人を慕って池子村へ帰ろうとするのだろう。牛ですら恩を知っているのに、わたしはかえって恩義を忘れ、去年から兄に遠ざかった。いまさらながらあちらに行こうと思う気持ちが起こったが、差《さ》し障《さわ》りができて果たせない。そうとは知らないで、今日来るだろうか、明日来るかもしれないと、はじめのうちは待っていたが、今は恨んでいらっしゃるだろう」と、推測するだけでも心苦しい。

また二日、三日するうちに、かの牛はまた縄を抜けて走り出たが、この日はことに式四郎の容態が悪くみえたので、曽茂八も小動も知らなかった。その夕暮れに、にわか雨がひどく降るので、「牛が濡《ぬ》れるかもしれない」と、小動が気ぜわしく牛小屋に行ってみると、牛はいない。「やっぱり」と思って、あわてふためいて夫にこれこれと話をする。

曽茂八は聞き終わらないうちに、蓑笠《みのがさ》を取って頭にかぶると、浜辺を東へ追っていく。見ると、向こうから来る牛がいる。「さては、わが牛が雨を恐れて、途中から引き返したのだろう」と思うと、ますます足も進む。近づいて見ると、わが青牛《さめうし》ではなくて黄牛《あめうし》である。鞍《くら》の前輪《まえわ》に、一瓢《ひさご》の酒と一籠《かご》の乾し魚をつけている。持ち主が追ってくるだろうと、すぐに引きとめてしばらく待ったが、向こうからは人も来ない。またよくよくこの牛を見ると、兄と同居していた時に自分が長年牽いていた牛である。

「これは、一体全体どうしたことか」と、再び不思議に思う。やはりたたずんで考えるに、「兄はこの数日、わたしが行かないのを待ちわびて、こちらへと家をお出になったが、このようににわか雨に遭《あ》って、雨宿りしていらしたのではないか。それならばこの牛が離れたのを、ご存じないのだろう。雨さえやめばわが兄は、おのずからお出でになろうから、まずこの牛を牽き入れて待つのがよい」と独りごとを言って、そのまま黄牛を牽いて走って帰る。

妻の小動に事情を語り、濡れた牛をいたわる。小動も急いで竈《かまど》に火をつけて燃やし始め、客人の準備をしながら、今か今かと夫の兄を待っている。日は早くも暮れてしまったが、かの人は来ない。「これは、まったく理解できない」と、夫婦はああだろうか、こうだろうかと一晩中待っていたが、茂曽七がどうしてやって来るだろうか。由井の海辺で溺死《できし》したのを、こちらの牛の背に乗せて池子村へ帰ったとは、その暁《あかつき》の夢にさえ曽茂八夫婦は知らなかった。

こうして夜も明け、雲が晴れて朝日は海から昇ったが、夫婦の疑いは依然として晴れない。曽茂八はひどく兄の身の上が気にかかるので、訪ねていきたいと思うものの、昨日から養父式四郎の病気はいっそう重くなったので、見捨てて遠くへは行けない。人を雇ってでも様子を尋ねさせようとするが、このごろは農業漁猟でいとまがない時なので、雇われようという者もいない。どうしたものかと思いを馳《は》せながら、この日もまた空《むな》しく過ごした。

夜は早くも五更《いっつ》（午前四時ころ）のころ、捕《と》り手《て》の兵士が五、六人、字平《あざへい》を先に立たせて、式四郎の粗末な家のそばで様子をうかがって近づく。曽茂八が家にいるのをこっそりのぞき見ると、門の戸を急に蹴《け》りはなって一斉に乱入し、「兄を殺して牛を奪った腰越村の曽茂八、お縄《なわ》にかかれ」と叫ぶ。

小動《こゆるぎ》があわてふためいたのは、言うまでもない。式四郎も横になりながら、この声を聞いてひどく驚く。言おうとするが舌が戻らず、起きようとするが体は言うことを聞かず、進退ここに窮まった。曽茂八はかえって「犯した罪はないのに」と、騒がずに額をつき、「何とおっしゃるのでしょうか。もとより賤《いや》しいわたくしですので、誠《まこと》の道は知りませんが、堤婆《たつば》（釈迦仏の弟子でのちに違背したとされる人）の悪をよいこととは思わず、兄を殺して牛を奪ったとは理解できません。お聞きになったことが誤りだったか、人違《いか》いでございましょう」。

言い終わらないうちに、捕り手の兵士は前後左右で眼《まなこ》を怒らせ、「『腰越村の式四郎の婿《むこ》曽茂八をからめとれ』と、鎌倉殿がおっしゃった。それを承られた青砥尉《あおとのじょう》の命令で駆けつけたわれらが、聞き誤ろうか、人違いしようか。大胆不敵、諺にいう盗《ぬす》っ人猛々《とたけだけ》しいとは、お前のことだ。たとえ口達者《くちだっしゃ》で申し述べても、正しい証人がここにいる」と言ってさし示す。

字平はすぐに進み出ると、「おい、曽茂八。わしとお前は同じ村で成人したから、性質はよく知っている。お前に六、七歳のころから盗み心があったことはさておいて、今目《ま》の当たりに見ることを一つ二つ言おう。お前は嫂に思いをかけ、その恋がかなわないのを深く恨み、家の中のものを奪い取って兄の家を逐電し、この腰越村へ身を寄せた。ずうずうしくも式四郎の婿となって、寒い日には木綿の綿入れを重ね着し、暑い時は単衣を着て、人なみの仕事はするが兄のものを返そうとはせず、一年余り途絶えていた。

茂曽七は仏心《ほとけごころ》で、お前がここにいると知りながら催促もせず、そのままにして過ぎた。だがさる日、お前は延明寺《えんみょうじ》の辻《つじ》で兄に出くわし、そら泣きをしてまた茂曽七を放り出し、そればかりか青牛《さめうし》を騙《かた》りとって、挙げ句の果てに返さない。しかし茂曽七は性質が鈍《にぶ》いので、ただ道理を述べて青牛を取り返そうと思った。そこで家にいる黄牛《あめうし》に酒や魚を背負わせて、一昨日お前の婚姻の慶賀《よろこび》をかねてここへ来た。お前はまたさらなる悪念《あくねん》を起こして、かの黄牛までも奪いとろうとするために、兄の茂曽七をしめ殺し、雨風が激しいのにまぎれて、その死骸を先に奪いとった青牛《さめうし》に背負わせて海辺に出した。ひそかに水底《みなそこ》に沈めようと謀《はか》ったのだろうが、天の眼《まなこ》は明らかで、神も仏もお許しにならなかった。かの牛は急に走って逃げ、主人の死骸を背負って喘《あえ》ぎ喘ぎ池子村へ帰ったのは、昨日《きのう》の黄昏《たそがれ》過ぎのことだ。

だから嫂御《あねご》の悲しみはいうまでもなく、わしもその様子を見て、どうして驚かないでいられよう。このありさまは、あれこれ理解できない。これはお前のしわざだろうと疑ったので、昨夜ひそかにここへ来て、壁の隙間《すきま》から牛小屋をうかがうと、はたして茂曽七が牽いてきた黄牛が繋がれている。茂曽七はお前に殺され、死骸は青牛に乗せられて、海に沈められようとしたのだろう。だが、牛にはかえって人を上回る心があって、主人の亡骸《なきがら》を背負って帰ったので、そのわけを推しはかった。わしは去年から茂曽七どのに雇われて、あの家の牛を牽いていたから、一時《いっとき》ながら恩義が深い。もとより主人夫婦は、お前のほかにさしたる親族がいないので、わしは今専女後家《おさめごけ》を助けて事情を訴えたのだ。罪はお前が作ったもので、罰は天が行うもの。逃れようとしても許されるだろうか。はやくお縄をちょうだいしろ」と息巻いた。

曽茂八は思いがけず無実の罪を負わせるように言われ、そのうえ兄の非業《ひごう》の死を聞いて、胸がふさがって感情がたかぶり、まったくひとことも言いわけできない。頭を垂れていると、養父の式四郎は障子のむこうで横になりながら、様子を聞いてますます驚き、「人の心は測りがたいので、ひょっとしてそんなこともあろうか」と、恐れうろたえて疑うばかりである。

その時小動《こゆるぎ》は夫のうしろににじり寄り、捕り手の兵士らに、「曽茂八が池子村にいたころどうだったか、善いとも悪いとも知りませんが、こちらへ来てからは、悪事を働いたことはございません。それればかりでなく、この十日ほど前から父親の式四郎が卒中とやらで、口を利《き》くことさえできませんでしたので、夜となく昼となく看病して、裏口へ出たことさえありません。どんないとまがあって、そんな恐ろしいことができましょうか。もとより夫の兄の茂曽七どのが、こちらへ来たことはありません。これらの事情を十分に尋ねてお考えになれば、きっと明らかになりましょう」。

言い終わらないうちに、兵士らは眼を怒らせ、「自分の身に罪があるからこそ、曽茂八は口をつぐんで一言半句も争《あらが》わないのに、女は言葉が過ぎる。お前はいうまでもなく、お前の親も罪は曽茂八と同じはずだが、式四郎は中風でものを言えず、腰さえ立たないというから、しばらく許すことにする。曽茂八の白状の内容によって、罪を受けるべきだ。覚悟せよ」と叱りつける。

すぐに曽茂八をきつく縛ると、かの黄牛を牛小屋から牽き出させて、瓢《ひさご》の酒や籠の乾し魚などを、専女と字平らが訴えたままに鞍坪《くらつぼ》にくくりつけさせる。牛を字平《あざへい》に牽かせ、松明《たいまつ》を振って照らしながら、曽茂八を引きたてて問注所へと走り去った。

こうしているうちに村長《むらおさ》は伝え聞いて、荘客《ひゃくしょう》たちを誘い集め、その夜から式四郎の家を見張る。たいそう厳重に行ったので、小動《こゆるぎ》はますます胸の浮き（憂《う》き）雲が重なった。親の大《たい》病《びょう》に夫の厄難《やくなん》、いずれわが身に降りかかる涙の雨は少しもやむことがなく、朽《く》ちるばかりの袂《たもと》には、包むにあまるもの思い、何をしようにも手につかない。このように日を送ったら、枯魚《こぎょ》の市《いち》（乾魚店）に水をたたえ、焼かれた亀を池に放つようなもので、あとで悔やんでも取り返しがつかないだろう。こんな時に頼るべきは神仏のほかにないと、食を断《た》ち水を浴《あ》び、鶴岡《つるがおか》を遥拝《ようはい》して、親と夫の厄難消除《しょうじょ》を祈るほかなかった。

時に建治《けんじ》元年（一二七五）四月九日、青砥左衛門尉藤綱《あおとさえもんのじょうふじつな》は、きのう池子村の牽牛星《ひこぼし》茂曽七の後家専女《おさめ》、雇い人字平らが訴えたことから、昨夜からめとった腰越の農夫曽茂八を獄舎《ひとや》から引き出させ、訴え人専女と字平らを召し出して、それぞれ坪の内に置く。こうして藤綱は問注所に着座すると、まず罪人曽茂八を近くに呼び寄せ、「お前は長年、兄の茂曽七と同居して仕事をしていたが、どうして池子村を立ち去ったのか」と尋ねる。

曽茂八は両手を背中にくくり上げられ、恐る恐る申すには、「それがしが池子村からいなくなりましたのは、兄の茂曽七を諫めかねたからです。嫂の専女は大同村《だいどうむら》で夫を三、四人替えていましたが、その夫たちはみな若死にしました。だから『この婦人は、夫に祟《たた》る』などと、あちこちの人も言いました。それなのに兄は、ひとたび専女を見そめてから、たちまち心が迷い、仲人によって娶《めと》ろうとしましたが、それがしはよくないことと思ったのです。言葉をつくして諫めましたが、茂曽七は一向に承知しません。あとで専女はこれを聞き、深くそれがしを恨み、讒言《ざんげん》がやみませんでした。兄はその色香に溺《おぼ》れ、口先に惑わされ、これより実の兄弟は仲が悪くなり、それでやむを得ず兄に別れを告げ、腰越村に行きました」と答える。

青砥はそれを聞いてうなずき、「ならば、どうして兄の青牛《さめうし》を借りて返さず、そればかりか兄をしめ殺して黄牛《あめうし》を奪いとり、ひそかに死骸を青牛に背負わせて海辺へ牽き出し、その亡骸《なきがら》を沈めようとしたのか。言うことがあれば早く申せ。どうだ、どうだ」と膝を向ける。

曽茂八は答えて、「それは、字平らの誣言《しいごと》でございましょう。それがしは以前、戸塚からの帰り道、延明寺《えんみょうじ》のそばで兄の茂曽七に出会いました。立ったまま疎遠を詫びますと、兄もたちまちうち解けて、『どこに行ったのか』と尋ねられました。『近ごろただ一頭の牛が死んだので、その代わりにしようと戸塚の牛市へ行ったのですが、さほどの牛もいなくて、手ぶらで帰るのです』と事情を話しました。茂曽七は聞き終わらないうちに、『わしはわけあって、この青牛を急に売ろうと思うのだ。これでよければお前に与えよう。牽いて持っていって養父と相談し、都合の良い時に代金を持って来い。しかし、この牛をお前に取らせるのも、実は好ましいとは思わないのだ。まず貝の翁に尋ねて、悪いと言ったら、牛をほかの人に売れよ』と説いて、すぐに牛を手に入れさせました。それがしはたいそう喜んで、すぐに牛を牽いて帰りました。

二、三日のちに、少しばかりの贈り物を用意して池子村へ行こうとすると、養父の式四郎が卒中で、全身が麻痺《まひ》してたいそう危なく見えましたので、看病のためいとまがなくなりました。思いのほかに日を過ごすうち、かの青牛が絆縄《はづな》を抜けて東の浜へ走り去ることが、二、三度になりました。それをあれやこれやして追いとどめて引き戻していましたが、一昨日《おととい》の黄昏時《たそがれどき》に、かの牛が逃げて行方が分からなくなりました。雨がひどく降るとはいえ、やみそうもないので、それがしが追って東の浜辺へ行くと、向こうから一頭の牛がひどく濡《ぬ》れて出てきました。わが牛かと思って見るとそうではなくて、鞍の前輪に瓢《ひさご》と籠をつけています。これはまさしくそれがしが池子村にいた時、預かって数年の間牽いておりました兄の茂曽七の黄牛です。さては兄は、この牛にものを背負わせてこちらへとお出《い》でになる途中、にわか雨で仕方なく雨宿りしていらっしゃる間に、牛は離れて迷って来たのではなかろうか。それならば雨さえやめば、兄はきっとわが家にお出でになるだろうと思いました。

牛が濡れているのが痛ましかったので、すぐに牛小屋にひき入れて主人を待っていましたが、夜が更けましても門を敲《たた》く者はありません。どうしたのだろうかと思い嘆《なげ》いて、やがて夜を明かし、次の日池子村へ知らせて様子を尋ねようとすると、養父式四郎の容体がたいそう悪くみえました。雇って遣《つか》わせる人もいないので、昨日を空しく過ごしている宵《よい》のころに、思いもかけない罪を列挙され、このように捕らわれました。嫂のために血のつながりを裂かれたとはいうものの、それがしは不悌《ふてい》（年長者に対して従順でない）で去年から兄に遠ざかっているのを科《とが》として首を刎《は》ねられても、それは少しも恨みに思いません。ですが、もし牛を盗み、兄を殺したという誣言《しいごと》で罪になさるのなら、この身は死んでも決して服しません」。その言葉は普段と違って、たいそういさぎよく力強く聞こえた。

青砥は静かにそれを聞いて、「それなら曽茂八、お前が青牛を手に入れた時、兄の茂曽七が言った通り、貝の翁に吉凶を尋ねたか。どうだ」。すると、「いいえ、その日は暮れようとするころでしたので、若宮巷路へは行くことができず、そのあとは養父の看病でいとまがなかったので、今までかの翁には吉凶を尋ねていません」。

返事も終わらぬうちに、青砥は一段と声を高くして、「そういうことなら、言い訳《わけ》はひどく愚かだ。去年から兄に遠ざかっているのに、後悔したことが本当なら、たとえ養父の看病でいとまがなくても、十余日をむなしく過ごして、どうして一度も兄の茂曽七へ訪問しなかったのか。お前がもしそこへ行けなければ、女房をやることができるはずだ。お前の妻も行けないなら、人を雇って遣わしても、どれほどの難しいことがあろうか。それなのにまったく一度も池子村へ訪れず、また貝の翁に牛の吉凶を尋ねなかった。これは身を滅ぼす媒《なかだち》（取り持ち）だ。今お前が述べたことは道理があるようだが、まったく証拠がない。また専女と字平が訴えることとは、推量のようだが確かな証拠がある。もしその証拠とする牛を捨てて疑わしい言葉をとれば、これは贔屓《ひいき》の裁決だ。お前も確かな証拠を出せ。ひどく間《ま》が抜けているぞ」と、叱りつけた。

次に専女《おさめ》と字平を近くに呼び寄せ、「おい、専女。あの青牛《さめうし》が、主人の死骸を乗せて帰った時の様子はどうだった。茂曽七がその時まで着ていた衣《きぬ》を、持ってまいったか」。専女は頭を上げ、「あの日夫が着ていたのは、栲《たえ》（梶《かじ》の木などの繊維で織った白い布）の夾衣《あわせきぬ》でございます。ひどく雨に濡れたのを一晩竿《さお》にかけましたが、乾かないのを持ってまいりました。またその時牛に死骸を乗せられた様子は、横向きにして牛の背中に乗せてありました」。

青砥は重ねて、「茂曽七は何のために、あの青牛を売ろうとしたのか。そのわけを知らないか」と尋ねる。専女は答えて、「これはさるころ、貝の翁とやらに雇われて、七里の浜からかの翁が拾った貝を青牛に背負わせて、若宮巷路へ送っていった時に、翁は夫の人相を観て、『遠からず禍があるだろう。さめを捨てよ』と言われました。ひどく気にかけて、この日牽いていた青牛を売ろうという気持ちになりました。その時に曽茂八に出くわして、すぐに彼に取らせたとのこと。夫の話で聞きました」。

青砥はまた字平に向かって、「お前はまたどうして曽茂八が兄を殺して、その死骸を海に沈めるために、牛に背負わせたことを知っているのか。目の前で見て言うのか。たいそうはっきりしないことではないか」となじる。字平は騒ぐ様子もなく、「仰せではございますが、どうして目の前で見ることができましょう。ですが、曽茂八がすでに兄を殺し、これを牛に背負わせたことは、その気持ちは海へ沈めるためでなければ、谷へ捨てるためでございましょう。もしそうでなければ、何のために死骸を牛に乗せるでしょうか。これらの事情は、ご賢察があるはずのことでございます」と答える。

青砥はそれを聞くとあざ笑い、「まことにお前は、才知に長けた者に違いない。見れば右の人差し指を布ぎれで包んでいる。それはどういうわけか」と尋ねる。字平は拳《こぶし》を膝に乗せて、「さようでございます。これはさる日、目黒鰹《めぐろがつお》を切ろうとして、誤って刃《やいば》を走らせて指を傷つけましたものです」。

その時青砥は机をかたわらに押しやり、「おい、専女《おさめ》、字平《あざへい》。お前たちが言うことも、またたいそう疑わしい。茂曽七がすでに貝の翁に説き諭されて、牽いていた青牛を売ろうと思う気持ちになった時、途中で曽茂八に出くわして牛を取らせたのは、曽茂八が騙《かた》り取ったのではない。これが一つ。また、昨日お前たちが初めて訴えた時、『どうして茂曽七は、治療が間に合わなかったか』と尋ねたが、『いや、死んで時が経ったと見えましたので、薬を飲ませませんでした』と返事をした。今この夾衣《あわせきぬ》を見ると、薬の匂いがする。これが二つ。またこの夾衣がたとえ雨に濡れたとしても、絞って一晩竿《さお》に掛けたら、半分は乾くはずだ。それなのにこの衣はひどく湿っている。これは雨水だけではない。完全に塩水に浸ったのだろう。この三つの疑うべきことがある。こういうわけで、宇平の推量のように、曽茂八が兄の死骸を牛に乗せて海へ沈めようと謀《はか》っても、すでに海へ沈めたものをまた引き揚げて牛に背負わせ、さらに谷へ捨てようとすることなどできそうもない。ここに事情があるはずだ。これらは、どうだ。詳しく言え、詳しく告げよ」と繰り返しなじられ、専女は頭をたれて返事をしない。

宇平は少しも騒がず、「腰越村から池子村まで道のりも遠いので、情けある者がこれを見て薬を飲ませたこともございましょうか。まして、塩水に浸《ひた》っていたのと浸っていないのとは、知ることができません」と、平然として述べる。青砥は大声でからからと笑って、「お前が知らなければ、問ういわれはない。それならば別に尋ねる者がいる。誰かいるか。若宮巷路へいって、貝の翁を連れて来い」と急がせる。すると雑色《ぞうしき》が渡り廊下から走ってきて、「貝の翁がまいりました」と告げる。青砥はそれを聞くと、「それは幸いなことよ。こちらへ」と急がせる。雑色は心得て急いで走って行くと、翁は坪の内へ参上する。

その時、青砥藤綱は貝の翁を簀子《すのこ》のそばに招きよせて、「今使いをやろうと思っていたが、ちょうどよく入って来て喜ばしい。それはそうと、翁は売卜《うらない》で名を知られている。今日はきっと招かれるだろうと、早くも知って来たのだろうか。たいそう素晴らしいことだ」と称賛する。

翁はほほ笑んで、「いや、召されるだろうとは存じませんでした。先に御所《ごしょ》さま（将軍惟康《これやす》親王《しんのう》）のところへまいったところ、『今日は問注所《もんちゅうじょ》で、これこれの罪人をお調べになる』と、若い武士たちが話していらっしゃいました。それがしはこれを聞いて、人の無実を救うために出かけてきたのでございます」。

青砥はこれを聞いて、「それなら尋ねたいことがある。翁は、さるころに七里の浜から貝を背負わせた牛飼いの男を、どこの誰と知っているか」。

「いいえ。名前も里も聞いていないので、どうして知っているはずがありましょう」

「ならば、かの牛飼いの妻の名が専女《おさめ》というのを知っているか」

「いいえ。妻のことは、なおさらのこと存じません」

青砥はしばらく考え込むと、「あの牛飼いに禍があるだろうと告げて、『さめを捨てよ』と言ったのは、どういうわけか」と尋ねる。翁は答えて、「お疑いは、ごもっともです。それがしは、あの牛飼いの骨相《こっそう》を観ました。女難《じょなん》の相があり、その禍はまさに女房から起ることを知りましたが、ぶしつけには告げがたく、『さめを捨てよ』と言ったのです。狭《さ》は狭野狭男鹿《さのさおじか》の狭のように、ただ添《そ》えて言う詞《ことば》であって、意味はありません。女《め》は妻です。これは、『その妻を去れ』と言っただけです。それなのに、彼の女房の名を『おさめ』というのは、ますます不思議ではございませんか」。

青砥はそれを聞くと、思わず掌《てのひら》をはっしと打って、「翁が人相を説くのは、神のようだ。それなのに茂曽七は悟らず、『さめ』とは青牛《さめうし》のことと思ってその牛を売ったので、その身は横《おう》死《し》するばかりでなく、禍が弟のうえに及んだ。ところで、翁が幸いに無実の者を救おうとしてここに来たのは、考えがありましょう。詳しく話してください。あそこにいるのは、かの牛飼いの妻専女《おさめ》です。かれは牛飼い茂曽七の雇い人で、字平という者です。これは茂曽七の弟の曽茂八です」と、一人一人をさし示す。

翁はじっくり振り返って、「なるほど善悪邪正《じゃしょう》が顔に表れている。廷尉《ていい》も、大体のところは推量なさっているのでしょう。それがしはさる日、いつものように由井浜《ゆいのはま》のほとりに出て貝を拾いながら、ふと頭をめぐらしてうしろの方を見ると、たった今溺死したばかりと思われて、波打ちぎわにうち寄せられた死人がありました。救えるものなら救おうと思いましたので、やっとのことで引き揚げ、口を開かせて丹薬《くすり》を塗りつけると、口の中に何かあります。これは人に殺されたのだろうかと思いましたので、のちの証拠にそれを懐《ふところ》に収める時、突然に主人のいない青牛が、西の方から出てきました。

それがしはその牛を見て、溺死した人はさるころに、若宮巷路の家まで雇った牛飼いであるのを初めて知りました。たいそう可哀想であり意外であり、救えるようには見えませんでしたが、せめて水を吐かせようと思って、牛の背中に死骸を横にして、牛が歩くのにまかせました。しばらく時を過ごすために再び貝を拾ううち、あっという間に牛の行方が分からなくなりました。彼の家へ告げるにも名前さえ知らないので、どうしようもありません。ひたすら牛を追いかけてとどめようと思い、十町《ちょう》あまり走りました。ちょうどその時、にわか雨がしきりに降りそいだので、老人のふがいなさでひどく疲れ、牛を追うのをやめて自分の家へ帰りました。それなのに、今日若い人たちが話していらっしゃるのを聞きますと、『腰越村の曽茂八という者が兄を殺して、その死骸を牛へ乗せて海へ沈めようとしたことが発覚して、ひどいことに獄舎につながれる』とか。これは、まったく無実の罪に違いない。兄を救えなかったけれども、せめて弟を救うためにと出かけてきました」と、一部始終を話す。そして、「これこそ、かの牛飼いの口の中にあったものでございます」と言って、蛤《はまぐり》の貝を合わせたものを懐から取り出して、藤綱に差し上げる。

青砥はまだそれを開かないで、にっこりと笑い、「おい、翁。この貝の中のものは、人の指ではないか」と尋ねる。貝の翁は、彼が賢くて物事をよく見抜くのに深く感じ入り、「どのようにしてお知りになられたのですか。おっしゃったように、指でございます」。返事も終わらぬうちに、青砥は左右を振り返って、「早く専女と字平を縛り上げろ」と命令する。雑色《ぞうしき》たちが走りかかって専女と字平をとり押さえ、かたく縛ると、専女の顔は藍《あい》のように、肌は粟のようになって、ただ震えおののくばかりである。字平は声を張り上げて、「それがしらは、もとより罪はありません。老いぼれた翁の根拠のないことを本当だといって、お縛りになったのは道理がありません」と叫ぶ。

青砥は扇を持ちかえると、きっと睨《にら》みつけ、「極悪な匹夫《ひっぷ》め、これでもまだ言いはるのか。お前は専女と密通し、由井の浜辺で茂曽七を絞め殺し、死骸を海へ投げ入れた。さらに曽茂八に無実の罪を負わせ、心配のないようにしようと謀《はか》ったことは、証拠がすでに明らかだ。見ろ。お前が咬《か》み切られた人差し指は、茂曽七の口の中に残っていたが、貝の翁が手に入れて、すぐにここへ持ってきた。そいつはひどく打たなければ、どうして本当のことを吐《は》こうか」と息巻いて、字平と専女を百回鞭《むち》打たせる。

すると、この二人はともに苦痛に堪《た》えず、専女がまず白状して、「わたくしは字平と、去年の秋から密通しました。しかし、夫の茂曽七を殺したのは字平一人のしわざで、わたくしは一切知りません」。また、字平を鞭打たせるのが二百に及んで、堪《た》えきれずに言うに、「茂曽七はかの青牛を弟の曽茂八に与えたあと、黄牛ただ一頭になったので、それがしには急に身のいとまをとらせました。このために専女と長く別れるのが嫌なところに、茂曽七が黄牛を牽いて腰越村へ行くと伝え聞いたので、由井の浜辺で待ち伏せしました。背後から走りかかって喉笛《のどぶえ》を押しつぶそうとしたところ、誤って右の人差し指を彼の口の中に突き入れてしまいました。茂曽七は苦しさに耐えられず、それがしの指を咬《か》み切りました。しかしこれをものともせず、ついに絞め殺して海へ投げ入れました。素知らぬ顔で、その晩茂曽七の家に行き、専女と楽しんでいるちょうどその時、以前に曽茂八に牽かれて腰越村へ行ったという青牛が、茂曽七の死骸を乗せて帰ってきました。専女はいうまでもなく、それがしもこれを見て一旦《いったん》は驚きましたが、たちまち心に計策《はかりごと》を思いつきました。

その晩腰越村へ走って行き、ひそかに式四郎の家をうかがうと、牽かれて家を出た茂曽七の黄牛《あめうし》が式四郎の牛小屋にいました。ここでますます都合のよいことが手に入ったので、またあわただしく池子村へ走って帰り、初めて専女に秘密を知らせました。彼女に、曽茂八を無実の罪に落とし主《あるじ》のために仇を討つという名目で、茂曽七の所帯を自分のものにし、専女を妻にしようと謀《はか》りました。しかし専女はそれがしと、あとになって同意しただけです。手を下して茂曽七を殺したのではありません。ただ、それがしが言うままに訴えたのです」と、漏れなく白状してしまった。

青砥はそれを聞くと、まず曽茂八の縛《いまし》めを解きはなち、さて言うことには、「わしは初めからこの訴えは理解しがたく思っていたので、茂曽七が着ていた衣《きぬ》を取り寄せてみると、潮《うしお》に浸っていたようだ。こればかりでなく、牛が死骸を乗せた様子は、実に水を吐かせようとした者のしわざのようだ。ほかに疑わしいことはたくさんあるが、証拠が手に入らないので善悪を決めかねていたところ、貝の翁が贈り物で姦夫淫婦を明らかにした。字平はもとより雇い人で、主従の義はないとはいえ、犯した罪はたいそう重い。

また専女は、字平とともに茂曽七を殺さなかったとはいえ、すでに字平と密通し、不義の情欲から事が起こり、茂曽七を殺すに至った。その罪は字平と、どうして異なろうか。これもまた決して許しがたい。この者かの者を一緒に、近日中に由井浜に引き出して、誅戮《ちゅうりく》（罪ある者を殺す）しなければならない。曽茂八は急いで退出して帰り、養父の看病をし、姦夫淫婦が首をはねられる日に、二頭の牛を牽いてそこへまいれ。字平と専女の首を牛の角《つの》にかけてのちの姦淫《かんいん》を懲《こ》らし、また茂曽七の冤魂《えんこん》を慰めさせよ」と、入念に説き示す。

　みずから筆をとって批《ひ》（決裁）して言うに、

「美女の細腰《ほそごし》は白刃《やいば》を蔵《おさ》む（隠す）。房中《ぼうちゅう》（閨房の中）はこれによって転《うた》た（いっそう）仇《あだ》を為す（害を及ぼす）。奸夫の胸の内は爪牙が鋭い。知られないように人を食《く》らうこと虎彪《こひょう》のごとし。兄弟牆《かき》に鬩《せめ》ぐ（兄弟が内輪で喧嘩する）腰越状《こしごえじょう》（源義経が怒りを買った兄頼朝に宛てた手紙）。貝公《ばいこう》が指を拾う玉龍《ぎょくりゅう》の湫《すみか》。驚くことなかれ窮達《きゅうたつ》は塞翁《さいおう》が馬。世間にはこのような牽牛《けんぎゅう》あり」

　裁きを終えて曽茂八に身のいとまをたまわると、轍《わだち》の水たまりで苦しんでいる魚が湖水を得たように、天に歓《よろこ》び地に喜び、拝舞《はいぶ》して腰越村へ立ち帰る。小動《こゆるぎ》は昨夜《ゆうべ》から涙で袖《そで》も朽《く》ちるほどにただ泣いていたが、にわかに夫が無事に許されて帰ったばかりでなく、この日から式四郎の病気は思いのほか快方に向かい、わずか五、六日ほどで全快してしまった。「これはまことに鶴岡《つるがおか》の大神が、貝の翁に乗り移られて曽茂八の無実の罪を救い、治療しがたい親の病気までお治しになられたに違いない」と、父子夫婦は信心がますます増した。生涯貝の翁の恩を忘れず、兄の茂曽七の菩提《ぼだい》を手厚く弔《とむら》ったので、めでたいことばかりが続いて、その家は長く栄えたということだ。

巻之四

○藤綱が六波羅《ろくはら》に三《み》たび獄《うった》えを折《さだ》る事

建治《けんじ》元年（一二七五）の夏のころである。青砥左衛門尉藤綱《あおとさえもんのじょうふじつな》は、ある日北条殿（時宗《ときむね》）の命令を受けて、急に華洛《みやこ》に出かけ、両六波羅《ろくはら》（鎌倉幕府が京都守護を改組し、京都六波羅の北と南に設置した出先機関）を助けて、民の訴えを聴くことがあった。

これより先、北条式部丞時輔《しきぶのじょうときすけ》（時宗の兄）と左近将監《さこんしょうげん》（近衛府《このえふ》の判官《じょう》）義宗《よしむね》（長時の子）が、禁闕《きんけつ》（皇居）守護として六波羅にいた。さて、時輔は兄であったが、国家を支えるほどの才能がないため、厳父《げんぷ》の時頼《ときより》が生きていた時、時宗を家督《かとく》（跡取り）と定められた。時輔はこのことを長年くやしいと思っていたので、ひそかに時宗殿を滅亡させようという気持ちがあった。氏族《うから》（血族）の縉紳《れきれき》の北条公時《きんとき》や入道見西《けんさい》や遠江《とおとうみ》（静岡県西部）の守教時《かみのりとき》たちとしめしあわせたが、そのことが突然発覚し、文永《ぶんえい》十年（一二七三）十一月、時輔は六波羅で殺され、見西や教時たちは鎌倉で誅《ちゅう》された。

このために去年〔原注：文永十一年（一二七四）〕十二月、北条時国《ときくに》（時房の曾孫）が上洛して六波羅の南方にいて、義宗とともに理世安民《りせあんみん》（世を治め民を安んじる）の沙汰《さた》に余念がなかったが、この数年時輔は驕《おご》りたかぶり勝手なことをして、長い間秩序ある状態にしなかった。

愁訴《しゅうそ》は開けず、訴えは糸のように乱れて、華洛は悪善を決める手段がなく、たいそう迷惑が及んだ。その噂があったので、時宗は青砥を華洛にのぼらせ、訴えの是非を決断させ、それが終わったら、さらに中国西海をめぐり歩いて、守護探題《しゅごたんだい》の善悪を糾明《きゅうめい》し、一般の人々の訴えを聞くべきであるという意向を言いつけられる。

そういうわけで、藤綱は昼夜の別なく京都へ馳《は》せのぼり、両六波羅［義宗・時国］に主人の命令を話して知らせると、何か月分もの文書に丁寧に目を通し、すぐさま訴えをはっきりさせる。いく日もたたずに、数百件の訴えは霜《しも》のように解けた。賞罰はすべて道理にかなっていて、少しの私心もなかったので、無実の罪につながれていた者は、再び生きてお日さまを見ることができるのを喜んだ。事をくわだてたよこしまな民は、たいそう恐れてみずから罪を知った。

そのなかに三つの難題があった。第一は、三条の医師山道独庵《やまじどくあん》の庶子《てかけ》の子加古飛丸《かこひまる》が、姉の夫の鏡岱《きょうたい》と家財を争う訴え。第二は、大津《おおつ》の商人富屋潤平《とみやじゅんぺい》の店の棟上《むねあ》げの時に、金勝院《きんしょういん》の済休《さいきゅう》和尚が不吉な言葉を使ったといって、潤平の奉公人たちが寺を騒がせた訴え。第三は、美濃《みの》（岐阜県南部）の真桑《まくわ》村の臍繰婆婆《へそくりばば》が、同じ村の荘客《ひゃくしょう》飛土太《ひどた》の瓜《うり》の蔓《つる》を掻《か》いた訴え。これらはどれも理非が入り乱れてまとまりがつかず、長い間決定することができなかったという。

藤綱はそこで彼らの文書や上申書を読むと、翌日召しよせたが、加古飛丸は年の頃十二、三歳のように見え、その母伐木《たつき》がついている。鏡岱は年齢が三十あまりで、妻の麻蕢《おのみ》がついている。それぞれが訴えの場に参加したので、青砥がまずその来歴を尋ねる。

寡婦《かふ》の伐木が、わが子に代わって言うに、「加古の父独庵《どくあん》は華洛《みやこ》に名だたる医師でしたので、家はおのずから富み栄えて、蓄《たくわ》えは少々のことではございませんでした。それなのに年齢が五十になるまで子どもがいないのを嘆いて、十四年前にわたくしを妾《おんなめ》として東山の別荘に住まわせました。ときどき通いますうちに男の子が生まれましたので、独庵はたいそう喜んで、加古飛丸と名づけました。

いつもはただ加古、加古と呼んで、可愛がることひと通りではありませんでしたが、本妻が妬《ねた》むのを怖れて、本宅に呼び寄せることもしませんでした。こうしているうちに、本妻がこれを聞きつけて、たいそう妬《ねた》ましく思ったのでしょうか、しきりに夫に勧めて、近江《おうみ》の鏡《かがみ》の里《さと》から、自分の姪《めい》である麻蕡《おのみ》という少女を都に呼んで、養女にしました。

そののちまた夫に勧めて、内弟子の鏡岱を娘婿にして麻蕡に娶《めあわ》せました。これは独庵の願いではありませんでしたが、加古は隠し子ですので、ただ気持ちをおさえて本妻の言うままにしました。こうして五年前の春に、本妻は長い病気でついに亡くなりました。それからは本宅への道がひらけ、ときどき三条へ行き来しましたが、鏡岱夫婦は喜びません。ただ口悪くさげすみ笑うのが、たいそういまいましく胸が苦しくて、言いようもございませんでした。夫は年をとって務めにうとくなり、かの人の一家が主導権をとるので、行く末のことが心許《こころもと》なく、嘆くばかりで方法もありませんでした。

また三、四年の月日を送るうち、去年の初冬から、独庵は思いがけず『病気が重くなった』

と言って横になっていましたが、師走《しわす》の初めになってからは、たいそう危険にみえました。そういうわけで、わたくしも加古《かこ》も、その枕のそばを離れずに看病したいと思いましたが、鏡岱夫婦は許しませんでした。けっきょくその臨終《りんじゅう》が迫って、独庵に譲り状を書き残させました。その人がついに死んでも、加古を葬送の供《とも》に立たせませんでした。『このように正しい遺言状があるから、東山の別荘も本家のものだ。お前たち親子は、どこへなりと足の向く方へ行け』と言って、大晦日《おおみそか》の真夜中に、住みなれた家を追われました。

枝から離れた猿のように泣きあかしながら、道のかたわらで新春を迎える身は春ならず、ようやく人の好意で真葛原《まくずがはら》のそばに、ささやかな家を借りました。もともとさしたる親族はおらず、何を語ろうとするにもわが子は幼く、そのような島も見えない海で舟が浪にゆられる気持ちの中、五十日の喪《も》を果たしました。

こうしているわけにはいかないので、今年の如月《きさらぎ》（二月）下旬から、訴えをたびたびして注意を促しましたが、『正しい譲り状があるからには、何やかやと申すべき理由がない』ということで、聞き入れられませんでした。それは亡くなった人が、末期《まつご》がせまって書いたものだと分かっていても、明らかにできる証拠がないので、ますます嘆きが重なる親子の浮き沈み。家の血筋の一人子に、たくさんある値打ちものを分け、三分の一を与えても惜しまれる道理ではないのに、人の心の意地悪で、小さな田の雀だと追いはらわれました。むなしく餓えに臨むよりも、親子もろとも訴えの場で死のうと、かえって決心しました。たいそう畏《おそ》れおおくも、曇りのない道の鏡にあれこれを照らしてくださいましたら、おのずと真実と嘘は分かるでしょう。ただ幾重《いくえ》にもおん慈《いつく》しみを、お願い申し上げます」と申し上げるやいなや、おいおいと泣く。母親のそばで加古飛丸も、たいそう大人っぽく額を地にすりつける。

青砥はそれを聞くと嘆息して、「おい、伐木《たつき》。ただ今そなたが申したこと、ひとつも相違はないか」と尋ねる。すると、「どうして偽《いつわ》りを申し上げましょうか。隣近所や仲間も、このことをよく知っております」と申し上げる。

そのとき藤綱は膝《ひざ》をめぐらして、「やい、鏡岱《きょうたい》。お前は独庵の婿《むこ》として跡を継いだとはいえ、加古飛丸は独庵の実子ではないか。それならば家財を分け与えて、ちゃんとしなければならないのに、かえって追い出したとは、ひどく欲深《よくふか》の薄情で虎狼《ころう》にもひとしい。また鏡岱の妻の麻賁《おのみ》も同様だ。お前がかの独庵の本妻の姪《めい》ならば、養父に血縁はないが、加古飛丸には姉だ。もし少しでも恩義を知っていれば、夫を諫《いさ》めて、これほどにつきることのない振る舞いをすべきでない。これらのことは、どうなのだ」。

問われて鏡岱は頭を上げると、「仰《おお》せではございますが、それがしが以前やむを得ず加古飛親子を追い出しましたのは、独庵の志なのでございます」。

「それはまたどうしてか」

「さようでございます。独庵が末期《まつご》にそれがしを枕元に呼んで言うに、『わしは長年実子のいないことを心配して、伐木《たつき》を妾にした。東山《ひがしやま》に別荘をもうけて、そこに住まわせた。あれやこれやあって男児を一人生ませたが、つくづく思うに、加古はまったくわが子ではない。なぜかというと、かの伐木はこのうえもない淫婦で、情夫がたくさんいる。わしは近ごろこれを悟ったので、たちまち愛着を失い、母をも子をも追い出したいと思ううちに、急にこの病気にかかり、それを果たせなかった。わしの息がここで絶えても、お前はわしに代わって、速やかにかの母子を追い出して、わしを世の中の人がもの笑いにすることのないようにせよ』と。

遺言が厳しかったので、それがしはあきれて答えようがありませんでした。『おっしゃることではございますが、あなたが亡くなったあとでそのようにすれば、たとえ遺言であっても、彼らがどうして従うでしょうか。あえて無理なことをして、かの婦人がひどく怒ったら、ここに今あるすべての家財は、彼女に奪われるでしょう。家財をことごとく奪われたら、それがしはどうやって当家を相続できましょう。ただ願うに、穏便《おんびん》な計《はか》らいをしてほしいのです』と。

言い終わらないうちに、独庵は重い首を上げて、『いやいや、それは間違いだ。ものごとの心配は速やかに、嫩《ふたば》(芽を出したばかりの時)のうちに断《た》たなければ、斧を用いても及びがたい。こう言うと、わが愚かさを自分から明らかにするようだが、伐木《たつき》はもとより浮いた里で成長して世渡りの苦しさを知らず、酒を飲むこと蛇《じゃ》のごとく、銭を使うこと噛《か》むようだ。朝寝をし夜更《よふ》かしをし、一日じゅう髪をとかし、化粧をして衣裳を好み、ひとつとして所帯のためになりそうなものはない。わしの心はもう決まった。二度と諫めてはならん』と説き示しました。『紙と硯《すずり》を早く持ってきなさい』といらだちながら、病苦を忍んで一枚の譲り状を書き遺《のこ》し、『お前がこれで事を行ったなら、たとえわしが死んだあとでも、また誰が争うことができようか。きっと、女々《めめ》しい振る舞いをして、伐木に口を開かせるな』と遺言されました。たいそう痛ましいとは思いましたが、三年父のしきたりを改めないのを孝というので、やむをえず加古飛親子を追い出したのでございます」と、弁舌は立て板に水のごとく答える。

女房の麻蕡《おのみ》もうやうやしく手をついて、「ただ今夫が申しましたように、弟を捨てたのも養父の遺言です。個人的にしたことではございません。もともとこの子どもを、独庵が加古飛《かこひ》(囲い）と名付けましたのは、囲《かこ》い女の子どもだからです。それゆえかの伐木《たつき》が加古飛という名を忌み嫌って、加古、加古と呼んだのです。心中が推しはかられて心苦しく思いましたが、自分が本家に入りこんで加古飛に家を継がせようと、かねて思っていた目論見《もくろみ》が違って、道理に合わないことを訴えますのは、恥を世間に示して罪深いことです。もちろん伐木が遊女の果てか、傀儡《くぐつ》の果てかは存じませんが、夫一人を守ることができずに、たいそうふしだらなわけは、はっきり人も知るようになりました。ただ願うことは、亡き親の譲り状をご覧になって、わが夫に私心があるか、彼ら親子が偽《いつわ》っているか、善悪を目の前でお知りになるのが良いのではないでしょうか」と、さらに怖《お》じけることなく小賢《こざか》しく口数多く答えた。

青砥はそれを聞くと冷笑して、「お前たち、よく考えてみよ。男女のふしだらも、年若いころでこそ浮き名をも立てられるものだ。それなのに独庵は、伐木が情夫をたくさん持ったことを十余年知らずにいて、死のうとする時に初めてそのようなことがあったと悟って、我が子を棄てよと言ったのは、始めと終わりが合わない遺言だ。世の中で、親としての甲斐性《かいしょう》がない子どもを持って追い出すことがあっても、その親の死に際《ぎわ》には、呼び寄せて会わせもするというのが大方の人情だ。それなのに末期《まつご》に及んで一子を捨てるのは、人たるものの心ではない。お前たちもそうであろう。たとえ養父が死にぎわに心が乱れて言ったという事情があっても、弟を憐れむ心があればこれをなだめるものなのに、どうしてこのようなことがあろうか。

むかし、異朝《もろこし》の魏武子《ぎぶし》（魏犨《ぎしゅう》、中国春秋時代の晋《しん》の武将）に愛妾がいた。いつもその子の魏顆《ぎか》に言うことには、『わしが死んだら、かの妾《おんなめ》を人に嫁《とつ》がせよ』と。こうして魏武子は病の床で死のうとする時に、また魏顆に言うことに、『わしが死んだら、かの妾を殉葬《じゅんそう》して墓穴《はかあな》に入れよ』と言った。こうして魏武子が亡くなったので、魏顆はしばらくして父の愛妾を嫁がせようとする。妾は、『先君が臨終に、わたくしを殉葬して一緒に埋めよとおっしゃいました。それなのに君《あなた》は父上の遺命に従わないで、わたくしを嫁がせなさるのは、理解しがたいことでございます』と言う。

魏顆が答えて言うに、「わたしが聞いたことは、そうではない。平生あなたを嫁がせよと、わが父は言われた。それなのに病気が重くなった時に、『墓穴に埋めよ』と言われた。これは、その心が乱れなさったからだろう。わたしは不肖《ふしょう》だとはいえ、父の常《つね》の教えに反して、末期に心が乱れなさった遺言に従おうか』と言って、最後にはその妾を嫁がせた。

こうしてまた年が過ぎ、晋《しん》と秦《しん》が合戦した。その時に、魏顆は秦の大将杜回《とかい》と戦った。しかし軍《いくさ》は敗れて、魏顆はあやうく撃たれそうになる。その時に見ると、一人の老翁《おきな》が草を結んで追ってくる敵をつまずかせた。そこで味方は力を得て、たちまち取って返して敵を斬ること、その数を知らず。思いがけず勝利した。その夜の魏顆の夢に、かの老翁が枕元に来て言うに、『わたしは、あなた様が嫁《とつ》がされた妾の父です。娘のために再生の恩に報いたいと長く思っていました。このため草を結んで敵を破らせました』と告げたことが、ものの本に見える。鏡岱は医師なので、しっかり書物も読んだろうから、このくらいの故事は知っていただろう。『情けは人のためならず』と、世のことわざにも言うではないか。そもそもお前たちが証拠とする譲り状はどのようなものか。これもまた独庵が、病気が重くて心が乱れ、本意でないことを言い残したのではなかろうか。遺言書があれば早く見せよ」。

鏡岱は膝を進めて、「お言葉ではございますが、人の臨終はさまざまで、心が乱れることもあり、乱れないこともあります。かの魏武子の一事《いちじ》をもってしては、まったく定めがたいことです。この証文をご覧になれば、お疑いはたちまちに消えましょう」と、得意げに懐に手を差し入れて譲り状を取り出すと、うやうやしく差し上げる。

藤綱はそれを取って開き、始めから終わりまで何度も見てから傍《かたわ》らに置くと、「愚かなことよ、鏡岱。このような証文があるからには、加古飛丸こそ独庵の家を継ぐべき者であるぞ。それなのにお前たちは道理も分からずに、その家の主《ぬし》を追放したことは、傍若無人《ぼうじゃくぶじん》で言うにたらずだ。譲り状をどのように読んだのか。思いのほか馬鹿者であるよ」と、蔑《さげす》んで笑う。

鏡岱夫婦はひどくあわてて目をみはり、「確かな文書を見てもなお、それがしを道理にはずれているとおっしゃるのは、贔屓《ひいき》の沙汰《さた》です。まことに道理がありません」とつぶやく。

藤綱はからからと笑って、「お前たちは身を引け。わしはただ道理を言っているのだ。このように言ってもまだ悟らないのなら、お前は自分でこれを読んでみろ」と、譲り状を目の前に突き出す。鏡岱は目やにを払って、二度、三度、四度と咳払《せきばら》いをして、

可三家業相続譲二受資財一事（家業相続して資財を譲り受くべき事）

加古非二吾児一、家財悉与二吾女壻一、外人不レ可二争奪一者也、仍如レ件

（加古《かこ》は吾《わ》が児《こ》にあらず、家財は悉《ことごと》く吾が女壻《むこ》に与《あた》ふ、外人《がいじん》は争ひ奪ふべからざる者なり、仍《よ》って件《くだん》のごとし）

（訳：加古はわが子ではない、家財はすべてわが女婿に与える、他人は争って奪うことはできない、よって前記の通りである）年月日、独庵判

（訳者注：原文は句読点がない「加古非吾児家財悉与吾女壻外人不可争奪者也仍如件」である）

と、声高らかに読み上げる。

青砥は頭を左右に振って、「そうではない、そうではないのだ。お前の読み方は、道理にはずれている。さあ、わしが読んで聞かせよう。

可家業相続譲受資財事

加古非吾児、家財悉与、吾女壻外人、不レ可二争奪一者也、仍如レ件

（加古非《かこひ》は吾が児なり、家財は悉く与ふ、吾が女壻は外人なり、争ひ奪ふべからざる者なり、仍って件のごとし）

（訳：加古非はわが子である、家財はすべて与える、わが女婿は他人である、争って奪うことができない者である、よって前記の通りである）

『非』の字を『あらず』と読んだのは、お前の心の惑《まど》いで、つまり加古飛の飛の字と同じだ。よくよく文書の趣旨で事情を察するに、お前たち夫婦はけちで欲深く、病死しようとする独庵に迫って譲り状を書かせようとした。従うまいとは思ったが、成りゆきはとどめられそうもなかった。そこで、加古飛の『飛』の字を書きかえて、ひとまずその欲をふさいだのだ。この者あの者が家財を争うときに、大人君子《たいじんくんし》がはっきり見分けることを切望したのであって、独庵の頓智《とんち》と非凡な才能は、まことに医は意であることよ。ところがお前たちはそれを悟らず、遺言によって、あくまで非常によくない法にはずれた訴えをした。その罪は当然軽くはない。

　見よ、独庵の譲り状に、『加古非は吾が子である、家財は悉く与える』とある。それなのにお前たちは遺命にそむいて追い出してよいものだろうか。また『吾が女婿は他人である、争い

奪ってはならない』とあったのに、お前たちは奪った。このようにしても、よいものだろうか。そのうえ鏡岱は、もと独庵の弟子であって女婿となったので、その恩義はたいそう重い。また麻蕢《おのみ》は独庵の養女なので、あれやこれやで加古飛丸をいい加減に扱うことなく、援助しなければならない。それなのに彼が幼いのを侮《あなど》って、やりたい放題の振る舞いをしたのは、人間でありながら獣《けもの》と同じだ。話すことがあれば早く言え。どうだ、どうだ」と責めたてる。鏡岱と麻蕢はうかつにも譲り状が仇《あだ》となって、たくらみの本末が見すかされ、また返す言葉もない。怖れる一方で恥じいり、さらに頭を上げられない。

青砥は声を荒げ、「独庵の遺言書によって、鏡岱と麻蕢の悪だくみがたちどころに露顕《ろけん》した。こいつら夫婦を、衣裳をはぎ取って門前から追い払え。加古飛丸は父の家督を相続して、医術の研鑽《けんさん》に注意を怠ることなく、つとめて親の名を落とすな。伐木《たつき》は、加古飛を見守って世話をした。その子を一人前にするつもりなら、身を苦しめ操《みさお》をかたくして、しっかりと家を治めなければならない」と、親身になって説諭して、身のいとまをお与えになる。

伐木と加古飛は枯れた苗が雨でよみがえった気持ちがして、天地に歓喜し、感涙が突然に流れて、すっかり拭《ぬぐ》うことができない。何度も伏し拝み、坪《つぼ》の向こうへ立って出る。鏡岱夫婦も一緒に立とうとするが、水鳥《みずどり》が蹟《あと》まで濁《にご》す淵《ふち》は瀬《せ》と、かわ（川と革を掛ける）や破《やぶ》れん呵責《かしゃく》の笞《しもと》、追い立てられて、行方が判らなくなる。

のちに聞くと、鏡岱は麻蕢を連れてあちこちさ迷いながら、行く里ではどこでも人に憎まれたので、ますます生活の手段を失い、しまいには乞食となって鳥部野《とりべの》の樹の下で寝起きして、行き来する人の袖にすがり、生涯を送ったということだ。

○六波羅の中

さて、そのあとに代わったのは、三井寺《みいでら》の門前にある金勝禅院《きんしょうぜんいん》の修行僧である随縁《ずいえん》と真如《しんにょ》、大津《おおつ》の商人富屋《とみや》潤平《じゅんぺい》である。その時二人の僧たちは、墨染《すみぞ》めの衣《ころも》の袖《そで》をかき合わせ、「仏の教えに敵対して害をなす潤平の狼藉《ろうぜき》のことは、以前からしばしばこちらの役所を驚かせ申し上げているとはいえ、寺門の道理にはずれたことと定められて、遺恨《いこん》は決してなくすこともなく、お聞き入れなさるべきです。

さてもさる五月十三日、当院の住持《じゅうじ》（住職）である済休《さいきゅう》和尚が、鎌倉へ用事があって急に旅立ちましたが、その日の夕暮れのことです。この潤平は、たくさんの召使いやごろつきたちを引き連れて寺に乱入し、『以前の怨みの仕返しをする』と大声で叫び、手に手に棒を振りまわしたので、遣戸《やりど》、紙襖《こぶすま》、家具、仏器《ぶっき》は被害を受けないものはありませんでした。興奮して暴れる様子は、金翅鳥《こんじちょう》（仏典に見える想像上の鳥、ガルダ）が揺れ動くようで、獅子王《ししおう》（百獣の王である獅子）が暴れるようでした。われわれ出家人のことなので、彼らと争うことはできず、剃《そ》りたての坊主頭が打ちくだかれないのを幸いにして、みな逃げ隠れました。そのため彼らもさすがに相手がいないので、おのずから手をおさめ、『今怨みを晴らした』と声を上げながら、退出して帰っていきました。折しも住持は、東国に行って留守です。今もし理非《りひ》を正さなければ、二度と師匠の顔を見ることはできません。ただ恵《めぐみ》をもって、ずばりと断ち切ってくださることを願い申し上げます」と述べる。

藤綱は潤平を厳しくにらんで、「恥知らずな愚か者が、どういうわけで禅院に害を加えたのか。たとえ恨むことがあっても、出家に対して法にはずれることを行い、勝手にものを壊した罪は、当然軽くはないぞ。それでも申すことがあるか」と尋ねる。

潤平は頭を上げて、「若い者たちが、血気にまかせてとんでもない争いをしでかしました。それがしは少しも知りませんでした。そうはいっても、特別な関わり合いがあります。それがしは長年衣食を倹約し、やっとのことで家を造る費用を調達し、二間《にけん》の店を三間に広げようと、さる五月十三日が黄道《こうどう》吉日でしたので、この日に棟《むね》上《あ》げをしていました。

その時、金勝院の済休和尚が思いがけず、店のそばをお通りになりました。以前から道徳の評判がある高僧でいらっしゃるので、それがしはすぐに呼びとめて、『どうか棟上げに寿《ことぶき》の詞《ことば》をいただいて、商売繁盛、子孫長久にさせてくださいませ』と、ていねいに頼みました。

和尚はうなずいて、ただいま上げた梁《はり》をにらみつけて、

今日上紅樑　願出千口喪　妻在夫前死　子在父前亡

（こんにちのむねあげ　ねがはくはせんにんのほうむりをいださん　つまはおっとにさき
だってしね　こはちちよりさきにしなん）
（訳：今日の棟上げ　千人の喪を出すことを願う　妻は夫より前に死ね　子は父より先に
死ぬだろう）

と、いかにも大きな声で三度唱え、『わしは法類《ほうるい》（同宗同派に属する寺）のことで、急いで鎌倉へ行くぞ』と言うやいなや、従者を急がせながら、草津の方へ急いで行ってしまいました。

この忌々《いまいま》しい言葉を聞いて、にわかに呆《あき》れない者がいましょうか。大工は木槌《きづち》の手をとめ、若い者はつばを吐き、塩をふりまいて罵《ののし》りあいました。それがしはもとより物祝《ものいわ》いをする性《さが》なのに、こんな不吉なことを言われて、どうして気持ちよいことがありましょうか。酔って忘れようとしても、一滴の酒も喉《のど》を通りません。何をするにもふさわしい方法がないので、この日は普請《ふしん》をしばらくとめて、寝具をひっかぶって横になっていました。その間に若い者が腹にすえかねて、大工と一緒に金勝院へ向かいました。

あれこれ言い争うちに、随縁《ずいえん》や真如《しんにょ》たちがなだめようともせず、『住持は、今朝旅立って関東へくだられた。その棟上げの祝いの言葉の善し悪しは、わたしの知ったことではありません。言うことがあるなら、鎌倉まで追いかけて急いで行きなさい』と、かえってあざ笑ったので、誰彼《だれかれ》ますます憤りをこらえられませんでした。とんでもないと興奮して暴れ、それがしまでも巻き添《ぞ》えにしました。お寺を騒がせたことは、申すべきことがないとはいえ、若い者の常《つね》で仕方がないことです。それは短慮から起こったとはいえ、和尚もまた出家らしくなく、祝うべきことを祝わないで、やたらに不吉な言葉を言って人を心配させましたのが、この諍《いさか》いのおおもとです。願うことは、済休和尚を鎌倉から呼び戻し、ことの起こりを問うてお調べになれば、明らかになりましょう」と恐る恐る申し上げる。

青砥はそれを聞くと笑い声を上げ、「型どおりの愚か者であることよ。お前たちは耳でものを聴いても、心でこれを聴くことができない。めでたい言葉を不吉だと思って心配するばかりでなく、禅院を騒がせたのは、どう考えても過《あやま》ちだ。先に述べた祝いの言葉をどう聴いたのだ。『今日上紅梁、願出千口喪』というのは、このうえなくめでたい言葉である。よく考えてみよ。お前の市店《いちぐら》がわずかに三間《さんけん》なら、家の中の男女は八、九人より多くはなかろう。するとこの家から、千人の喪（葬送）を出すには、死ぬ者が一年に一人ずつとして千年である。また死ぬ者が十年に一人とみれば、一万年だ。また父子（一世代）三十年とみて数えると、子孫が数万年相続しなければ千人の葬送は出せない。このうえなくめでたい言葉ではないか。

また『妻在夫前死、子在父前亡』とは、これもめでたい言葉だ。およそ家が衰えるのは、夫が死んで後家《ごけ》の年が若く、相続の子どもが幼くて、その家がきちんとした状態にならないことにある。ところがその妻が夫に先立って死ぬ時は、その家にはまったく寡婦《かふ》がいないことになる。家に寡婦がいない時は、これはこのうえない幸いだ。妻が死んだ時は、後妻を娶《めと》ってもさしつかえない。夫が死んだ時に、その後家が婿を迎えるのは難しい。そのうえ家名が存続するとはいえ、血統が断絶してしまうことは、きっと理解できるだろう。夫に先立って死ぬ妻がどうして操《みさお》を破り、どうして再婚するだろうか。

また子孫が絶えるとは、父が死んでどれほども経たずに、その子が若死にするからだ。ところがその子が死んだとはいえ、父がまだ生きている時は、ある場合には孫にあとを継がせ、ある場合には親族の子を育て、どのようにでもその家は相続することができる。ましてその父が百歳の長寿を保てば、その子が七、八十歳で、孫があり曽孫《ひまご》がいることになる。その子が父より先に死んだ時には、子孫の絶えることはない。それで『妻在夫前死、子在父前亡』と言ったのだ。またこれも、このうえなくめでたい言葉ではないか。和尚の禅機《ぜんき》（禅僧が修行者などに向ける独特の鋭い言葉）微妙《みみょう》（趣深く何ともいえない味わい）と言うべきだ。お前たちは、ただ鶴亀松竹《つるかめまつたけ》だけをめでたいものだと思うから、非常にたくさんある祝いの言葉を知らず、琴を焼《た》き、鶴《つる》を烹《に》る興《きょう》ざめなことをするのだ」と、詳しく言い聞かせる。

すると潤平はいうまでもなく、随縁と真如もやっと理解して、廷尉《ていい》の幅広い才知に感服し、たいそう恥ずかしく思った。こういうことだったので、潤平は近ごろの憤りがすぐに消え、しきりに恥ずかしく思って後悔し、「それがしは、やっと自分の罪を知りました。どうしてよいか分かりませんが、もし放免していただければ、長く金勝院の檀家となって、お布施《ふせ》をして罪をあがなうつもりです」と、ひたすら強く望んだ。

随縁と真如は一緒に、「それがしたちは師父《ししょう》の法脈《ほうみゃく》を受けながら、才がにぶくて祝いの言葉を理解できず、燃える薪《たきぎ》に油を注いで、この禍を引き起こしました。それなのに潤平が懺悔《ざんげ》して、長く当院の檀家になろうと願うからには、今さら何を咎《とが》めましょうか。ああ、潤平たちをお許しになられますように」と申し上げる。青砥はそこで潤平の若い召使いたちを釈放し、親身になって今後二度としないように言い聞かせながら、そろって拘束を解いた。

こうしてこの年の秋に、済休和尚は鎌倉から帰ってきた。くだんの事情を聞くと驚いて、『無門関《むもんかん》』（中国南宋時代の無門慧開《えかい》によって編まれた仏教書）の頌《しょう》（仏の徳をほめたたえるうた）にも、『詩人に遇わなければ、詩を献ずることなかれ』と言っている。それなのにわしは、中途半端によい文句を授けて、かえって在家の人の憤りを引き出してしまった。これは、まったく人を知らないことから起こったことだ。もし青砥公に遇《あ》わなかったら、あやうく寺の不名誉となっただろう。これはみな自分の過ちだ」と言って、はっきりと藤綱を称賛した。そこで京《きょう》の若者たちも語りついで、「和尚の一喝《いっかつ》はよいとはいえ、廷尉の導きには及ばない」と言った。このような間違いは、世俗にはたくさんある。

○六波羅の下

そのあとに代わったのは、美濃国本巣郡《みののくにもとすのこおり》、真桑《まくわ》の里の村長《むらおさ》らで、荘客《ひゃくしょう》の飛土太郎《ひどたろう》を先に立てて、七十歳くらいの婆婆《ばば》を縛って、廷尉《ていい》藤綱の面前にひきすえた。

さて、この訴えのもとを尋ねると、今から六、七年前、くだんの飛土太《ひどた》は暮らし向きが苦しく、調《みつぎ》（税）の未納が多かった。そうしたところ、同じ里にいる寡婦の臍繰婆婆《へそくりばば》が、いくらか金を人に貸して生活していたので、飛土太もその時々に二、三両の金を借りていたが、いつも期限を違《たが》えずに返していた。このため臍繰婆婆は、飛土太を誰よりも誠実だと思っていた。

ところがある年、飛土太はいろいろ言いつくろって婆婆に金二十両を借り、長年の調の未納を埋め合わせ、田畑の肥やしなどを思い通りに買い入れた。これより耕作は毎年利益を上げたが、一向に金を返さなかった。ところが、かの臍繰婆婆は年老いていたのに子どももなかったので、わずかに二、三十両の金を命の綱と思って大切にして、借りようという者が多くても簡単には引き受けなかった。しかし、かの飛土太だけは頼れると思ったので、自分の手元に残しもせず、彼が言うままに貸したのだが、飛土太は初めとは違って、借りたまま少しも返さない。

去歳《こぞ》と暮れ、今年と明けて六年を経たので、利息はますますかさみ、あれこれ合わせて五十金に及んだ。はじめ二十金だった時でさえ返さなかった金なのに、すでに五十両に及んでは、身体を逆さに振っても返すのに足りない。そこで、たいそう口うるさく催促しても、ただ同じ返答をして返す様子もなかった。

臍繰婆婆はたいそう恨み憤って、本巣《もとす》の郡司《ぐんじ》（国司の下で郡を治める地方官）に訴えて裁判を求めたが、妨《さまた》げとなることばかりがたいそう多く、何やかやと思うにまかせなかった。もとより身内もいない自分一人の婆婆《ばば》なので、話し合える人もおらず、自分の心のひねくれた考えで、人からもこのように侮《あなど》られると思ったので、悔しさは言いようがない。

どうやって、この恨みを晴らそうかと思っているうちに、今年もはや五月の初めになった。かの真桑の里は、もとよりわが国で甜瓜《うり》を植えた始めであり、その味わいはほかの村に勝《まさ》っている。だから武蔵《むさし》の河越《かわごえ》、尾張《おわり》の青鷺《あおさぎ》、華洛《みやこ》の東寺《とうじ》、駿河《するが》の国府《ふちゅう》、出羽《でわ》の七浦《ななうら》、津国《つのくに》の氷野《ひの》、和泉《いずみ》の堺《さかい》の舳《とも》の松《まつ》は、みな甜瓜に名があっても、ひとつとして真桑の里に及ばない。これによりひとつの里全部で甜瓜を作り、京へもたくさん出荷して、多くの利益を上げていた。

そうこうするうちに臍繰婆婆は、ひどく飛土太を恨むあまり、ある夕方に彼の畑へ忍んでいくと、腰につけていた鎌《かま》を抜き出し、今花が咲いて実をつけようとしている甜瓜を、すべて刈り払った。誤って、飛土太の畑に隣あわせた村長《むらおさ》の甜瓜までも強く踏み荒らしていると、園丁《はたけもり》が見つけて、ただちに婆婆を取り押さえてきつく縛り、すぐに村長と飛土太に告げた。

さて、その時かの里の掟《おきて》で、もし甜瓜を盗む者がいた時は、その盗人は生きたまま畑のそばに埋められることになっていた。これほどまでに法度《はっと》が厳重なので、李下《りか》に冠《かんむり》を正すことも、瓜田《かでん》に沓《くつ》をいれることもなかった。「ただ一つの甜瓜を盗んでさえ生き埋めにするのに、これは甜瓜の蔓《つる》を切り取って、根も実もなくしたのだ。これは未曾有《みぞう》の乱暴で、もしいい加減にして釈放すれば、どうして今後のことを懲《こ》らしめられよう。可哀想《かわいそう》だが、臍繰婆婆を瓜畑のそばに埋めよ」と衆議が決まり、本巣の郡司に申して古例のように行おうとする。

すると臍繰婆婆はいっそう罪に服そうとせず、「わたくしが甜瓜の蔓を切り取ったのは、飛土太が金を返さなかったからです。甜瓜を盗んで売ろうとしたのではありません。また、食べて飯《めし》の足《た》しにするためでもありません。彼に恨みを晴らそうと思っただけです。隣の畑を荒したのは、老いたために目も悪く、夜のことなので、そのくらいの過ちはするでしょう。甜瓜を盗んだことなら、生き埋めにされても恨みません。わたくしは年齢が七十になりましたが、人に仇《あだ》を返そうとして甜瓜の蔓を切ったのに、生きたまま埋めるというためしは聞いたことがありません。もし生き埋めにするというなら、借りた金を六年の間、返さなければいけないのに返しもせず、年老いた者をだまして手を焼かせた盗人の飛土太郎を埋めてください。婆婆が知ることではありません」と、罵ったり心を乱したりして、自身の誤りを詫びようともしない。

村長《むらおさ》たちは言うまでもなく、本巣の郡司もてあまして、正しいかどうか決めることができない。はるばると六波羅《ろくはら》へ引きたてて決断を仰《あお》いだが、義宗《よしむね》（北条義宗。六波羅探題北方）や時国《ときくに》（北条時国。六波羅探題南方）もぐずぐずして決めかね、判決することができない。

そこで青砥藤綱は、今日臍繰婆婆《へそくりばば》と飛土太《ひどた》らを召し出して、始めから終わりまで、あれやこれやその言い分を聞く。婆婆は、ただ貸した金のことだけを話し、自分の過ちを詫びない。村長と飛土太郎は村の昔からのしきたりを説明して、おろそかにできないと言う。

その時藤綱は、扇を手にして机を突然たたくと、「おい、臍繰。お前が長年真桑の里に住んでいるのなら、かの里のしきたりは知っているだろう。それなのに一時的な恨みで、むやみに法を犯したのは、石を抱《いだ》いて淵《ふち》に臨《のぞ》み（自ら進んで災難を招く）、薪《たきぎ》を負《お》って火に近づく（害を除こうとしてかえって大きくする）のと異ならない。言語道断《ごんごどうだん》の愚か者だ。お前、よく考えてみよ。甜瓜《うり》を盗む者は、その数に限りがある。盗むことが多いといっても、その甜瓜はまだ残っているだろう。蔓を切ったことは、その数に限りがない。その根を切られたために、またくる夏でなくては、甜瓜は二度とその畑に生えない。そのような時、甜瓜を盗んだ者は、その罪はまだ許すことができるが、蔓《つる》を切った者は、その罪は許しがたい。もちろん甜瓜は、味がただうまいだけで、五穀と同じように人みなの毎日の食べ物ではないが、植えた者が利益を得て、その年の貢《みつ》ぎものにあてる時は、これも捨ててよいものではない。

ただ、その盗人を生きたまま埋めるというのは、たいそう公平さを欠いたひどい仕置きだ。だが、昔からのしきたりであるからには、今となってはもう改めがたい。お前は、まことにその罪にあたるのだ。里のしきたり通り、生き埋めにすべきだ」と、声高《こわだか》にとがめる。臍繰婆婆は頭をさげて、とうとうこれ以上話すことができない。

こうしてまた藤綱は、飛土太郎を厳しくにらみつけて、「やい、ずうずうしいやつ。お前は婆婆の金を借りて、六年たっても返さない。これも里に昔からのしきたりがあるのか。お前たちの里で、借りておいて返さないのに咎めがなくても、この国の民として、北条殿の式目《しきもく》（箇条書き形式の制定法）は破りがたいだろう。速やかにかの金を返して、極楽浄土へ出発する婆婆の旅費にとらせなくては、お前もどうして平穏無事でいられよう。借りた金をまず返して、臍繰の罪を明らかにせよ。早く返さないか」と叱りつける。

飛土太郎は頭をかいて、「それがしは決して貪欲《どんよく》で、借りた金を返さないのではありません。初め二十両の時でさえ、なにしろ必要なものがそろいませんでした。六年経って、利息に利息がかさみ、今はもう五十金になりました。たとえ持っている田畑をすべて売却しても、半分にも足りません。どうか今年から、くだんの金を年賦《ねんぷ》（毎年一定額ずつ支払う）にし、三両ずつ返すことにしていただければ、父祖相伝の田畑を失わず、妻子も路頭に迷うことがなく、これ以上の幸いはありません」と、恐る恐る申し上げる。

藤綱はほほ笑みながらうなずいて、「臍繰婆婆は聞いたか。飛土太郎が借りた金は、すべて一度には揃《そろ》わない。毎年三両ずつ返そうと申している。お前は承知するか」。すると、思わずにっこりほほ笑んで、「六年間、ずっとわずか三文の利息でさえ受け取れませんでしたのに、六波羅殿のご威徳により、貸し倒れになっていた金が、年に三両ずつ返されるのに、どうして辞退申しましょうか」と、手を合わせて喜んだが、「しかしわが身は明日をも知れず、生き埋めにされたら、金は活《い》きても身は死んでしまう。せめて命の代わりがひとつ欲しい」とつぶやいた。惜しい命と欲しい金のどちらとも決めかねて、しきりにため息をつく。

藤綱は村長らを厳しく見て、「者ども、よく聞け。この婆婆は軽率に法を犯して甜瓜の畑を荒らしたので、お前たちが申すように昔からの習慣にのっとって、生き埋めの刑に処すのが適当だ。とはいうものの、もともと臍繰が怒りを我慢できずに甜瓜の蔓を切った理由は、飛土太が金を返さなかったからだ。したがって、まずその金を返させなければならない。毎年三両ずつ、かの五十金の借財を残らず返し終わったら、婆婆を殺せ。こうすれば婆婆も恨む理由がなくなり、お前たちもまた昔からの習慣にそむかず、法はますます重々しいものとなろう。しばらく許しおくとはいえ、婆婆は重罪人だ。村長は今日から彼女の出入りに気をつかい、決して他郷に行かせるな。病死したり飢え死にしたら、里の法度もむなしいものになろう。生き埋めにするまで、村長は心をこめて彼女をいたわり、食べ物がなければ養わなければならない。病気になれば湯薬《くすり》を与えよ。これらの内容にそむくなら、お前たちもまた許しがたい。早く臍繰婆婆を連れて帰るように」と厳しく言い聞かせ、すぐに婆婆の縄を解きながら追い立てる。

村長たちは案に相違して、宿屋に退いてよく考えると、「このたびの裁判はまことに理の当然だ。今年から五十両の借金を、年に三両ずつ返したら、三五十五年《さんご》の月日を過ごすはずだ。臍繰はたいそう健康だが、年齢が七十一になっている。彼が借金を返し終わるころには、八十五、六になるから、それまで生きているかは疑わしい。そうはいうものの、取り決めた年の期限にならないうちに婆婆が病死すれば、わが身はどのような咎《とが》めをこうむるだろうか。そのうえ十五年の間、かの婆婆を養って、出るにも入るにも守《も》り役をつけ、少しでも病気になった時には医師三昧《ざんまい》するようになれば、その費用は里の迷惑になろう。そもそもわが里の昔からの掟とはいうものの、甜瓜を盗んだ理由で人を生き埋めにするのは、度が過ぎた過酷な法に違いない。今世の中は太平で、お上《かみ》の慈愛も薄くない。また青砥公は民《たみ》の父母だ。虞芮《ぐぜい》（中国周代に虞・芮二国が田を争ったが、やがて恥じて訴えをやめた）もこれを恥じた。下の者として、上の者の仁徳にもとるのは賊民だ。早く昔からのしきたりを改めて、生き埋めの刑を禁止しなければならない」と、ひとまず故郷に戻る。

事情をもれなく荘客《ひやくしよう》たちに話して聞かせると、みなは藤綱の明快な判断に納得して、むやみに感激の涙を拭《ぬぐ》うことができない。ことの始まりは、飛土太が借金を返さなかったことから起こった。婆婆は愚かで生き埋めになることが分からず、憤りを晴らし紛《まぎ》らわすことができないで甜瓜を切ったのは、老女らしくない不正なことだが、彼女だけ咎《とが》めるのは難しい。何はともあれ、人に金を借りて差し迫った必要なことを果たしておきながら、返さないのは盗むことと同じだ。恩を受けてその恩を知らない者は、人ではない。そうはいうものの、今飛土太の分際で、五十金をすぐに残らず返すのは難しい。こうなったうえは飛土太を臍繰の子どもにして、孝行して養わせれば、婆婆は毎年金三両を返されるよりもよいだろう。そのうえ臍繰は年取って子どもがいない。かの五十金で男の子一人を得れば、生きている間が安心なだけでなく、死んでからは香華《こうげ》（仏前に供える香と花）をたむけられ、年忌仏事《ねんきぶつじ》（定められた年に故人に対して営まれる法要）の追善供養《ついぜんくよう》で、あの世でも心が穏やかでいられよう。

彼《かれ》のためは此《これ》のためだと、みなは臍繰と飛土太に親子の杯《さかずき》をさせ、そのまま婆婆をその家に迎えさせた。飛土太も自身の行いを恥じ、過去の過ちを悔いて、臍繰婆婆に孝養をつくしたので、婆婆もたいそう喜び、さらに実の子のように思った。

こうして、村長と飛土太たちは臍繰婆婆を連れ、再び六波羅へ行って事の次第を申し上げ、「飛土太は婆婆の子になりましたので、親のものは子に譲るべきです。これで婆婆が貸した金は、今となっては返さなければならない理由はなくなり、飛土太が切られた甜瓜についても、咎める理由がなくなりました。どうかこれを寛大に取り扱っていただき、婆婆たちをお許しくださいますように。加えて里の昔からのしきたりとはいえ、人を生き埋めにするのは、お上《かみ》の恵みに違《たが》う私的で苛酷な法だと思います。ですから今後もし甜瓜を盗む者がいましたら、畑のそばで縛って懲らしめ、恥をさらさせてから遠くへ立ちのかせましょう。このやり方でさしつかえなければ、お許しをいただけるのではないでしょうか」と、そろって申し上げた。

青砥は村長の頼みによりすべて許し、さらに教え諭《さと》して、「だいたい田舎では、昔からのしきたりや古い決まりなどを主張して、私的な決まりを作ることもあるが、大部分はやり過ぎ、やり足りないことがある。お前たちはかの梁《りょう》の大夫《たいふ》（爵名）宋就《そうしゅう》の故事を知らないか。

むかし異朝《もろこし》の梁国の大夫に、宋就という者がいた。かつて遠い県の長官となったが、そこは楚国と境を接していた。そこでは梁の国境を守備する者と楚の国境を守る者とが、みな瓜を植えていた。梁の畑を守る者は苦労してよく水をやったので、その瓜はたいそう美味《びみ》だったが、楚の畑を守る者はそうしなかったので、瓜は日に焼けて大部分は枯れてしまった。これをたいそう妬《ねた》ましく思って、夜が更けてから忍んでいき、梁の瓜の蔓を刈り払った。梁の畑を守る者は、これを知るとたいそう腹を立て、宋就に告げて、『またこちらからも忍んでいって、楚国の瓜を荒らしましょう』と言った。

宋就は頭を振って、『彼らがわれらを憎む理由は、瓜が美味なのを妬《ねた》むからだ。それなのに彼らが害を加えたのに腹を立てて、われらがまた彼らに怨みを返せば、あれやこれや長く怨む関係になるだろう。決して手出しをしてはならない』と押しとどめ、すぐに人をやって、毎夜こっそり楚国の瓜に水をやらせたところ、楚の瓜も次第によくなった。楚の長官はこれを知ると恥じたり喜んだりして、事の次第をはっきりと楚王に申し上げた。

楚王は恥じて梁王の陰徳《いんとく》（隠れた善行）に感心してほめたたえ、瓜の蔓を切った者を懲らしめ、急いで梁の国へ使いを出し、さまざまな贈り物をやると、たいそう丁寧に罪を詫びた。梁王もまた、楚王が誠実なのを深く心に感じ、長く交わりを結んだという。敗北を転じて功績とし、禍を転じて福となす。これは宋就の心ひとつに出たことだ。だからこそ、『怨みに報いるに、徳をもってす』と、老子は言ったのだ。

お前たちは、そうではない。瓜を切った婆娑を咎めて殺そうとしたが、借りた金の蔓を切って返さない罪が、まず自身にあることを知らない。自分がまず法を犯して、そのあとで人がまた法を犯し、自分が人の財物を奪ったあと、人がまたわが財物を奪ったのだ。人が不善を行っても、自分が不善を行わなければ、誰がその人自身に害を与えようか。お前たちは今恥を知った。誤りを犯して改めるのに、なんの憚《はばか》ることがあろう。気をつけて慎むように」と説き諭し、それぞれ美濃《みの》へお帰しになった。

巻之五　鍾馗の段

○根深機白《ねぶかはたしろ》が奸計《かんけい》鍾馗《しょうき》中介《しんすけ》夫婦を陥《おとしい》れし事

（根深機白が悪だくみで鍾馗中介夫婦を陥れたこと）

肥後《ひご》（熊本県）の菊池《きくち》家の浪人《ろうにん》に、庶木《しょき》中介《しんすけ》という者がいた。武芸文道に嗜《たしな》みがないわけではないが、とりわけ幼い時から画《え》を好んだ。唐宋《とうそう》諸名家の書画の趣《おもむき》を写し、自然とそのすぐれた要点を得て、伝神《でんしん》（絵で描写して神髄を伝えること）はほとんど普通ではなく、なかでも黄筌《こうせん》（中国五代の画家）の鍾馗《しょうき》の図を珍重して、長年模写すること数千幅《ふく》に及んだので、ついにその皮骨《ひこつ》（表現の優美さや力強さ）を得た。それで人はみな彼を称して庶木とは言わず、鍾馗中介と呼んだ。

この時菊池家は、元祖の大夫将監則隆《たいふしょうげんのりたか》から十代、武房《たけふさ》［原注：能隆《よしたか》の孫、隆泰《たかやす》の子。二書に武房を康成とする］の世である。ところが武房は、武名《ぶめい》が異国《もろこし》まで聞こえた猛将でいらしたので、絵のことなど珍重《ちんちょう》されない。それを中介はたいそう残念に思っていたが、もとより譜《ふ》代《だい》相伝の主《しゅう》でもないのに、五斗米《ごとべい》（わずかな給料）のために、つながれて、生涯を取るに足りないものとして終わるより、一度華洛《みやこ》へいって画で一家をなしてやろうと、主君に身のいとまをお願いしていただくと、女房の年青《おもと》と娘の小匙《こさじ》を連れて、菊池郡隈府《きくちのこおりくまふ》の城を退出して、すぐに華洛へ行った。

しかし、優美な音楽は俗人の耳に受け入れられないように、かの中介の画の書きぶりは風流な趣がたいそう深いので、かえって世の人は珍重しない。村や町の俗画にさえ及ばないと見なされては、職業となるはずもない。「誰が駿馬《しゅんめ》の骨を買うだろうか。ほんとうに画を知るものがいない世の中だ」と、ひたすら憤《いきどお》ったが、進退ここに窮まってしまった。

どうしようもないので、少しばかりの人とのつながりを当てにして、さらに妻と娘を連れて平城《なら》に向かった。しかし当てにした人でさえ、「近ごろ死んでしまった」と耳に入ったので、ますます望みを失い、平城の旅籠《はたご》屋《や》、根深由八《ねぶかよりはち》の二階屋の一室を借りて、親子三人ここにいた。

折も折、娘の小匙は気分がいつもと違って横になっていたが、潮熱《ちょうねつ》（潮の満ち引きのように、一定の時間になると熱を感じる）が往来して、夜はことさらに気持ちが高ぶり、眠るとひどくうなされたりする。この小匙は今年わずかに七歳だったが、性質はたいそう賢かった。五、六歳のころから画を好み、いつもは父のそばで、まだ教えていないのに花鳥《かちょう》などを模写していた。筆の勢いや墨の色合いは大人びていた。そうでなくてさえ娘一人のことなので、親の寵愛は一通りでない。それなのに、このように旅の途中でひどく病気を患《わずら》ったので、いろいろ具合が悪くて狂おしい気持ちになったものの、医師はこの土地で有名な者を三人まで選び替え、薬種は人参《にんじん》や熊胆《くまのい》など、価《あたい》をいとわなかった。療養はすでに日数がたって、旅費もあらかた使い果たしたので、心細いことは言いようもない。しばらくしても、小匙はいつ病気がすっかり治るのかわからない。ある者は「瘧疾《わらわやみ》（熱病、おこり）だ」とも言い、ある者は「癇癪《かんしゃく》がおこすものだ」とも言うが、病気ははっきりしない。

申介はよくよく思案し、「鍾馗の絵図が鬼邪《きじゃ》を治すこと、その方法は『本草《ほんぞう》』に見えているとかいうから、きっと理由のあることに違いない。小匙の病気はまったく物《もの》の怪《け》によるらしい。わたしは長年、呉道子《ごどうし》（呉道玄《どうげん》、盛唐玄宗朝に仕えた画家）、黄筌《こうせん》の筆づかいに倣《なら》って鍾馗を描くこと数知れず。こんなわけで、故郷にいた時は鍾馗と呼ばれた。古人の伝神《でんしん》の妙《みょう》は、描いた龍が雲を起こして慈雨《じう》を降らせ、描いた馬は夜にぬけ出て芳宜《はぎ》を食べた。わが筆はこれらに及ばなくても、今丹青《たんせい》（絵の具）で丹誠《たんせい》（真心）を励んだら、効き目もあろう。まず試しにやってみよう」。精進潔斎《しょうじんけっさい》して神仏を祈念し、小匙の着ている衣《きぬ》の裏に朱で鍾馗を描いた。再びその衣を着せると、小匙はこの夜からうなされず、奇病は日を追ってすっかり治ってしまった。

申介は、「われながら並々でない行いをしたと思うが、旅先なので人も知らない。このところいろいろ出費が多く、旅費もおおかた尽きてしまった。初めから鎌倉と決めて進んだら、生活の手段も得られただろうに、なまじっか華洛《みやこ》に足をとどめて無駄に月日を過ごしてしまった。今またこの土地にやって来てみても、頼みとする樹蔭《こかげ》はうら枯《が》れて、娘の奇病はあれこれと、幸《さち》ないうえに幸なくて、鎌倉へも行きがたい。だからといって、じっとして食べてばかりいれば、山も空《むな》しく（財産もなく）なる。わたしが軽はずみに行動してしまったので、今後どうやって親子三人の宿代を埋め合わせようか」。夫婦は、額をつき合わせて語らうばかりである。左を見ても右を見ても、知る人はまったくいない。

あるじの女房は名を機白《はたしろ》とか呼ばれて、いろいろのことに通じているといった顔つきの女である。そこで、彼女と相談したいものだと、ある夕方に機白を招いて、申介夫婦は自分たちの身の上を残らず話し、「生活できる手だてがあったらなあ」と、心を込めて話をする。

機白はそれを聞くと眉をひそめ、「そのようにおっしゃらなくても、日ごろから気がかりでした。一樹《いちじゅ》の蔭《かげ》、一河《いちが》の流れも前世で結ばれた縁だと聞くと、どのようにでもして、この里で生活なさるのがよいと思います。とはいえ、わが身は女です。あなたが男であるからには、男でなくては手引きするのに具合が悪いので、わたくしが夫由八《よりはち》に事情を話して聞かせ、夫婦の考えが及ばない時は、あちこち聞いて確かめましょう。奉公にしろ商売にしろ、ふさわしいことでもあるようなら、それをなさるのがよいですよ」と言われて、たいそう心強く思った。

「いや、それがしは画工《えかき》です。商人などになろうとは思いません。画《え》を描かせようという人がいたら、紹介してください」

機白《はたしろ》は聞き終わらないうちに、「平城《なら》は古い都ですが、そのような風流《みやび》の遊びをする殿方たちがいるとも聞いていません。吉野五器《よしのごき》（椀）の蒔絵《まきえ》、平城団扇《うちわ》の丹絵《たんえ》だけは、描く者がたいそう多いのです。突然ではございますが、奥方様は華洛《みやこ》でもまれに違いない美人でいらっしゃるので、宮仕えをなさったら、給銀《きゅうぎん》はたくさん手に入るに違いありません。これが、第一の近道です。もし宮仕えをお嫌いになるなら、里《さと》の少女たちに、ものを教えてくださいませんか。

これはやはり、頼りになる助けになるはずもありませんが、手をこまねいていらっしゃるよりは、まさる点もございましょう」。

年青《おもと》はそれを聞くとため息をつき、「筑紫《つくし》で成人しましたので、新羅琴《しらぎこと》を少しばかりかきならしますが、演奏はもとより幼稚なので、人の師となるには足りません。だからといって、夫と別れ、子を見すてて、宮仕えには参れないのです」。

機白《はたしろ》はほほ笑んで、「そのようにばかり謙遜《けんそん》なさいますな。芸は身を助けると世間でも言い、晒布《さらし》の賃苧《ちんそ》を績《つむ》ぐ（手間賃を取って麻の繊維を縒《よ》り合わせ糸にする）より体裁《ていさい》のよい世渡りです。そんなわけで馴染《なじ》みもない里なので、急には弟子もつかないことでしょう。ただ、あれこれと演奏なされば、おのずから人も知って、琴を習おうと思う者は、きっとここへ集まってくるでしょう。向かいの家に古びた琴があります。それを借りてきて差し上げますから、明日から心をお決めください」と、心をこめて勧める。その晩に、夫の由八《よりはち》にも事情を話して聞かせる。

翌日、かの琴を借りて手に入れさせたので、年青《おもと》は今さらながら晴れがましく、不名誉な行いだとは思うが、これほどまでの人の親切を断りにくい。毎日琴をかき鳴らし、娘の小匙に組《くみ》歌《うた》を教えた。顔かたちの美しいのはいうまでもなく、声もまた美しいので、仏の国にいるという鳥の音《ね》もこんなに美しかろうかと思われて、聞く人は耳をそばだてた。

こうしているうちに、ある日由八《よりはち》は、満面に笑みを含んで帰宅する。すぐに女房の機白を物陰に招き、ひそかに二階を見上げながら指さして、「そなたは、どう思うか。あの客人にはたくさんの宿賃を貸したが、その懐中《ふところ》を打ち明けられては、今後もあてにはできない。

ところで、このごろ向かいの旅籠屋に逗留していらっしゃるのは、摂津国《つのくに》（大阪府北西部から兵庫県南東部）天王寺《てんのうじ》のそばにいらっしゃる金持ちだ。かのお方が先にわたしを呼んで酒を飲ませ、ひそかにおっしゃるには、『お前の二階屋で毎日琴を演奏するのは、夫のいる女子《おなご》と見えた。ここと あちらと向かい合っているので、わしは思いもかけず彼女の面影を見てから、心乱れて忘れられない。お前がもし仲を取りもって、あの美人を手に入れさせてくれれば、骨折り銭《せん》は背丈と同じに積んで取らせよう。わしは紫米鬼九郎《しこめきくろう》と呼ばれて、天王寺の南にある荒《あれ》陵山《はかやま》のそばでは、ちゃんと人に知られた者だ。もっと酒を飲め、肴《さかな》を食え』と言って、仁田紬一疋《にたやまつむぎいっぴき》に砕銀一掬《こながねひとすくい》を、紙にひねり添えて賜《たまわ》った。

海士《あま》が塩焼く辛《から》き世に、このような殿（男性を敬っていう語）がまたとあろうか。『ですが人の妻なので、容易には説得できません。日数がかかってもよろしいのであれば、計策《はかりごと》がないわけではありません。ただゆっくりとお待ちください。妻にも話して聞かせ、返事を申すつもりです』と答えて、当座のお金をいただいて帰ってきた」と、額を合わせてささやく。

機白はそれを聞いてたいそう喜び、「昨夕《ゆうべ》は行灯《あんどん》に丁子《ちょうじ》の花を結び、今朝はまた耳が痒《かゆ》かったのは、こうしたことを聞く予定だったことの前ぶれです。思いがけない徳がつかなければ、豊かな人にはなれません。またあの人もそうなのです。たぐいまれな容貌なのに、貧しい夫に伴われて旅から旅へさまようより、富豪の妻になれば、牛を馬に乗り換えて、出世の早道はこのうえない。そうはいっても、軽々しく言い寄って、かえってこちらの弱点を見せたら、後悔先に立たずです。いずれにしても、騙《だま》す以外に方法がありません。態度で悟られなさいませんように」。由八《よりはち》はうなずき、これから夫婦はひそかに相談した。

ある日由八が申介に、「近ごろ興福寺の客殿を修復されて、すでに完成しました。そこで、蒸襖《むしふすま》や合天井《ごうてんじょう》などに画工《えかき》を選ぼうとされましたが、まだ意にかなう人を得ていらっしゃらないとのこと。僕《やつがれ》が手引きして差し上げようとは思いますが、あのお寺にはこれといった知り合いもいません。能ある鷹《たか》も切って放さなければ効果がないと言いますので、見当をつけてそこへ参上なされば、思いのほか用いられることもあるに違いありません」。言葉と心は裏表で、由八の腹に計略があるのを知らないので、申介はたいそう喜んで、「よくぞお知らせくださった。明日は早朝そちらへ行き、事情をうかがって条件が合えば、生活の手段を得ることができます」と答える。

翌朝、絵筆を懐《ふところ》にして興福寺へ参詣《さんけい》し、あちこち見て歩いたが、頼み込む手だてもない。そこでこの日は何もせずに帰って、また次の日もかの寺に行ってあれやこれやするうち亭午《ひる》になった。昨日に懲《こ》りて割籠《わりご》（飯や菜を入れる器）を持って行ったので、湯を頼みたいと食堂《じきどう》へ行って湯飲所《ゆのみどころ》をのぞくと、張り替えたと思われるが、まだ何も書いていない屏風《びょうぶ》が一双《いっそう》ある。

申介はこれを見ると法師たちに向かって、「この屏風には、どうして何もお描きになっていらっしゃらないのでしょうか」と尋ねる。法師は、「平城《なら》にはたいした画師《えし》がいないので、京《きょう》からだれかれを呼んで迎えようと詮議《せんぎ》されたけれど、その人はまだ決まっていません。これらはものの数《かず》でもないけれど、客殿の襖《ふすま》や天井などは、みな張り替えたままです」。

そのとき申介は会釈《えしゃく》もせずににじり上がると、「僕がこの屏風へ描いて差し上げましょう」と言い終わらないうちに、行童《ちご》（寺院に召使われていた少年）たちの手習いの硯《すずり》がそばにあるのを引き寄せると、気ぜわしく墨をすりながし、懐にある筆を取り出して墨を含ませ、おもむろに屏風を倒しかけて、もう描こうとする。

法師たちはこの様子を見て、ある者はあきれ、ある者は怒る。半数は申介を押しとどめ、半数は屏風を引っぱって奪い、みな口々に罵り、ざわざわと騒ぎ、「この愚か者は、気がふれたか。ひどく無礼だ。お前は知らないのか、この寺は藤原鎌足《ふじわらのかまたり》公が、はじめ山城国《やましろのくに》（京都府南部）山科《やましな》に建立《こんりゅう》なさったのを、御子《おんこ》の淡海公《たんかいこう》が、さらにこの地へお移しになられて山階寺《やましなでら》と呼ばれ、また厩坂《うまやさか》の寺というのだ。和銅《わどう》七年（七一四）に供養《くよう》を遂《と》げられて以来、永代不易《えいたいふえき》の霊地で七堂《しちどう》伽藍《がらん》の大刹《おおでら》だ。それゆえ上《かみ》は天子自筆の文書から、下《しも》は諸名家の書画に至るまで、寺宝は枚挙《まいきょ》にいとまがない。たとえ食堂の屏風であっても、市井《しせい》の俗筆に汚《けが》させようか。馬鹿げている、筋違いだ」と罵る。申介は不本意そうに、「描かせないというなら、このままやめてしまおう。ひどく罵ることだろうか」とつぶやきながら、左の袖を引き伸ばして筆の墨を拭い取り、そのまま懐に収めた。

すると殿司《でんす》（仏殿の清掃、供物などを受け持つ役僧）の老僧がそれを見て、一人心に驚嘆し、気ぜわしく法師たちを屏風のうしろへ招き寄せて言うに、「今、かの人の様子を見るに、狂人のようであって狂人ではない。無理やり屏風に描こうというのは、馬鹿げた行いのようだが、きっと得意なところがあるはずだ。そのうえ袖で筆の墨を払ったのは、常人の振るまいではない。まず試しにこの屏風に描かせ、悪ければ張り替えるだけだ。もし立派な画師《えし》なのを知らずに追い返せば、世のもの笑いになろう。田舎者にもまた巧みな者がいるものだ。ものは外形で判断してはならない」と、心を込めて説き諭す。

みなはもっともだと始めて悟ると、急に改まった態度をとり、中介に向かって言うに、「あなた様はこの屏風に描こうと言われるが、まだ手並みを知らないので、不安なために許しませんでした。ですが、その画を見ないのも心残りです。あなた様の希望に任せるつもりですので、早く描きなさいませ」。

中介は、いまさら臆《おく》した様子もなく「承《うけたまわ》りました」と答え、再び硯を引き寄せると、くだんの屏風を押し広げ、春日野《かすがの》の鹿を描くのにひとたび筆を走らせると、またたく間に形をなす。筆勢墨色、思慮の外《ほか》に出て（予想外で）、鹿は臥しているものあり、走るものありで、さまざまな姿は生きているようである。わずか半時《はんとき》（一時間）ほどで、一双の屏風の絵はすべて描き上げたので、これを見ていた者はみな舌を巻き、驚嘆して目を見張った。

なかでも殿司《でんす》はひたすら中介を称賛して食事をすすめ、「わたしは初めから、お前さまの様子が凡人でないと思ったが、思った以上の名画です。いにしえの巨勢金岡《こせのかなおか》（平安前期の宮廷画家）、千枝《ちえだ》、常則《つねのり》らは知らず、当世で多くは得がたい人か。そもそも本貫《ほんごく》はどこですか。名乗ってお聞かせください」。

申介は喜んで少しも包み隠さず、画《え》のために禄《ろく》を辞して菊池家を去った事情を話し、「しばらく華洛《みやこ》に仮住まいしていましたが用いられず、近ごろこの地へ来ましたが、みな不幸で、知っている人を喪《うしな》い、進退窮まって、今なお親子三人、根深《ねぶか》という旅籠屋《はたごや》にいます」。

事情がたいそう哀れに聞こえたので、みなしきりに感心してほめ、「世に千里《せんり》の馬はあれども、これを知る伯楽《はくらく》なし。明日から当寺へおいでなさいよ。僧侶たちが評議して、古画の彩色そのほかの画図《がと》をすべて、お前さまにゆだねましょう。これは当座の贈り物です」と言って、一封の鋌銀《ちょうぎん》（棒状の銀塊）を贈った。

申介はそれを受け収めて宿屋に帰り、妻の年青《おもと》、主人由八《よりはち》、機白《はたしろ》らに今日の首尾《しゅび》を語ると、年青の喜びは言うまでもない。由八夫婦はこれを聞いて、「それ、わが計策《はかりごと》はうまくいった」と、裏では利のために喜び、表ではその画が平凡でないのを称賛し、「あなたは思いもかけず、かのお寺のお陰をこうむられて、出世なさること遠からず。明日またあちらへ行って、お得意を失いなさるな」と、真剣な態度でいつにもなくもてなした。

こうして申介が、次の日また興福寺へ行こうとすると、娘の小挹《こさじ》も「一緒に行きたい」と言う。愛する親心から、冷淡にやめさせることもできない。「平城《なら》は名所古跡が多いが、物見のための旅でないので、ここへ来て日数がたったが、大仏でさえまだ見せていない。今日からかのお寺の画を描き始めるわけでもないから、小髭を連れて行っても妨げにはならないだろう。しばらくとどめられても、この夕暮れにはきっと帰れるのだから」と思った。そこで年青にもそれを話して聞かせ、すぐに小髭の手を引いて興福寺へ参上した。

殿司《でんす》は呼び入れて対面すると、「昨夜衆徒が評議して、いよいよあなた様に描かせることに決まりました。今からここに寄宿して、すぐに筆を取り始めなされ」。申介はそれを聞いて、「仰《おお》せは承りました。ただこれほどまでに急を要するとは予想しておらず、幼い者を連れてまいりました。これを宿へ帰すのがよいでしょうか。これはなまじっか画を好み、絵の具などを擂《す》ることとは、ちゃんと心得ております」。

殿司はうなずいて、「それなら、その幼子《おさなご》は宿に帰すには及びません。十歳未満の童女であれば、わが寺に泊まっても妨げはありません。そのままあなた様のそばに置いてください。絵の具を擂らせたりすれば、都合がよいでしょう」と、親身になってひきとめたので、断りかねた。「なるほど幼い者とはいえ、宿にいれば銭がなくて、一日でも食べさせるのは難しい。それなのにお寺にいれば、これ子のためにもなる。ここことあちらのことだから、年青に知らせなくても、一両日の間には由八がやってまいるはずだから、その時に事情を知らせよう」と思ったので、そのままこの日から親子は興福寺に泊まった。小髭も宿にいるよりも食べ物が豊かで、毎日父が描くのを見るのを楽しみとしたので、思いのほかに母を慕わない。

そうするうち、年青《おもと》はその日から夫が帰らないのを心もとなく思いながら、ああだろうか、こうだろうかと思ったが、思う気持ちをおさえかねて、せめてもの気晴らしにあちらの様子を主人に尋ねる。由八は耳も貸さず、「何ほどのことがございましょうか。お帰りにならないのはよい事柄です。黄金《こがね》をたくさん持ってきましょうぞ。落ち着いてお待ちなさい」と言うので、どうしようもない。

二、三日過ごすうちに、ある日由八が言うに、「それがしが今日川上町《かわかみまち》へ行った帰りに、様子を見ようと思ってお寺へ参詣し、中介殿に対面してきました。娘御《むすめご》も無事で、一緒にいます。『描かなくてはならないものが多くて急がせなさるので、今月は帰るのが難しいだろう。人騒がせに訪ねてこないでくれ』とおっしゃいました。様子を見ておりますと、お寺の食事は並一通りでなく、黄金《こがね》の蔓《つる》に取りついていらっしゃるので、たいそう喜ばしいことです」と言うのに慰められて、今日を暮らし明日を明かしたが、一人で宿の退屈に堪《た》えられない。

あれこれしてまた二十日ほど過ごしたが、一向に夫は帰ってこないので、「見てきて下さいよ」と遠回しに言っても、由八は嘲笑《あざわら》って、使いをしようとも言わない。それでますます心もとなくて、「わけがあるのかもしれない」と機白《はたしろ》にひそかに尋ねる。

すると機白は嘆息し、「言わないのは言うにまさるとか申しますが、行く末のことが気がかりで、あまりに痛ましく思いますので、聞いたままにお話ししましょう。なんとまあ中介殿は、あのお寺にいらしてから、画の費用などをたくさんいただいたのです。それで、またたくまに心が驕《おご》って、よくない友に誘われ、ある晩木曲街《きつじ》（遊郭を形成）の妓院《くるわ》に行って、何とかの君《きみ》とかいう名だたる遊女と深く契《ちぎ》りなさったのです。絵のことなども手につかず、手に入れた金もすぐに使い果たされました。けれどもまだ懲《こ》りずに花街《くるわ》通いをして、痛ましくも娘御《むすめご》を人買いの手に渡し、その代金まで無駄づかいなさったと告げた者がいます。これがもし本当なら、信頼できない夫ではありませんか。わたくしもまたさる月から宿賃の貸しがあるので、人ごととは思えません。ご自分で思案なさいませ」と、まことしやかにささやく。

年青《おもと》はそれを聞くとあきれ果てたが、よくよく考えてみると、「夫は今まだ年が若いけれど、これほどまでに愚かな人ではない。でも色は思案の外《ほか》というので、遊女に心が迷うことがまったくないとは言えますまい。しかし、小韭《こさじ》を人買いにお売りになったというのは、本当ではないように思う。これはひょっとして物の障礙《しょうげ》にて（物の怪《け》が邪魔《じゃま》をして、の意か）、無慈悲な行いをなさったのだろうか。行ってみなければ、様子がはっきりしない。いまさら考え合わせると、ただ一時的にあそこへと言って小韭を連れて宿を出てから、まったく二十日余りも音信がないのはただごとではないわ。これはどうしたものかしら」。妬《ねた》む心と子を思う闇にいっそう迷いながら、胸はたちまちかき曇り、袖《そで》から濡《ぬ》れる諸時雨《もろしぐれ》、晴れ間はまったくなかった。このままでよくはないので、急いで主人の由八を招いて相談する。

由八は眉をひとつに寄せ、「一時的とはいえ四、五か月わが家にいらっしゃるので、親族縁者でない自分も、くだんの風聞を聞いてから、腹立たしさは言いようもございません。まして、そのうえに申し上げましょうか。まだ落ち着かない旅先で、このような難儀にお遭いになられたので、お気持ちを推しはかると、だれもが痛ましいと思うでしょう。論より証拠ということなので、機白《はたしろ》に案内させてあちらへ行き、娘御がまだ売られないであのお寺にいらしたら、素早く奪い取って帰りなさい。しかし、今日は日も暮れそうです。機白も心得て、明日はあそこへ案内しなさい。たとえものを言いすぎても、女子《おなご》なら人も許しますよ。弱気をお見せになるな」と、さかんに夫婦一緒に慰める。

さすがに女の浅はかさで、たいそう頼もしい気持ちがする。そうして次の日を待つので、その晩はいっそう長く思われて、眠ろうとするがどうしても寝られない。夜が明けるのを遅いと思って起き出したけれど、人に案内を頼む身では、心がいらだつばかりである。

思っていたのとは違って余計な時間がかかり、巳《み》（午前十時を中心とする約二時間）のころに宿を出た。もとより計画したことなので、機白《はたしろ》は年青《おもと》を誘って興福寺へは行かず、猿沢《さるさわ》の池を巡りながら、かの寺から南にある元興寺《げんこうじ》へ行って、「鍾馗中介という画師《えし》は、ここにいらっしゃるか」と尋ねる。知っている者はまったくいない。「思った通り、もうここにはいらっしゃらない。木曲街《きつじ》の妓院《くるわ》を訪ねましょう」と、あわただしく元興寺を走って出る。

年青は平城《なら》へ来た日から、小匙の看病があれこれあったので、見物をしようとも思わなかったが、ただ宿にばかりこもっていて、町々の名前さえ知らない。ただ機白の言うままに、かの元興寺を興福寺だと思ったので、夫は「ここにいない」と聞いて、心中ますます穏やかでなく、また機白のうしろについて木曲街へ行った。

そうするうち、中介は好きな技《わざ》ということで、ひたすら画にばかり心をささげて、わずかな時間も惜しんだ。思いがけず興福寺に泊まるのが二十日を超えて、大部分は描き終えた。一両日のうちに宿に帰って、様子を年青《おもと》に話して喜ばせ、日頃の退屈を慰めようと思っていると、突然一人の男が走ってくる。あわただしく中介を呼び出すと、「僕《やつがれ》は根深由八の使いの者です。どういうわけかは知りませんが、『急いで申し上げることがあるので、連れて帰れ』と言われました。早くおいでなさいませ」と言って、ひたすら急がせる。

しかし中介はものに動じない性格なので、「すぐに行くつもりだ」と答えて、まず使いの男を帰す。事情を殿司《でんす》に告げてしばらく身のいとまを求め、小匙は道中の妨げだとして、一人で根深の宿に走って帰る。主人の由八は右の腕を布で包み、応接部屋の柱にもたれている。

中介は年青《おもと》が出迎えもせず、機白《はたしろ》さえいないのを訝《いぶか》しく思いながら、主に向かって時候の挨《あい》拶《さつ》を述べ、「先ほどあわただしく使いをいただきましたのは、どのようなわけでしょうか。たいそう気がかりです」。

由八は合わせる顔がないといった様子で、「まことにそのことです。それがしは、わけあって妻を離別しました、というだけでは理解できないでしょう。はっきり申すのは心苦しいことですが、そのもとを考えますと、あなた様の奥方から起こりました。妻女《さいじょ》がここにいらっしゃらないので、察してください」。

中介はそれを聞くと膝を進め、「はっきりお話しなさらないので理解しにくいのですが、わたしの女房から事が起こって、あなたがたご夫婦の離別に及んだのでしたら、わたしにとって不名誉なことです。年青《おもと》はどこへ行ったのでしょうか。年青、年青」と呼ぶ。

それを由八は急に押しとどめて、「いや、あわてなさるな、あわてなさるな。ほんとうに女は浮気な性質で、浮気な方に移りやすい。奥方の日常の生活には理解しがたいことばかりでしたが、昨夜外出したままお帰りにならず、興福寺へかと思いましたが、そうではなく、その様子では逐電《ちくでん》なさったに違いありません。これは機白《はたしろ》めが間男《まおとこ》の仲立ちをして、誘い出させたに違いあるまいと、疑いが起こりました。やつを鞭打《むち》とうと思ったのですが、これをご覧ください。誤って右の腕をくじきました。結局のところ間男も定かでなく、その行方さえ知りようがないので、女房を追い出して、わたしの潔白を知らせようと決心しました。機白はもう去ってしまいましたが、それがしは腕をくじいたので離縁状を書くことができません。どうかわたしに代わって、くだんの書状を書いてください。奥方の行方を、身に代えても尋ね求めて差し上げるつもりです」と言い終わらないうちに、左の腕を伸ばして硯箱《すずりばこ》を引き寄せて墨をすり、ほかを顧みずに頼む。

中介は道理だとも言いかね, どちらとも決められないので筆をとらず、「おっしゃることはもっともですが、もしあなた様の女房が仲立ちしたとしても、年青の操《みさお》が正しければ間男と出奔《しゅっぽん》するでしょうか。彼女は十六歳の時に呼び寄せて、今年は二十四のはずです。故郷にいた時は普段のおこないも人並みでしたが、夫の落ち目がうとましく、どうしようもなくなって子をも棄て、希望がもてずに出奔したのでしょう。この世の中には、ままあること。いまさら誰を恨みましょうか。離別状の代筆は、お許しくださいよ」と差し戻す。

その硯を再び押しつけて、由八は頭を左右に振り、「心ひとつに収めなさるのは男の気構《きがま》えでしょうが、わたしにもまた男の意地があります。いったん去った女房を、離別状が書けないからといって、このままでは終わらせません。承知なさらなければ、わたしは今日から男をやめて、出家するしか方法がありません。承知してくださらないのですか」と恨みごとを言う。

そこで申介は、いまさら断ろうにも断れず、「これほどまでに言われるので、くだんの状は書くつもりですが、わが妻のために離別させては、わたしもまた快くありません。思い直して遠からず呼び戻しなさい」と親身になって説き諭すと、さらさらと書き終える。月日の下に由八と名を書いて取らせたので、由八はたいそう喜び、かの離縁状を巻き収める。申介は寺にとどめた小匙が気がかりなので、明日また来ることを約束して、すぐに興福寺へ帰った。

○鍾馗の下

由八《よりはち》は申介《しんすけ》が帰るのを見送りながら舌を出し、右の腕を包んでいた布をあわただしく解き捨てて、離別状を開く。由八の「由」の字に筆を加えて「申」の字とし、また「八」の字に筆を加えて「介」の字とし、宛名のところを切りすてて「年青どの」と書き換え、一人ほほ笑んで待っている。機白《はたしろ》はあらかじめ夫と示し合わせていたので、年青《おもと》を連れて元興寺《げんこうじ》を走り出ると、まっすぐに木曲《きつじ》街の妓院《くるわ》に行く。あちこちで申介を尋ねながら、思い通りひまをつぶし、その日の黄昏《たそがれ》に年青と一緒に帰った。

由八はあわただしく出迎えて、「申介殿には、お会いになったか」と尋ねる。機白は聞き終わらないうちに、「いや、興福寺にはいらっしゃいませんでした。木曲街をあちこちと訪ねましたが会えず、むなしく帰りました。残念です」とつぶやく。由八はしきりにため息をつき、「会うことができなかったのは、わけのあることです。先に申介殿は鎌倉へ旅立つといっておいでになりましたが、内へ入らずに立ったままおっしゃったことがあります。まず、これをご覧ください」と言って、離別の書状を取り出す。年青は胸が早くも騒いで、あわただしく開いて見ると、嘆かわしいことに三行半《みくだりはん》に書きとどめた夫の筆跡で、「申介」と書いてある。

「これはどういうわけで、何の科《とが》でしょうか。直接にしかじかと話して聞かせもせずに、人づてに名残惜しい別れの去り状を送られる覚えはありません。気丈なのも場合によります。妻を捨て子を棄てて、何が楽しい色狂《いろぐる》い。果ては流れてゆく船の、綱手《つなで》苦しい八苦海《はっくのうみ》、どうしてしばらく引きとめて、逢わせてはくださらないのか。見るのも情けない水茎《みずくき》の、跡（筆跡と行方を掛ける）なき人が恨めしい」と、くどくど繰り返し述べながら、よよと泣く。

機白はさかんに年青の背中をさすって、ただあきれた顔つきをする。由八は歯を食いしばり、

「人であって人でない。あの人の冷淡さは、話すことさえ腹立たしいが、言わないでいられない理由があります。人の欲には限りがありませんが、金銭には限りがあります。わずかな間とはいうものの、中介殿は花街通いに画の代価を使いはたしました。それぱかりか借銭を取り立てられて、苦しいままに娘を渡し、寺に戻らず鎌倉をめざして行くのに、『鐚一文《びたいちもん》の旅費もない。毒を舐《ねぶ》らば皿まで（悪事に手を染めた以上、どこまでもそれに徹しよう）と、年青をある人の側室《そばめ》に売って、代金をこのたびの旅費にするのです。だから、離別の書状を残しておきます。今晩その人から迎えの竹輿《かご》が来るはずなので、年青を渡さなければなりません』と言われました。そこでひたすら道理を通して、辱《はずかし》めたり罵《ののし》ったり、いろいろと諫めましたが、あざけり笑って耳も貸さず、凧《たこ》の糸が切れたように、返事も終わらないうちに走り去って、たちまち行方が分からなくなりました。

つくづく思案しますに、狗《いぬ》より劣る夫に連れ添ってさまざまに悩み苦しむより、今去られてお金持ちの側室になるのは物怪《もつけ》の幸《さいわ》い（思いがけない幸運）です。哀しくもありましょう、腹も立ちましょうが、この道理を推しはかって、これまでの縁《えにし》だと思いを断ち、今宵《こよい》の出船《でふね》に乗りかえて、かの人のところへおいでなさい」と、情けをかける。詐欺《たばかり》の言葉に従って機白は、中介を罵ったり、年青を慰めたりして、さまざまになだめた。

旅人が巴峡《はきょう》（中国の湖北省巴東県）に叫ぶ猿の声を聞くだけでも悲しいのに、年青は知らない土地に来て夫に捨てられ、子に別れ、自分まで売られて、まだ見たことのない人の側妾《そばめ》

郵便はがき

料金受取人払郵便

新宿局承認

3971

差出有効期間
2022年7月
31日まで
(切手不要)

1 6 0-8 7 9 1

1 4 1

東京都新宿区新宿1－10－1
(株)文芸社
愛読者カード係 行

ふりがな お名前			明治 大正 昭和 平成	年生 歳
ふりがな ご住所	□□□-□□□□			性別 男・女
お電話 番 号	(書籍ご注文の際に必要です)	ご職業		
E-mail				
ご購読雑誌(複数可)		ご購読新聞		新聞

最近読んでおもしろかった本や今後、とりあげてほしいテーマをお教えください。

ご自分の研究成果や経験、お考え等を出版してみたいというお気持ちはありますか。
ある　ない　内容・テーマ(　　　)

現在完成した作品をお持ちですか。
ある　ない　ジャンル・原稿量(　　　)

書　名			
お買上 書　店	都道 府県　　　　市区 郡	書店名	書店
		ご購入日	年　　月　　日

本書をどこでお知りになりましたか?

1.書店店頭　2.知人にすすめられて　3.インターネット(サイト名　　　　　　)

4.DMハガキ　5.広告、記事を見て(新聞、雑誌名　　　　　　)

上の質問に関連して、ご購入の決め手となったのは?

1.タイトル　2.著者　3.内容　4.カバーデザイン　5.帯

その他ご自由にお書きください。

(　　　　　　　　　　　　　　　　　　　　　　　　)

本書についてのご意見、ご感想をお聞かせください。

①内容について

②カバー、タイトル、帯について

弊社Webサイトからもご意見、ご感想をお寄せいただけます。

ご協力ありがとうございました。

※お寄せいただいたご意見、ご感想は新聞広告等で匿名にて使わせていただくことがあります。

※お客様の個人情報は、小社からの連絡のみに使用します。社外に提供することは一切ありません。

■書籍のご注文は、お近くの書店または、ブックサービス(0120-29-9625)、セブンネットショッピング(http://7net.omni7.jp/)にお申し込み下さい。

婢妾《てかけ》となるまでに、なりも果てたる薄命《ふしあわせ》。死のうと決心しても、子にはひかれる苧車《おぐるま》（苧《からむし》の繊維をより合わせて糸にする車）の、まわり合わせが悪ければ、乱れて解《と》けぬもの思い。千筋《ちすじ》の涙堰《せき》あえず（こらえきれない）、いっそう苦しい胸をなで、「連れ添ってからはや九年、夫婦のなかに子一人の恩愛の絆《ほだし》（結びつきをつなぎ止めるもの）を、これほどまでに切れば切られるものでしょうか。といっても変わった夫の心、恨んでもどうにもなりません。けれど、わたしも武士の娘です。二親《ふたおや》とも存命で、肥後の菊池にいらっしゃるけれど、夫に従うのは婦《おんな》の道。踏みたがえまいと、故郷を出て華洛《みやこ》の旅住まい。ここにも膝を入れようとしてできず、今年分け入るやまと路《じ》の、奈良《なら》は奈落《ならく》の生き地獄。剣《つるぎ》に裂かれ火に焼かれても、遊女《あそび》の価《しろ》に身を売られ、思わぬ人の閨《ねや》の伽《とぎ》（寝室の相手）、枕の塵《ちり》を払われましょうか。人に誠《まこと》のあるならば、このまま殺してください」と言いかけて、また激しく泣く。

機白《はたしろ》はつぶらな目をこすって鼻を鳴らし、「身の憂《う》さをどうしようもなく、死のうと決心なさったのは道理ではございますが、おん身がここで死んでしまわれたら、その祟《たた》りは、宿をしているわれわれ夫婦にきっとふりかかるでしょう。三、四十日間の宿賃を取らないで損をするうえに、巻き添えの難儀をかけられるのは情けないことです。男女の相性《あいしょう》は出雲《いずも》の神が結んだものなので、前世の約束と思ってあきらめて、あちらの方へおいでなさい」と説き諭す。

由八も真剣な態度で、「機白はたいそう巧みに言ったことよ。すでに夫に捨てられて保証人もいない女子《おなご》を、わが家で面倒を見るのは難しい。だからといって、ここで思いがけない災難で死なれては、のちの祟りから逃れられない。怒りを収め恥を忍んで、惜しくない命でも長らえてこそ、かわいい子にまた巡り会う日もありましょう。あなたが悪いといって、このように言いましょうか。是が非でもあちらへおいでなさい」と、夫婦はいろいろとなだめる。

そこに前もって知らせておいたので、紫米鬼九郎《しこめきくろう》は一挺《いっちょう》の竹輿《かご》を運んできて、訪問を告げながら中に入ると、由八に向かって、「先に申介に身の代金を渡した妾は、これですか。わたしは津国《つのくに》の旅人で、鬼九郎という者です。今日急に故郷から書状が来ましたので、夜通し道を急がせました。すぐに帰りますので、ここからすぐに連れて行かなければなりません。早く、早く」と急がせる。

由八夫婦は額をついて、「この婦人には、これといった縁はございませんが、しばらく宿泊していましたので、たいそう気の毒に思います。遠い県《あがた》の人ですので、親族もなく知り合いもいません。ただいつまでも目をかけていただけましたら、その身の幸いはこのうえもありますまい」。鬼九郎はうなずいて、「それは言われるまでもありません。得がたいたくさんの金にかえて、なだめようと思う宿の花を、荒い風にも吹かせはしまい。さあ、おいでなさい」と言って手をとる。

年青はいっそう嫌な感じで、だんだんと頭を上げて、この旅人を初めて見ると、年は四十余りで、色が黒く背は低い。たいそう下品そうな男なので、鬼に取られる気持ちがして、情けないことは言いようもない。すでに覚悟は決めたけれども、無理にここで死のうとすれば、すぐさま止められて恥のうえに恥をさらすだろう。しばらく気持ちを自由にさせて中途半端に騒がず、涙をぬぐって由八夫婦に別れを告げ、やっとのことで立ちあがる。かの昭君《しょうくん》（中国前漢の王《おう》昭君。元帝の命で匈奴《きょうど》の呼韓邪単于《こかんやぜんう》に嫁し、単于の没後再嫁したが漢土を慕いながら没す）の胡国《ここく》への門出《かどで》もこんなだったろうかと哀れむ人もなく、機白に扶《たす》けられてくだんの竹輿に乗ると、鬼九郎は由八たちと目を合わせてにっこりとほほ笑み、しきりに竹輿を急がせて、暗闇の道を目指して走り去った。

誰知ろう。この紫米鬼九郎は、津国荒墓《あれはか》のそばに隠れ住む悪者だが、時々畿内《きない》を歩きまわって容貌の美しい少女《おとめ》を拐《かど》わかし、室津《むろのつ》、赤間《あかま》など、あちこちの妓院《くるわ》に長年売っていた。今年の秋は平城《なら》へ行って木曲街《きつじ》で遊女を売買したが、思いがけず中介の妻である年青の容貌が抜きんでているのを見て、ひそかに目論《もくろ》み、まず根深由八を欲で誘って計略を行わせた。自分は手も濡《ぬ》らさずに年青を掠奪《りゃくだつ》し、由八には骨折り銭をたくさん与えて口をふさぎ、人に知られないうちにと、その晩年青を竹輿に乗せて夜通し走る。平城《なら》から津国の小坂大坂《こさかおおさか》へは、八里ある。

頃は八月《はづき》のことだったので、夜もやや長くなり始めて、四、五里の道のりをただ二時《ふたとき》で走らせ、暗明巓《くらがりとうげ》を越えるころには、子《ね》（夜中の十二時前後の二時間）二刻《ふたつ》になったろうか。ところが近ごろこの山道には、病狂《やみくる》う狼《おおかみ》が三、四匹いた。夜《よ》な夜な街道に出て人を食らうと噂して、みながひどく恐れ、麓《ふもと》の里人たちも、日が暮れると裏口に出る者さえいなかった。

鬼九郎たちはこれを知らず、二十四日のことなので、月はまだ出ない秋の山。松明《たいまつ》の光を道案内にしてひたすら走るちょうどその時、左側の隈笹《くまざさ》がさやさやそよぐと見えた。狼が二頭勢いよく走り出てきて、轎夫《かごかき》二人の向こうずねを横ざまに咬み倒すと、「ああ」と叫び終わらないうちに、再び喉を食い裂かれてそろって死んだ。

鬼九郎はあわてふためき、身をひるがえして逃げようとして、たちまち切り株につまずくと、持っていた松明を振り落とす。そのうえに転びかかってうつぶせに倒れながら、右手をついて起きようとする。立てないでいる後方から、また一頭の狼が走ってきて飛鳥《ひちょう》のように飛びかかり、鬼九郎の頭のてっぺんから眉間《みけん》のあたりを、ただ一口でめりめりと噛みくだく。「あっ」と叫んだ一声は、この世の別れ、闇《くら》きより闇きに帰る烏夜越《くらやみごえ》。まことに長い間積み重ねた悪事の因果覿面《てきめん》、ぞっとする竹輿《かご》のうちで、年青は出るに出られず、惜しくもない身もいまさらに、胸のみ冷やす夕《ゆうべ》の露《つゆ》、今や消えると合掌《がっしょう》し、念仏をとなえてじっとしていた。

それはさておき、申介は由八にはかられて、女房年青は情夫と出奔したとばかり思っていたので、思い悩んで面白くない。すぐに興福寺へ戻ると、小匙は待ちわびて走り出てきて、「ねえ父さん、どうして母さまは一緒にこのお寺へおいでにならないのですか。あちらに隠れていらっしゃらないのですか。母さま、母さま」と呼びかける。

「いつもと違い慕う子の、虫が知らせて言わせるのか」と思うと、たちまちふさがる胸を手で優しくさすり、笑いにまぎらわせて、「おい、小匙。昨日までは大人しく母さまとも言わなかったが、誰が教えてこのように急に里心がついたのか。よくものをわきまえよ。母はそなたの母ではない。彼女は恐ろしい化け物だが、一時的にそなたの母に化けて、機会があれば父さんさえも食い殺そうと思ったが、今日わたしに見破られ、風を起こし雲に乗って鬼ヶ島へ飛び去ったのだ」となだめる。

　すると顔をじっと見つめ、「それなら母さまは、恐ろしい妖怪《ばけもの》でいらしたか。妖怪であれ鬼であれ、このごろ一向に顔を見せないので、とても懐かしく思います。逢わせてください」とすがりつく。それを引き寄せてうなじをなで、「これはまた聞き分けがない。母に会いたければ、あそこにある御堂《みどう》の屋根の瓦を見なさい」と、指さして示す鬼瓦《おにがわら》。小鼪は見上げて「ああ恐ろしい」としがみついた秋の蟬《せみ》、音《ね》に泣く（声に出して泣く）父は袖に露《つゆ》。「ただ一人の愛児を捨てて走った母は鬼百合《ゆり》。心の鬼はあの瓦よりさらに恐ろしいので、今日からはきっぱりと思うのをこらえて、母とも言うな、利口だろう。その代わりに明日はよいものを取らせよう」となだめる。すると分かっているという顔つきでうなずいて、しばらく忘れてまた遊ぶ。小児は無智の聖《ひじり》である。

　そうこうするうちに中介は、その晩殿司《でんす》に向かい、「先に命じられた画もおおかた仕事を終えましたので、明日は身のいとまをいただいておいとまします」。殿司はそれを聞くと、「まことに思いがけなくも、たいそうあなた様に骨を折らせました。一山《いっさん》（寺全体）の喜びは、ただこのことです。これにより、また骨を折っていただかなくてはならないことがあります。さる日、四天王寺の客僧が当寺に泊まって、あなた様の描いたものを見て非常に珍重しました。『この土地の用事が済んだら、この人をわが寺へお寄こしください。描かせるつもりのものが、たくさんあります』と、入念に約束して帰りました。これは前もってお話ししなければなりませんでしたが、こちらのことが終わったあとでと思って黙っていました。その望みに従って天王寺へ行こうというのでしたら、紹介の手紙を差し上げましょう」。

申介は聞き終わらないうちに、たいそう喜んで、「大和《やまと》も旅でございますので、どこへでも行かないところはありません。しかも津国はここから遠くもなく、とにかくおっしゃる旨《むね》にお任せしましょう」と同意した。殿司も喜んで、画料のほかに旅費までも与えた。

翌朝、申介は法師たちに別れを告げると、おのおの名残を惜しみながら餞《うまのはなむけ》別をするので、この日もあれやこれやと余計な時間がかかり、日暮れ近くになる。「いつまでこうしていられようか。ひとまずここを退いて、今夜は由八の家に泊まり、明日の朝に旅立とう」と思う。殿司に手紙を求め、小匙を連れてついに興福寺を退出して、門前にある市店《いちぐら》を見返ると、棚に小児が手に持って遊ぶものをたくさん並べて置いてあった。その中に悪鬼の面《めん》があったので、「小匙が母を慕おうとする時は、これで騙《だま》そうか」と思い、かの鬼の面を買って旅行用の袋に収め、急いで由八の宿に着くと、日は早くも暮れてしまった。

由八は、以前申介が今日また来るつもりだと言ったので、機《はた》白《しろ》を納戸《なんど》に隠し、自分は早く出迎えて、いかにも真面目そうにもてなした。その時申介は、興福寺の紹介によって津国にある天王寺へ行くことを由八に話して聞かせる。何か月もの間の宿賃を取らせ、また興福寺で法師たちが餞別にといって贈ったものも、半分は由八に与え、ていねいに別れを告げて、「これからまっすぐに天王寺へ行こうと思いましたが、あちらへ行ったら出入りも自由にならないでしょう。華洛《みやこ》にはいささか知っている人もいるので、まず京《きょう》に入って故郷へ年青のことを知らせましょう。書状をあつらえて、そのあとで浪速《なにわ》へ行くのがよい。わたしは浮浪人《ふろうにん》なので、再会はとても予想できません。どうしてわが妻のために、あなた様の女房を去らせることができましょう。ただこのことだけは心苦しく思うので、速やかに呼び返しなさいよ」。

由八は腹の中であざ笑いながら、その親切を喜んでみせ、寝床を敷きならべて中介親子を寝させる。小匙は宿に帰っても母がいないのを不審に思って、「母さま、母さま」とむずかる。そこで中介はくだんの面《めん》を取り出して、やっとのことで騙して無理やりに眠らせながら、父もいつの間にか眠ってしまった。

こうしているうちに由八は、その晩ひそかに機白に言うに、「あの紫米鬼九郎《しこめきくろう》どのは、四天王寺のそばの荒墓山《あれはかやま》の麓《ふもと》にいる人だと聞いている。中介が天王寺に行って長くあそこにいたら、夫婦はしまいには巡り会って、わがたくらみを知られてしまうだろう。そうなったら、祟《たた》りは逃れられない。これはどうしたものか」とささやく。

機白はそれを聞くと目をみはり、「それは穏やかでないことです。もしおろそかにすれば、わが身に降りかかるでしょう。この夜明けに彼を送り出して、途中で事をくわだてなさい」。

由八はうなずいて、「わしも、そう思う。般若坂《はんにゃざか》を越えさせまい」と、寝刃合《ねたばあ》わせる（研ぎ澄まされた刃先に荒砥石などをかけ、切れ味を増す）心の剣《つるぎ》、人目を忍んで用意した。

その夜の丑三《うしみつ》の時分に飯を炊いて、「もう夜が明けます」と言って申介を呼び起こし、「京へは十里ほどですが、幼い子をお連れになるのですから、少し早くても出発なさいませ。何ややすれば夜が明けるでしょう」。申介はなるほどと思って小匙を呼び起こし、あわただしく準備して宿を出る。振り返って見ると、有り明けの月の行方も夜はまだ深かった。「さては、主人があわてて起きて、時刻を間違えたのだろう。一里余りも行くうちには、夜が明けるだろう」と、独りごとを言う。小匙の手を取って、いろいろな話をしながら静かに歩いて行くと、般若坂へさしかかる。

由八は申介をやり過ごしておいて、身軽ななりで追いかけようとして思うに、「あいつもとは武士だというから、打ち損じて顔を見られたら、後日の問答は難しいだろう。どうしようか」とためらった。しかし申介が忘れた鬼の面を厳しい表情で見て、「これはたいへん好都合だ」といって右手に取る。秋の夜はいよいよ長刀《ながかたな》（夜と刀が長いのを掛ける）、目釘《めくぎ》を湿らせて腰に帯び、「機白《はたしろ》よ、門をしっかり閉めろ」と言葉をかけて走り出る。飛ぶように近道で般若坂へ走り抜け、木立の間に身を寄せて、今か今かと待っている。

申介は幼い娘を連れて行くが、あれやこれやで歩みは順調に進まない。いろいろと慰めて坂を下ろうとするところを、由八は後方から走りかかって、声もかけずに申介の右の肩先から背中へかけてはっしと斬る。承知したと身体をひねり、抜き合わせて戦ううちに、すでに深手を負ったので、進退も自由にならならない。鬼の面で顔を隠した由八の身なりに、小匙はひどく驚き恐れて、「ああ、母さまがおいでになりました。あれよ、あれよ」と泣き叫び、父の袂《たもと》にまつわりつく。これさえも妨げとなって、撃つ大刀《たち》はさらに不確かで、再び眉間《みけん》をぱしっと斬られ、あおむけに身体を地面に投げ出して転げまわる。由八はすぐに躍《おど》りかかって、土まで通れと三刀《みかたな》、四刀《よかたな》。刺す胸元からほとばしる鮮血とともに息絶えた。

こうして由八は手早く申介の腰を探って、旅費の金銭を残らず奪い取る。この女《め》の子を助けておいたら、あとになって口を利くことがあろう。「逃げるな、逃げるな」と、血のついた刀を引っさげて走り寄り、小匙の胸元を手でしっかりつかみ、引き寄せて刺そうとする。

突然小匙の背から、一筋《ひとすじ》の赤気《しゃくき》（空中に立ちのぼる異様の気）が立ちのぼると見え、身のたけ一丈（約三メートル）余りの鍾馗《しょうき》の像が急に立ちあらわれ、由八をにらみつけた目の光は星のようである。ひげや髪は上の方に逆立って、三尺の剣を閃《ひらめ》かせ、まっしぐらにさえぎりとどめる。由八はたいそう恐れて、小匙を捨てて逃げようとすると、鍾馗は長い腕をつき出して、地面へどうと投げつける。一声「あっ」と叫び終わらないうちに、土をつかんで気絶した。

時に建治《けんじ》元年（一二七五）秋八月二十六日。青砥左衛門尉藤綱《あおとさえもんのじょうふじつな》は大和《やまと》へ巡歴《じゅんれき》するために、昨日六波羅《ろくはら》を出発して棹山《さおやま》の駅に一泊し、二十六日の朝早く般若坂を越えると、途中の道のかたわらに斬り殺された旅人がいた。その娘と思われる六、七歳の幼子《おさなご》が、死骸にとりすがって泣き叫んでいるように見える。またそのそばに、鬼の面をかぶった不思議な身なりで、手に血のついた刀を引っさげて倒れている者がいる。

藤綱はこれを見ると馬の歩みをとどめ、従者たちに幼子をいたわらせ、いろいろと機嫌をとって事情を尋ねさせるが、ただ泣くばかりではっきりしない。「この様子から察するに、面をかぶっている者は、盗賊に違いない。やつが一か所も傷を負わないで倒れているのは、不審だ。引き起こしてみよ」と命令する。

従者たちは引き受けて、左右からかかっていって引き起こすと、由八はすぐに我に返り、ひどく驚き、振りはなって逃げようとする。「やっぱり」と言って、動かないようにかたく縛って懐を改めると、奪い取ったと思われる金銭があった。「きっと、盗賊だろう」と、強く責めて尋ねると、しばらくは何も言わなかったが、ついに堪《た》えられなくなって、中介夫婦を陥れたたくらみの一部始終を、漏れなく白状する。さらに「この女《め》の子を殺そうとした時、以前画図《えすがた》でみた鍾馗が突然目の前に現れ、それがしを手でしっかりつかんで地面へ投げつけましたが、そのあとのことは分かりません」。

青砥がまた中介の懐を改めさせると、興福寺の殿司の紹介状がある。また小匙の衣装を脱がせて見ると、衣の裏に鍾馗を描いてあった。青砥はこれを見てため息をつき、「伝神の妙《みょう》は今なおある。この鍾馗は、中介とかいう者が描いたものに違いない。惜しい若者を、思いがけない災難で殺したことだ」と、ひたすら惜しむ。急いで五十子《いさらご》七郎らを由八の宿にやり、その妻の機白《はたしろ》をからめ取らせて責め問うと、白状したことは由八と同じである。

こうして青砥藤綱は、すぐに平城《なら》へ行って中介の顛末《てんまつ》を興福寺の殿司に尋ねてはっきりさせ、五十子七郎らを浪速《なにわ》へやって、紫米鬼九郎をからめ取らせようとする。そのうちに、「闇明越《くらがりごえ》の狼を狩らせよ」と、二、三日前に六波羅《ろくはら》からそこへ遣わした浅羽十郎《あさはの》らが、年青《おもと》を連れ、鬼九郎と轎夫《かごかき》たちの死骸を運びながら平城にまいり、「おとといの夜、この者三人が烏夜坂《くらやみざか》で狼に食い殺されましたが、竹輿《かご》に乗っていた女だけは無事でした。それがしが昨日、あれやこれやと出所を調べましたところ、一人は紫米鬼九郎と呼ばれて、荒墓《あれはか》のそばにいる悪者です。またこの女は、平城《なら》に逗留していた旅人の妻です。その様子は、まるで拐《かどわ》かされたようです。そこであれこれそろって連れてまいりました」。

青砥はそれを聞いて深く喜び、「天網《てんもう》が漏らさないで、鬼九郎は猛獣のために殺された。その女は中介の妻であろう」と、すぐに呼び寄せて尋ねると、はたしてその通りだった。年青は、初めて由八と機白に欺かれたことを知る。無明《むみょう》（真理に暗いこと）の酔《よ》いは醒めたけれども、嘆きはますます多くなり、夫の非業《ひごう》の死にいっそう涙の数が増す。ともに死のうと思うけれど、小匙を見ると、いまさらにまた捨てかねる命である。

藤綱は、由八と機白を般若坂で死刑に処し、鬼九郎の首と一緒に斬ってさらさせる。また年青《おもと》の二親《ふたおや》はまだ存命で、肥後の菊池にいるという。青砥はそこで雑色《ぞうしき》二人を添えて、くだんの親子を故郷へ送っていかせたので、年青の父の梶塚某甲《かじつかなにがし》は、しきりに藤綱の恵みを感謝し、手厚く二人の雑色を持てなして帰した。

　こうして年青は尼となって遊鄰尼《ゆりに》と号した。娘の小匙は大人になるにつれて画《え》を上手に描いたので、画名《がめい》を木蘭《もくらん》といった。数百年ののち、京《きょう》の祇園《ぎおん》に百合《ゆり》という女がいて、その母を梶《かじ》という。百合の娘の玉蘭は、画に名声がある。この親子は、かの梶塚氏《かじつかうじ》、遊鄰尼、木蘭らと名前が似ている。古人を慕ってそう名づけたのだろうか、事情を調べて明らかにするがよい。

（訳者注：玄同陳人《げんどうちんじん》〈馬琴の号〉の批《ひ》と、それに続く跋は省略）

青砥藤綱摸稜案後集

巻之一

（訳者注：冒頭の「再編摸稜案序」「後集姓氏略目」「後集総目録」は省略）

○二《に》夫《ふ》川《かわ》に二《ふたり》夫《のおとこ》牛打村《うしうちむら》の名を遺《のこ》す事

近江国《おうみのくに》（滋賀県）番場《ばんば》と醒井《さめがい》の間にある二夫川のほとりに、蚕屋善吉《かいやぜんきち》という者がいた。ここは久礼《くれ》、門松《かどまつ》、樽水《たるみ》、樋口《ひぐち》と向かい合い、川は巷《ちまた》（町中）に横たわり、二条《ふたすじ》三条《みすじ》となって流れている。

なるほどまことに、ゆく水の流れは旧《もと》の水にして、しかも旧の水にあらず。およそ生《い》きとし活《い》けるもの、孰《たれ》か（だれか）生死《いきしに》の海を脱《のが》れん。鶴亀の長い齢《よわい》も千年《ちとせ》といえば限りあり。壮《さかん》なる者は必ず老《おとろ》える。詎《たれ》か栄枯の際《さかい》を遁《のが》れん。優曇華《うどんげ》（植物名）の春秋《はるあき》も、開けばまた落ちる時がある。観《かん》す（念入りに見る）れば夢の世は、覚《さ》めて後《のち》は悔《くや》しかろう。

そもそもこの善吉の人となりを尋ねると、祖父の楽善《らくぜん》のときまでは田畑をたくさん持っていた。家はたいそう豊かだったが、父善三《ぜんぞう》のときになって日照りや水害が続き、先祖代々受け継いできた田畑も、残り少なくなるほど失った。本意ではなかったが、借金だけを一子《ひとりご》の善吉に残し、五十《いそじ》の春を最後にして、黄泉《よみじ》の客となってしまった。こうして善吉は、年がわずかに十六の春から、すっかり衰えた世帯を受けとり、たいそう心細い生活をした。けれども、その性質は誠実だったので、つらい世渡りを苦しいと思わず、母に仕えて孝を尽くした。

とにかく面倒をみるうち、父の七回忌の年に、母親まで亡くなってしまった。親一人子一人の、ここに頼みを失って、どうしようもない悲しみに、絞りきれない袖袂《そでたもと》。左を見ても右を見ても、ほかに近い親族もいない。二夫の村長《むらおさ》の上台馮司《こうだいひょうじ》は、たしかに父の従兄弟《いとこ》だったが、わが家がひどく衰えてからは、いつのまにか疎遠になり、こんな時でさえ頼みにならない。また樽水《たるみ》の遅也《おそや》という寡婦《かふ》は母の姉だが、彼女は情夫と出奔《しゅっぽん》して多くの年を経ていた。

このことばかりを、たいそう心苦しく思ったからだろうか、母が臨終に言ったこともあり、姨《おば》の行方を知ろうと、京鎌倉の行き来に知る人がいたので言《こと》づけをして、尋ねることが三年に及んだ。

皇天《てんとう》が誠を照らし、亡き母親が導いたのだろうか。善吉は人に雇われて京《きょう》へのぼった帰り、草津の駅《しゅく》の北にある落野井《おちのい》という村落で、思いがけないことに姨の遅也が娘の阿丑《おうし》とともにひどく落ちぶれて、人のために稲を刈り入れるのにめぐり会い、名乗ったところわが姨だった。

「行方知れずになられて二十年を超えると聞いていたので、親族ながら面影は見知らず、名乗りあう手だてがありませんでした。じれったく思っていましたが、灯台もと暗しで、わずか十余里のところでした。ここにいらっしゃるとも知らず、めぐり会いました喜びは、これに勝《まさ》るものはありません。わが家はひどく貧しいが、こうしていらっしゃるよりは良いこともあるでしょう。二夫へお連れして、親として養い申し上げるつもりですので、さあ、おいでなさい」

誠意が言葉に表れて、たいそう頼もしく思ったが、遅也《おそや》はいまさらに恥ずかしくて、はっきりとは答えることもできない。こうして善吉は一日ここに逗留《とうりゅう》して、ついに遅也と阿丑を誘い、すぐに二夫へ帰る。姨に仕えるのが母に仕えるようで、心を尽くして面倒を見たので、遅也の喜びはいうまでもなく、阿丑もはじめて安堵《あんど》した。「ほんとうに親にさえ孝行は尽くしがたいものなのに、身持ちが悪く逐電《ちくでん》して二十年余り行方が分からず、その面影さえ見も知らぬ姨を探して家で養い、孝心がおろそかでないのは、世に稀《まれ》な若者だ」と言って、知る人も知らない人もみなほめる。

遅也は、善吉の志が変わらないようにするためには、娘の阿丑を娶《めあわ》すに勝《まさ》ることはあるまいと思った。そこで機会あるごとに直接話して聞かせ、また人にまで話をして、このことを言わせる。すると、「かれとわれとは従弟《いとこ》同士です。これほどまでに人がおっしゃるのを、断るべきではないでしょう」と、善吉がついに承諾した。

遅也はたいそう喜んだが、貧しい家の気軽さは、暦《こよみ》をくって日柄を見るだけである。二枚屏風が立つ開く、とるとは床《とこ》の三幅布団《みのぶとん》、鄰《とな》る（相接して並ぶ）近江《おうみ》の名にし負《お》う（名高い）、妹《いも》と背《せ》越《ご》し（妹背《いもせ》は夫婦。背越しは、骨の柔らかい小魚を薄い筒切りにする刺身の作り方）の鮒膾《ふなます》、小半合《こなから》（少量）酒《ざけ》の水入らず、万代《よろずよ》とまで祝《ことほ》いだ。

時に善吉は二十四歳。阿丑は年が三つ少なくて、顔立ちも醜くない。「本当に陰徳あれば陽報あり。善吉は思いもかけずよい妻を手に入れた」と言って、人がまたこれをうらやんでいると、幾年か疎遠だった村長《むらおさ》上台憑司と一子《ひとりご》の昌九郎《しょうくろう》が一緒にまいって、婚姻の賀《よろこび》を述べ、これより初めと変わらないようになった。みな善吉の誠がもたらしたこと、こうでなければならないが、とりわけ幸いを手に入れた者は遅也である。

もとよりこの老女《おうな》は、樽水《たるみ》の百姓、苧環某甲《おだまきなにがし》の長女娘《そうりょうむすめ》である。女同胞《おんなはらから》（母を同じくする姉妹）だったので、妹の老樹《おいき》は二夫の農家の蚕屋《かいや》善三の妻となって、善吉を生んだ。二親《ふたおや》は以前から、遅也には婿を取って家を継がせようとしていた。だが、彼女はこのうえもない淫婦なので、しばしば夫を追い出して、父母の志にかなうことがなかった。二親が亡くなってのち、みずから白《しろ》九郎というならず者を引きいれて夫とし、男の子をもうけると、鵜太郎《うたろう》と名づけた。女婿《いりむこ》白九郎は、酒と賭博《とばく》で財産をなくし、体裁が悪いまま五、六年を過ごしていた。

この男は、ある日多賀《たが》の鳥居本《とりいもと》へ行って帰るとき、番場《ばんば》の辻堂《つじどう》（道ばたに建っている仏堂）で急死した。それで相伝の田畑も長年の間に賭博で失われて、枯野《かれの》に残る撫子《なでしこ》（子に掛ける）を養う手だてがなくなってしまった。けれどもその土地では古い農家で、やはりこうしてもいられるので、門《かど》の松にも操《みさお》を恥じなかった。その年の終わりだったろうか、遅也は幼い子を捨てて、渡鳥《わたとり》の保二郎《ほじろう》という情夫に誘われ、逐電して行方知れずになった。

あとに残ったのは五歳の男児。嘆かわしいことだが、鵜太郎は二夫の姨夫《おばむこ》（父母の姉妹の夫）の蚕屋《かいや》の善三に育てられた。年が八つになったころ、善三夫婦は相談して美濃《みの》の赤坂へやり、商人某乙《なにがし》の小者（未成年の男の召使）とし、ここで五、六年を送った。

ところが鵜太郎は、父に似たのだろうか、母に似たのだろうか。年に似合わず奸智《かんち》にたけて、盗み癖まであった。主人もようやくこれを知って、強く叱ったりなどするので、自分の身の上を知られては、将来が気がかりだと思ったのだろう。その夕暮れに、手近にある金を五、六両盗みとって行方知れずになったので、主人はますます怒り、すぐに二夫へ事の次第を知らせる。

善三夫婦はひどく驚き、あちこち探したが、その姿さえ知る手だてがない。「十一の子どもには、ありえないだろう」と、姨《おば》さえ恐れて舌を巻き、やっとその金を償《つぐな》って主人に詫び、この世にいないものとあきらめて、のちのちまでは探さなかった。

こうしているうち、鵜太郎の母の遅也《おそや》は、先に保二郎《ほじろう》に誘われて岐岨路《きそじ》（木曽路）を目指して走り、信濃《しなの》に近い美濃《みの》の端《はし》である落合《おちあい》の宿場に男の由縁《ゆかり》があるので足を止め、ここで保二郎と夫婦になって女の子を生んだ。これを阿丑《おうし》と名づけて、非常に頼りない世渡りをして十年余りを送った。

ある年の春、保二郎は流行病《はやりやまい》で病気になってわずか三日で、そのまま死んでしまった。そこで遅也はますます困りはて、妻籠《つまごめ》にある旅籠屋《はたごや》、森村和五郎《もりむらわごろう》の台所仕事をする下女になって、親子一緒にそこにいること四年で、和五郎の妻は死んでしまった。

家には、わずか五歳の女児《むすめ》が一人いた。まことに去る者は日々に疎《うと》し。和五郎は、鰥暮《やもめ》らしの寝覚めが寂しいままに、遅也に寝床の上げおろしをさせ、はては幼い娘にも「母御《ははご》、母御」

と呼ばせるので、遅也はこのとき思いがけなく旅籠屋の妻になって、娘の阿丑《おうし》も肩身が広く、人並みの年月を送った。

また七、八年を過ごすうち、和五郎の家業は年ごとに衰えて、いろいろなことが思うにまかせなくなった。大きな家は、なまじっか長い間住んで汚したり傷つけたりして修繕しがたく、宿を借りる旅人もまれになった。このままでは行く末が心もとないというので、遅也はいまさらどうしようもなく思うものの、娘の阿丑は年ごろになって、容貌も人並み以上である。「これを人の側室《そばめ》妾《おんなめ》にしたとしても、わが身一人が年とって過ごすことになるなら、なんとしてもそうはしたくない。こんなところでうかうかしているのは、釜《かま》の中で遊ぶ魚、薪《たきぎ》のうえに巣を作る燕よりなお愚かだ」と思ったが、態度には表さなかった。ひそかに阿丑と相談して、「きっかけがあればいいのにねえ」と思っていると、京にいる商人の番頭で、毎年東国へ行くのに、和五郎の家を定宿《じょうやど》にする者がいた。

さて、この男は阿丑に思いをかけて、たびたびものを与えていた。和五郎の暮らし向きが衰えて、家までも長年住んでひどく破損していた。そうはいっても見捨てがたいからだろうか、今度もまた一晩をここで明かしたので、遅也は露骨に言い寄って思うことを語る。

くだんの男はたいそう喜んで、「それならば、わたしは京へ帰ってひそかに人を寄こしましょう。前もってよく準備して、あなたは一緒に逃げてきなさい。東山のそばによい家を用意して、親子を平穏無事に過ごさせよう」と言われたので、たいそううれしく、よく相談して迎えの人を待っている。はたしてかの男は、手紙を心を込めて書きしたため、ひそかに人を寄こした。そうとは知らずに和五郎は、昨年から痰積《たんしゃく》（痰濁が胸膈に凝聚して癪《しゃく》をなすこと）に取りつかれて、世間向きのことが思い通りにならなくて、世帯のことの大半は女房にだけ委《ゆだ》ねた。

遅也は良い折だと、自分のもの夫のものといわず、衣装櫃《いしょうびつ》を傾けて一包みにし、たくさんはない金銭まですべて腰につけ、病み衰えた夫を捨て、数年来「母御、母御」と言って自分を慕う前妻の娘を棄て、迎えの男を先へ出し、その晩に阿丑と一緒に京に向かって逃げ出した。五十里を五日ほどでどんどん行く。近江《おうみ》にある草津の駅に宿《しゅく》をとって、明日は京へ入ろうとするその夕べ、再び飛脚が来て、京にいる男の手紙を渡した。

親子が眉を寄せながら、あわただしくそれを見ると、「くだんの番頭某丙《なにがし》は、長年主《あるじ》のものを掠《かす》めていたことが発覚して、役所の事件となりました。このままでは以前約束したことも、今となっては仇《あだ》になるでしょう。良くも悪くも、このことが落ち着くまではおとどまりください」と書いてあった。

遅也も阿丑もこれを見て、どうして驚きあきれないことがあろうか。渡りに船を失うように、進退ここに窮まった。どうにも手だてがないので、しばらく草津に逗留し、かさねて京の手紙を待つ。すると気の毒なことに、かの痴《し》れ者は、自分が起こした災いを逃れる手だてがないので、情けなくも獄舎につながれてすぐに死んでしまったと、しばらくして草津へ伝わった。

遅也と阿丑はますますあきれて、今となっては妻籠にある家を恋しく思っても、後悔が先に立つはずもなく、あれやこれや思うばかりである。盗み出した衣装や金銭は、旅費に残らず使いはたしてしまった。それればかりか親子は流行病《はやりやまい》で、旅先で枕を並べて死ぬだろうと思った。病《や》むこと三十日で、なんとか命はつなぎとめたが、乞食をするほか方法もなかった。やっとのことで人に雇われて、昼は苗《なえ》とりに茅萱《ちがや》を刈り、夜は苧《お》を績《う》み（苧《からむし》などの繊維を細く長くより合わせる）、綿を繰《く》り、多くのつらい思いをし、ようやく生活して一年余りを過ごした。

この時にこそ遅也は、色と欲とに迷っては、筑摩《つくま》の鍋のかずかずに、造った罪を思い知る。邪慳《じゃけん》の角《つの》は折れながら、牛にひとしい野良稼《のらかせ》ぎ。「なまじっか人並み以上の娘を持ちながら、悪い行いばかり教えて、頼む木陰《こかげ》のないまでになりはてた。これは、和五郎どのが憎いと思う執念が親子の上にまつわって、世にも人にも棄てさせたのか。二十年《はたとせ》あまり故郷を出た時に捨てた子の、鵜太郎はどうなったのだろうか。たいそう心残りなことをしてしまった」と、あれこれ思いめぐらすばかり。過ぎて及ばぬ冬の蜂《はち》、老いては身さえ心さえ、始めと違って衰えた。

こうしているうちに善吉は、母の遺言を無駄にはしまいと三年《みとせ》以来、姨《おば》の遅也の居所をあちこち尋ねて、ついに草津の落野井《おちのい》で不思議とめぐり会い、阿丑と一緒に二夫《このかた》の家に連れ帰り、たいそう心をこめて養った。もとより容貌の美しさを愛したのではないが、赤縄《せきじょう》（夫婦の縁を結ぶという赤い縄）が繋いだことで、ついに逃れがたくて阿丑を妻にしたのだろう。

それはそうと、実母の老樹《おいき》が死に際になって、そのように心の持ちようが正しくなく、子を捨てるまでに淫奔だった姉のことをだけ言い残したのは、どういうわけかというと、かの老樹は姉の遅也とは性質が違って、親を慕い夫を思う真心が人並み以上だったからである。

「姉は姉の心で妹を心にかけないが、露《つゆ》ほども恨みとしない。甥《おい》の鵜太郎は少年のころから、ひどく恐ろしい者だったので、彼の身の上にはなすべき手だてがなかった。姉御前《ごぜ》は女であり、一時的な迷いで家を捨て子を捨てて情夫とお逃げになったといっても、年をとってしまっては、むしろ悔しくお思いだろう。そなたが面影を知らなくても、めぐり会う手だてがあった日に、身を寄せるあてがないように見えたら、どのようにでもとりなして、故郷の樽水へ帰すことです。それもかなわなければ、そなたの家に呼んで養い、一生涯を過ごさせて差し上げなさい。とりわけわが姉は父の愛娘《まなむすめ》でいらしたので、その過ちを改めて故郷近くに身を寄せ、墓所の夏草を刈り払って香華《こうげ》を手向《たむ》けなさったら、亡き二親《ふたおや》の怒りも解け、たいそう喜ばしくお思いになるでしょう。心にかかるのは、このことだけです。母を思うなら、姨《おば》のことを他人のようにしないでおくれ」と言い残した。その言葉を少しの間も忘れず、三年の間心を尽くして、ついに遅也にめぐり会った善吉の孝順《こうじゅん》は、ただこの一事《いちじ》で思いやることができる。

だから善吉は、長年姨《おば》が身を隠していただろう場所を尋ねたが、明らかにできなかった。昔のことは知っていたが、やはり知らぬふりをして、少しもその非を言わず、自分がもし男児二人を持ったら、二郎《じろう》には母方の苧環氏《おだまきうじ》を名乗らせて、亡き母の志を果たそうとだけ思っていた。

　そうこうするうちに遅也は、村長上台馮司《むらおさこうだいひょうじ》の話で、先にわが子の鵜太郎が主の金を盗んで逐電し、その負債を姨夫《おばむこ》の善三に負わせ、今もなお行方もしれないことを初めて聞く。ひどく驚き、また恥じて、行いを改めて善吉を可愛がって大事にすることは、娘の阿丑と同じだった。そうはいうものの、うしろめたいので、信濃にある妻籠の旅籠屋和五郎の情けを受けて、ついに彼の後添《のちぞ》えとなり、七、八年を過ごすうちに、次第にその家が衰えたのを見て、さらに邪念を起こし、病み臥《ふ》した夫を捨て、前妻の娘を捨てて、阿丑と一緒に京に向かって逃げたことを、善吉にさえ話して聞かせなかった。

もとより二夫と妻籠とは三十余里を隔てていたので、知る人はまったくなかった。さて、これまでは過ぎ去った昔の話で、善吉と阿丑が関係することを重ねて詳しく説明した。ただ無駄に見過ごさずに、よくこの条《くだり》を繰り返しご覧になれば、後段に趣《おもむき》があるのが分かるだろう。

○二夫川の中

こうして善吉は、聞いていたことと違って姨《おば》の遅也《おそや》がたいそう誠実なのでたいそう喜び、ますます仕事を怠ることがなかった。一年余り送り、つくづくと思うには、「わが家《いえ》は数代途絶《とだ》えずに長く続いて由緒正しく、祖父の時までは村長《むらおさ》をお受けなさったと伝え聞いている。それなのに、父がたいそう若かった時に家が衰え、田畑は大半を失った。そればかりか父の従弟《いとこ》の上台氏《こうだいうじ》に村長を取り上げられ、今また水も飲むことができず、月祭日祭《つきまちひまち》で多人数が坐った時でも、勢力ある家の庭子《にわこ》（主家に代々隷属する農民）にさえ貶《おとし》められて、人のために履《くつ》の番をしている。

これもまた世の中であり勢《とき》であり、どうするにも手だてがないが、これほどまでに先祖を辱めるのはたいそう残念で、年十六のころから再び家を興《おこ》そうと、志を少しも変えなかった。夏の暑い日も、また冬の寒い夜も、牛馬と同じに身ごしらえをした。人以上に稼いだが、わが母は多病で、六年、七年の薬餌三昧《くすりざんまい》。親には換《か》えるものがないと、費用を厭《いと》わないので、痩田一《やせたひと》頃《せ》の主《ぬし》にもなることができない。

母公《ははご》が亡くなってからは、また姨御前《おばごぜ》の絆《ほだし》（手かせ、足かせ）となって、妻さえある身となった。子などたくさんもうければ、桎梏《あしかせてかせ》をかけられて、貧しいうえに貧しくなり、どうして長年の志を果たせようか。今から鎌倉へ行って五、六年も稼《かせ》いだら、それ相応のことはあろう。金のなる木はあちらにあると以前から聞いている。機会を生かせず、まったく利益を得ずに生涯を過ごし、年をとって腰が曲がるのは愚かだ」と、心ひとつに思いさだめた。

さて、事情を姨《おば》と妻に話したところ、遅也《おそや》と阿丑《おうし》はすっかり驚いて、「これは思いもかけないことをおっしゃいます。わたしたち親子が、飢えもせず、凍《こご》えもせずに今日までできたのは、あなたがここにいらしたからです。ひとつに寄り添ってまだどれほどもたたず、五年、六年先は遠いのに、留守をせよとはつれないことです。おっしゃることは道理でも、わが身は女なので、何を頼みに暮らしていきましょうか。老いた姨《おば》が疎《うと》ましく、言葉をこしらえて阿丑と一緒に置き去りにしようというのなら、なまじっかとめるつもりはありません。そうならそうと、はっきりお聞かせください、お聞かせください」と、左右から畳を叩いて恨みごとを言う。

そこで善吉は繰り返したため息をつき、「姨《おば》はいうまでもなく、女房を置き去りにしようというならば、三年の間苦心して行方をお尋ねしたでしょうか。それがしがいまさら故郷を離れて遠く鎌倉へ行くのは、自分一人の利益を謀《はか》るのではありません。もとの田畑を請《う》け戻して、亡き親への孝養《こうよう》に供えようと思うだけです。わが家が初めのようになれば家族の福《さいわい》ですが、しばしの別れをひどく惜しんで恨みなさるのは間違いでしょう。

それがしは以前から、こうした心構えをしておりましたので、銭五、六貫《かん》を残しておきましょう。これで今年を、ともかくもお送りください。これだけでなく来年の春からは、毎年給銀《きゅうぎん》の半分を送るつもりですので、ご安心ください。たとえ鎌倉へ行っても元手がないので、五、六年あちらで奉公しなければなりません。わたしの帰りを待つというのであれば長いようですが、時期が終わるのを信じるならば、何を嘆くことがありましょう。これらの事情を聞き分けて、阿丑と一緒に留守番をしてください」と、ていねいに説き諭す。

姨《おば》と女房はようやく理解してうなずくと、「これほど固く決心していらっしゃるのなら、とめる理由もございませんが、鎌倉はあまりに遠い。京《きょう》ならば折々の手紙をやるにも都合がよいのですが。のう阿丑、そうは思わないかい」。「ほんとうにお母さまがおっしゃったように、県城下《あがたきのもと》いろいろありましょうが、華洛《みやこ》以上に何がございましょう。近江《おうみ》と山城《やましろ》は隣国で、ここから京へは二十里に足らないほどでございます。同じでしたら華洛《みやこ》へおいでなさいよ」と勧める。

善吉は頭を左右に振って、「王城《おうじょう》の地の立派なことは、申すのも畏《おそ》れ多いが、仕事のためには、かえって都合のよくない土地です。平家が西海に深く沈み、承久《じょうきゅう》に三皇（後鳥羽《ごとば》上皇・土御門《つちみかど》上皇・順徳《じゅんとく》上皇）が遠い島へ遷《うつ》されて以降、天下の賑《にぎ》わいは、鎌倉以上のものはありません。遠いのを嫌って近くに行っても、不便な旅は苦労して効果がありません。姨御《おばご》は言うまでもなく、わが妻も心を善吉と同じにして、衣食を倹約して費用を省《はぶ》き、綿《わた》を繰《く》り機《はた》を織り、女子《おなご》の手で実現できるぐらいの生活をなさったら、内外に儲《もう》けがついて、積もれば塵《ちり》も山となるでしょう。一族の心が一致してこそ、願うことも成就《じょうじゅ》するでしょう。

村長《むらおさ》の上台馮司《こうだいひょうじ》親子とは、しばらく途絶えていましたが、近ごろは行き来して、冷淡にはもてなさないので、一族のことを頼んでおきました。臨時の夫役《ぶやく》でもなんでもかまわず、かの人とお話し合いなされば、世の務めも心配ないでしょう。阿丑は母御によく仕えよ。母御は阿丑に教訓して、善吉を笑いものになさるな。申すことは、ただこれだけです」。

言われてなるほどと女たち、母と娘は顔を見合わせて思いがけず目を拭《ぬぐ》い、「おっしゃることは心得ました。加田《かだ》の立械《たてがい》たてつくし（紀州加田に、亭主が帰ると船の櫂《かい》を立てておくという風習があった）、たとえ飢えと渇《かわ》きに迫られても、あなたがお帰りになる日をきっと待って家を守り、人には決してうしろ指をさされるとは思いません。これらを気にせず、どうかひとえに身体を大事にし、旅寝《たびね》旅寝の水変わり、また奉公の苦しさ、寒さに害され暑さにさらされて、病気で苦しみなさいますなよ」と、言い諭され言い諭したが、姨捨山《おばすてやま》の月ではないので慰めかねて、すぐに分かつ袂《たもと》を濡らした。そうするうちに善吉は、すぐさま旅のしたくを整える。

次の日は菩提寺《ぼだいじ》へお参りし、父母の墓へ花を供え、旅立ちのことを告げる。帰りがけに村長を訪ねて、一家のことを頼み申し上げ、里の家ごとに別れを告げ、その明け方に荷物を背負い、鎌倉に向かって旅立った。それゆえ古人の言葉にも、「富貴《ふうき》には他人が集まり、貧賤には妻子《さいし》も離れる」と。世を渡るためとはいえ、飽きも飽かれもせぬ妹《いも》（妻）と背《せ》（夫）が、ここで別れて山鳥《やまどり》の（枕言葉）、尾上《おのえ》（山の上）の月と木《こ》がくるる（木の陰になって見えなくなる）まで、可哀想だと見送る人もいない。

時に建治《けんじ》三年（一二七七）秋九月十日余りのことだったが、善吉はただ一人で、里遠ざかる小篠原《おささはら》（地名）、分け行く露《つゆ》に着物の裾《すそ》を濡《ぬ》らし、家を出てから三日目という夕暮れに、岐祖《きそ》（木曾）の妻籠《つまごめ》までやって来た。那須沢《なすさわ》を過ぎてから宿を求めようと思って、足の運びを急がせたが、秋の日は短くて、早くも足元から暗くなった。阿計呂《あけろ》の山の山あいから十三日の月は丸く昇って、しのぶに余る篠芒《しのすすき》、枯れ始めた枝先や葉に虫の声。聞くにつけ見るにつけ、歌を詠《よ》まない身はむしろ心慰められることもなく、自分の森へと寝に帰る烏《からす》にさえも遅れて、暮れて宿なき一人旅。心はしきりにあわただしく、ひたすらに走る。

見ると、右手にある小松の下《もと》に、きらきらと光るものがある。そばに近寄りざまに蹴ってひっくり返すと、からからと音がする。それをやり過ごさずに手にとって、月にかざして見ると璹《たい》瑁《まい》の櫛《くし》である。たいそう古びたもので、歯は三つか四つ欠けている。道に落ちているのを拾うのは見苦しいふるまいだが、近くの山妻《しずのめ》（身分のいやしい女）たちが、挿《さ》し飽きて捨てることのできるものではない。これもまた世の貨《たから》だが、野駒《のごま》の蹄《ひづめ》に踏み砕かせるのはもったいないと思うと、やはり見捨てられずに懐《ふところ》に収める。

また二、三町《ちょう》行くうちに、一里塚のそばから、「もしもし、旅人よ。これより先に人里はありません。すっかり暮れてしまったのに、どこまでいらっしゃるのですか。宿を貸しましょう」と呼びかけて、あわただしく走ってくる者がいる。背後から引く袂《たもと》を振り払わずにふりかえると、年が十三、四の少女《おとめ》である。「これは珍しい客引きだな。そうむやみに急ぐ旅ではないが、行く者のならいで、なまじっか道を欲ばり、宿をとり遅れてひどく具合が悪い。そなたの宿はどのあたりだ。飯を温かくして食べさせ、虱《しらみ》のいない布団を貸すかが気がかりだ」と答えて笑う。相手も笑い声を上げて、「それは、おっしゃるまでもございません。畳は近ごろ表を替えて、座敷がいく間《ま》もございますよ。こちらへ」と誘われる。

いな（否）というわけではない稲束《いなつか》（刈り取った稲の束）をめぐって、もとの道へ三町《ちょう》あまり戻ると、山を背にした家で、間口《まぐち》が六、七間《けん》もあるだろうと思われる家が、柱は斜《なな》めに軒《のき》は傾き、瓦が落ちて草が生え、戸はゆがんですぐには開かない。

「ここです」と言いかけて内に入る少女に引かれて、あがり框《かまち》にまず腰かけたが、あまりに殺風景で、前後《あとさき》だけ見ることができるが、そうはいってても出ていこうとも言いにくい。草鞋《わらじ》の紐《ひも》をとく間に、少女は盥《たらい》にぬる湯かと思うくらいのを汲《く》んできて、善吉に足を洗わせる。行灯《あんどん》を手にさげて持ち、先に立って東側の座敷に連れていき、脂《あぶら》と埃《ほこり》にまみれた木枕《きまくら》を取り出して、「さぞかしお疲れでしょうから、帯を緩《ゆる》めて横におなりなさい」と言いかけて、あわただしく台所の方へ走って入ると、半晌《はんとき》ほども出てこない。

善吉が振り向いて家の隅々をよく見ると、壁が落ちて骨組みをあらわし、畳はちぎれて皮（畳表）をとどめない。明かり窓から吹き込む風に、破れて煤《すす》けた紙が内へ入りまた外側へひらめき出て、まるで人を招くようだ。網代天井《あじろてんじょう》は半分くずれ、垂《た》れた蜘蛛《くも》の巣は大部分が煤で閉じられて、海松《みる》（海藻）をかけわたす磯屋《いそや》のようだ。これほどまでに荒れた宿だが、主人は土地で由緒あるのが、前世が悪くて落ちぶれたのだろうか、家の作りようは凡庸《よのつね》ではない。しかし、かの少女のほかに人気《ひとけ》がないのは、山賊などの隠れ家なのだろうか。そうでなければ悪鬼《あくき》の住みかかと疑い思い迷うと、たちどころに項《えり》がざわざわ寒くなる。立ってみて、また坐ってみても、気持ちはいずれにしても穏やかでない。逃げ道を見ておきたいと、ひそかに戸尻《とじり》へ手をかけて開けようとすると雨戸は動かず、力を込めて押すと戸は外側へばたんと倒れ、わが身も一緒に乗りかかってうつぶせに転んだ。

この物音が聞こえたのだろうか、台所の方から少女の声がして、「お客さん、手水《ちょうず》（便所）へ行くのでしたら、十分注意しておいでなさい。左手の方は、竹縁《ちくえん》（竹材を並べて張った縁台）がひどく腐っていますので」。「ああ、不便だ」と思うが、ようやく立ちあがり、摺《す》り破れた膝《ひざ》頭《がしら》と肘《ひじ》の内側へ唾《つば》を塗って、おもむろに戸を引き起こしたが、そうでなくてさえ破れているうえに、今またひどく踏み折った戸が、どうしてもとのように立つだろうか。われながらばからしくて、そっと立てかけておこうとすると、あいにくさっと吹き下ろす山風に煽《あお》られて、戸はまた庭へ突然倒れ、行灯《あんどん》さえも消してしまった。しかし差し入る月の光は、かすかな灯火《ともしび》以上にたいそう明るい。

ここでまたよくよく外を眺めると、柿や紅葉《もみじ》が次から次へと散るままに、秋のもの寂しい風情になる。きれいに掃除もしていない庭だが、石の置き方や木立まで、何かいわくありげに見えるのさえ、もの寂しく心ひかれる。

襖《ふすま》の向こうで、ひどく咳《せき》をする人がいて、たいそう苦しそうにうめく声がする。「さては、病人がいるのだろう」とつぶやきながら、つまさきで立って、引手《ひきて》が落ちた襖の穴から、かのところをこっそりのぞいて見る。年齢が五十余りの男がひどく病み衰えて、古びた掛け布団に身を寄せかけた顔色が青く、唇は黒く、白髪まじりの髯《ひげ》が生えている。長い爪は黄ばみ、項《うなじ》のそばは紫がかり、少し赤く見えるのは枕で摺《す》れた痕《あと》のようだ。時々痰《たん》を吐こうとして、痰壺《たんつぼ》を手でさわって確かめながら探す腕は細っていて、この世の人とは思われない。細くなった灯心がたいそう暗く、あっても取るにたらない灯火《ともしび》と、どちらが先に絶えるだろうか。「はかないのは人の命であって、またこれは他人の身の上ではない」と嘆息し、そっと元の場所に坐る。「彼は、まさしく主人だろう。それなら、ここは山賊の隠れ家ではないようだ」と考え直し、腰につけていた燧袋《ひうちぶくろ》の口を解き、こちらの行灯へ火を移す。

ちょうど台所の方から少女は飯を持ってきて、善吉のそばにおくと、「何か欲しくていらっしゃったでしょう。一人の手で炊《た》きましたので、急ぎましたが時間がかかりました。温かいうちにお食べになって、早くお休みなさい」。ものの言い方に愛らしさがあって、立ち居振る舞いまで賢く見えた。善吉はいまさらに、自分の家でない悲しさで胸がいっぱいになる。

少しすると箸を置き、さて少女に言うに、「見れば病気の人がいるが、このように広い家に仕える小者《こもの》もなく、ただ二人で住んでいらっしゃるのか。昔の名残りを推しはかると、痛ましく思うよ。病人は、そなたの父か。母御前《ごぜ》は、いらっしゃらないのか。そなたは何と呼ばれていらっしゃる。今宵《こよい》限りの宿だが、主人の名前だけでも聞いておきたい」。

問われてたちまち涙ぐみ、「聞いて伝えて見もした、昔を今に繰り返す、賤婦《しづ》の苧環《おだまき》（麻糸を空洞の玉のように巻いたもの）のまわりかねた、家《いえ》の悩みをつつみ隠しきれずに、馴《な》れなれしそうに申し上げるのは恥ずかしいことです。先にわたくしに騙《だま》され、このようなところに宿を借りたと腹立たしくお思いでしょうに、それを憎らしいといってお咎《とが》めにもなりません。その誠実なお言葉に、まずおく袖《そで》の露《つゆ》（袖が涙にぬれるたとえ）とばかり、嘆かないではいられないわが身の上を、包み隠さずありのままに話すのは恥ずかしく、恨めしく、また悲しうございます。ですが、お尋ねになったことにお答えしなければ、やはり怪しまれることでございましょう。

ご推測のように、あちらで横になっているのは父でございます。この駅路《うまやじ》（途中に宿場の施設のある街道）には多くもない旅籠屋でございますが、わたくしが幼いころに母は長い病気でございました。以来、家の難儀となり、いろいろ心を尽くした鍼灸薬餌《しんきゅうやくじ》も効果がなく、黄泉《よみじ》の人とおなりになりました。このころから家業が衰え、今年は去年が恋しいまでになりさがりましたので、下男下女の大半はいとまをとらせ、そのなかで誠実な老女を後添いの妻として、わたくしを育てさせました。早くも数年たちましたが、衰えてゆく家業は、やはり年ごとに衰えて、悪い時には悪いことばかり重なるものですよ。四年前の八月の下旬《はつきすえ》から、一時的に横になっていた父の病気がよくならず、人の心に秋風が、立つ季節なので枯れていく、穂屋《ほや》（すすきの穂でふいた屋根の家）の芒《すすき》も招くにかいなき継母《ままはは》が、鬼のように荒々しく恐ろしうございました。七、八年の間、深く家のことを任せた夫の病気の世話をしようともせず、なければならないものをかっさらい、ある夕べにこっそりと裏口から逃げ出していってから、三年の今日まで行方が知れません。母には本当の娘がいます。それを利用して、老後は安楽な生活をして過ごそうと逐電したのでしょうか。

『恩を仇《あだ》にする犬のようなもの。彼女は憎らしい、腹立たしい』と、横になって罵る父の怒りを、なだめる手だてもなくて泣くばかりで、わが身ひとつの思うにならなさ。むかし恵みを受けた者も、そのまま放って寄りつきません。身近な親族がいないので、何か語らおうにも病気の親と、年が足りないわたくしだけ。夕暮れごとに招いても、振り返りもしない旅人が、久米《くめ》路《じ》の橋は渡っても、渡りかねたる世に捨てられた親子の身の上は、身を寄せるあてがありません。

一昨年《おととし》の山洪水《やまつなみ》で母屋《おもや》の下半部を洗われて、荒れたうえに荒れた宿は、旅籠屋の名前だけで、宿を借りる人はまったくありません。どうしようもないので、駅《しゅく》はずれへ出ていき、旅人の袖《そで》を引いてごまかして、まれに誘う旅籠代で親の命をつなぐばかりです。薬代はすっかりなくなり、仏のご利益《りやく》と神の加護を朝に夕《ゆう》に祈りますが、罪がたいそう深い虚言《そらごと》、自分の利益のためにするのではない生業《なりわい》を、はっきりお話ししました。お許しください」と、顔に狭い袂《たもと》を押し当てて拭《ぬぐ》う涙の村雨《むらさめ》は、あとから晴れることもない。

善吉は、事情をじっくり聞くと嘆息し、「世の中で幸《さち》のない者は、自分一人ではなかった。まだ子どもの少女子《おとめご》の孝行がいい加減でないからこそ、四年に及ぶ父上の大病《たいびょう》は、今日までもたせることができたのです。これほどまでに誠《まこと》ある人を、皇天《てんとう》はどうして憐れまないのでしょうか。今はこうであっても、のちのちはきっと栄えなさるでしょう。あなたの心を慰めるために、話があります。

わたしは近江にある二夫川のほとりで、善吉と呼ばれている者です。祖父の時までは富み栄えた農家であったと聞きますが、父の時から衰えて、わが二親《ふたおや》は早くに亡くなり、助けてくれる親族さえなかったので、今までは水も十分に飲めませんでした。親なきあとの孝行は、家を興《おこ》すに如《し》くはなしと志を励ましましたが、得がたいものは世の貨《たから》。故郷《ふるさと》であっても片田舎《かたいなか》では物事を成しとげられるはずもないので、鎌倉へ行って五、六年も稼《かせ》いだならば、思いがけない幸いに出会う手だてもあろうかと、姨《おば》と女房を家に残し、由縁《ゆかり》もなく、見も知らぬ東《あずま》の果てへ向かっていく旅の衣《ころも》の妻籠《つまごめ》に、袖が触れ合う一樹《いちじゅ》の陰《かげ》。葉末《はずえ》の雫《しずく》を身に受けて、憂事《うきこと》（つらいこと）の数々を、互いに語れば相似《あいに》たる、客も主《あるじ》も薄命《ふしあわせ》。

それはそうですが、あなたに比べれば、わたしは幸いに男と生まれて、進退もまた自在です。まことにあなたの心細さを推しはかると、たいそう不憫《ふびん》です。わたしがもし裕福な者だったら、たとえ旅費の半分を分けても、その孝行をほめて褒美《ほうび》を与えるべきですが、道がはるかな旅寝《たびね》で懐《ふところ》が軽いので、思うばかりで物事が進みません。さあて、どうしたものか」と、首をちょっと傾けて考えをめぐらせる。

一人でうなずくと、懐から先に拾った瑇瑁《たいまい》の古びた櫛《くし》を取り出して、「取り立てて言うほどのものではないが、売れば少しの銭になるでしょう。これでお父上の口に合うものを差し上げてください」と言いながら、くだんの櫛を手渡す。

少女はゆっくりと掌《てのひら》に受けると行灯《あんどん》に近づけて、あっちを見たりこっちを見たりして、はっと驚き、「不思議だわ。これは、先にわたくしが道で落とした母の形見《かたみ》の櫛です。大半のものは売り尽くしましたが、これは亡き母の形見です。せめては生みの恩徳を、生涯頭に載せておこうと思って、少しの間も身体から離さないでいました。それなのに、先に駅《しゅく》はずれからあなたを誘って引き返し、思いがけなく頭をさぐりましたが、櫛はありません。これはどこで落としたのだろう、走っていって探すのになあと心はしきりに焦りますが、旅人に宿を貸していますので、それもすぐにはかないません。夜が明ければ人に取られてしまうだろう、愚かしいことをしてしまったと、何度も後悔しました。今また気にかかっていましたが、これはどこで拾われましたか。願っていたものをいただきました」と、何度も頭上におしいただいて、喜びが表情に表れている。

善吉はそれを聞くと膝《ひざ》をうち、「思ったとおりです。わたしは先に、これこれのとおりの小松のもとで、この櫛を見つけました。道に落ちているのを拾うのは卑しい行いですが、このあたりの身分の低い女子たちが挿して使い古すものではないと思い、やはり見捨てることができず、懐に収めて来ました。今昔《いまむかし》のつらい話を聞くにまぎれて忘れていましたが、あなたの至孝を深く心に感じ、何かあればいいなあと懐から探り出して、この櫛の持ち主とも知らずに返したのです。これもまた、あなたが亡き母御を少しの間も忘れない孝心を、皇天が可哀想だとご覧になって、わたしに返させなされたのでしょうか。これもまた奇（不思議）であり妙（きわめてよい）なことです。あれを見これを思うにつけても、まことにあなたは世の中で滅多にないほどすぐれた孝女です。わたしが鎌倉から帰ったら、再び会う日があるかもしれません。名前を聞かないのは心残りです。何と呼ばれていらっしゃるのでしょうか」。

問われるとゆっくり額をなでて、「ほんとうは六《ろく》といいますが、のちの母に連れ子がいて、それを姉としましたので、いつもは乙女《おとめ》と呼ばれています」。善吉は拳《こぶし》をさすり、「かえすがえすも憎むべきは、かの継母親子《ままはは》です。血のつながっていない娘の孝行に、自分を恥じずにものを無理に奪った。いったん身を隠しても、これほどまでに愚かな者では、将来どうして栄えることができましょうか。もし天雷《てんらい》に撃たれなければ、猛獣に食われることでしょう。その終わりを見る日もあるなら、快いことでしょう」。

善に味方する壮夫《ますらお》（立派な男）が、自分の姨《おば》や女房の身の上のこととは知らないで、肩を怒《いか》らせて罵ると、お六《ろく》はしきりに嘆いて、「そのように思われるのはもっともですが、父には不義の妻とはいえ、わたくしのためには幼いときから育《はぐく》んでくださった恩が深いのです。つれなくも出ていかれましたのを恨めしいとは思いますが、憎いとは思いません。いずれにしても前世から罪障《ざいしょう》（往生・成仏の妨げとなる悪い行為）が重いわたくしの身の上を、一人みずから嘆いて言うだけです。かりにも母と頼んだ人の善悪《さが》をとがめるのは恐れ多いのです。人にはお知らせにならないでください」と、真剣に言う。善吉は感涙をやたらととどめることができず、あれこれの話に夜も長月《ながつき》（陰暦九月）の影《かげ》（夜）は更《ふ》けて、寝なさいとの鐘の音がするようだ。

ちょうどその時、あるじの和五郎がごほごほと咳《せき》をして、「乙《おと》よ、お六よ」と呼ぶ声が、たいそう苦しそうに聞こえた。少女はこれに驚かされ、あわただしく立ちあがって走っていく。しばらくすると、薄くて垢《あか》じみた布団を持ってきて善吉の寝床を作り、自身は父の枕元で横になったが、何度か起きて介抱する。

こうしているうちに、善吉は少女の心ばえに感じ入る。そのうえ親子の不幸せに同情したので、この秋はただこのために悲しみを添えるようだ。夜が更けるにつれて寝床は寒々として、あるじが時々うめく声まで耳について、一晩中眠れない。朝立ちの飯を炊《た》かせるのも思いやりのない行いなので、まだ夜は明けないが少女を呼び起こし、道を急ぐといつわって飯を食わず、決めてある旅籠代のほかに、銭二緡《ふたさし》を取らせようとする。お六は辞退して決して受けとらない。

仕方ないので、くだんの銭をひそかに寝床の下に押し入れて残して置き、別れを告げて言うことには、「どうか今、あなたの志を変えることなく、ただいつまでも丁寧に父御《ててご》を看病なさいよ。春に向けて暖かくなったら、快方に向かわれることもありましょう。縁があったら、また会えるでしょう。ご無事でいらっしゃいよ」と、心をこめて慰めると、草鞋《わらじ》を履《は》いて結び、笠を取ると外へ立って出る。

お六は、朝飯も勧めないで、このようにあわただしく立たれるのを詫《わ》びながらも、紙燭《しそく》をともして、家の中で外に近いところまで見送った。結局この孝子と孝女は、再会の時があるのだろうか、ないのだろうか。それは、次の巻をご覧ください。

巻之二

○二夫川の下本《げのはじめ》

「大山《たいざん》に貨《たから》あり。人みなこれを手に入れたいと思う。そうではあるが、手に入れることは難しい。貨に無心の者は、たまたまこれを手に入れることがある」と、老子《ろうし》が言ったそうだが、理由のあることとよ。

それはそうと、蚕屋善吉《かいやぜんきち》は九月下旬に鎌倉へ到着し、はじめて七郷《しちごう》の光景を見ると、ここの繁盛《はんじょう》は聞いていた以上で、どの家も富んでいて、ものは何でもある。窓に倚《よ》って掌《て》を叩《たた》くと、鉤《はり》を使わないで新鮮な魚をも釣ることができ、楼《ろう》に登って酒を頼むと、まだ銭を与えていないのに、すぐに美女がそばに控える。このために、若くて銭がある者は銭を失いやすく、身分が低くて銭のない者も、富をなすことは難しくない。東の家の子が家を興すと、西の家の子は財産をすっかり失う。

田の鼠が鶉《うずら》と成り（七十二候の一つ。陰暦三月の第二候。鶉が畑に巣を作って、しきりに鳴く季節）、腐草《ふそう》が螢《ほたる》となる（大暑の候。草が枯れたところから螢の成虫がでてくる仲夏）のは取り立てて言うほどではない。去年の新店《しんみせ》は空舗《あきだな》と変わり、前月の酒店《さかみせ》は餅師《もちや》と変わる。まして秋の麁朶《そだ》（切り取った木の枝）売りは、春に見た顔の花売りが多く、夏の巷《ちまた》の冷水《ひやみず》売りは、冬の門辺《かどべ》で「炭は」と叫ぶ。変化は次々と限りない。

「こんな都会で心して稼ぐなら、もの持ちにもなれるだろう。だが、事情を知らない田舎者が元手もないのに、何を売ることができよう。新しい主人に仕えるに勝ることはあるまい」と以前から考えを決めていたが、鎌倉様《かまくらよう》（鎌倉の武士や婦女子の間に広まっていた風俗の様式）を知らない者は、武家の奴隷《しもべ》になることができない。また、豊かな商人は雛養《こがい》（子どもの時から奉公人として養育する）と称して、幼い時から使うのでなければ、小者にするのは稀《まれ》である。

善吉は、十日余り口入れ婆《ばば》に連れられて、あちこちに参ったが、世の常で、主である者は誰が初めから人を知ろうか。すぐれた人を選ぶ気持ちがないので、ある者は男ぶりの良し悪《あ》しを論じ、ある者は言葉が訛《なま》っているのを嫌って、事はとうとうまとまらない。ただ無駄に数十軒、目見《めみ》えに日を費《つい》やしたので、旅費がもうなくなろうとする。

「こんな状態では、ここに一年も足をとどめられないだろう。もし宿願を果たさないで手ぶらで故郷へ帰れば、どうして姨《おば》と女房の顔をもう一度見る手だてがあろう」と何度も思ったが、気持ちを抑えかねて五、六、七日、また無駄に過ごすうちに、化粧坂《けわいざか》にある遊女《あそび》の長《ちょう》、風流《みやび》藪沢屋《やぶや》と呼ばれる大楼《おおみせ》で、米舂《こめつく》男を欲しいと、急に求めることを知らせる者がいた。

善吉は、これほどまでに困っていた時なので、主《しゅう》を選ぶいとまはなく、「それこそたいそう都合がよい」と喜んで仲立ちを用意して、かの長の家に行くと、縁があったというわけなのだろう。すぐに事が成就《じょうじゅ》して、型どおり契約の書きつけに保証人を取り決め、次の日から使われて、毎日米を舂《つ》くことを自分の務めとする。

当時、大磯《おおいそ》、化粧坂に二か所の妓院《くるわ》があり、右大将頼朝卿《よりともきょう》の時、田代冠者《たしろのかんじゃ》を傾城局《けいせいまち》の別当《べっとう》（官司の長官）に補任なさってから、全盛は今に至るまで比べるものがない。そのなかで大磯の舞鶴《まいづる》、化粧坂の風流藪沢屋《やぶや》は、第一番の青楼《せいろう》（遊女屋）なので、名妓はここに敵《かな》う者がなく、遊里にうかれ遊ぶ者は少しの間も絶えることがない。

そうではあるが、善吉は鄭声《ていせい》（みだらな俗曲）艶曲《えんきょく》の奏《しらべ》も心にかけず、洞房華燭《どうぼうかしょく》（新婚）の楽しみをも羨《うらや》ましがらず、朝から日が暮れるまで、ひたすら米を舂く。一粒も無駄にせず、その行いは真面目なので、思いがけず主人の役に立つことが多かった。

これより善吉は、毎年の給銀を半分以上近江《おうみ》へ送って、姨《おば》と女房の衣食に当て、その残りを主人に預けて、節約はほかの者以上に続け、遊里の小者《こもの》のようでなかったので、「馬鹿げた者もいるのだなあ」と人はみな蔑《さげす》んで、笑わない者はいない。

ここの主は白眉《しろまゆ》の長《ちょう》と呼ばれ、たいそう取るにたりない生活はしているが、とりわけ豊かな者なので、米を舂く男などをいつも見るということはなかった。しかし、かたわらの者たちが、ともすれば善吉の陰口《かげぐち》を言うのを聞いて、よくよく考えると理解できないことが多かった。「あいつの給銀の大半は、故郷へ送るとかいうらしい。それなのにその余ったものでさえわしに預けて、一銭も使わない。わしのおかげで暮らしていても、衣裳や何かにつけて、ちょっとのものがいらないことがあろうか。思うにやつは年にも似ない古狸《ふるだぬき》で、うわべだけ真面目なふりをして、米を盗むのではなかろうか。試してみて、うそかまことかを知るのがよかろう」と、腹のなかで思案した。

ある日、一人の侍女に言いつけて、米舂き場の内をうかがわせ、善吉が昼飯を食べに行ったすきに、彼の舂き米のなかへ星金《かね》一粒を入れさせた。そうとも知らずに善吉は、その米を舂き終わって千斛透《せんごくとおし》にかけると、思いがけず糠《ぬか》に混じって金一粒が出てきた。ありえないことと驚いたり変だと思って、すぐに母屋《おもや》へ持っていき、事情を告げて金を主人へ返した。

そこで白眉の長は、この様子を深く心に感じて、日ごろの疑いが一時《いちじ》に晴れ、「悪くも人を謀《はか》ってしまった」と、いまさら後悔したが、はっきりとは言いにくい。そこで金を受けとらずにほほ笑んで、「本当にお前は、思った以上に正直者よ。米はもちろんわしの米だが、金《かね》はわしの金ではない。天からお前に賜《たまわ》ったのだ。早く持っていきなさい」と言い諭《さと》す。

善吉はそれを聞くと頭をふり、「この金のことをお知りにならないのなら、僕《やつがれ》がこれを取る道理はありません。よくよく自分の身分相応を考えますと、僕はここに参ってから、まだどれほどの年をも重ねず、主のために身を殺すほどの忠義を尽くしてもいないのに、天がどれほどの徳をほめて、この金を賜《たま》うでしょうか。米の中に金があることを、ご存じないのでしたら、きっとほかに持ち主がいるのでしょう。前々のことをお調べなさいませ。あの米を売ったのは、どこの商人でございましょうか。初め米を出した田舎までも、使いを承って行きたいものです」。

長は感涙をとどめることができず、「これほどまでに誠実な者とは知らず、そばにいる者たちの讒言《ざんげん》を本当だと思い、むやみやたらに疑うあまり、侍女にこの金を米のなかに入れさせたのだ」と事情を話して聞かせる。

さらに言うに、「およそ色里《いろざと》で生活する者、またその下男《げなん》となる者は、浮ついて軽々しく道理と正義を知らず、口先はたくみだが、心に誠実さが少ない。仁義礼智忠信孝悌《じんぎれいちちゅうしんこうてい》の八つの行いを失わなければ、ここで富をなせない。わしもまた、なまじっか事情を知っているので、よい行いとは思わないが、親から受け継いだ活業《なりわい》なので、悪いことと思ったがやむを得ず、豕《いのこ》を抱《いだ》いて臭《くさ》いのを忘れ（自分の欠点や醜さは、自分ではなかなか気づかない）、むやみやたらにそなたを疑ったのは、いくら恥じても恥じつくせない。そなたのたいそう正しい心では気が晴れないだろうが、郷《ごう》に入《い》っては郷に従うで、何事も前世から逃れられない道があるからこそ、一季《いっき》（奉公人が勤める一年間の契約期間）半季の主従でも、主従の名は削られない。わしは思うことがあるから、年を重ねてよく仕えよ。これはそなたに取らせるぞ」と、くだんの金を与えた。

善吉は、事情を聞いてしまっては、やはり断りがたいので、恐る恐る受け納めると、「これくらいのことで、お疑いが晴れたのは身の幸いとばかり思いましたが、金さえもお与えになったのは予想できないことでした。いただいた給銀を衣類の費用にしないとはいえ、初めから許されて、空俵《あきだわら》はすべて所得《もうけ》にせよといって賜わったので、これを集めて売りますと、月に四、五百の銭を手に入れるのは容易だったのです。こういうわけなので、ほかに何を求めましょうか。僕は前々からの強い願いごとがあるので、一家を故郷に残して、ここに参って使われているのは、これこれこういうわけです」と、一部始終を話す。そうして、毎月売った俵の価《あたい》を反古《ほご》の裏へ書きつけたものを取り出して見せたので、白眉の長はますます感心する。

これよりはいろいろ十分に注意を払って、善吉の舂《つ》く米が多いか少ないかをひそかに調べると、舂き減りというものは少なく、鼠に食べられたということもない。去年の春まで米を舂かせた某甲男《なにがし》に比べると、損益は少々のことではない。

まことに彼は主のためにふさわしい者だと、急に引き上げて台所で働かせると、酒食《しゅしょく》の数を初め以上に客には多く勧めるが、気を配って費用を省くので、捨てるものがない。客と遊女たちが喜ぶだけでなく、主人のために儲けが多いので、白眉の長は深く感心し、次の春から遊女屋のことを取り扱わせる。

善吉の所得は、ますます多くなったが、むやみやたらに初めの志を変えて賤娼妓《はしじょろう》（階層が低い女郎）の一人買うこともなく、ますます倹約を旨《むね》とするものの、自分の気持ちで人を判断することがない。遊女らの過《あやま》ちを見た時は、人目を忍んで諫《いさ》め、やり手婆《ばば》にさえも聞かせない。また、年若い客が夢中になって帰るのを忘れた時は、ほかのものにこと寄せて長くとどめない。だれかれの区別なく誠意をもって行動したので、遊女らも善吉をたいそう頼もしく思い、好ましい客には時々薦《すす》めて、ものを取らせることも多かった。この金をも善吉は、すべてみな長に預けて、少しも隠さない。

その年の終わりの雪が降って、たいそう寒い夜のことである。空蟬《うつせみ》という遊女の客は二階堂《にかいどう》家の若い従者で、井軽元二《いかるげんじ》と呼ばれる者だった。はじめての見参《けんざん》だったが、遊里に慣れた顔つきで、酒を大蛇《おろち》のように飲み、食らうことは猿のようで、みずから歌い、みずから舞い、ひどく酔って寝床に入った。空蟬は初めから、彼が無礼なのを憎らしいと思ったので、酔って寝るのを見るとひそかに喜び、すぐに寝床を抜け出して、ふたたび寄りつかなかった。

そうこうするうちに夜が更け、丑三《うしみ》つかと思われるころ、元二は酒の酔いが醒《さ》めて、蛇のように長くなり、亀のように振り返ると、自分だけもぬけの殻《から》に寝かされて、空蟬の君はいない。忘れて枕元に置いていた鼻紙の袋には、金が五両入れてあった。たいそう気がかりで、あわただしく起きあがり、引き寄せて中を見ると、紙だけあって金はない。そうでなくてさえ腹立たしいのに、金まで盗まれたと思うと、少しの間もこらえられない。声を張り上げて、「この楼上には盗人《ぬすびと》がいる。わしのものを早く返さなければ、目にもの見せてくれよう」と、脛《すね》をたたいて、たいそうやかましく叫んだ。

空蟬は驚いて、あわただしく走ってきて見ると、元二が居丈高《いたけだか》に、眼を見張り肘《ひじ》を張って烈火のような勢いなので、恐れて近寄ることができない。向きを変えて走って行って善吉に告げると、都合よくかの男は寝ずの番をしていたので、事情を早くも聞いたが騒ぐ様子もない。

空蟬の寝床にくると、一人で罵っている元二をなだめ、ふたたび事情を尋ねる。元二は相手が欲しい時であり、今善吉が詫びるのを見ると、勢いは初めの十倍になり、金を盗まれたことを繰り返し話して聞かせ、「世に枕さがしとかいう賊がいることは、以前から聞いていた。わしをうまく酔わせて横にさせ、どこへか抜け出したのだろう。疑いはかの遊女にある。もし速やかにわしの金を返さなければ、ここの屋台《やたい》に茅萱《ちがや》を生《は》やして、秋は虫の音《ね》を聞くのも、たいそうたやすいことだぞ。覚悟せよ」と息まく。

善吉はそれを聞くと膝《ひざ》を進め、「そういうことでしたら、ひどく酔って横になっていらしたので、そうお思いになることもあるでしょう。なくされた金額は、どれほどでしょうか」と尋ね終わらないうちに、眼を怒らせて、「金はちょうど五両だ。懐紙《ふところがみ》に包んで、この鼻紙の袋に入れて枕元に置いていたところ、金だけないのはどういうわけだろうか。わしはただ一年の在《ざい》鎌倉《かまくら》なので、女子《おなご》に不自由すればこそ、殿《との》から賜《たまわ》る俸禄《ほうろく》を、おそれ多くも夜銭《はな》に散らして一夜《ひとよ》妻《づま》を求めるのだ。たとえ酔って熟睡しても、その遊女は、少しの間も寝床を離れるべきではない。お前に言うのは無駄なことだ。はやく長《ちょう》を出せ、長を出せ」と急がせる。

善吉は声高《こわだか》に笑い、「その金のことでしたら、心を悩ませるには及びません。僕《やつがれ》が先に酒席の道具を片づけようとした時、この屏風の外側に、紙にひねって捨てたものがありました。引き寄せて開いて見ると金です。これはあなた様が酔いにまぎれて落とされたものであろうと思うと、さすがに放ってもおかれず、何度か呼び起こしましたが、酔った人の癖で返事さえなさいません。お醒《さ》めになるのを待って返しても遅くはあるまいと、そのままに僕がこれを預かりました。いつも百金二百金を持ってくる方はいますが、わけもなくなくされることを聞きません。妓院《くるわ》は特に門戸が固いので、そのようないたずらがありましょうか。ものには思い違いが多いのです。まず僕をひそかにお呼びになって、これこれとお話しになられればよいところを、夜が更けたのに無分別に、人の眠りを覚ますほどに罵りなさるのはみっともない。お静まりください。かの金を持ってきて差し上げますから」と言いかけて、あわただしく退出した。

井軽元二は思いがけず善吉にたしなめられ、ひたすらあきれて言うこともなく、枕の塵《ちり》をひねっていた。そうするうちに善吉は、再び元二の寝床にきて、彼が言った通り小判五両を渡したので、元二は急に笑《え》みを向け、くだんの金を受けとって納めると、「おいその男、言わねばならぬほどのことではないが、宵《よい》の酒が醒めないで、声までむやみやたらに高くなったのを、金のこととばかり思ってくれるな。かの君がつれなくて、一人寝をさせた腹立たしさに」と、頭を掻《か》きながら言う。

空蟬はいまさらにうしろめたくて、やはり外側にたたずんでいたが、善吉は振り返って、さっと立ちながらかたわらに招き、「今宵《こよい》のことは、みなそなたの心ひとつからとは思わないか。あの金がもしなくなったら、ひどく難しくなったはずだ。務めということをお忘れになるな」と、心をこめて言い諭す。

空蟬は自分の手落ちに弁明できる言葉もなく、手際よく収まった今宵の成りゆきを喜ぶ。そっと屛風を押し開いて寝室に入ると、初めとは違って打ちとけて親しい様子でもてなすと、元二は鹿を追う山に駿馬《ときうま》を獲《え》た気持ちがした。

宵には一人待ちわびて相手にした行灯《あんどん》の丁子頭《ちょうじがしら》（灯心のもえさしの先がかたまりになったもの）もわがために結んだと思いやる、夢の行方《ゆくえ》はうれしいことに、雲となりまた雨となる（雲雨は男女の情交）。雪の夜がうす明るくなる窓のすき間、明けるともなく明け方の、つれない鐘に驚かされ、起き別れようとするうちに、今朝はことさらに寒いからと、空蟬は枕元にある盃《さかずき》を引き寄せて、「一度お飲みください」と言う。

「銚子に酒は残っていますが、ひどく冷えてしまったのをどうしましょうか。これを暖めるだけの埋《うず》み火《び》は、まだあるでしょうか」。元二は肘《ひじ》の近くにある火鉢を引き寄せ、火箸を取って二つ三つ、消え残っている火をかき起こすと、たちまち焦げ臭くなって沸々《ふつふつ》と煙が立つ。それを何かと挟《はさ》んで出し、押しもみながらこれを見ると金である。紙は二重に包んであり、その数しかも五両である。

元二はこれをあちこちに見て、あきれること半時《はんとき》ほど。何度も頭を掻《か》きながら空蟬を振り返って、「これをご覧なさい。『七遍《ななたび》探したあとでこそ人を疑え』という世の常言《ことわざ》を、いまさら思いあたった。まさにこの金は、わしがなくしたものに違いない。よくよく考えると、宵にはひどく酔いにまぎれて独酌の酒を動かし、紙入れの袋を絞るほどに濡らしてしまった。だが、酒に酔っても人の本性は変わらない。かの紙入れを乾《ほ》そうと火鉢の上にかざすにまかせて、中にある金を灰の中にすべらせたのを少しも知らないで、人を疑ったうえ、あの男を虐《しいた》げた。これはみっともない行いをしてしまった」と、ひたすら深く恥じる。

あわただしく善吉を呼んで言うに、「先にはひどく酔ったために、紙入れの中の金を火鉢の灰へ埋まるようにさせてしまった。そうとも知らないままに罵ったのは、われながら愚かしくて、今また言うのは面目を失うことだが、言わないでは済まないことだ。それにしても、おぬしが屏風のそばで拾ったと言って返したのは、ほかに持ち主がいる金であるだろう。はっきりとお話しくだされ、お話しくだされ」と、真面目になって言う。

善吉はにっこりほほ笑んで、「おっしゃるようにあの金は、僕が屏風のそばで拾ったのではございません。持ってこられた金五両をなくしたと言って罵りなさるのを、たとえ知らないと申しましても遊女屋でのことですので、疑いの晴らしようがありません。しかも昨夜は僕が寝ずの番をしていましたので、これほどまでに不都合なことを親方に聞かせるのは、生きている甲斐《かい》もない行いです。五両の金は尊いけれども、世の悪口を受けるには代えがたい。この遊女屋に賊がいて、客人たちが持ってこられた金がなくなったと言われては、商売はこれより衰えてしまうでしょう。結局のところ、しかじかとうまく言いつくろい、金をお返しする以上のことはあるまいと思いまして、自分の金をお返ししたのです。それなのに、今思いがけずもとの金が出たために、あなた様の疑いがますます晴れて、喜ばしうございます」と、首尾を説きあかす。

空蟬《うつせみ》もようやく悟って、善吉がものを惜しまず、あとあとまで主を思った真心を深く心に感じる。元二は背中に汗を流して何度も嘆息し、「恥ずかしや、わずかな金に愛着して、心の底を見られてしまった。泥のなかに芙蓉《ふよう》を生じ、砂《いさご》の中に玉《たま》を出す。妓院《くるわ》にもまた君子がいる。志のめでたさに、金は残らずおぬしに取らせよう。早く収めよ」と言いかけて、先の五両と灰のなかから、今出てきた金を合わせて、善吉に与えようとする。

善吉は、あれこれ考えるまでもなくこれを納めず、「先に差し上げたのは、わたしのものですので、お返しいただきますのに異議はございませんが、別に五両を加えなさるのは望むことではありません」と断る。それを許さず膝を進めて、「おぬしがわしを恨まないなら、快く受けよ。そうでもしなければ、わしは再び妓院《くるわ》へ顔を出せない。なくなったと思ったからこそ、心にもないことも言ったのだ。誠実な人のために、これくらいの金を惜しもうか」と、丁寧に説き諭す。空蟬もそばから一緒に勧めるので、善吉は断る手だてがなく、ようやく納めた。

まことに堪忍《かんにん》五両の金に、合わせて獲《え》た思案の十両。主を思えば、自分のためにもなる幸いもたいそう多い。善吉の隠れたよい行いは、ただこの一件だけでなく、たいそう頼もしいものであることは、主の白眉も以前から知らなかったわけではないが、とりわけくだんのことを伝え聞くと深く感嘆し、「それだからこそあの男は、前夜《さきのよ》に夜が更けてから、わしの寝室の外にきてあわただしく呼び起こし、『火急の用事ができました。金《かね》五両を貸してください』と言ったのだ。納得できなかったが、わしが貸す金ではなく、彼のものを彼が求めるので断るべきではない。それですぐに金を渡したが、さては事はみな主のためにした陰徳陽報《いんとくようほう》だった。わしもまた、少しばかりの償《つぐな》いをしなければならない」と言ったが、特に何ということもなく、時々にものを取らせることが多かった。

そうこうするうちに、光陰《こういん》矢の如《ごと》く、また梭《おさ》の如く、善吉は一時的にこの場所に来てから、早くも五年たった。「三季の給銀はいうまでもなく、臨時所得の金銭が積もって、百金以上になったはずだ。宿願がすでに成就したのに、何時までこうしていられようか。長い間父母の墓へ参らず、姨《おば》と女房がどうしたのかと、待ちわびているだろう」と思いやると、故郷の空が懐かしく、しっかり主人の様子をうかがって、近江へ帰ることを告げて身のいとまを乞《こ》う。

長《ちょう》にとっては家の忠実な使用人なので、今すぐ帰してやるのはたいそう惜しいと思うが、進退を主の言う通りにする庭子《にわこ》ではないので、むやみには止められない。ただうなずいただけで、何日《いっ》を限りと言うこともできないで、今年も秋の末になった。善吉は旅立ちの準備をしていたが、まだ主人の許しを得られず、気持ちを抑えかねてたびたび求めると、ようやく九月十一日に決まった。

この数年来ものが積もって、実際に金百二十両ある。これを主人から受け取って、すぐに別れを告げると、この遊女屋で名だたる遊女たちは餞別《うまのはなむけ》にと品物を取らせ、主人も旅費を助けようと別に金十両を与えたので、かれこれ合わせて百五十金以上になった。ものをたくさん懐《ふところ》にした一人旅は、ことさらに心配なものなので、金を藁苞《わらづと》にして背負い、すべて身軽に装い、主人の数年にわたる恩恵を喜び申し上げ、しきりに瞼《まぶた》を押し拭《ぬぐ》う。

白眉の長は嘆息して、「わしは長年多くの小者たちを使ってきたが、まだそなたのような者を見たことがない。のちのちは暖簾《のれん》をとらせて、ここで商売をさせようと以前から思っていたが、一心に身のいとまを乞うので、思っていたことばかりを言ってもしかたがない。たとえ田舎は明け暮れに気安くても、長くあこがれる地ではない。一族を連れてふたたびやってこい。再会を待っているぞ」。

善吉は頭を上げて、「初めにはもの一つ持ってくることもなく、百五十金の持ち主になったことは、みな主のお陰です。たとえ故郷に帰っても、東の方に足を向けて夜も眠ろうとは思いません。お知らせしたように宿願もございますので」と言いかけて、また涙を拭う。白眉はますます嘆き、道中の用心を丁寧に教え諭して見送った。

時に弘安四年（一二八一）九月十一日、善吉はあわただしく花街《さと》の大門を走り出て、近江路を目指して行く。百里を越える旅だが、あと何日かで故郷へ帰ると思うと、おのずと足の運びもたいそう軽い。草鞋《わらじ》を汚さない秋日和《あきびより》、五年前に近江にある家を出たのも九月《ながつき》の十日余りのことだった。尾上《おのえ》の黄葉《もみじ》、野辺《のべ》の花、見れば変わらぬ色ではあるが、今日はまたわがために故郷へ飾る錦《にしき》であるよ。末頼《すえたの》もしい身の栄《はえ》に、はかなく結ぶ朝露を、玉と見ながら行くうちに、その日は早く宿を求め、次の日は相模河《さがみがわ》を東北へさかのぼって、甲斐《かい》の峰に分け入った。

三宿で信濃にある下《しも》の諏訪《すわ》までやって来た。行く先もみな山路《やまじ》であるが、ここから近江へは道順なので、険《けわ》しいのをものともしない。またどれほどか道を走って、寝覚《ねざ》めの里を通り過ぎた日、雲《くも》（雲助）とか呼ばれる者であろう、すごく荒々しい男が二人、海松《みる》（海藻）のように垂れた裾《すそ》の短い麻の衣に荒縄を帯にして、一人は馬の履《くつ》と二、三十の銭を腰に挟み、一人は食べ残した団子の串を頭髻《たぶさ》に挿しているのが、一里塚のそばから一緒に走り出ると前後に挟み、「親方、行李《こうり》が重そうだ。今日は朝から青蠅《あおばえ》を追って、鐚《び》鈔《た》三文の駄賃も取ることができなかった。どうか道中の荷物持ちをさせて下さい」と言いながら、行李に手をかける。

善吉は、ああと騒ぐ様子も見せずに笑い声を上げ、「これは愚かな者どもだ。中山道《なかせんどう》を股《また》にかけ、年中に何度か行き来するのに、荷物持ちをさせてどうするのか。ここを退《の》いてもらいたい」と、返事も終わらぬうちに右と左に突き放す。すると、よろめきもせずにあざ笑い、「ああ、むごいお方だこと。雲助《くもすけ》は旅人に肩を貸さなければ、世は渡れない。たかの知れたこの宿場で、酒手《さかて》ほしさに手を出して、親にも打たれなかった胸の骨を、折れるばかりに突かれたぞ」と、一人が言う。すると、また一人が同じ場所へ立ちふさがって、「嫌であっても嫌とは言わないことだ。叱られるような行いはするな。長くしゃべっていると、日が暮れる。その行李を渡せ」と手をかける。

右を払うと、左から腕をとって動かせない。「これは、乱暴なふるまいだ。誰か、いるか。この盗人を捕らえてくれ」と、呼べど叫べど里は遠く、緑の林《はやし》（緑林は、盗賊のこと）風騒ぐ、谷の清水とこだまだけが、ただいたずらに答えるばかりで、逃れる手だてがない。むこうへまとわり、こちらへすがり、撃たれて撃って一生懸命。一人の行李に、二人の相手。争いかねた身は弱る。

ひどく危うくみえたとき、三十あまりの旅人が風呂敷包みを背負って、梼脚絆《たえきゃはん》の柿紅葉《かきもみじ》、渋塗《しぶぬり》の笠を深くして、田尻の方からやって来る。見ると、今善吉が悪者たちに脅かされ、荷物を奪われそうな様子なので、少しの間もこらえられず、笠をかなぐり捨てて走りかかり、うしろにいるのを引っ張って肩にかけるともんどりをうたせ、松の切り株へ投げつける。驚いて振り返るもう一人の眉間《みけん》をはたと撃って苦しめ、ひるむところを足を飛ばせて茅萱《ちがや》のなかへどうと蹴倒《けたお》して、「小賊《こぬすびと》ども、痛みを知ったか。太平の世にはばからず、一人旅と侮《あなど》って白昼に追いはぎをすれば、惜しいことに首を失うに違いない。それでも命が惜しくないなら、早く起きあがってわしを撃て。わしの行李は欲しくないのか」と、罵りながら踏みにじる。

悪者たちはどうしようもなくて、頭さえ上げられず、「あ、親方。三日酒を飲まなくても、二つとない命を捨てないものなのに、追いはぎをしていったい何になりましょうか。今日は朝から酒手《さかて》も取れず、『荷物持ちをさせてください』と言ったのに、この旅人が人情なしに小突《こづ》き回すのが腹立たしいので、思わず拳《こぶし》を上げただけです。お許しください」と、うつむきながら詫びる。

旅人はあざ笑い、「まだ懲《こ》りずに、口数が多いのか。これなる男はわが連れだ。まあいい、何か言うなら言え。無理やり駄賃をとろうと旅人に乱暴なふるまいをするなら、国に守《かみ》あり、村に長《おさ》あり。この道中で、一日も生活できないぞ。許しがたいやつだが、秋の日が短くて気がせかされるので、お前たちの首を、しばらくつなげておいてやるぞ。さあ、おいでなさい」と、善吉を振り返って目配《めくば》せする。善吉は早くも悟って、もともと親しい顔つきでたくみに返事をする。衣服の埃《ほこり》を払い、行李を取ってしっかり背負うと、旅人と連れ立って巣原《すはら》（須原）の方へ行く。悪者たちはひたすらあきれて、陸《おか》で迷って踏まれた亀が首を伸ばすのと同様に、起きあがって見送った。

善吉は行くこと十町《ちょう》余りで、しばしば後方を振り返ると、かの悪者たちはつけても来ない。やっと安堵《あんど》したので、旅人に向かってうやうやしく腰をかがめると、「それがしは思いがけず悪者たちに劫《おびや》かされ、岐岨《きそ》（木曽）の桟道《かけはし》を渡ってから、いっそう危なかったのです。無事にお救いくださったこと、喜びは言葉には尽くせません。遅れてくる連れもありますので、ここでしばらく待とうと思いますので、連れ立っては行けません。かまわずお行き下さい」。

言い終わらないうちにあざ笑い、「いや、そうむやみに偽《いつわ》りをおっしゃるな。あなたは一人旅に違いない。それがしは、下京《しもぎょう》で少しばかり商売をしている者です。美濃や信濃は亡き親たちの故郷なので、親族も多いのです。これらを頼って、毎年都から地方へ行き、京のものをあちらへ売り、あちらのものを京へ持ってあがり、しっかりと生活の助けにするので、岐岨は長年慣れた道です。あなたの懐にものがあるかないかは知りようもありませんが、わたしも少し元手があります。ですから、今日から連れになって一緒に道を行ったら、野伏（山野に隠れて追いはぎや強盗を働く者）山客《やまだち》（山賊）がいても、わたしはあなたの楯《たて》になり、あなたはわたしの案山子《かかし》になって、道中の妨げはないでしょう。そもそもあなたは、どこからどこへ行かれるのですか。『旅は道連れ世は情け』と、昔の人も言ったではありませんか。何でも、お話しください。もし京《きょう》よりこちらなら、宿まで送って差し上げましょう」。

たいそう親切に聞こえるが、これとても気を許せず、感心できなく思うものの、先に救われた恩があるので冷淡に返事もできず、「ご覧のように藁苞《わらづと》一つを行李にして、品物を持って行く旅ではないので、どうしてあなたを嫌がるでしょうか。それがしは近江の者です。家はたいそう貧しくて一族を養いかねるので、近ごろ鎌倉へ行きましたが、元手がないので、意図したようにいきませんでした。手持ちぶさたで故郷へ帰るわたしと同じ連れもあり、甲斐の峰で足をけがして彼は一日遅れましたが、遠からず追いつくでしょう。お急ぎでなければ、一緒に行くのは全然気づまりではありません」と、本当のことと嘘をまぜて言う。

旅人はうなずいて、「わたしも急ぐ旅ではないので、願うに稀《まれ》な連れを得ました。先ほどは悪者たちに関わりをもって、さぞかしお疲れでしょう。今宵《こよい》は早く宿をとりましょう」。そう言われると気がかりで、むしろいない方がよいと思うが、なんとも方法がなくて、野尻《のじり》の駅《しゅく》に宿を求め、彼を「京の人」と呼び、自分は「近江の人」と呼ばれて、枕を並べて横になった。

けれどもひたすら気にかかって一晩中寝られず、よくよく推察すると、「この男の面魂《つらだましい》、まなざしもいわくありげで、饒舌《じょうぜつ》なものの言い方は、いっこうに華洛《みやこ》の人らしくない。そのうえ、様子は商人らしくない。これは世に言う勾引《かどわかし》、護摩《ごま》の灰《はい》（旅人を騙《だま》して金品をまき上げる泥棒）ではなかろうか。それならば、先ほどの雲助たちも同じ筋の悪者で、わたしがものを持っているのをよく知っていて、かれこれひそかに示し合わせ、道中で危難を救うのを名目にして恩を売ってわたしを誘い、たやすく金を奪い取ろうと目論《もくろ》むのだろう。『前門に虎を防ぐと、後門に進む狼あり』という世の常言《ことわざ》も、わが身の上だ。これは、どうやって逃れようか」と、あれこれ考えたが計略もなく、むだに夜を明かす。

次の日もまた一緒に行くうちに、彼が大便をするすきをうかがい、やっとのことで二里あまり喘《あえ》ぎ喘ぎ走りぬけると、汗を拭う眼の上の瘤《こぶ》がとれた気持ちがする。初めてほっと胸をなで、「これほどまで遠ざかれば、たとえかの者の歩くのが速くても、今日は追いつけまい」と思いながら向かいを見ると、いつのまにかくだんの男は茶店に尻をかけている。善吉を見ると声高に笑い声を上げて手招きし、「やり方のへたな人が、おいでになりました。あなたにまかれてあちこちを、二、三遍《べん》尋ねました。さあ、一緒に行きましょう」と言うので、嫌だとは答えかねて鬼にとられる気持ちがした。

ただ神仏に祈念して、その夜は大井《おおい》の渡しに宿をとり、その次の日は鵜沼《うぬま》にある旅籠《はたご》屋で夜を明かしたが、まったく一更《ひととき》もまどろまず、ここから故郷の二夫川へは、早くも二日足らずになった。「近江路に近いので、彼の悪念《あくねん》が顔色に表れ、どうかするとすきをうかがって手をくだそうとすること度々《たびたび》だが、幸いにして道中行き来する旅人が途絶えず、さすがにうしろめたいからなのか、今日までは無事だった。自分の行く先を、どこの村だとはっきり告げていないが、近江路へ入ろうとする日に、彼が機会を生かせないまま、利益を受けずにやめようか。美濃の垂井《たるい》の東には、熊坂の松というのがある。ここからは八、九里もあろう。昔も今も『国に盗人《ぬすびと》、家に鼠』という喩《たと》えに漏れず、わが運命の縮まるところだろうか」と、どんなにため息をついてもまだ十分でない。

「頼むは親の神霊《あらみたま》、鎮守《うぶすな》（生まれた土地を守護する神）、多賀《たが》（多賀大社）の大神《おおんかみ》。夜の護《まも》り、日の護りに、お護りくださって、善吉の今の危急をお救いください」とひたすらに念じ、思いが沈んで楽しくない。また連れられていくうちに、神明《しんめい》が信《まこと》を守ったからだろうか、この日もついに無事だった。美濃の野上《のがみ》で日が暮れたので、ここで宿を求めた。

「この場所から故郷へは、わずかに四里に満たなくなった。今須《います》、柏原《かしわばら》から向こうは知っている人もいるから賊を防ぐ手だてがあるが、逃れがたくも危ないのは今宵ただ一晩だ。昔この里には、野上の花子《はなこ》などと評判になった遊女もいたそうだ。今は不便な村落《いなか》になって、そんな遊女はいないようだが、たとえ飯盛り女（宿場の私娼）でも、語らって夜をともにすれば、おのずから危害を防ぐ、わが案山子《かかし》ともなろう。まず語らってみよう」と、この旅籠屋の下女たちに気をつけて見ると、年のころが十八、九くらいの女《め》の子で、容姿も醜くはなく、たいそう利口そうな者がいた。これをこそと思うが、知っている者に似ている。彼女もまたこちらをたびたび見て、いかにも真面目そうにもてなす。いよいよ理解できず、何かの機会があるなら尋ねたいと思っていると、連れの曲者《くせもの》は、湯浴《ゆあ》みしようと帯を解きかけて浴室《ゆどの》に入った。

ちょうどその時、かの女《め》の子は善吉のそばに来ると、行灯《あんどん》に油をつぎそえる。すぐに立とうとするその着物の裾《すそ》を善吉は急に引きとめ、「突然のようだが、どこかで会ったことがあるようだ。あなたは、知っている人のようだ。今宵《こよい》、わたしに大きな災難がある。お救いくださらないか」。

顔をじっくり振り返って、「そのようにおっしゃると、わたくしもまた、あなたを会ったことのある人だと思います。もしかして五年前の秋、岐岨《きそ》の妻籠《つまごめ》にあるわが宿で、一晩明かしなさった善吉どのとかいう方ではございませんか」。

「いかにもその夜に宿を借りました。わたしは二夫川《にふかわ》の善吉《ぜんきち》です。さては、あなたはあの旅籠屋の少女子《おとめご》のお六《ろく》どのであったか」

「ここでふたたび会おうとは、わたくしも知らなかった、思わなかった。これは、これは」とだけで、やはり疑いは解けなかった。

その時、善吉は膝を組みなおして、「先にはあなたの孝行に深く感じて、今も忘れていません。このたび故郷へ帰るのに、同じ岐岨路を通り過ぎるので、立ち寄って訪ねたいと思わないではなかったが」と言いかけて後方を振り返り、再び声を低くした。

「寝覚めの里のこちらから、怪しい男にともなわれて、少しの間も油断せず、彼の悪だくみを逃れようと思うと不安でした。ただむなしく妻籠を行き過ぎたところ、あなたがここにいらっしゃるとは、いっこうに知りませんでした。お父上は、どうおなりになりましたか。いつごろから、この場所に住んでいらっしゃるのですか」

親しく問われてたちまち涙ぐみ、「親でございました和五郎は、その年の暮れに死にました。荒れたる宿にもり村の、雨は袂《たもと》に降りそそげど、身《み》の幅《はば》（肩身）狭い女子《おなご》の甲斐《かい》なさ。人手が乏しい送葬《のべおくり》、過七《なのかなのか》の追薦《ついぜん》（追善供養）に、虻《あぶ》の陀羅尼《だらに》（比較的長文の呪文）も春くれば、手《た》向《む》けの水も凍解《いてとく》る。四十九日の翌日に、屋《いえ》を壊して売って金銭に換え、親の墓を立てましたが、世に出て一人前となれない孤子《みなしご》で、しかも親族がいないので、少しの由縁《ゆかり》を求めて、ここに一年、あちらに半季《はんき》、自分をつながぬ舟にして、しばらく人の世話になる苦しさよ。

この旅籠屋は、わたくしの叔母の夫の家でございますが、叔母と叔母夫《おばむこ》も亡くなって、今は他人の代となりました。ですが古くからの縁故があるのでここへ来て、下女として使われているのでございます。先には、『親を養え』といって、臥房《ふしど》のうちに遺《のこ》された二緡《ふたさし》のいただきものは、世の中で富んでいる人の千金《せんきん》以上に、今となっても忘れておりません。『恩を受けておいて恩を知らなければ、犬のようなもの』と、世のなかでは言います。今宵《こよい》に逼《せま》るあなたの災難は、大体は推しはかれました。ともかくも計画して、虎口《ここう》を逃《のが》れさせて差し上げましょう。ご安心なさいませ」と、たいそう心丈夫に答えても、やはり思うようにならない身の憂苦《うさ》に、ますます涙はこらえられない。

善吉は、信《まこと》ある言葉の露《つゆ》を受けて知る人の嘆きも痛ましく、自分の苦しさもちょっと話そうと思った時、竹縁《ちくえん》の方で静かに人がくる音がした。「さては、かの曲者が早くも湯浴《ゆあ》みしおわったな」と思ったので、木の枕を引きよせて寝たふりをしていると、お六は素早く立って、台所の方へ出ていった。

これより前に善吉は、宿屋ごとに用心して、「風邪をひいたので」と偽《いつわ》って一度も湯に入らず、横になっても決して眠らず、金をひそかに苞《つと》から出して、財布をしっかり腹に巻きつけ、その夜その夜を明かした。曲者《くせもの》もその意図を悟って、無理に湯浴みせよとは勧めなかった。

さて善吉は、たまたまお六の助けを得てたいそう頼もしく思うけれど、わが身の上をまだ詳しく告げておらず、「そのことを相談しておかないで、このままでいては禍は結局逃れられないだろう。ひそかに語らう手だてがあったらなあ」と一人で枕を抱いているとは、曲者《くせもの》がどうして知ろう。

曲者が、貸し浴衣《ゆかた》の袖で耳を拭きながら出てくる。善吉はすぐに、「わたしがもし今湯浴《ゆあ》みをしなければ、お六に告げるのは難しいだろう。財布を腹に巻いたまま湯に入ろう」と思ったので、振り返りながら立ちあがり、「京《きょう》の人はお出になられましたか。わたしは四、五日湯に入らなかったので、疲れを癒やす方法もありませんでした。風邪も大体よくなりましたので、湯浴みをしようと思います」と言いながら、袂《たもと》を手でさわり、確かめながら探って手拭いを取り出す。

曲者はそれを聞くとうなずいて、「それは、まったくもっともなことです。風呂の加減もよい具合です。垢《あか》を流さないで温まって、湯冷めしないうちに横におなりなさい。早く、早く」と急がせていると、宿の女《め》の子があわただしそうに、夕飯の膳を持ってきて置いた。

善吉はこれを見て、「京の人、お食べなさい。わたしはまず湯に入ります」と、縁側《えんがわ》の障子を押しあけて湯殿の方へ行く。お六は前もって心得ていたのか、掛灯蓋《かけとうがい》（柱などに吊し掛けるように作った灯火の油皿）の下でたたずんで、善吉を待っていた。「ちょうどよかった」と走り寄るのを、暗い方へと招きよせ、「湯浴みしようとおっしゃったあなたの声を聞いたので、急いで夕飯を勧めました。これはあの男に枷《かせ》をかけて、飯を食べ終わるまで立たせまいと思ったのです。話すことがあるならお知らせください」とささやく。

善吉は、しきりにその機知に感心して、「事が急なので、かいつまんで言いましょう。それがしは鎌倉で長い年月を過ごしましたが、思いがけず幸いが多く、すでに百五十金を手に入れました。それでこの度《たび》これをみやげに故郷に戻り、家を興して亡き親の志を果たそうと思う寸前に、ひどく悪いことに遭《あ》いました。事のもとはこれこれ、寝覚めの里はずれにある松の陰で二人の悪者に脅《おびや》かされた時、かの曲者に救われて、やむを得ず連れになりました。道中のことを話して彼の振る舞いをうかがうと、みな同じような悪者で、これほどまでにつきまとうことから考えると、わたしにたくさんの金があるのを初めからよく知っているに違いありません。ここから故郷へは四里足らずです。今宵《こよい》の一宿を無事に明かしていただければ、明日また彼につけられても、どれほどのことがありましょう。ひたすら助けを仰《あお》ぐばかりです」と、ひたすら頼む。

するとを眉をひそめて、「そうお思いになるのは、やはりこのうえなく危ないのです。すべて旅路の小賊《こぬすびと》がものを持っている人をつけるのは、しっかりと油断をねらうものなのです。そういうわけですから、長い時間一緒に行っても、力がどれほど勝っても、のちの祟《たた》りを恐れるので、すきがなければ手をくだしません。そのつけられる人もまた、道中油断はしません。ある時は故郷が近くなり、ある時は都県《みやこあがた》など、たいそうにぎわっている土地に入って、市《いち》の人たちが多いのを頼りにして思わず気がゆるむ時、賊はたちまちきっかけをつかんで、たやすくものを奪い去るのです。牛打童《うしうつわらわ》の夜話《よばなし》でも、いつも聞くことです。それなら今宵禍《わざわい》を逃れなさっても、明日はますます危ないでしょう。そうはお思いになられませんか」。

善吉は、その通りだと初めて悟って頭を悩ませ、ため息をつくと、「それならば、どんな計《はかりごと》でこの禍を逃れましょうか」と尋ねる。お六は耳元に唇を近づけて、「彼が欲しいのは金です。金をわたくしにお預けなさい。それでも、ここにいらっしゃるのはやはり危険です。子《ね》二つのころに厠《かわや》へ行くふりをして縁側をめぐり、ひそかに裏口へお出になりなさい。向かいに高い松山があります。この山は、関《せき》の藤川《ふじかわ》へ出る近道です。しかし、夜お走りになるのはまた危険です。山のむこう十町《ちょう》あまりで、左手の古びた森のなかに、山神廟《やまのかみのやしろ》があるはずです。そこに隠れて夜を明かし、かの曲者をやり過ごしてから、ゆっくり二夫川へお帰りになれば、得がたい貨《たから》を失わず、あなたもご無事でしょう」と、たいそう心を込めて説き示す。

善吉は、それを聞いて感謝にたえない。もとよりお六の人となりは、妻籠《つまごめ》でよく知っている。少しも疑わずに腹に巻いていた財布を解くと、そのまま金を渡す。お六は左右の手で受けて懐にしっかりと収める。しばらく考えると、頭に挿した櫛を抜き取り、「たくさんの金を預かりながら、証拠がなくては具合が悪いことです。お見忘れではありますまい。これは五年前に、あなたがお拾いになられた櫛でございます。人にとってはともかく、わたくしには身にも代えられないものですので、これを証拠に差し上げましょう。瑇瑁《たいまい》の斑《ふ》は五つございます。歯は三つ欠けておりますので、区別がつかなくなるはずもございませんよ。たとえあなたがおいでになっても、この櫛がなければこの金を、たやすくはお渡ししません。またこの櫛をお持ちになったなら、たとえほかの人が使いであっても、金をお返ししましょう。このようにしっかりした証拠でございますので、決しておなくしなさいますな」と言いながら、櫛を差し出す。

善吉はこれを受け納めて、感涙はむやみに拭うことができない。

「親に孝行なだけでなく、たいそう珍しい才女であることよ。どうして教えにそむけましょうか」

それをお六は聞き終わらないうちに、「湯にお入りなさい」と目配《めくば》せし、着物の裾をかかげ、足をつまだてて裏口の方へ出たので、善吉はあわただしく衣服を脱ぎすてて湯浴みした。

もとの座敷に来て見ると、かの曲者は箸を置いて、湯を吹きさましながら飲んでいる。「こういうことなら、お六と話したことを立ち聞きするひまはあるまい」と思うと、わずかに気持ちが落ち着く。才女の臨機応変に感服し、盆を引き寄せて飯を食べ、しばらく四方山話《よもやまばなし》をして横になった。

時ははや二更《よつ》のころだが、お六は応接用の部屋にいて、孤灯《ことう》に向かって苧《お》を紡《つむ》ぎながら、時々高く咳《しわぶき》をして、まだ眠らないでいるのを示す。善吉は心強くて、夜のふけるのを待つ。連れの曲者は熟睡していて、いびきの声がたいそう高く、お六も寝床に入ったのだろうか、咳は聞こえなくなって、ひっそりとしてもの寂しい。

三更《ここのつ》の鐘が聞こえたので、善吉はこっそり立ちあがって厠の方へ行って見ると、雨戸を半分あけてある。すぐに庭へ降りたって裏口の方へまわり、樹間《このま》をくぐり籬《かき》をこえ、向かいの山へよじ登る。十九日の月はたいそう明るかったが、松山なので樹下は闇で、行く先は少しも見えない。切り株につまずいては足を傷つけ、枝にすがっては手を痛めた。つらく苦しいことは言いようもなかったが、うしろからのものが恐ろしいので、少しも休まず喘《あえ》ぎながら、山の上をめざして登った。

そうするうち、曲者は宵からいびきの声だけさせて寝たふりをしていたので、今善吉が厠へ行くのを早くも知って、よい折だと思ったのだろうか。やり過ごしてひそかに起き出すと、自分のものも彼のものも、みな一つの風呂敷に包んで背中にしっかりと背負い、脇差しを抜く用意をして、厠の方へ行こうとする。

善吉は出る時に、「もしかしたら、追いかけられるかもしれない」と、幅二尺余りの竹縁《ちくえん》にある雨戸の桟《さん》へ、杖を横たえて置いたところ、ものには心得顔《こころえがお》の曲者だったが、これを知らずに自分から足をすくわれて、うつぶせに倒れて竹縁を突き抜けた。その音が非常に大きく聞こえたので、お六はいうまでもなく、主人も驚いて目が覚め、あわただしく灯りを持って走ってくる。

見ると、一人の旅人が倒れている。その様子は訝《いぶか》しくは思ったが、まず引き起こして寝床の方へ扶《たす》け入れる。事情を尋ねると、曲者はますます当惑して、「今宵のことを知りたいなら、連れの男を早く呼んでくれ。彼こそ、よく知っている」と述べたが、理解できない。主人が、すぐお六に連れの旅人を呼ばせると、「どこへ行かれたのでしょうか。いっこうに影さえ見えません」。曲者はひどく後悔し、「あいつは夜にまぎれて逃げたが、どこまで走れようか。さあ、追いかけて止めてやろう」と、膝をついて立とうとする。

それをおしとどめて坐らせると、主人はきつく態度を改め、「真夜中ですのに、下女らにも知らせず、ひそかに行李を背負って裏口の方から出ようとなさる。これは理解できません。すでに行方知れずとなった、あなたの連れはどこの人ですか。ここにいないなら議論するひまもありません。あなたはしばらくとどまって、夜を明かしてからおいでなさい。これは個人的にとどめるのではありません、里の法《おきて》でございます」。そう言われてしきりに頭を掻き、黄檗《きはだ》をなめた聾唖者と同じく、腹立たしいのを告げられず、そのまま夜を明かした。

ここの主人は、松山の与惣《よそう》と呼ばれてものに慣れた老人だったので、みずから座敷の出口を見守って、とうとう眠らなかった。烏《からす》が森を離れるころ、お六らに家具や日用品などを改めさせると、なくなったものもないので、「かくなるうえは、特に問題はない。かの曲者を放してやろう」と、雨戸を開け放ったりして、二度、三度、曲者をよくよく見てため息をつく。

「左の目尻にある二つの黒子《ほくろ》は、童顔《おさながお》に見覚えがある。お前は、わしが赤坂にいた時に、たくさんの金を盗んで逐電した、丁稚《でっち》の鵜太郎《うたろう》ではないか」

問われて思わず頭を上げ、自分もまたつくづくと主人を見るとひどく驚き、身をひるがえして逃げようとする。それを与惣は、素早くかかとを捉えて横向きに引き倒し、襟髪《えりがみ》をつかんで膝の下に押し伏せる。眼を怒らせて声を張り上げ、「畜生にさえ劣るやつを、道理をもって叱責するのは無駄なようだが、恥をかかせて怒りで煮えくりかえっている心を冷やそう。

お前が七、八歳のころだったろう。親のいない者なのでと、叔父が泣かぬばかりに連れてきて頼むので可哀想で、役に立ちそうな年ではなかったが、年季《ねんき》十年と定めてそのままとどめた。人を使うのは使われることと、喩《たと》えの節《ふし》の竹箒《たけははき》、門を掃《はか》せてもちゃんと掃くことができず、刺衣施《しきせ》（使用人に季節の衣服を与える）の木綿の綿入れも着せ栄《ば》えがなく、出れば転んで泥まみれ、入れば袖で鼻を拭《ふ》く。そればかりか夜の寝小便、おむつにも劣る貸し布団、簀子《すのこ》の下まで漏らして、畳《たたみ》を捨てたのはたびたびだった。虱《しらみ》を拾ってまた着せる、襦袢《じゅばん》の裏の疥癬《かいせん》の膿《うみ》。ある時は霜焼けに草かぶれ、雀目《とりめ》の薬に二日灸《ふつかきゅう》。親に等しい養育の主の恩をばしら（知ら）禿《くぼ》（しらくも：白癬）の、頭ごなしに叱りながら、毎晩習わせた手習い墨と一緒に、曲がった心がしぶとくて、三歳児《みつご》の魂《たましい》百の銭《ぜに》、盗む癖とて懲りないままに、賭銭硯《かけすずり》（書類や硯や銭などを入れた手文庫）の金をかっさらって、逐電したのを忘れはしまい。

お前が十二のころだった。貧しい叔父に借金を負わせ、あとは野となれ山客《やまだち》（山賊）と、身は成りさがって故郷に近い、旧主《こしゅう》の家とも知らずにここに泊まった。長い間積み重ねた悪事の責めは、お天道様《てんとう》がお許しにならない。わしは世に幸いがなくて、五年前に妻を喪《うしな》い、商売も思い通りにならなかった。この野上にある旅籠屋《はたごや》で、松山某甲《なにがし》と呼ばれた人が夫婦一緒に死んでしまい、跡を継がせる子もなくて、親族や隣人が相談して家を売ると聞いた。そこでわしはこれを買い、赤坂からこの地に移住して長い時がたち、旅籠屋の松山と呼ばれて三年の時を送ったが、盗人に一晩でも宿を貸したことは決してない。先に逃げた一人の男は、お前の同類か、はっきり話せ、早く話さないか」と罵って、引き起こしながら突き倒す。

するとと彼は、あざ笑って鬢《びん》（耳ぎわの髪の毛）をなで、「ばれてしまっては、どうしようもない。大金を持った一人旅、よい鳥《とり》（かも）だと思ってあとをつけ、寝覚《ねざめ》の里で恩に着せ、連れになって三、四日、やつの油断をうかがったが、早くも悟られてよい機会がなかった。今宵《こよい》でなければ朝立ちにと、胸算用《むなざんよう》を狂わせて、鳥をば逃がして鷹《たか》の知れた幼い時の小さな盗みまで、長々と説きつけられ、これほどまでに間《ま》が悪いので、出直して手に入れることにしよう。

十年二分の給銀で、四年、五年とこき使われ、六、七両のはした金、たとえ持って逃げたからといって、そのように言われる科《とが》はない。ひ弱な者なら二度も三度も死んで、別のものに生まれ変わるまで年齢を重ねて顔を忘れたろうに、親方顔で厚かましく、大声で叱りなさるな。うなされて蚍《むし》が出る。恐ろしや、恐ろしや。それでは、いとまを申しましょう」と、塵《ちり》をかき払って立ち上がる。与惣はますます怒りを抑えられず、縁側のそばにある杖を取って撃とうとする。お六はそれをすぐに押しとどめ、「腹をお立てになるのは道理ですが、懲《こ》らしても効果のない馬鹿者に棒打ちというもの。行くというなら、そのまま行かせなさい。ものを盗られていないので」となだめる。鵜太郎《うたろう》は見返りもせず、小曲《こうた》を唄って出ていく。それで先ほどから集まって見聞きしていた下女らは恐れて舌を巻き、そのまま見送った。

こうして善吉は、からくも盗難を逃れ、松山によじ登って夜を明かすことができた。善吉が松山を越える時、またどのような物語があるのでしょうか。それは、次の巻をご覧ください。

巻之三

○二夫川の下末《げのおわり》

親族でも離れることがあれば、仇敵《かたき》も出会うことがある。誰が思うだろうか、善吉と鵜太郎は従母昆弟《ははかたのいとこ》だが、幼い時に離散して互いに顔を知らない。一人は孝子で、一人は悪者。そのすることは異なり、彼は利のために人を賊《そこな》うことを謀《はか》り、此《これ》は害を恐れて夜小道を走る。

犯した罪はないけれど、仇《あだ》に追われることもあろうかと、善吉はその夜やっとのことで山に登り、また下ること数町《ちょう》で左右を振り返る。はたしてお六が言った通り、ひとかたまりの杜《もり》のなかに山神廟《やまのかみのほこら》がある。「ここだなあ」と思ったので、すぐに木と木の間をめぐって社殿の裏をのぞきこむと、こわれた軒《のき》が月を引いて灯明《とうみょう》に換えることができ、懸魚《けんぎょ》（屋根の破風《はふ》の中央および左右に下げて、棟木や桁《けた》の先端を隠す装飾板）は雨で朽《く》ち、梟《ふくろう》を住まわせるのによい。風は木の葉を誘って賽銭《さいせん》を散らしたようで、狐が足跡を残して落花を描いたようだ。

神祠《しんし》があっても敬《うやま》わなければ威光を増すのに縁《えん》がなく、宿屋がなくても休息しなければ疲れをとれない。もの思う身はひとしおで、仰《あお》ぐと月も傾いて、丑三《うしみつ》は早くも過ぎてしまった。しばらくここで夜を明かそうと、古廟のなかに入って行く。大山祇《おおやまづみ》（山をつかさどる神）の助けを祈って、災難が消えるようにと念《ねん》じるが、秋の夜なのでたいそう長い。明けるようでまだ明けず、一夜《ひとよ》を千世《ちよ》（非常に長い年月）とまつ（待つと松を掛ける）の風、山河《やまがわ》の音がすさまじく、岩堰水《いわせくみず》とわが胸と、砕《くだ》けて落ちる涙には、寂しい独り寝では袖を絞ることができない。

考え疲れて身を寄せて、壁にもたれて寝るとも知らず、少しの間まどろんだ夢で、場所がどこか分からないが、わが身は烏帽子《えぼし》と素袍《すおう》（垂領《たりくび》の上下二部式の武士の常服）を身につけて、たいそうたくましい馬に乗り、一人で寂しい野原に出た。前面に流れる水があって、汀《みぎわ》には「枕川《まくらがわ》」と札を立てていた。その水一面に氷が張っていて、たいそう厚く見えたので、氷の上に馬を進め、北から南へ渡ろうとするうちに、突然水中から二つの日輪《にちりん》がひらめき出て、また水中へ入ると見えた。氷はすぐにさっと砕け、水は二筋で流れて、人馬は一緒に水底へそのまま沈むかと思うと、非常に驚いて目が覚めたが、これは南柯《なんか》のはかない夢である。

体の肉が動いて心が落ち着かず、失ったものがあるようなので理解しがたく思ったが、問うて慰める手だてもない。かさなる災難が、神の祟《たた》りではないかと気がかりなのはこのうえないが、「夢は五臓《ぞう》の疲れからくると、ものを知っている人は言うようだ。あまりに苦労するからこそ、こんな夢にまで出るのだろう。気にしなければ何ということもなかろう」と、急に考え直した。

塵《ちり》を払いのけて禊《みそぎ》をして、神前に額《ぬか》をつき、行く末までの無事を祈ると、夜はようやく明けた。ここからさらに野上《のがみ》へ帰ったら、結果を知ることができるだろうが、今はまだ早い。まだ曲者があそこにいたら、毛を吹いて疵《きず》を求めることになるのではないか。金をお六に預けたので、まず故郷へ帰るのがよいと、腹の中で思案した。

朝霧《あさぎり》の深い山のふもとを、そこかとばかり越えてゆくと、関《せき》の藤川《ふじかわ》に出た。ここからは知った道なので、ひたすら走り、この日の午《うま》の貝吹《かいふ》くころ（正午）に、二夫の里に入った。まず村長《むらおさ》の上台憑司《こうだいひょうじ》の住まいへ立ち寄って帰郷を告げ、とうとう無事に家に帰った。

さて遅也《おそや》と阿丑《おうし》だが、前もって善吉が鎌倉から手紙を出して、帰郷のことを告げてあったが、昨日今日のこととは予想していなかった。はっとして気がつき、あわてふためいて出迎えると、まず足を洗わせ、簀子《すのこ》の塵埃《ほこり》を払いのけ、おもむろに竈《かまど》に柴を折って炊き、客人をもてなすように無事を祝い祝われて、旅寝の疲れを尋ね、慰めなどする。里人《さとびと》たちは早くも知ってやって来ると喜びを述べ、たいそうにぎやかでうちとけて楽しそうだった。

ところで遅也や阿丑たちは、待つのに長い五年をむなしく送りながら、ただ留守居をしただけだが、善吉が鎌倉から衣食の費用を送ったので、じっとしていても食うのに余裕があった。ましてや願いがかなって今度帰るに及んでは、ものをたくさん持ってくるだろうと、以前から思っていた。それとは違って、ただ身ひとつで帰ってきたので、不安はこのうえなかったが、昼間は人の出入りでひまがなくて、尋ねることもできなかった。

日がすっかり沈むと、善吉は妻を呼び姨《おば》に向かって、自分が鎌倉にいた日のこと、このたび道で曲者《くせもの》についてこられて困り果てたことは言うまでもなく、ゆうべ野上の旅籠屋で盗難を逃れるため、懐にあった金《かね》百五十両を、下女《げじょ》お六という者にしばらくの間預けて帰ったことを、始めから終わりまで話した。だが、阿丑《おうし》が妬《ねた》むかもしれないと、お六の素性を詳しくは言わず、ただかの女子《おなご》が後日の証拠として取らせた瑇瑁《たいまい》の櫛《くし》を取り出して見せ、「お聞きではないか、『地獄でも知己《ちき》はできるものだ』と諺《ことわざ》に言っているわけを今知った。わたしがもしこのような助けを得なければ、生きて家に帰るのはむずかしかったろう。この櫛は古びたものだが、百五十金《きん》の手形なのだよ。わたしが自分で野上《のがみ》へ行っても、この櫛を返さなければ金も返らない。秘密にしなければならない、秘密にしなければならない」とささやく。

遅也《おそや》と阿丑《おうし》は疑いがとけると何度もため息をつき、「旅には護摩《ごま》の灰《はい》とかいう盗人《ぬすびと》がいると、かねて聞いていました。海女《あま》が塩焼くつらい世の中で百五十両を失ったら、弥勒《みろく》の世まで、その金に再び会えないでしょう。それにしてもまあ危ういことですよ。これはつまり、亡《な》き親を少しの間も思って忘れないあなたの誠《まこと》を、神も護《まも》り仏も憐《あわ》れみなさったからこそでしょう」と真剣に言う母と一緒に、阿牛《おうし》は櫛のあちらを見たりこちらを見たりして、「金《かね》を受けとることのできる手形というのなら、おっしゃるようにこれは金《かね》です。今宵《こよい》は家廟《じぶつ》（祖先の位牌を置くところ）へお供えなさい」。

善吉はうなずいて、「本当にこの櫛の置き場所では、家廟に勝るところもない。それならば」と、みずから櫛をとって父母の位牌《いはい》のそばに置き、少しの間心のなかで祈るうちに、寝なさいという鐘の音がするようだ。善吉は道中で曲者《くせもの》に困り果てて一晩もまどろまず、やっと家に帰るとすぐに気がゆるんで、ひどく疲れを覚えたので、そのまま寝床に入った。夜が明けるのも知らずに熟睡したので、起きたころには日がたいそう高くなっていた。

あわただしく口をすすいで、家廟を拝もうと内を見ると、夕べ置いた櫛がない。どうしたことかと驚いて、そこかここかと探しかね、妻に尋ね姨《おば》に告げる。遅也と阿丑もあきれ果てて、ともに探しまわるけれども、狭い家廟の内なので、ここかと思う奥まったところもない。

その時阿丑は眉をひそめて、「これをご覧ください。下壇《げだん》の片方に鼠《ねずみ》の穴がございますよ。もしかして鼠に持って行かれたのでしょうか」。遅也《おそや》ものぞいて、「いかにも阿丑が疑ったように、脂《あぶら》じみた瑇瑁《たいまい》の櫛なら、きっとそうでしょう。ゆうべ鼠が騒ぎましたが、いつものことなので起きてもみませんでした。櫛をくわえて行くとは、夢にも思いませんでした。あちらへ持って行ったのでしょうか、ここにありましょうか」と、三人で棚にあるものをおろし、部屋のすみずみや簀子《すのこ》の下まで残らず探したが、ただむだに時間ばかりが過ぎて、太陽を見ると正午は過ぎている。

阿丑はしきりに後悔し、「二重三重《ふたえみえ》のものに入れて隠しておいたら、こうはならなかったでしょう。金《かね》の手形の櫛ですので、家廟に供えて亡くなった人にも喜ばせて差し上げようと思ったばかりに、勧めて愚かなことをしてしまいました」と、たいそう面目なさそうにかきくどく。

善吉は恨む様子もなく、「いや、そなたの過ちだけではない。わたしも鼠が持っていくとは、少しも思わなかった。たとえあの櫛がなくなっても、わたしがみずから野上《のがみ》へ行って、はっきりと事情を話せば、金を返すまいとは、あの女子《おなご》も言うまい。だが、くだんの櫛が特に大切だと知っていながらなくしたのは、たいそう面目ないことだ。入るのに敷居《しきい》は高いが、いい加減にはしておけない」と言って、湯《ゆ》漬《づ》けの飯の箸《はし》も手にとらないうちに着物の裾をたくし上げると、あわただしく野上に向かって行く。

三里以上ある道なので急いでいき、秋の日が早くも西へ傾くころに、やっとあちらに走り着く。与惣《よそう》の門をのぞき込み、ここだと思ったが、先の夜のことがうしろめたくて、依然として外側に立っている。それをあの人だと見て、お六はすぐに走り出て物陰に招き入れ、「何事がございまして、あわただしくおいでになったのでしょうか」と尋ねる。

問われたことも理解できず、まずきのう無事に二夫《にふ》へ帰ったことを告げ、櫛を鼠に持っていかれた事情を話して聞かせ、「あなたの母御《ははご》の記念《かたみ》として、長年大切になさったものを、一晩のうちに失いました。面目ないことですが、隠しおおせることではありません。腹立たしさをおしはかると、詫びる手だてもない過ちに、胸が苦しいことはこのうえもありませんが、照る日の下に立たずにいても、今言ったことは神かけて、少しも偽《いつわ》りはありません。櫛の代わりには何でもかまいません、おっしゃるものを差し上げましょう。あの金《かね》をお返しください」。するとお六は眉をひそめ、「理解できないことをおっしゃることです。金は先に返しました。櫛はここにあります」と言いながら頭へ手を上げ、抜き取って差しだす。善吉はそれをあれこれ見ると、長い間あきれて、それ以上言うこともできなかった。

その時、お六は善吉の顔を見つめてため息をつき、「さてはあなたは悪者に、また謀《はか》られなさったのです。今日の昼ごろでしたが、これこれの人が来て、『わたしは善吉の隣家のあるじで、弥太八《やたはち》という者です』と言って、先の夜のことを述べ、『善吉が自分で来るべきなのですが、どうしようもないことに、姨《おば》が七月《ふづき》の末から長い病気で臥《ふ》していましたが、あの男が帰った夜、急に息が絶えました。このような時に銭《ぜに》がなくては、まったく事も整《ととの》いません。だからといって、今日明日わたしはあちらへ行けないので、お前さまが野上《のがみ》へ行って、これらの事情を話して聞かせ、金を与えてくれるよう頼んで持ってきてください。この櫛が確かな証拠なので、これさえ返せば差しつかえありません。早く、早くと言うので断れず、このようにあわただしくやって来たのです。わたしはもとより善吉とは竹馬《ちくば》の友ですので気がねなく、このような時には力ともなり、なられるものですので、さる夜にお預けした百五十金《きん》を渡してください。櫛をお返しします』と、まことしやかに述べ、また不都合なこともございませんでした。『この櫛さえお返しになれば、あなたが自分でいらっしゃらなくても、金《かね》をお渡ししましょう』と約束したことなので、いまさら何を疑いましょうか。それで櫛と引き換えに、金は財布に入れたま ま、かの弥太八に渡しました」。

善吉は聞き終わらないうちに、「わたしの隣家の人はいうまでもなく、二夫《にふ》の里に弥太八と名乗る者はいません。そのうえわたしの姨《おば》は無事で、いままだ家におりますのに、何者が事情をこれほどまでによく知って、櫛を盗み取ったのでしょう。思うに、さる夜あなたとわたしが、ひそかに約束して金と櫛を換《か》えたのを、かの曲者《くせもの》が立ち聞きして、その夜わたしのあとをつけ、櫛を盗み人を替えて、巧《たく》みにあなたを欺《あざむ》いたのでしょう。証拠の櫛をいいかげんに放っておいて盗まれたのですから、いまさら人を恨むこともありません。こうなるはずだったということでしょうか。おとといの夜、松山の古廟で、これこれという夢を見ました。いずれにせよあの金は、わたしの身につかないものなのでしょう」と言いながら、しきりに嘆く。

お六はしばらく思案して、「いいえ、この櫛を盗んだのは別人でございましょう。誰か分かりませんが、かの曲者はここの主人《あるじ》が赤坂《あかさか》にいた時、主《しゅう》の金《かね》六、七両を盗み取って逐電《ちくでん》して叔父に借金を負わせた、丁稚《でっち》の鵜太郎《うたろう》とか呼ばれた者です。天罰をついに逃《のが》れられず、あの夜あなたをやり過ごして、裏口の方から追いかけようとしてか、杖《つえ》につまずいて、思いがけなくも竹縁《ちくえん》を踏み抜きました。たちまち捕らえられ、ひどく主人に懲《こ》らしめられて、ようやく放たれたのは、夜が明けてからあとのことでした。こういうわけですから、あなたのあとをつけるひまは、まったくありませんでしたので」。

善吉は再び驚き、「その鵜太郎という者は、わが姨《おば》の嫡子《ちゃくし》でしょう。彼のために借金を負った叔父とは、わが父です。互いに顔を知らないけれど、昔のことを言うと従弟《いとこ》同士。妻の兄の鵜太郎《うたろう》に信濃路《しなのじ》から苦しめられ、ただ偶然に話をしたあなたとここでめぐり会って、その夜の危難を救われたのです。善と悪は親しいか疎遠かによらず、ことのもとはこれこれこのとおり」と、たいそう面目なさそうに話をする。

お六もともに驚いてため息をつき、「思いもよりませんでした」と言うだけで、そのうえさらに慰めかねたが、またしばらく思案すると、「ねえ、善吉さま。そんなにふさぎ込みなさいますな。あれこれの事情をよくよく考えますと、櫛を盗んで持ってきたのは、あの鵜太郎の同類の悪者ではないでしょう。これは隣家の人か、そうでなければ親しい里人でしょう。もしこの賊を知ろうというのでしたら、これこれこの通りにうまく言いつくろって、明日の朝、里人を残らずお集めなさい。その時わたくしはこっそり二夫川《にふかわ》へ行って、あなたの住む家の外から、集まった人をのぞき見しましょう。もしその中にこの櫛を持って来た人がいたら、あの金は再び戻るでしょう。これは、わけもなく言うのではございません。先に思いがけず手に入れたものがあります。ですがこのことは、その賊を知るまで、あなたにも告げられません。

鵜太郎を捕らえた夜、あなたのことをはっきり主人に知らせたいと思いましたが、わたくしを深く信頼して、たくさんの金を預けられたのに、むやみやたらに漏らしたら、金のためにまたどんな禍を引き起こすだろうかと考えて、言いませんでした。今宵は詳しく主人《あるじ》に告げて、明日は一日のいとまをいただき、きっと二夫川へ行きましょう。たとえこの櫛があっても、かの賊を知る手だてがなければ、あなたの疑いはいつ解《と》くことができましょうか。決してこのことをお漏らしなさいますな」とささやく。善吉はなるほどと初めて悟り、お六の才智を深く心に感じ、少しも疑わず、明日のことを前もって相談すると、またあわただしく走って帰る。往復七里の道なので、間もなく日は暮れた。

宵闇《よいやみ》なので少しずつさぐりさぐり進みながら、その夜亥中《いなか》（午後十時頃）の時分に、門をとんとんと敲《たた》く。姨《おば》と女房は、善吉だろうと早くも見当をつけて戸を引き開け、入るのを待ち望んで車座《くるまざ》になると、「いかがでしたか、じゃまもなく金を受け取れましたか。夕飯を食べていらっしゃらないのでは。何か欲しくはございませんか」と尋ねる。善吉は頭を振り、「いや、何もほしくない。このごろの日の短さで、急ごうとしたが四里の道のりだ。野上まで行き着かないで、山中村《やまなかむら》のそばで振り返ると、日は沈んでしまった。今須巓《いますとうげ》もあるのに、たくさんの金を懐《ふところ》にして、一人で夜道を行くのは危ない。自分のものを自分が取るのは今宵に限ろうかと思い返し、あちらへは行かずに途中からすぐに帰った」。

阿丑《おうし》はいかにもそうですと、母と一緒にうなずき、「なるほど。さる夜のこともありますので、日が暮れてからは気がかりで、宵《よい》から親子が代わる代わる、門のあたりに出たり入ったりして、尻も落ち着かず待ちわびておりました。夜も更《ふ》けましたのでお休みください」と言いながら、妻が閉める門の戸を漏れる風で、寒い虫の声を枕で聞くのも心細い。

こうして善吉は翌朝、姨《おば》と妻に向かって、「わたしは長い間鎌倉にいたが、家は出かけたときと変わらず、しかも一族がこれほどまでに無事でいらしたことは、村長《むらおさ》の上台《こうだい》父子はいうまでもなく、みな善吉を見捨てなかった里人の恵みによっています。野上のことも気にかかりますが、今日は里人を呼び集めて、旅帰りの杯《さかずき》を勧めたいと思いますよ。準備をなさってください」と、心をこめて申し上げる。みずから馮司《ひょうじ》の住まいに行き、また里人の家ごとに事情を知らせて、気ぜわしく走って帰る。飯をたき酒をあたため、今か今かと待っていると、上台《こうだい》馮司《ひょうじ》とその子昌九郎《しょうくろう》を先に立てて、里人たち二十人あまりが連れだってやって来る。ある者は無事の帰村を祝い、ある者は主《あるじ》の好意を喜び、二列三列に開いて坐り、右へ左へめぐらす杯の数は重なり、おのおの居合わせる人がみな笑い興《きょう》じた。

その時、善吉は酌《しゃく》をする姨《おば》と女房を、しばらくの間後方に場所を移させると、席のまんなかへ進み出て、「このごろは、人もわたしも田を刈《か》り稲を扱《こ》く時ですのに、そろっておいでになったこと、喜びはこれに勝《まさ》るものがありましょうか。しかしながら貧しい家では、主賓の儲《もう》けも少なくて、差し上げるものもありません。しかし今日のもてなしに、ひとつの物語があります。静かにお聞きください」。

みなみなほほ笑んで、「それは語るがよい。四、五年の間鎌倉にいらしたので、珍しい話はたくさんあるでしょう。早く、早くお聞かせください」。善吉は扇を取り直すと、それならばということで、「それがしが鎌倉にいた時、貪《むさぼ》るというのではありませんが、主《しゅう》の威勢が黄金《こがね》となって、月日とともに積むままに、百五十両の土産《みやげ》があります。こんなふうですから、今これでもとの田畑を請《う》け戻し、家を興《おこ》して亡き親への孝養《こうよう》に備えようと故郷へ帰る時、途中で悪者にあとをつけられて、少しの間も心が落ち着きませんでした。どうしようもなくて、その金を野上へ残して帰り、やっとのことで盗難はのがれましたが、またいっそうの憂《うれ》いを増やして、あっけなくもくだんの金を昨日騙《かた》り取られました。その理由はこれこれこの通りです」と、お六のこと、櫛のことを、始めから終わりまで残らず語った。

するると、みなみな耳を傾けてともに驚き、「それは、何者かがかの櫛を盗みとっていったのでしょう。事情を知る者でなければ、とてもできない手なみです。ああ非常に不愉快だ」と、顔を見合わせて急に興ざめする。

村長《むらおさ》馮《ひょう》司《じ》は初めからじっくり聞くと眉を寄せ、「事情を察すると、その騙《かた》ったやつはほかでもない、かの旅籠《はたご》屋《や》の下女《げじょ》だろう。同じころから挿《さ》しふるした瑇瑁《たいまい》の櫛は、いくつもあろう。それならば、その夜に証拠にといって善吉殿に渡した櫛を、なくしたと聞いて悪い心がきざしたのだ。そやつはよく似ている櫛を見せて、『金を櫛と引き換えに、もう返しました』などと言う。これは時々聞く、言いがかりをつけて金品をゆするという筋《すじ》だ。庚申待《こうしんまち》の夜話《よばなし》で里の子どもは欺《あざむ》けても、誰がそれを本当だと思うだろう。女だからといって心を許すと、世のもの笑いとなるだけだ。お六とやらを捕らえて容赦なく穿鑿《せんさく》すれば、すぐに明らかになろう」。

真面目に言う父のそばで昌《しょう》九郎《くろう》は膝を打ち、「わが大人《うし》のおっしゃることは、明白で疑問の余地もないようです。もしわたくしごととして無事に済まなければ、国の守《かみ》（地方長官）に訴えて、お六とやらを獄舎《ひとや》につながせ、火水《ひみず》の責めにあわせたら、言わないといって、言わずに済むでしょうか。仏心《ほとけごころ》も場合によります。ああ手ぬるい」とつぶやく。

遅也《おそや》と阿丑《おうし》はうしろから善吉の袂《たもと》を引き、「まだお分かりになられませんか。上台《こうだい》殿の推量は、図星《ずぼし》でございますよ。村長《むらおさ》であり親族です。頼りになされば解決できましょう。たくさんの金を失いながら、『夕べは野上《のがみ》へ行くことができなかった』と言って、詐欺《たばか》りなさるのは理解できません」と、左右から恨みごとを言う。

善吉はそれを聞くとあざ笑い、「いや、そう気を滅入《めい》らせなさるな。くだんの詐児《かたり》はもう分かりました」。みなみな頭をあげて、「ああ、詐児は分かったのか。それは喜ばしい。お六とやらでございますか。その名を聞かなくては、心残りです。後段《ごだん》（食後さらに飲食物を出すこと）はことに趣のある物語を肴《さかな》にして、もう一度過ごしましょう」と、おのおの膝を組みなおし、ふたたび笑い興じることになった。善吉も笑って、「それなら、ただいま名前を示しましょう。くだんの詐児はほかならぬ、上座にいらっしゃる、村長殿の大切な息子の昌九郎に疑いありません」。言い終わらないうちに、昌九郎は盆を押しやると進み出て、「善吉、お前は乱心したのか。酒宴の席だとて容赦しないぞ。何を見てそれがしを詐児と言ったのか、それを聞こう」と、眼をみはって息巻く。

馮司《ひょうじ》も少しの間善吉をにらみつけて声を張り上げ、「せがれよ、黙れ、大人気ない。言葉をこしらえて善吉が濡《ぬ》れ衣《ぎぬ》を着せるのは、思えば因縁《いんねん》がないわけではない。彼の祖父の楽善《らくぜん》とわが父は、兄弟だった。それなのに子の善三は意気地《いくじ》のない者で、年ごとに落ちぶれて村長《むらおさ》も勤めることができなかった。これを奪ったのではないが、守《かみ》の仰《おお》せを断れず、わしは村長を承ったのだ。このように時めき栄えるのを見て、うらやましがるのは世の人情。だからだろうか、善吉は、父の善三が意気地がなくて家は衰え、村長を取り上げられたことは考えず、ひそかにわしを恨むために誣言《しいごと》をするのだろう。だからといって、里の者がみな集まった席でわが子を詐児《かたり》と言われては、馮司《ひょうじ》の官袴《はかま》も汚れる悪名で、そのままでは許せない。やい善吉、お前は昌九郎をさして詐児と言うが、ちゃんとした証拠のあることか。詳しくそれを話せ。もし言うことが確かでないなら、この席を立たせるわけにはいかない。気おくれしたか」と、親と子が左右から勢い込んで攻めかかる。姨《おば》、女房、里人たちも目を合わせて、ただ手に握る汗とともに、出ては帰らぬ一言《ひとこと》を、どう返すのかと危ぶんだ。

善吉は騒ぐ様子もなく、「お静かに、上台殿《こうだい》。たしかに賊を名指しするのに証拠がなくて言えましょうか。早くこちらへ」と、手を挙げて手招きすると、生《い》け垣《がき》のそばの乾した稲のかげに隠れて、先ほどからじっくりのぞき見ていたお六はすぐに出てくる。縁側からめぐって入ると、「お許しください」と会釈《えしゃく》して、遅也《おそや》のそばに座をしめる。すると阿丑《おうし》も一緒に振りかえり、これは乙女《おとめ》かとばかりに、胸が騒ぐ親と子が顔に焼《た》く火の夕《ゆう》もみじ、すぐに散ることのないありさまに、善吉も早くも悟って、腹立たしく思うばかりで口をきくこともなかった。

お六はしきりにため息をつき、「初めのことをいえば主従ですが、父の後妻におなりになったので、母御《ははご》、姉御《あねご》と慕ったわたくしはともかく、病気でやせ衰えた夫をすてて、親子一緒に妻籠《つまごめ》を逐電し、恩にそむいた仇人《あだびと》は、善吉殿の妻であり姨《おば》であります。ここでめぐり会うとは、夢にも思いませんでした。すでに親子の義は絶《た》えましたが、いったんは母と頼んだ人、姉と呼んだ人。その非《ひ》を明らかにするのは父の恥、わが身の辱《はじ》と、どんなにか嘆かわしいことではございますが、言わないではかなわぬ金《かね》のこと。日月《じつげつ》は暗いものを照らし、王法は善悪を糺《ただ》すものです。因果覿面《いんがてきめん》脱《のが》れぬ罪障《ざいしょう》、誰をお恨みなさることができましょうか」と、独りごとを言いながら、ゆっくり昌九郎のそばににじり寄る。

「さあ、村長の息子殿。わたくしと顔を合わせては、申し開きをなさるのに言葉はありますまい。あなたはきのう野上《のがみ》にいらして、『わたしは善吉の竹馬《ちくば》の友で、しかも隣家に住んでいる弥太八《やたはち》という者です。善吉が自分で来るべきでしたが、姨《おば》が死にました。あとのことは何かと銭がなくては、いよいよ不都合です。さる夜にお預けした、百五十金《きん》を返してください。手形はこの櫛です』と、櫛と金を引き換えにいらっしゃいました」

言い終わらないうちに昌九郎は、眼《まなこ》を怒らせ席を打ち、「よくしゃべる女が、ほざいたものだ。こしらえたのだ。似た人は世の中によくいる。わしは生まれた七夜《しちや》のころから、昌九郎と呼ばれている。弥太八という者を知らない。まして櫛と引き換えに、善吉が預けた金を騙《かた》り取ったとは、証拠もないつくりごとだ。女子《おなご》に似あわぬ大胆不敵。善吉に頼まれたのか。お前一人の行いではあるまい。どうにもできないことだ、白状しろ」と、大きな声で罵る。

お六はにっこりほほ笑んで、「これほどまでにたくらむ者は、氷を炭と言い、石を玉とも言うでしょう。たとえ人を欺《あざむ》いても、欺きがたい天の冥罰《みょうばつ》（神仏が人知れず下す罰）。こうなるとは知らずに、きのう拾ったものがあります。思うことがあって、善吉殿にもまだ話していません。まずこれを見てから、争いなさい」と、懐《ふところ》から一封の艶簡《ふみ》を取り出して、「宛名《あてな》はすなわち、九郎のぬしへ、ひそかにご覧ください、丑《うし》より」と、読み終わらないうちに、昌九郎が

「それを」といって出す手首を払って、善吉に投げ与えるのを、間で奪いとろうとする阿丑《おうし》をどんと突きのけて、善吉は艶簡を開き、始めから終わりまで大声で読むごとに、人もあきれ、われもあきれる。

もと通りに巻き返して、「さては阿丑《おうし》はこの数年、昌九郎と密通し、くだんの櫛を盗みとって情夫に与え、お六に預けた金を騙《かた》りとらせたたくらみは、いちいちこの文面で明らかだ。妻の胸にも白刃《やいば》あり、親戚《うから》の腹にも毒石《どくせき》あり。本当に恐ろしい人の心。わたしがもし才女の助けを得なければ、姦夫淫婦《かんぷいんぷ》の手で死ぬところだった。ああ危ないことだ、危なかった」と、ひたすら嘆いた。

思い切っても心を晴らすことのできない遺恨《いこん》を、そんなにまでと推しはかる里人たちは、目を合わせ、舌を巻いて恐れる。昌九郎は席にもいられず、ひそかに逃げようとしたので、馮《ひょう》司《じ》はすぐに躍《おど》りかかると頭髻《たぶさ》をつかんで膝《ひざ》に引きつけ、「やい昌九郎。世の常言《ことわざ》に、『身のうちが腐る時、はやく殺舎《そぎす》てなければ、その毒は骨に入る』と言うが、まことにお前のことであるよ。村長《むらおさ》の子と生まれたからには、ものの善悪を知らねばならぬのに、親族の妻と姦通し、そればかりか金をかすめ取った。その罪は軽いと言えようか。このように残忍な曲者《くせもの》を、わが子だからといって逃がすことができようか。覚悟しろ」と息まきながら、また何度も打ちこらす。

遅也《おそや》も阿丑《おうし》の項上《えりがみ》（首の後ろ側の髪）をとって、涙ながらに声をふるわせ、「人でなしの心でも恥を知るか、犬のようなやつ。道ならぬ道に迷《まよ》った女児《むすめ》に迷い、不義淫奔《いたずら》を知っていながら親が許したかと善吉に思われては、五年《いつとせ》留守をした甲斐《かい》もない。思えば憎いし残念だ」と、つかんだ腕もしびれるばかりに、簀子《すのこ》に額をすりつけて、燃えるは胸の早蕨《さわらび》（＝び）に火を掛ける）や、拳《こぶし》を振り上げて打とうとする。それを、お六は静かにさえぎって、「まあ、お待ちください。話すことがあります」と言うと、止める人にわが身を恥じて、遅也《おそや》も急に頭《こうべ》をたれ、恥ずべきことと知って手をおさめる。

お六はそれを振り返って、「古い縁《えにし》のある人に、恥をかかせるのは心にかないません。しかしながら、あの艶書《ふみ》を目の前に出さなければ、白い黒いを誰が判断できましょうか。善吉殿もお聞きください。そもそもきのう、この情夫が弥太八《やたはち》と名乗って、金を受け取って帰る時、あとに落としたものがありました。拾い上げて見ると、深いたくらみを書いた男女の密書です。さては、今帰ったのは善吉殿の使いではなく、騙《だま》されたのだと次第に悟って、何度も悔《く》いましたが、早くも時間が経ってしまって追う手だてがありません。一人でもの思いをしている時に善吉殿がおいでになって、『櫛を家廟《じぶつ》に置いたまま、夕べ鼠に持って行かれた』と、お詫びなさるのを聞くと、はやくも艶書《ふみ》の持ち主をも曲者をも、大体は推量しました。ですが、もし軽々しく事を漏らせば、あの金は取り戻せないと思い、きのうは言わないで、ただこれこれと示し合わせました。

今日の集まりをのぞき見て、確かに賊を見知っていましたので、説明して責めてもずうずうしく、かえってわたくしを『賊である』と罵られては手だてもなく、蹟《あと》をとどめた水茎《みずくき》（筆跡）

に、洗い流した妹背《いもせ》（親しい間柄の男女）川《がわ》。きっと叶《かな》わぬよしあし（善し悪し・よし葦《あし》を掛ける）の、穂に表れておのずから、身の濡《ぬ》れ衣《ぎぬ》は乾《ほ》したれど、これはやむを得ないだけで、快いとは思いません。父のためには恨みがあり、家のためには仇《あだ》であっても、幼い時に育《はぐく》まれた、母と呼んだ人の女児《むすめ》を、罪を罰して何になりましょうか。善吉殿の心で、その艶簡《ふみ》とあの金とを、互いに恨みを捨てて、元に戻してくださったなら、このうえない幸いでしょう」。事をわきまえた判断に、遅也《おそや》と馮司《ひょうじ》は言うまでもなく、里人はしきりに感心してほめたたえ、みな一斉に詫《わ》びる。

善吉はしばらく思案して、「わたしも、事を荒立《あらだ》てるのを好みません。まずあの金をお返しください。そのあとで、手だてもありましょう」。みな喜んで互いに耳を近づけあい、すぐに馮司《ひょうじ》にささやくと、馮司はそれを聞いてうなずき、里人の過半を残して昌九郎を厳しく見守らせ、八、九人を連れて、あわただしく外の方へ走り去る。

しばらくして戻ると、懐から財布を出して善吉のそばに置き、「面目ない、蚕屋《かいや》殿。近ごろの連歌《れんが》に聞く、『偸児《ぬすびと》をとらえて見ればわが子』とは、馮司《ひょうじ》の身のうえを言うようです。ごらんのように里人たちを連れてそれがしの住まいへ走って帰り、あちこち探したところ、昌九郎の葛籠《つづら》の底に、はたして金がありました。彼が奪ったものに違いありません。すぐに改めてお納めください」。

善吉は手に取って、「財布の色に見覚えがあります。それならば金《かね》を」と封を切り、ひとつひとつ数え終わると、「素晴らしいことです、上台殿《こうだい》。百五十金《きん》が数もぴったり。一郷《ごう》の長《おさ》たる者は、誰でもこうあるべきです。わたしもまた男児《おのこ》です。お返しをしましょう」と言って立ちあがる。阿丑《おうし》の腕を引っ立てて昌九郎のそばに押していってつき添わせ、「互いに罵っても、よいことはありません。夫婦の縁《えにし》もきょう限り、離別の状《じょう》」と、手に持った密書を勢いよく投げあたえて、「やあ、上台殿《こうだい》。これを何とご覧になる。野《の》に主《ぬし》のいない駒《こま》がいれば、馬飼いは手にいれて養い、里に夫《つま》のいない婦《おんな》がいれば、媒《なかだち》をえて嫁《とつ》がせる。今善吉が捨てた妻を、村《むら》長《おさ》が拾って養い、すぐにその子に娶《めあわ》せなされば、わが姨《おば》も身を寄せるところがあり、決して恨みはないのですがなあ」。

みなみな進み出て、「善吉は、みごとに謀《はか》りなさったよ。膾《なます》ならば酢で食うべし。男であれば気で喫《く》うべし。世のなかで妻を盗まれる者、妻敵撃《めがたきうつ》を男子《おとこ》とは言うが、鼻毛《はなげ》を読まれた（女が自分にほれている男を思うようにあやつる）という譏《そし》りは逃れられない。見る以上にたいそう広い、胸の海辺《うみべ》に波風を立たせず。されば恨《うら》みを捨小舟《すておぶね》、中《あた》って砕《くだ》けて密夫《みそかお》に、乗れとは実に感心感心。おしはかれば姨御前《おばごぜ》も、心苦しくていらっしゃるでしょう。阿丑殿はどうあろうとも、姨を追い払う善吉ではないけれど、いまさらあなたも平気で、この場所にはいづらいでしょう。母を持参《じさん》の新婦御寮《しんよめごりょう》を、昌九郎殿よ、受けとりなさい。ああ、めでたい」とどよめくが、奸夫淫婦《かんぷいんぷ》は頭をあげることができない。

馮司《ひょうじ》と遅也《おそや》はきまりが悪くて、返事すらできなかった。善吉は振り返って、「今里人が言われたように、もとより姨御《おばご》に恨みはない。生涯養い申し上げなければいけないと思った気持ちを変えはしませんが、これをうしろめたくお思いになるなら、無理にはとどめられない。ただひとすじに亡き母の志を果たそうと思ったために、おん行方《ゆくえ》をあちこちと尋ねたのも、わずかな間の苦心ではありませんでした。それなのに今このように思いがけず、互いにうしろを向け合うまでになったのも、みな金のためだと思うと、貨《たから》もいったい何になりましょうか。つらつら考えますに、それがしが遊里《ゆうり》の小者となって、好ましくない道から手に入れた金で衰えた家を興《おこ》そうと思ったので、先祖の神霊《みたま》はお受けにならなかった。妻を去り姨《おば》に別れるそのもとの汚れた金《かね》は、わが身の仇人《かたき》です。もしこれから善吉に養われるのがお嫌でしたら、この金を差し上げましょう。これで生涯を送りなさい」と、親身に説き諭す。誠が見えたのだろうか、生け垣のあちら側が急に騒がしくなる。

松山与惣《まつやまよそう》は鵜太郎《うたろう》を引きずりながら、庭の出入り口から大股《おおまた》で走って入り、縁側《えんがわ》にしっかりと引きすえて、「あるじの善吉にもの申す。わたしは旅籠《はたご》屋与惣です。ゆうべお六の話で、あなた様の身の上は詳しく知りました。よってお六の乞うままに、ひそかにここへ遣《つか》わしましたが、女のことですので、とても気がかりでした。あとを追ってくるうちに、わたしに先立って外のほうで、内をうかがう曲者《くせもの》がいます。わたしの足音に驚いて振り返った時に初めて分かりました。さる夜《よ》ひどく叱責して、追放した鵜太郎です。理解できませんでしたので、すぐに捕らえて動かないようにさせ、しばらく木陰で立ち聞きして、あなた様のまごころに深く感じました。知己《しるひと》になろうと思って、途中から土産《みやげ》の悪者を、姨御《おばご》へ贈る与惣の寸志《すんし》にしようとしたのです」。話すのを聞いて母の遅也《おそや》は、「なに、鵜太郎《うたろう》とはわが子の乳名《おさなな》で、三十年来《みそとせこのかた》心に思い続けていたが、そのせいだろうか」とばかりに寄ろうとする。

それを善吉は押しとどめて与惣《よそう》に向かい、「その名を聞くのも昨日今日《きのうきょう》。まだ交際のない松山阿爺《おじ》が、善吉の身の上を思ってみずからいらした好意は、喜びを言葉に尽《つ》くしがたいことです。ことの清濁《せいだく》はたちまち分かれて、不思議に恥をすぐことは、みなお六の助けによりました。まずこちらへ」と、手をとって上座へ招く。

鵜太郎《うたろう》はようやく頭をあげると、「幼い時に棄《す》てられても、親と思えば懐かしく、母の嘆《なげ》きも妹《いもと》のことも、あちらで聞いて初めて知った。われながらこの数年、よくないことには才長《た》けて、十二の時に主《しゅう》の金を盗みとって逐電した。信濃路《しなのじ》で成長して、悪者の大将軍になって尽くした身の悪業《あくぎょう》。父よりも恩の高い、外父《おじ》の子の善吉を、それとは知らずに道中苦しめ、そればかりか旧主《こしゅう》の家とは知らず、野上《のがみ》の宿《しゅく》で悪だくみ。予期せぬことから捕らえられた。罵り叱責《しっせき》されても遠くへは去らず、人の昼寝をうかがって臨時収入にしようと、あちこちの里をあさって今日ここで、ふたたび旧主に捕らえられた。思いがけないことに、聞けば妹の淫奔《いたずら》、初めて見知る母の顔、善吉の身の上までも、肝《きも》がつぶれることばかり。人の態《ふり》見て我が態《ふり》が、いまさら悔しく恥ずかしく、ここで心を改めなくては、さらし首にされるだろうと思い返すと、たちまち夢が覚めた心地がして、置きどころがない五尺《ごしゃく》の身体《からだ》。ただ願わくは善吉殿、従弟《いとこ》のよしみで道中犯した罪をお許しください。母御《ははご》と女弟《いもうと》に今日会って、今日は一生の別れ、死んだあとには一遍《いっぺん》の回向《えこう》をしてください」と、涙ながらにかき口説《くど》き、さっと立って縁側の柱に頭をぶつけて自殺しようとした。「ああ」と驚く母と妹。里人も大騒ぎして、うしろから抱きとめると、まだ死のうとして走り寄るのを、やっとのことで引きとめる。

善吉はこれを見て、「三十余年の非を知ったのならもっともなことですが、急に思い立つのは理解できない。思うにお前はこの金を配分しようというのを聞いて、わたしを誘《いざな》うのだろう。ならば、望み通りに取らせよう。金は百五十両《りょう》、三つに分けて一つは姨《おば》へ、残る二つは鵜太《うた》郎《ろう》と阿丑《おうし》、お前たちに与えるぞ。兄弟姉妹が心を一つにして、親を養い申し上げよ」と言いながら、金を投げ与える。すると、手に取ることもできずに親と子が、顔を見合わせて息を大きく吐き、「五年あまり苦心した金を一枚も身につけず、下さるといって受け取れましょうか。これはこのままに」と押し返す。

それを善吉はまた押しやって、「それならば盗人《ぬすびと》に糧《かて》をもたらす世の常言《ことわざ》、労して功なき善吉が惜しむものを与えようか。悟《さと》れば黄金《こがね》も瓦石《かわら》にひとしい。これを断るのはそれがしの志を知らないようだ。一つの文字も読み書きできないわが身だが、世の貨《たから》というものは、ただ善心《ぜんしん》にとどまると。ここで昨《きのう》の非を悟れば、ものを持たないことこそ身は清い。だからといって、わけもなしに金を取らせると思うなよ。阿丑《おうし》に罪はあるが、五年《いっとせ》貧しい家を守り、鵜太郎《うたろう》は偽《いつわ》りだとしても、過ちを悔いて親を慕う。この孝《こう》はたたえるべきで、その労もまたたたえるべきだ。と言うのもつまり姨《おば》へ孝養《こうよう》、兄も妹も思いをかけた金ではないか」と説き示して、とうとう二度と振り返らない。

松山与惣《まつやまよそう》はこれを見ると、腰につけた扇《おうぎ》をさっと開いて善吉をさかんにあおぎ、「類《たぐい》まれな立派な男、わたしは思いがけずも今日はよい友を得たものです。喜びのあまり間《ま》が抜けているが、志を詳しく述べましょう。わたしは若い時から利欲《りよく》に迷わず、ただまっすぐなことを持前としていたので、一升瓢《いっしょうふくべ》（どんなことをしても一升しか入らない瓢箪《ひょうたん》）の一生涯で、出世することもありませんでした。それゆえ赤坂《あかさか》に住みにくく思って、野上《のがみ》の里に移り住みましたが、さしたる親族もございませんで、ただ一人の弟がいるだけです。

彼はたいそう若い時から縁者について相模《さがみ》に行き、化粧坂《けわいざか》の遊女屋の風流藪沢屋《みやびやぶや》の女婿《むこ》になって、養父の商売を受け継ぎ、白眉《しろまゆ》の長《ちょう》と呼ばれているとのこと。風のたよりに聞くとはいえ、わたしは彼の世渡《よわた》りが人並みでないのを嫌うために、ついに一度も訪れませんでした。それなのにあなた様はこの数年、わが弟に使われて化粧坂にいらしたことを、昨夜お六に聞きました。これもまた不思議な縁《えん》ではありませんか。よくよく観察すると、人の世の幸不幸《こうふこう》は清《す》むと濁《にご》るによるのでもありません。たとえばこのお六のような者は、孝にして才がありますが、これを知る人は一向にいませんので、与惣《よそう》の家の下女となって、裳長《ものすそなが》き衣《きぬ》も身につけることができないのは、また憐《あわ》れむべきことではないでしょうか。人の家に妻がいないのは、裏が解《と》けた衣《きぬ》のようなもの。あなた様がもしお見捨てなさらなければ、この女子《おなご》をお娶《めと》りください。

これはまことに良縁です。わたしが媒酌《なかだち》しますので」。

善吉はほほ笑んで、「取るに足りないわが身を、これほどまでにお気にかけてくださるのは喜ばしいことですが、『駿馬《しゅんめ》は田のあぜや畑のうねにとどまらず』と。わが身の徳を考えずに、このような賢女《けんじょ》を娶ったら、世のもの笑いになるかもしれません」と断る。

すると与惣《よそう》は頭《こうべ》を振って、「いや、謙遜もことによるでしょう。この夫にしてこの妻あり。赤縄《えんのいと》のかかるところは、辞退しても逃れられないでしょう。わたしはもとより子どもがおらず、妻にさえ先立たれ、寄る年波《としなみ》がなんだか悲しいのです。今お六を養女として、あなた様に娶《めあわ》せれば、雨中《うちゅう》に杖《つえ》を得たようなものです。お六の気持ちはどうか」と問うと、たちまち顔を赤らめて、「親兄弟もいない身には、なんの嫌うことがありましょうか。善吉殿さえ承諾なさいましたなら、どのようにでも」と返事をした。

里人たちはまたどよめいて、「ああ、めでたい。出船《でふね》があれば入船《いりふね》がある。杯があれば銚子《ちょうし》もある。しかも今日は日柄《ひがら》のよい日。今結婚なさったら、昌九郎《しょうくろう》殿と阿丑《おうし》殿も、ますます先が安心だろう。早く、早く」と誘いたてて、善吉とお六を一緒にいさせ、また昌九郎と阿丑を集めて、この二つの夫婦を祝い、無理やり婚姻《こんいん》の杯をとり結ばせ、与惣のなまった声の今様《いまよう》で、千秋万歳《せんしゅうばんざい》と歌いおさめた。

そこで馮司《ひょうじ》や遅也《おそや》たちはやっと安堵《あんど》して、善吉と与惣を敬うことが主君と父親のそばにお仕えするように、たいそう気の毒なほどに諂《へつら》いの言葉を述べ、さらに里人をねぎらう。善吉は人の親の気持ちを推《お》しはかって決して誇らず、互いに恨みを遺《のこ》すまいと誓った。

遅也は与惣に向かって、「わが子ながら鵜太郎《うたろう》は、幼い時に別れたので、何事も知らずにいました。それなのに今日思いがけず彼に会ったばかりでなく、あなた様はまた彼が受けた恩義の高い主《しゅう》であることを聞くにつけて面目なく、申し上げる言葉もございません。ですが、この喜びのときですので、過去の悪事をお許しくださいよ」と詫びた。

馮司も調子を合わせ、「まことに人の親の心は闇ではありませんが、子を思う道に迷うとは、これまた人の身の上ではありませんか。わたしには男女二人の子どもがいて、はじめて生まれた子は昌九郎、次の娘を工虫《くち》と呼びましたが、これが六歳の夏、多賀祭《たがまつり》祀に連れていきましたところ、途中で人に奪い去られ、今も健在かどうか分かりません。こうして一人の男の子は家の柱だといつくしみ、思いのままに育てるうち、十年前に母は死にました。さらにますます教えを欠《か》いて、恩愛がわが子の仇《あだ》となり、このような恥辱《ちじょく》をたえしのぶ親の愚かさを、よそ目にはふがいなく思われるでしょう。もし子どもを持って、それが善吉のようでもあれば、どれほど肩身が広かったことでしょう。ですが、教えられないのは人の才、思い通りにならないものだといっても、若者の浮きたった気持ちはうとましい」と言うと、遅也もため息をついて、しばらくの間言葉を失った。

こうして馮司が善吉と与惣らに別れを告げて、一人で先に帰っていくまで、昌九郎と阿丑らは、まったく一言ものを言うことができず、背中合わせになっていた。里人らに誘《いざな》われると、遅也も一緒に盗むように金《かね》を袂《たもと》につかみ入れ、篝《かがり》から離れた鶏太郎もようやく立つ機会をえて、懐《ふところ》を押さえながら里人に混《ま》じって、母のあとについて門《かど》までは出たが、早くもどこへか逃げたのだろうか、こののちは親をも訪ねず、行方も知れなくなった。

お六はしばらく人々が帰っていくのを見送ると、始めてほっと息をつき、「善吉殿の姨《おば》ですが、たいそうたくましい老女です。それを悟らずに一人でここで養いなさったら、また禍をひき起こすのではないかと、気をつかってばかりいました。あなた様は、どのようにごらんになりましたか。先ほどわたくしが、だいぶ長い間あちらでのぞき見していました時、酒盛りの最中で主賓《しゅひん》が多かったのに、姨御前《おばごぜ》は村長《むらおさ》にだけ強《し》いるようで実は強いず、馮司《ひょうじ》が杯をとるたびに姨御は必ず酌《しゃく》をして、よそ目は注ぐように見せていました。その本心は、村長を酔わせまいということでした。そのうえ話すのを聞いていますと、敬うようでいて愛がこもり、疎《うと》いようで親しみ深いものでした。これらから推《お》しはかりますに、姨御もまた村長と情由《わけ》があって、あなた様を倒し、その子とその子を夫婦にしようと、一緒に櫛を盗ませて、あの金を騙《かた》り取らせたのでしょう。用心なさいませ」と、真剣にささやく。

与惣《よそう》もそばでうなずいて、「お六の眼力《がんりき》は、たいそうよいのです。地《ち》を打つ槌《つち》ははずれても、これは違《たが》うはずはありません。毒のある花は人を喜ばせ、とげのある魚《うお》は汀《みぎわ》に寄ると。肉親だからといって親しむなら、たいそう悪い人の手に陥《おちい》ることとでしょう。ますます気を緩《ゆる》めないことです」と諫《いさ》める。

善吉は腕組みしていた手をといて、「おっしゃることは他人ごとではありませんが、世のなかの人の楽しみは、親族がつねに行き来して、足りないところを補い、苦しいことを賑《にぎ》わし、互いに扶《たす》け助けられ、争うことがないことです。それなのにわたしは不肖《ふしょう》であって、姨にさえも憎まれたら、ただなすすべなく害を受けるでしょう。ましてそのことは明らかではありません。推量で姨を疑い、仇敵の気持ちを持てば、人はまたわたしを善《よ》しと言うでしょうか。よそにはお漏らしになられないように」と答えて、取りあわない。

お六と与惣は、それでもやはりいろいろと諫め、「姨御はともかく、上台《こうだい》親子は毒石《どくせき》です。彼らはすでに衆人《もろびと》のなかでひどく恥辱を受けながら、述べる言葉もなくおめおめと帰ったとはいえ、どうして害を加える気持ちのないことがありましょうか。もしあとで何かにつけて村長《むらおさ》の権威で陥れることがあれば、ひどく後悔することになります。あれこれ思うに、ここにいらっしゃるのはたいそう危険です。まず野上《のがみ》までしりぞいて、しばらく毒気《どくけ》をお避けなさい」。

道理なので、善吉はようやく承知して、次の日に遅也と阿丑らの櫛笥《くしげ》（櫛や化粧道具を入れておく箱）や夜具など、すべて彼らのものを一つにする。人を雇って馮司の住まいへ送ってやり、そのうえよそへ移住することを告げる。わずかな田畑を人に預けて耕させることにし、家はたいそう古くなったので、これを売って身軽ないでたちで、さらに里人に別れを告げ、与惣、お六らを連れて里を出ようとする。その時にまず父祖の墓へもうで、花を折って添え、水をそそぐと、予期せぬ家の悩みからやむを得ず、しばらく美濃路《みのじ》へ行くことを心のなかで述べ、思いがけず涙にかきくれた。孝子《こうし》の嘆きを推しはかって、お六もともに心のなかで祈り、夫婦は与惣に誘引《いざな》われて野上へ行った。

こうして与惣は善吉を、たいそう心をこめて慰め、親しむ気持ちは子よりも深かった。お六はいうまでもなく、善吉もまた、与惣を主《しゅう》のように親のように敬《うやま》い、大事に世話をして、この年はここで暮らした。だから与惣は善吉を長くとどめようと思うものの、お六は遠い将来まで見通した謀《はかりごと》で馮司親子を深く恐れ、「この場所も、やはり二夫川《にふかわ》に近いのです。どのようにしてでも二、三年を、岐岨路《きそじ》はわたくしの故郷ですので、夫婦の身のいとまをお与えください。あちらで過ごしましょう」。

善吉もまた岐岨へ行こうとしばしば頼んだので、与惣はついにとどめられず、少しの元手を取らせた。夫婦は喜んで数か月にわたる恵みに感謝し、雪もやや消えたころ、野上を発《た》って岐岨に行き、道のそばの粗末な家を買い求め、まずは狭い家に身を置いたが、もとより決めた仕事もない。

ところが善吉は幼い時から細工《さいく》を好み、また思いがけずもお六の助けを得て禍をまぬがれ、このように良縁を結んだことは、その母の形見である櫛が仲立ちしたのである。あれもこれも一通りでない因縁《いんねん》があるので、木櫛《きぐし》を挽《ひ》いて売ろうと、夫婦はこれより力を合わせ、善吉は昼となく夜となく櫛を挽いて、お六に売らせる。そうするうちに、京、鎌倉へ行き来する者が特別に珍重《ちんちょう》し、「このような山道の土産《みやげ》には、これにまさるものはない」というので、お六櫛《ろくぐし》と呼んだ。一人として買わない者がいないので、京、鎌倉はいうまでもなく、その名があちこちに高く聞こえて商売は繁盛し、わずか三年ばかりのうちに、富み栄える人になった。

しかし善吉とお六は、少しも最初のころを忘れず、いつも野上へ手紙をやって品物を贈り、与惣の安否を尋ねない月はなく、亡き親のことを思わない日もなかった。機会があればもう一度相模《さがみ》へ行って白眉《しろまゆ》の長《ちょう》にお目にかかり、くわえて与惣と白眉と兄弟の仲直りをさせ、受けた恩に応えようと思っていたが、生活にいとまがないので、そのままにしておいた。

ああ賢いことよ、この夫婦。進むときは孝《こう》で、退くときも忠《ちゅう》。財を手に入れても財に迷わず、これを振りまいてさらに富《と》んだ。ふだんの行いはすぐれていて、きわめてよいことではないか。そうではない上台憑司は世の人の譏《そし》りを思わず、昌九郎に阿丑《おうし》を娶《めあわ》せ、わが子の妻の母だからと遅也《おそや》までも迎えた。お六が推しはかった通り、憑司は遅也と情由《わけ》があるので、善吉が家を売って美濃路へ退いたのをひそかに喜び、ついにはばかる様子もなく遅也を妻と呼び、夫と称《とな》えられた。子は言うまでもなく、親もまたみだらな楽しみをほしいままにして、心はますます驕《おご》った。

そうするうち、先に善吉が遅也と阿丑たちに取らせた百金《きん》は、ただ一年ばかりで水のように使い果たした。おまけに善吉の田畑を横領し、酒肉《しゅにく》の目的にむさぼるが、それでも十分に満足しない。里人たちはひどく責め使われて課役《かやく》に苦しみ、しきりに恨んで憤るばかりだが、権力を恐れて言う者もいない。

こうして二、三年過ごすうち、馮司の世帯は次第に傾き、驕ろうにも銭《ぜに》がないので、ひそかに昌九郎と謀《はか》って、里はずれの古びた杉をたくさん伐採させ、売ってしまった。ところがこの場所は、番場《ばんば》と境界を接していて法華堂《ほっけどう》の境内なので、僧侶はこれを咎《とが》めて訴えた。そこで、当国《とうごく》の守《かみ》佐々木近江判官満信《おうみのほうがんみつのぶ》の郎党《ろうとう》、多賀郡司《たがのぐんじ》が承って悪善を糾明《きゅうめい》したが、馮司と昌九郎たちが述べることは、すべて道理と正義に当てはまらない。そこですぐに罪を受けて、馮司は村《むら》長《おさ》を取り上げられた。里人たちは稲につく蝗《うんか》がいなくなったように、喜ぶことこのうえない。

さて誰を長《おさ》にしようかと由緒《よし》ある者を調査されると、「もと二夫の村長を、蚕屋楽善《かいやらくぜん》という者が代々承っていましたが、その子の善三《ぜんぞう》では年が若いと申して、従弟《いとこ》で今の馮司が村長になっていました。ところがかの善三の一子《ひとりご》の善吉と呼ばれる者が、今現《げん》に岐岨《きそ》にいます。彼は性質がたいそう誠実ですので、召し返して村長を仰せつけられるのがよいかもしれません」と、里の老人たちが申します。

満信はそれをお聞きになられて、「その者を早く召すがよい」といって、すぐに善吉をお召しになった。こういうわけで、善吉には思いもかけず守《かみ》の命令文書が届く。また野上にいる松山与惣《よそう》にも飛脚で、馮司親子の顛末《てんまつ》、このたびの吉事《きちじ》を告げた。お六とともにこれを見ると、驚いたり喜んだりして、店を誠実な小者に守らせると、夫婦は急に旅支度をして近江《おうみ》へと帰るうちに、日をへて野上の里までやって来た。

この日、与惣は里はずれに出迎えると、再会の喜びを述べ、すぐに住まいへ誘った。この夜は野上で足を休め、次の日に善吉は衣裳をととのえて、多賀の陣所《じんしょ》へまいった。郡司は対面して、二夫の村長におさせになる旨《むね》を話し、守《かみ》の仰《おお》せを伝えたので、善吉は感謝にたえず、恐る恐る承諾した。しばらく野上へ退くと、与惣、お六と相談して、以前住んでいた近くにあらたに家を作り、吉日を卜《さだ》めて二夫へ引っ越した。

事の様子は、初めと同じはずもない。上台《こうだい》親子はこれを見て、たいそう目が覚めるほど意外に思うにつけても、妬《ねた》ましいことこのうえもない。どのようにでもして善吉を押し倒し、昌九郎を村長《むらおさ》にしようと、遅也も膝をつき合わせ、阿丑も額をまじえ、昌九郎と一緒に毎日密談する。とはいえ、善吉は村長を命じられたその日から、守《かみ》を敬い里人を憐れむ。親しい親しくないで身勝手に振るまわず、少しも過ちがないので、奸智《かんち》にたけた上台親子もすきを見つけられず、歯を食いしばって低い地位に立ち、怨みを隠して日を送った。

それ、吉凶はあざなえる索《なわ》のごとし。吉《よ》きもいまだ吉きにあらず、凶《わろ》きもいまだ凶きにあらず、誰が塞翁《さいおう》の馬に出会わないことがあろうか。天福天禍《てんぷくてんか》はすでに時あり、まして人のなせることでは、吉凶はさらに分けることはできない。善人の福《さいわい》は、悪人の禍《わざわい》。このようなわけで、賢者が喜ぶことを愚か者は憂《うれ》い、智者のほめることを愚者は必ずそしる。結局、馮司と昌九郎らは、またいかなる悪だくみをするのでしょうか。それは、次の巻をご覧ください。

巻之四

○二夫川《にふかわ》の拾遺《のこるをひろう》

孝子《こうし》はみずからもて孝とせず、人これを称して孝という。このようなわけで、学ばないでいて行いが道に称《かな》い、図《はか》らずして功《いさおし》（功績）は天に等しい。身を立てて名を後世に揚《あ》げ、それで父母を顕《あらわ》すのを孝の終わりというのである。

だから蚕屋《かいや》善吉は憂苦《ゆうく》のうちに人となり、ある時は鎌倉に漂泊《ひょうはく》し、ある時は岐岨路《きそじ》にさすらったが、いたるところ幸いが多くて、事を成しとげないということがない。そのうえ守《かみ》の召《め》しに応じて故郷の二夫《にふ》へ戻り、村長《むらおさ》を承って父のために恥を雪《すす》ぎ、思いもかけず宿願《しゅくがん》を果たす。そこで上台《こうだい》親子はどうかするとそのすきをうかがって、笑《えみ》の中に刃《やいば》を隠し、耳をそばだて目を見開いて、少しでも過ちがあれば陥れようと目論《もくろ》む。

それをお六は早くから察していたので、とにかく安心できない。時々夫を諫《いさ》めるうちに、善吉もみずから防いで、公事《おおやけごと》でなければ馮司《ひょうじ》や昌九郎と口をきかず、道で行き会っても、見ないふりをして通り過ぎた。上台親子はますます恨み、「やつがうわべは賢人面《づら》をして阿丑《おうし》を離別したのは、以前からお六と情由《わけ》があったからで、過ちを幸いに妻を換《か》えようと思ったからだ。また失った金を受け取らないで、いろいろと口実をつけて遅也《おそや》親子に与えたのは、姨《おば》を売ろうとするためだ。だが里人たちは本心を悟らず、よい人だと思い込み、ひたすらやつを推薦して村長にした。それですぐに驕《おご》りたかぶって、人を芥《あくた》のように見るようになった。同じ郷《さと》にいながら姨の安否を尋ねないのは、はじめの言葉と違って、阿丑を執念深く思うからだ。やつはともかく、国の守《かみ》も守だよ。たとえ先祖が村長でも、鎌倉までさすらって遊里の小者となったのに、郷に人がいないかのように長《おさ》にされるのはどういうわけか。もし、うかうかと日を過ごしたら、やつのためにはねのけられて、やはりつらいめをみるだろう。先んずれば人を制し、後《おく》れる時は制せられる。ああしようか、こうしようか」と、いつもあれこれ考えて悩むが、行いの正しい善吉夫婦を誣《し》いるきっかけがない。

遅也と阿丑は一緒に、瞋恚《しんい》（憤る）間断《ひま》（絶え間）なき角文字《つのもじ》（牛の角に似ている平仮名の「い」）に、いっそう心のゆがみ文字。いく夜頭《よ》をしぼっても、謀略《はかりごと》が得られなかったので、馮司はまた思うに、「よくも悪くも、世間の人の心は、すべて権威《いきおい》につくものだから、里人たちは頼れない。いったんは長をやめさせられても、多賀殿《たがどの》に悪く思われなければ、もとにかえることもあろう。そうだ、そうだ」と、一人でうなずく。こっそりと昌九郎らに思うことを話して聞かせ、これよりは親子が代わるがわる多賀の陣所《じんしょ》へ行っては、いつも郡司《ぐんじ》の安否を尋ね、またその下僕たちに少しばかりものを贈ることが満一か月に及んだ。けれども、決して善吉の陰口は言わないで、ただ自分が法華堂の木を切ったことだけを悔いて嘆く顔つきをしたので、郡司はこれを本当だと思って、ついに憐れむ気持ちが生まれた。

それればかりでなく、善吉は村長《むらおさ》を承っても守《かみ》に媚《こ》びず人に求めず、公事でなければ多賀へまいらなかった。ましてその下僕などにわけもなくものを贈ることがないので、馮司《ひょうじ》が村長だった時より、ひどく劣るようになったと思う者も多い。

そうこうするうちに、善吉は長年の志を遂《と》げて再び故郷に帰ったが、「岐岨《きそ》で売り広めた櫛も棄てられない」と松山与惣《よそう》が言うので、店を小者に守らせ、これを与惣に任せた。時々あちらに行って損益を考えてみると、夫婦がみずから売っていた時と同じはずもなかったが、善吉は父の時に失った田畑を大半は請《う》け戻し、足《た》ることを知っているので、これらのよしあしは、あえて問わなかった。

「もう一度相模《さがみ》へ行き、松山与惣と白眉《しろまゆ》兄弟の仲直りを謀《はか》って、受けた恩に答えようと以前から思っていたが、果たさないでいる。これだけが心残りだが、村長になってからは、個人的に旅をするのはむずかしい。気持ちだけでも伝えよう」と、自分の身の上、お六のことはいうまでもなく、先に与惣が赤坂から野上へ移り住んだこと、さらに思いがけずかの人の恩恵を受けた関わりあい、与惣の志までも残らず書き、「親が亡くなったのちは、ただ兄弟姉妹にまさるものはありますまい。まして年をとって一子《ひとりご》さえいない兄と疎遠の思いをなさるのは、たいそう嘆かわしいことではありませんか。もとをお忘れにならないなら、ともかくも用意して仲直りをはかりましょう。これは長年気になっていましたが、これこれのわけで、面と向かって話しにくかったのです。華洛《みやこ》めぐりを兼ねなされば、趣ある旅でございましょう。ぜひともこちらへお越しください」と丁寧に書いて、化粧坂へやることが二度、三度に及んだ。

時に弘安八年（一二八五）春二月《きさらぎ》、池の氷が溶けて、人の心も弱柳《わかやぎ》（若々しくなる）の、たいそう伸びやかになったころのこと。ある日、お六がいつもと違って朝飯の箸《はし》をとることができず、もの思いをするようにみえた。善吉はそれをいぶかって、「何事が気になって、今朝は天ばかり仰《あお》いでいなさるのか。わたしがそなたを娶《めと》ってから、することがみな成就《じょうじゅ》して、これほどまでに出世した。これはまったく、わが身ひとつの福《さいわい》ではないだろう。そなたも、またそうだろう。福があればこそ、不思議に縁《えにし》を結んだのだろう。それなのに、そなたが心配ごとがあるのを告げられないでいて、楽しいだろうか。お話しなさい」と、ていねいに尋ねる。

お六はため息をつき、「いいえ。たいしたことではございませんが、ゆうべ不思議な夢を見て気にかかりますので、話しませんでした。早くも顔に出たのをいぶかって、お尋ねになられるのに何を包み隠しましょう。はっきり説明しますと、夜明け方の夢ごこちに、場所がどこか分かりませんが、一人で広々とした野にたたずんでいました。見ると前方に川があって、『枕《まくら》川《がわ》』と札を立ててあります。この川はひどく凍っていて、鏡を満たしたように見えました。あなたは烏帽子《えぼし》装束《しょうぞく》で、たいそうたくましい馬に乗り、氷の上に馬を進め、北から南の岸へ馬に乗って渡ろうとなさったところ、氷は急にさっと砕《さ》け、水が二筋で流れました。二つの日輪《にちりん》が水中からきらめき出て、また水中に入ると、すぐに人馬が一緒に水底へ沈むのです。それを救おうと、『ああ』と叫ぶわが声に、はっと目が覚めました。ようやく我に返りましたが、しきりに胸騒ぎがして、胸がふさがって苦しいのがまだ治まりません。

よくよく考え合わせますと、五年あまり前の秋、あなたが野上《のがみ》の松山にある古廟でうたた寝して、『これこれの夢を見た』とお話しになりました。その夢とこの夢と、よく似ているのが不思議です。先には家の悩みがあり、今またどのような禍《わざわい》があるかもしれないと、いちずにあれやこれや考えましたが、心を慰めかねて、問われなくても話そうと思いました」。

善吉も眉をひそめてため息をつき、「夢は五臓の疲れによると、ものを知る人は言うようだが、かの松山の旅寝で見た夢は正夢《まさゆめ》で、姨《おば》と阿丑《おうし》のよからぬ振る舞いにより、わたしが思いがけずこの里を遠く離れる運命だった。それなのに、今またそなたが同じ夢を見たというのは、わたしも気にかかる。だからといって、うしろ暗いことをせず、外聞が悪くなれと祈ってもいないのに、何を報いに何が祟《たた》ろうか。あまり考えて気を滅入《めい》らせなさるなよ」。

慰められて、ようやく胸がふさがって苦しいのを押さえていた手をゆるめ、「昔から善人が、禍に遭うこともあります。わが身に犯した罪はないからといって、みずから当てにすることはできません。梓川《あずさがわ》の向こうの梓村には、昔から有名な神子《みこ》がいるではありませんか。あそこへ行って夢を占わせ、その吉凶を問えば、疑いはすぐに解けて、身に降りかかる禍があっても、防ぐ後《うし》ろ盾《だて》になるでしょう」。

善吉はうなずいて、「なるほどそなたが言うように、ここで思っているより、あちらに行って夢を占わせて祓禊《はら》えば、清く潔く、わが身はすなわち六根清浄《ろっこんしょうじょう》（五感と意識が清らかになる）。かなわない願いはないだろう。わたしがみずから行こう」と、早くも出て行こうとする。すると空は急に暗くなり、雨がひどく降り注ぐ。春の嵐は格別で、顔を向けることもできない。しばらくの間晴れるのを待っていると、やっと雲がおさまった。明るい日の光は、早くも西へ傾いて、中晡《ななつさがり》（午後四時を過ぎた頃）には遠くないが、今日といって思い立ったことを、そのままでは止められず、またあわただしく出かけようとする。お六は外を眺めて、「日が傾きましたので、道のぬかりがますますひどい。日が暮れましたなら、さぞかし具合が悪いでしょう。今日に限りましょうか、明日お行きなさい」と引きとめる。

善吉は頭を振って、「梓村へは二里近い。帰る時に日が暮れても、月夜なので安心だ。早く行ってこよう」と、返事もすまないうちに木履《ぼくり》（きぐつ）の埃《ほこり》を払い、あわただしく家を出てひたすら走るうちに、醒井《さめがい》を早くも通り過ぎる。左の方をはるかにふり返ると、今入る日の夕映《ゆうば》えに春の色が村を暮れそめて、花にやどり（宿への道）を急ぐのだろうか、武士のようだが従者も連れず、前方からやってくる旅人がいる。

近づくと笠を押し上げて、「あなたは、善吉さんではありませんか」と呼びかける。あわただしくこの旅人をふり返ると、これはほかでもなく、先に善吉が化粧坂《けわいざか》にいたころ、かの空蟬《うつせみ》の客だった二階堂家の若党で、井軽元二《いかるげんじ》と呼ばれた者である。その時元二は笠をぬいで、別れたあとの無事を祝い、「あなたは先に故郷へ帰ったと聞きましたが、このあたりにいらっしゃるとは、思いがけない再会です」。善吉はちょっと腰をかがめて、「それがしは故郷へ帰ってから、はや五年になりましたが、生活するのに忙しくて、化粧坂にいる長《ちょう》を訪ねることができません。貴殿はどのようなわけで、このようにあわただしく、たった一人でどちらへ行かれるのですか。理解できません」と問う。

元二はうなずいて、「だからですよ、あなたもご存じのように、五両の金を受け取らなかったことから、つれなかった空蟬《うつせみ》も憎からずもてなすようになりました。会う夜の数が積み重なって五年という去年の春、彼女の年季《ねんき》が満ちたので、長《ちょう》に頼んで家に連れて行き、妻と呼び夫と呼ばれて、志は果たしました。ところがかの空蟬は、年わずか六つの夏に化粧坂へ来たので、故郷のことはもちろん、親兄弟の名前を知りません。ただ護身嚢《まもりぶくろ》の中に多賀《たが》の神社《やしろ》の神符《ふだ》があって、産砂《うぶすな》（産まれた土地の守り神）のおんまもりと包み紙に書きつけてあったのは、まさしく親の筆跡でしょう。そこで数年来人に尋ねると、『多賀の神社は近江《おうみ》にある。特に名高い大社《たいしゃ》で、疑いようがない』と言います。『さては、わが故郷は近江の多賀ではないでしょうか。一度あちらに行って、親兄弟にめぐり会う手がかりがあればいいのですが』と、空蟬が目覚めるたびに、ため息まじりにつぶやくのです。たいそうおぼつかないことですが、彼女の孝心が痛ましくて、連れて行きたいと思いたち、『ちょっとの間、温泉に湯浴みしてきます』とこしらえて申し、主君に百日のいとまをいただき、ひそかに妻を連れて鎌倉を旅立ちました。

お湯には入らず、今日妻が親に会いに近江へ入る時、思いがけないにわか雨で、雨宿りする軒もありません。妻を馬に乗せたところ、馬を走らせる男が、いち早くわたしに先立って走らせます。追いつこうと息を切らすやいなや、黒木《くろき》の橋を渡る時に急に妻を見失って、追えども追えどもついに逢うことができません。あなたが今来る途中で、馬に乗って東から西へ行く婦人《おなご》を見ませんでしたか」と尋ねながら、手拭いで額の汗をぬぐう。

善吉はそれを聞くとうしろをふり返り、「いいえ。ここへ来るまでに、馬に乗った人を見ていません。馬で走らせなさったのなら、今須《います》の駅《しゅく》で待つはずなのに、かの馬夫《うまかい》が柏原《かしわばら》までも越えて行くものでしょうか。それにはきっと理由があるはずです」。

元二は聞き終わらないうちに、「わたしもそう思うのです。気持ちも急《せ》きますのでお別れしましょう。途中で来るのをご覧になったら、『醒井へ』と、おことづけくださいな」と言いかけて、飛ぶように走り去る。

善吉はそれを見送ると、思わずため息をつき、「仇《あだ》なる恋も縁《えにし》があって、たまたま本来の望みをとげたのに、縁のなかった旅衣《たびごろも》（旅）。妻を奪い取られたのだろう。その馬夫こそ理解できない。わたしの住まいをあの人に告げて力を貸すべきだったのに、気持ちが急いてしまって、言わなければならないことを言わなかった」と、名残惜しそうに独りごとを言う。

恩恵《めぐみ》を忘れぬ五《いつ》ひらの、黄金《こがね》以上の誠心《まごころ》の、届かぬ曲《くま》の梓川《あずさがわ》、流れに沿って行く水と、人の行方は定めなき、夕べの雲のたたずまい。春の寒さは耐えがたく、風に面《おもて》を打たせつつ、暮れぬ間《はし》にと己《おの》が行く、里を指してぞ走りける。

それはさておき、上台憑司《こうだいひょうじ》は善吉を押し倒して、わが子の昌九郎を村長《むらおさ》にしたいものだと、多賀へ行かない日はなく、事にかこつけて郡司の下僕の誰彼へ贈り物をしたが、利を見て人を愛するのは、衆人《もろびと》の常である。善吉がいろいろ私《わたくし》なく、公事《おおやけごと》でなければ多賀へ行かず、実権を握る者の機嫌をとらないのを、かえって憎らしいと思う者もいた。それで馮司親子をひたすら贔屓《ひいき》して、機会あるごとに郡司に推挙したので、好悪《こうお》たちまちところをかえて、郡司もまた善吉を、よくない者だと思うようになった。

しかし、限りある銭で限りない欲に充《あ》てれば、きっと尽きる時がある。郡司らは早くもおおかた事が成就《じょうじゅ》するだろうと思ったが、ただ銭がなくて苦しいので、今年二月《きさらぎ》の始めから、家の中にいる者が額をつき合わせ、さまざまに相談する。昌九郎が言うに、「先にわが大人《うし》が村長をお辞《や》めになられたのは、木を伐った咎《とが》だけで、守《かみ》に対する落ち度ではないので、郡司に悪く思われなければ、また村長におなりになるでしょう。わが大人《うし》が長《おさ》におなりになったら、親のあとは子が継げます。それなのになまじっか、それがしを長にしようと願われるのは回りくどい。たとえ事が成就しなくても、善吉さえ押し倒せば、熱腸《にえるはら》を冷やすことができます。だが、あれもこれも銭がなくては、履《くつ》を隔てて癬《かゆき》を掻《か》き、湯でもって煮えたのを止めるようなもので、労して功なき行いといえましょう。それゆえ、またかの善吉が先に鎌倉に行って、たくさんの金を手に入れたことを思えば、手をこまねいて日を送るより、それがし夫婦がかの地へ行って一年余り稼いだならば、それくらいの徳はつきましょう。その金がひとたび手に入ったら、善吉を謀《はか》ることは、袋のものを取るよりたやすいのです。そうではありませんか」と誇らしく、前へにじり出てささやく。

遅也と阿丑はいうまでもなく、馮司はしきりに額をなで、こぼれるようににっこりとほほ笑んで、「昌九郎の計策《はかりごと》は、言いえて奇《き》であり妙《みょう》である。これはじれったいようだが、一挙に事が成就するなら、これ以上の近道はない。早く旅立ちの準備をせよ」と、こっそり旅の支度をととのえて、吉日を卜《さだ》め、昌九郎は阿丑を連れて旅立とうとする。

この日は朝から急に風雨が激しくなったので、とどめられてむなしく籠《こ》もっていた。しばらく晴れるのを待っていたが、時は早くも中晡《ななつさがり》になって、日は西の山に傾く。「今日と思いたったのだから、どれほども行けなくても、すぐに旅立つのがよい」と言うと、馮司と遅也もそれを止めないで、「春の日なので、今から柏原までは行けるだろう。人に知らせない旅立ちなので、夕方を過ぎてから住まいを出るのは、かえって都合がよい。早く、早く」とせきたてられ、昌九郎は阿丑と一緒に手際よく身じたくをして、裏口の方から走り出た。

その時、馮司と遅也は門に立って、子どもたちのうしろ姿が木の陰になって見えなくなるまで見送った。しばらくして内に入り、遅也はものを片づけると、あわただしく馮司を呼び寄せて、「ご覧なさい。昌九郎が、燧袋《ひうちぶくろ》を忘れました。ああ愚かしい」とつぶやく。馮司は聞き終わらないうちに、「燧袋は、旅人にはなくてはならないものだ。行ってからまだ遠くはあるまい。どれ、呼びとめよう」と、あわただしく燧袋を取る合間に、はやくも遅也が心得て差し出す腰刀《こしがたな》は、暮れてかえさの犬威《いぬおど》し、糸巻鞆《いとまきづか》の醒井《さめがい》の、駅《しゅく》を目指して追っていく。

そうこうするうち、昌九郎は女を連れての旅立ちなので、急ごうとするが時が経ってしまう。住まいを走りでたころに日が暮れようとするので、ひたすら阿丑を急がせて二十余町《ちょう》走ったが、醒井の向こうの梓川《あずさがわ》のほとりで、急に暗くなってしまった。甲夜《よい》（初更）から出るはずの月だが、空はまた急に暗くなり、ぼんやりとかすんではっきり見えないので、先に進むことができない。そこで用意していた松明《たいまつ》を取り出して、火を打とうと腰をさぐるが、燧袋はなかった。どうしたことかとあわてふためいて阿丑に尋ねると、「知りません」と言う。「さてはこの松明を醒井で買った時、あそこに落としたのだろうか。行こうとする方は河原だから、火を借りるような家はない。そなたはしばらく、ここにいなさい。どれ、ひとつ走り行って、すぐに取ってこよう。では」と喘ぎながら、今来た道へ引き返す。阿丑は一人野干玉《ぬばたま》の（枕詞）、夜《よ》川《かわ》の風に吹きさらされ、ただぶつぶつとつぶやいて、夫の帰りを待っている。

そのうちにふと見ると、河原の北の方から、荒々しく粗野な男と思われるのが、手拭いで顔を包み、善悪ははっきり見分けられないが、一人の女子《おなご》に猿轡《さるぐつわ》をはめて、河原を南へ引きずってきて、砂の上へどんと押して坐らせる。ひどく酒でも食《く》らって酔ったのだろうか、舌もまわらない声を張り上げて、「この女の口の剛《こわ》いことよ。いずれにもせよ屠所《としょ》の羊《ひつじ》だ。動けないからといって、牽《ひ》かないで行けようか。このごろの間《ま》の悪さ、打てば倒され、手を出せば取られ、なすべき方法がない雇馬夫《やといまご》。軽尻《からしり》（馬に積む荷のないこと）を追って日を送れば、天の神様は人を殺さないものだ。今日の朝雨が仲立ちして、乗せて走った上玉《じょうだま》をそのまま脇道へはずして、伴侶《みちづれ》の夫をうまく放り出し、暮れてものにする胸算用《むなざんよう》。少し盛りは過ぎているが、三年の勤めには値《ね》のなる代物《しろもの》だ。立ち上がれ」と、むんずとつかむ。どうにもならず、人を呼ぼうにも、もの言うことができない猿轡。

このようなつらい身を、離れた場所にいたままで、阿丑は見ているのも気がかりだ。これを避けようと思うが、道がひどく狭いひとすじなので、河原には隠れるものかげもない。笠をかざして身をひそませ、昌九郎の帰りを、今か今かと待っている。そうとは知らず、男はくだんの女子《おなご》を引き立てて連れて行こうとする。思いがけず、右手にいる阿丑を厳しい表情で見ると、「あはは」と大声で笑い、「一人をものにしてまた一人、顔ははっきり見えないが、背丈はすらりと色が白いのが、夜の河原にただ一人、たたずんでいるのは尋ねなくても分かる。恋ゆえに身を投げるためか、そうでなければここで男を待っている、醒井あたりの駆け落ち者だろう。これさえも天からお与えになったのに、取らなければかえって祟《たた》りを受けよう。逃げるな、逃げるな」と走りかかり、襟髪《えりがみ》をむんずと引きつかむ。

阿丑は「ああ」と叫んで、振りはなそうともがくが、鷹《たか》に捕らえられた水鳥《みずどり》が渚《なぎさ》で羽をたたくように、一生懸命「賊がいる、賊がいる」と叫ぶと、「声を立てるな」と引き寄せる。そのすきにくだんの女子が逃げようとするのを、やり過ごしもせず、帯の結びぎわを取って引き戻す。

ちょうどその時、昌九郎は燧袋を探すことができず、火だけを借りて帰ってきた。阿丑がしきりに「賊がいる」と叫ぶ声に驚いて、動かして照らす松明を、川べりへ素早く投げすてて組もうとする。男は足を飛ばして、昌九郎の脇腹をどんと蹴る。蹴られてあっと仰向《あおむ》けに、身を踊らせて倒れる。そこへ喘ぎながら追いかけて来た馮司《ひょうじ》は、早くも子どもたちに何かあったと見たので、すぐに刀を引き抜くと、踏みこんで男をただ一刀《ひとたち》に、はっしと撃とうとする。その切っ先《きき》が狂って、左の方にいた女子の肩先五、六寸、乳の上にかけて斬り倒すと、うんとも言えない末期《まつご》の一句、今がこの世をさる（去る）轡《ぐつわ》、かけたままで息絶えた。

男はこのありさまに、猛《たけ》り狂って砂を蹴《け》立《た》てて、命の綱《つな》の代物《しろもの》を殺されては、あれもこれも目にもの見せてやろうと、小石をつかんで蝗《いなご》のように投げつける。馮司も防ぎかねて額を打たれ、よろよろと転《ころ》びかける。思いがけず、倒れたわが子を踏みにじると、昌九郎は元気づけられて、引き抜く刃《やいば》を杖にして、すぐに起き上がる。躍りかかって男の小鬢《こびん》のはずれを一寸あまり、斬っても撃っても少しも怯《ひる》まず、刃をからりと打ち落とし、腕を取ってねじ倒す。

阿丑は夫を救おうと、恐る恐る背後から、男の睾丸《きんたま》を砕《くだ》けるばかりにしっかりと取る。不意をつかれてたじろぎ、眼を見張り息をつめてもがくのを、「しめた」と昌九郎が、横になりながら払う切っ先は鋭く、両膝かけてなぎ倒す。馮司もここで力を合わせ、起きようとするのを親子でずだずだに斬りふせ、胸元をぐさりと突き刺して殺してしまう。

三人はほっと息をつき、無事を喜んだが、はじめこの男が言ったことを阿丑から聞くと、馮司は禿《は》げた頭を掻《か》いて、「それならやつは人買いで、女子をかすめとったのだ。それをわしは誤って、その女子を殺したのだ。これがのちに発覚したら、弁解しても罪は逃れられない。どうしたものか」とささやく。すると阿丑もしきりに嘆息し、「この人買いが死なないでいるのでしたら、人殺しの罪を逃れる手だてもありましょうが、何を弁解しようにも死人を証拠にしては、誰がこれを本当だと思いましょうか。やって来る者がいないのは幸いです。速やかにこの場所をお逃げなさい」と急がせる。

昌九郎は思案して、「わが大人《うし》は、どうお考えでしょうか。わたくしども夫婦が、夜にまぎれて遠く鎌倉へ逃げても、後日これが露見したら、村長になる願いなどたいしたことではなくなります。命だけでも助かろうと強く願っても、生きられないでしょう。ともかくも鶍《いすか》のくちばしのように、これほどまでにものごとが食い違って思うようにならないと、行く末とても頼りになりません。たとえ故郷に帰る時がなくなって、日陰《ひかげ》の花となるならなれです。憎いと思う善吉の始末をつけたら、悔しいとも思いません。『毒を食らわば皿まで舐《ねぶ》れ』という世の常言《ことわざ》も、今この時に思案しなおしませんか」。

馮司は首をちょっと傾けて、「そなたの意見は、どうなのだ」。問われている間にも昌九郎は、人が来るのではと前後をすかし見ると、額を合わせて親と妻にささやく。聞いてうなずく阿丑はいうまでもなく、馮司はつくづく感心して、「今急に始まったことではない計略だが、わが子には漢朝《もろこし》の孔明《こうめい》（諸葛《しょかつ》孔明）も及ばない。そなたたちがいったん身を隠すのなら、埋《う》もれ木（顧みられない身の上）となるようなものだが、善吉さえ殺すことができれば、わしは多賀殿《たがどの》をごまかして、人々との交わりを広くする手だてがある。あれこれ考えすぎずに、早く謀《はかりごと》を行いなさい」と答えると、すぐに手でさぐりながら、人買いの頭髻《たぶさ》をつかんで、首を完全にかき斬って落とすと、川へざぶんと投げ捨てる。

昌九郎もあわただしく、婦人《おんな》の首を打ち落として川へ押し流すと、死骸の衣《きぬ》をはぎ取って、夫婦の衣も脱ぎ変える。阿丑の衣をそのまま婦人の死骸に着せ、昌九郎の着ているものを人買いの死骸に着せる。具合よく運んだと、父子夫婦は、さらにうなずきささやいて、「行け」とひと声励まして、親は家路へ、子は東路《あずまじ》へ、水も分かれる梓川《あずさがわ》、伎倆《たくみ》は深き朧月《おぼろづき》、うつらぬ夜の川浪《かわなみ》に、影《かげ》さえ見えなくなってしまった。

さて、善吉は梓村へ行ってから、思いがけず日は暮れてしまった。空まで曇ってたいそう暗く、河原を一人で帰ってくる。気持ちもますますあせったが、死骸に急につまずき、躍《おど》りあがって六、七歩よろめくのを、ようやく踏みとどまる。いったい何事かと振りかえるが、真っ暗闇で何も見えない。そのまま引きかえさず、二夫《にふ》の住まいへ走って帰る。

さて、お六に言うに、「梓村の巫《めかんなぎ》に、かの夢を占わせたところ、『烏帽子《えぼし》と素袍《すおう》は官服です。馬に乗って水中へ落ちたのは、身に禍がある前ぶれで、日輪《にちりん》は王法が明らかなのに相当するのでしょう。北から南の岸に向かって、渡そうとして果たさないのは、北は黒く南は赤い。これは暗い獄舎《ひとや》につながれ、身のあかしを弁解しようとしても手段がないという意味です。もっとも恐れつつしまなければならない凶夢《きょうむ》です』と、いかにも真実らしく言われたのだ」。告げる方も聞く方もため息をつき、夫婦は顔を見合わせ、また言うこともなかった。

お六は、再びつき上げる癪《しゃく》をおさえて頭をあげ、「もし、かの神子《みこ》の判断した夢が正夢なら、五年前にあなたもまた同じ夢をご覧になったので、長年吉祥《よきさが》ばかりだったのは理解できないのでございますよ。それならば、よいのも吉《よき》ではなく、凶《わろ》しというのも悪いのではありますまい。このような時は神仏《かみほとけ》、また二親《ふたおや》の精霊《あらみたま》がかばってくださるのを祈って、せめてこの心の憂《う》さを忘れ水、濁らぬ世には日も月も、誠《まこと》を照らしたまうでしょう」。

善吉はうなずいて、「わたしも、そう思うよ。明日は早朝に二親の墓へ詣《もう》でよう。多賀の神へも詣でよう。ほんとうにもろもろの災害も、心ひとつで防ぐのがよい。それでも逃れられないものならば、五年前から天のなす禍と思ってあきらめ、人を恨みなさるな」。慰められ慰めても、ものを待つ気持ちは忘れられず、あれやこれや思う。うしろに多いほのかなあかり、行灯《あんどん》のふたをそっと立てて、憂《う》き身をしばし置炬燵《おきごたつ》。春の夜がさらに寒くても、今宵はここでとしめやかに、思い乱れる枕を引き寄せて、夫婦は丸寝（衣服を着たまま寝る）の趾《あと》と首《さき》、足の裏を合わせて横になったが、いっそう眠れない。

すでに明け方近くになり、寝るともなしにまどろんでいたところ、日は早くも高くなったのを知らず、鳥の声に目を覚まされて、夫婦はあわただしく立ちあがる。お六はまず縁側の雨戸をさやさやと送りながら、ふと見ると、庭の飛び石に血を踏みつけた草履《ぞうり》のあとがある。ありえないことと思い、あわただしく夫を呼んで、これこれと告げる。善吉も一緒に竹縁《ちくえん》からつくづくと見て眉をひそめ、「ほんとうに理解できないことだ。きのうの夜に、庭の出入り口から来た人はいないか」と尋ねると、お六はほほ笑んで、「一人で留守番をしておりましたので、片折戸《かたおりど》を引いて閉じ、風にさえも開けさせませんでした。もとより人は訪れていません」。

善吉はしばらく思案して、「思い当たることがある。ゆうべわたしが梓村からの帰りに、道のぬかるみも凍っていたので、草履を買ってそれに履《は》きかえた。せわしく河原を走っていた時、突然何かにつまずいたが、たいそう暗いので、ものの区別もつかない。そのまま走って帰って来たが、さてはわたしが踏みかけたのは、斬られた人の遺骸だったのだろう。まことに危ういことだった」と、はじめて自分で驚くばかりである。

走って降りて、簀子《すのこ》の下にある草履を取ってひっくり返すと、土だけで血はついていない。ほんとうにあそこからここまでは道のりも遠いので、血があとに続くはずがない。これはそもそもどういうことかと疑い迷う。夫の着物の裾《すそ》にへばりつく鮮血《ちしお》に、妻は心が動揺するが、気持ちを鎮《しず》めて袖を引くと、「それをご覧ください」と指さす。善吉はそれを振りかえり、着物の裾をかかげてひっくり返しさらにあきれた。ちょうどその時、郡司の配下五、六人が、庭の出入り口から乱入してくる。

善吉のまわりをぐるりと囲み、縄をかけようとひしめく。「ああ」と驚いて縁側から走りおりる妻をとどめて、善吉は地面に額をつき、「身には犯した罪の覚えはありません。人違いではございませんか」と言い終わらないうちに、左右から眼を怒らせて声をはり上げ、「やい、善吉。人は知らないと思うのだろうが、暗いところに鬼神《かみがみ》あり、明るいところに王法《おきて》ありだ。

昨夜、梓川のほとりで男女二人を斬り殺し、その首を隠した曲者《くせもの》は、お前だ。誰が知らない者がいようか。殺された男は、もとの村長上台馮司《むらおさこうだいひょうじ》の一子《ひとりご》昌九郎。女子《おなご》は嫁の丑《うし》であることは、着物の色ではっきりしている。親はひどく驚き悲しんで、夜が明けるのを待たずに、多賀殿へ詳しく訴え申した。われらはこれを承り、犯人を知るために、未明からあちこち歩き回って、思いがけずここに来た。なかの様子をのぞき見ると、飛び石に血のあとがあるし、お前の着物の裾には血がついている。だからこれは問わずして分かったのだ。昌九郎、阿丑《おうし》らを殺した者は、お前だ。腕《かいな》をまわせ」と息巻いて勢い盛んで、弁解しても聞きいれない。

いきなり縄をかけられた夫にすがって、おいおい泣く妻の恨みとは裏腹《うらはら》に、染めてくやしい鮮血《ちしお》の紅《くれない》。今降りそそぐ血の涙に、血で血を洗う訴人《そにん》は姨夫《おばむこ》。「このような証拠で罪人と決められるのは道理ですが、善吉の性《さが》で、人を殺すはずもございません。そのわけはこれこれこのとおり」と半分も言わせず、はたと手荒く押しのける。「たいそう生意気な女子《おなご》の言いよう。聞くひまはまったくない。郡司がさぞかし待ちわびていらっしゃるだろう。早く、早く」と、荒々しく引き立てる。

善吉は何度もため息をつき、「おい、お六。わたしが犯した罪はないが、着物の裾についた鮮血があるので、いずれにもせよ、わずかな間に弁解できるとも言えない。思い当たるは占夢《ゆめあわせ》、今の憂《う》き目も夢ならば、夢のなかにある夢の世で、誰が一度醒めないはずがあろうか。取るに足りなくても村長《むらおさ》の妻だ、取り乱して笑われなさるな。わが運が尽きて、この世でもし会うことがないような時は、野上《のがみ》の里に身を寄せなさい。与惣《よそう》殿がいらっしゃるうちは、また気が休まることもあろう。今日は母御《ははご》の命日です。飯菜《はんさい》を忘れなさるな」。

こんな時にも、亡き親のことを言い残す夫の孝心。誠を護《まも》る神も仏も、夫婦の上にはない世かと思うと、いっそう沸《わ》き返る涙にむせて返事もできず、袖や袂を引きとめるけれど、とどめかねたる呵責《かしゃく》の笞《しもと》。

「そばに近づくな」と蹴倒《けたお》され、踏みにじられても身をかばわない。門《かど》に乱れる柳髪《やなぎがみ》、庭の小松もいまさらに（今になって）空頼《そらだの》み（むなしい期待）の千代《ちよ》の数。この春の日ともろともに、夫の命《いのち》長かれと、祈るだけにて代わられず、解けない縄目《なわめ》にわかれ霜《じも》、のちの音耗《たより》は片折戸《かたおりど》に、身を寄せかけても朝霞《あさがすみ》。引かれる夫の後ろ姿が見えなくなるまで見送って、またさめざめと泣いた。

配下たちは、善吉を急がせて多賀へ行くと、すぐに問注所《もんちゅうじょ》へ引きすえて、事情を申し上げた。さて二晌《ふたとき》あまり経つと、郡司はようやく善吉を坪《つぼ》の内に呼び入れさせ、昌九郎、阿丑《おうし》らを殺した理由を尋ねる。善吉はわずかに頭を上げると、「それがしは愚かではありますが、村長《むらおさ》を承っておりますので、少しは道理と正義をわきまえております。決して一度も法を犯さず、もとより人を殺したことはございません。しかし着物の裾に血をつけたのは、昨夕《ゆうべ》梓村から暮れて帰る時のこと、梓川のほとりで何かにつまずきましたが、たいそう暗くてはっきり見えませんでしたた。今になって考えてみますに、つまずいたのは昌九郎らの死骸でございましょう。それなら、彼らを殺した犯人は別にいるはずです。これらをご賢察になれば、守《かみ》の恩沢《おんたく》、わが身の大幸《たいこう》。ただ何度もの明断を、仰《あお》ぎたてまつります」と、恐る恐る額をついて申し上げる。

郡司は聞き終わらないうちに、両膝を向けて激しくにらみつけると、「やい曲者。お前が弁舌で欺いても、話したことには証拠がなく、人を殺したことには証拠がある。ただその着物の裾だけだろうか。お前の庭の飛び石にも血を踏みつけた足跡があったと、ただいま配下たちが申したぞ。事情を推しはかると、着物の裾と飛び石に血をつけたのを、お前たちは昨夕は知らなかった。夜が明けて初めて鮮血を見て、妻と一緒にあわてふためき、洗い流そうとした時に、わが配下たちが思いがけず、早くも見つけだした。これは天が罰するもので、こんな状態でも偽りを述べるのか」と、居丈高《いたけだか》に責め問う。

善吉がまた申すには、「鮮血を証拠になさると、そのようなお疑いは道理でありますが、着物の裾で人は斬れません。ただそれがしの腰刀《こしがたな》をお取り寄せになってご覧になれば、お疑いは晴れましょう。そればかりでなく、かの馮司《ひょうじ》は、それがしの祖父には弟で、昌九郎とそれがしは再従弟《またいとこ》です（訳者註：この部分、原文に混乱がある。馮司は、善吉の父善三の従兄弟であり、昌九郎は、馮司の息子である）。その妻の阿丑はそれがしのもとの妻であり、しかも従母女弟《ははかたのいとこめ》です。姨《おば》の遅也《おそや》でさえ、今現に上台馮司の家にいます。これほどまでにつながりのある親族を、たとえ一時的に恨みがあったとしても、かたくなに殺せましょうか。もとより恨むこともありません。どうか彼らを召し出していただき、お尋ねになればはっきりするでしょう」。

郡司はあざ笑って、「生意気にも、ほざいたな。刃《やいば》を見ようが見まいが、それをお前の言うとおりにできようか。そのうえ、馮司、昌九郎らに恨みがないとは言えない。そのわけを詳しく話して聞かせよう。くだんの馮司は、誤って法華堂《ほっけどう》の木《き》を伐った科《とが》で、先に村長《むらおさ》をやめさせられたが、お前とくらべると、おだやかで素直で守《かみ》を敬《うやま》い、慈悲があって人を愛した。だから里人らもひそかにお前を疎《うと》み、くだんの馮司がもとのように村長になることを願ったのだ。お前はそれを気がかりに思って、恨みを抱《いだ》いた。これが一つ。またかの丑《うし》とやらは、お前に嫁いで節操があり誠実だったが、六《ろく》とかいう淫婦《たおやめ》に心を移され、無情にも離別させられた。そこでやむを得ず昌九郎に再び嫁いで、夫婦水魚《すいぎょ》（仲が良い）の思いをなすと、お前はかえってそれを妬《ねた》んで恨みを抱《いだ》いた。これが二つだ。

だから馮司親子に仕返しをしようと、その動きをつけ狙った。昌九郎が妻を連れて柏原《かしわばら》へ行き、日が暮れてから帰るのを待ち伏せして、くだんの夫婦を斬り殺した。そしてその人を分からないようにしようと、首を隠したことに疑いはない。これはまったく一途《いちず》に、わしの推量で言うのではない。先に配下らがお前をからめとったことを申した時、わしはまた急いで馮司、遅也らを呼び寄せて、お前のことを話して聞かせ、事情を尋ねた。彼らが申したことは、こうだった。この曲者は、ひどく笞《むち》打たなければ、どうして本当のことを白状しようか。早く、早く」と命令する。

「承知しました」と返事をして、配下らは荒々しく善吉の衣を脱がせ、肩をあらわにしてうつぶせに押し倒すと、笞《しもと》をふり上げて百あまり、続けざまに打つ。かわいそうに善吉は、皮が破れ肉は爛《ただ》れ、鮮血《ちしお》がしたたり流れて背中をひたす。心はすでに思い悩んで乱れ、苦痛に耐えられない。「運に恵まれず、たとえ何度弁解しても、証拠がないので生きるのはむずかしいだろう。なまじっか抵抗して、長く苦しみを受けるよりも、早く死のう」と決心する。霜枯《しもが》れの野辺《のべ》に鳴く虫よりも、さらにか細い声で、「しばらく笞をおやめください。申します」と叫ぶ。

配下らはすぐに引き起こして、水を口へ注ぎ入れたりするうちに、なかばは我に返ったが、背中が痛くて話すこともできない。何度も「申せ」と責められて、善吉はようやくひざまずくと、「すでにお話しされたように、それがしは阿丑、昌九郎に恨みがあり、それで帰るのを待ち伏せし、梓川のほとりでくだんの夫婦を斬り殺し、首を川へ投げ入れて押し流しました」。

郡司はうなずいて、「もっともだ、きっとそうだろう。馮司らが申すことと、すべて符合する」。すぐに左右の者を急がせて、馮司と遅也を召し出すと、善吉の白状した様子を話して聞かせ、「お前たちが疑ったことは、少しも違っていなかった。馮司はさすがにここ数年、村長だった甲斐《かい》があって、たいそう賢くも申したことだ。賢い判断の様子を詳しく守《かみ》へ申し上げるから、善吉は遠からず首をはねられるはずだ。この旨を心得るように」。

馮司は額をついて、「たいそう畏《おそ》れ多い御威勢《おんいきおい》によって、早くも子どもたちの仇《あだ》を返すことができました。哀しみのなかの喜びでございます」。善吉をきっとにらみつけると、「世の中にも稀《まれ》な犬のようなやつに、理屈で責めるのは無駄というものだが、お前の父の善三の時から、ありなしのことについてわしのお蔭をこうむりながら、お前は村長になってから顔をそむけてものも言わず、相変わらず執念深くも昌九郎らを殺して、一人で世に出て相当の地位につこうと目論《もくろ》んだのは、愚かなことではないか。年老いてから一子《ひとりご》と嫁までも失われた恨みは、たとえ骨をくだき、処刑後の死体を塩漬けにしても、十分に満足できないことよ」。

拳《こぶし》をさすり歯を食いしばって息巻《いきま》く夫のうしろから、遅也は涙をぬぐい、「侄《おい》はやはり子のようだと、世の中の人は言うようだが、お前は前世の仇人《かたき》だ。姨《おば》と妻を無理やり追い出しても、なお満足しない。心が曲がった梓川《あずさがわ》、その夜《よ》は暗い戯《たわむ》れごと。女児《むすめ》よりまず姨を殺すなら、こんなに嘆きはしない。思いわずらえと残されたのだろうか、年老いた身では誰を生活の手段にしたものか。思えば憎らしく道理に合わない」と、まことしやかに怨みごとを言うが、善吉は頭を垂《た》れて、一言も争わない。その時郡司は、配下らに善吉を引き立てさせて、厳しく彼を獄舎につながせ、馮司と遅也には身のいとまを取らせたので、老賊毒婦《ろうぞくどくふ》は心の中で、謀《こと》は早くも成就したと舌を出し、二夫《にふ》の住まいへ帰っていった。

それはさておき、お六はその日、思いがけず善吉が囚《とら》われの身となってから、ただ悲しみに沈んで激しく泣くばかりで、手だてを知らない。はやく野上《のがみ》へ手紙で知らせ、与惣《よそう》に事情を知らせたいと思うが、このような時には隣人も後日の噂をはばかって、頭の蜂を払うばかりで、まったく一人も訪ねてこない。行って話そうという人がいないので、空しくその日を過ごして一晩中考えるに、「なまじっか人を頼りにするからこそ、野上へ知らせる方法もないのだわ。わたしが自分で明日の朝、あちらへ行こう」と決心して、その夜は庭で立って夜を明かす。筧《かけい》の水を注《そそ》ぎかけて垢離《こり》を取り（神仏に祈願する時に冷水を浴びる）、夫のために、神に仏に、亡き親の擁護を祈ると身は凍る。「冬より寒い如月《きさらぎ》の梅と一緒に、夫婦の運をふたたびお開きくださいよ」と心の中で神仏に祈る誠は、しみじみと心打たれる。

こうしているうちに夜が明ける。ひどく疲れたので、お六はしばらく内に入って、さらに野上へ行こうと準備をしていると、しきりに門をたたく者がいる。「どなたですか」と尋ねると、「与惣です。珍客を連れてきたので、ここを開けて入れてください」と答える声に、夢かとばかり、お六はあわてふためいて、走り出て戸を開ける。

与惣は旅人と一緒に炉端《ろばた》に坐ると、お六に向かって、「あなたもその名前をかねてから聞いていることでしょう。これはわしの弟で、善吉にとっては以前仕えていた主人の化粧坂《けわいざか》の白眉《しろまゆ》です。兄弟ですが、志がわしと合わないので、この数年まったく便りをさせませんでした。ですが彼も年をとって、兄をなつかしく思っていた折、善吉が丁寧に書状で諫《いさ》めたので、白眉は急に思い立ち、はるばると訪ねてきて疎遠を詫《わ》びるので、憎くも思わなくなりました。彼も親がこの世に残した身体です。たとえ河竹《かわたけ》（遊女）の長《ちょう》となっても、世のなかにまったくない商売でもありません。今年は父母の遠忌《おんき》（五十回忌以上の年忌）に当たるので、勘当《かんどう》を許しました。それであなた方夫婦にも会わせようと、未明から住まいを出て、よそ見もせずにあわただしく来たので、疲れてしまいました」と言いながら、膝《ひざ》をくずす。

白眉の長はほほ笑んで、「三十年来の非を悔いて、兄に会うのもあなたの夫の、みな誠からでた媒妁《なかだち》です。善吉どのは、家にいらっしゃらないのですか。見ればあなたは、顔色も普通ではない。心配そうなのが気がかりです。仲が良すぎてひどく夫婦が言い争いをなさったのですか」と、さすが花街《くるわ》で世を渡っているので、早くも察した一家の悩みである。お六はたちまち涙ぐみ、善吉が捕らえられた事情をこれこれと告げると、与惣も白眉もあきれはてて返事ができず、しばしばため息をついた。

しばらくして、松山与惣は腕組みしていた手を膝におくと、「事のなりゆきを考えるに、善吉がどうして人を殺すだろうか。まったく無実の罪に違いないが、鮮血《ちしお》を着物の裾につけていたからには、疑われるのも道理だ。ことにかの馮司らは腹黒いので、わが子の仇《あだ》と確かに知らなくても、憎いと思う善吉を、罪に落とそうとするかもしれない。わしは田舎で成人したので、このような道理を心得ないが、白眉《しろまゆ》は鎌倉で見もし、聞いたこともあるだろう。善吉を救い出す手だてはあるだろうか」と、ひそかに尋ねる。

白眉は膝をすすめて、「いにしえより千金《せんきん》の子は、市《いち》で死なない（金持ちの子は罪を犯しても、金力によって死罪を免れる）という。銭がある時は、石仏《いしぼとけ》もたちまち頭の向きを逆にするはず。ましてや郡司の仲間ならいうまでもない。当国《とうごく》の守《かみ》の佐々木殿が在鎌倉《ざいかまくら》だった年には、かの家のわか殿原《とのばら》（身分の高い人を敬っていう語）が、それがしの楼上《ろうじょう》にしばしば通《かよ》ったことがある。

だから行って彼らを訪ねたら、長《ちょう》を知らないとは言うまい。そういうわけで、善吉を救い出す手づるがある。腹の虫が知らせたのだろうか。それがしはこのたび善吉に贈ろうと思ったので、持ってきた金が十両ある。旅費もまた余っているので、これらで事をはかることができそうだ。その手だてはこうこう」と、額を集めてささやく。

お六は少し力を得て、たいそう頼もしく思う。心ばかりのもてなしに、「時が遅れては、どうにもなりません」と、与惣と白眉は箸さえも手にとらず、兄弟が連れだって多賀へ行き、白眉が知っている佐々木の従僕や郡司の若党などを訪ねる。善吉のために財帛《たから》を惜しまず、しっかり救いを求めると、利に赴くのは人の常《つね》。誰がこれを拒もうか。「そうではあるが、昌九郎らを殺したことは、善吉がすでに白状している。罪がもはや決まったからには、助かるはずもないが、獄舎《ひとや》へ飯を届けるのは、妻の求めによるがよい」と、まずこのことを許された。与惣と白眉は走って帰ると、お六に事情を話して聞かせる。

翌日、飯を持って三人は多賀の獄舎に行く。白眉はまた獄卒たちにものを少ずつ取らせたので、ついに善吉と顔を合わせることができた。痛ましいことよ、善吉は日数《ひかず》を経ない獄舎の住まいでも、笞《しもと》の瘡《きず》で血色が衰え、日影《ひかげ》に乏《とぼ》しい男郎花《おとこえし》、ただひょろひょろと骨ばって、消えなん（消えそうな）露《つゆ》の玉《たま》の緒《お》（生命）や、しばしはここで繋がれて、六字《じ》の称名《みな》（仏を念じ、経を声に出して唱える）に弥陀《みだ》たのむ、観念《かんねん》の外他事《ほかたじ》なきに、今《いま》はからずも（思いがけず）妻《つま》舅《しゅうと》。思いもかけず相模にいるもとの主《しゅう》までも訪ねてきたので、これはどうしてだと互いに涙もわいてきて、逢ったら言おう、そう尋ねようと思ったことも胸がふさがる。

お六は我慢できずに「あっ」と叫び、倒れそうになって、やっと獄舎の格子《こうし》にとりすがり、よよと泣く声は、鸐《やまどり》が鏡を見て激しく動き回ったりするのもこのようだろうかと思うと、あれもこれも痛ましい。けれど与惣は心を鬼にして、お六をひどく叱って励ます。あちらこちらを振り返ると、ちょうどその時そばに人がいなかったので、善吉に尋ね慰めて、このたび実の弟白眉《しろまゆ》が、化粧坂《けわいざか》からやって来たこと、そのうえその助けを得て、やっと郡司の許しを受け、目の前で対面できた事情を残らず話して聞かせる。

長《ちょう》は兄と場所を代わり、「三十年来遠ざかっていた兄の笑顔を見たことは、誠を人に及ぼす善吉、お前さまの賜《たまもの》だ。おととい野上に着いて、足を止めずに昨日の未明、兄と一緒に二夫川へ行って尋ねると、不慮の災難。手に持っているものを忘れるほどに、驚いたり心配したりしました。あなたの妻女《さいじょ》と兄与惣と、足りないおのれの智恵まで集めて、やっとよい機会を求め、親族朋友は許されない獄舎の門までたやすく来てもの言うことも、前世から結んだ縁《えにし》だと思うのですよ。ただ何事も命があってこそできること。ふさぎ込んで、病気におなりなさるな。黄金仏《おうごんぶつ》の利生《りしょう》（人々に利益《りやく》を与える）で、必ず救い出すつもりですので」。

善吉は頭をあげて、「化粧坂にいた時、しっかりした奉仕もできませんでしたのに、厚くお恵みくださった主の恩は、しばしも忘れませんでした。ですが、世の営みにつながれて再会できなかったので、おこがましくも兄弟の仲直りのことを申しましたのに、このように速やかにおいでになった。思いやりがあらわれて、喜ばしうございます。そればかりでなく、それがしがきっと死ぬのをお救いなさろうと、財帛《たから》を失いなさるのは、身にあまるありがたさで、言葉では述べ尽くされません。ですが、罪がないのに罪で死ぬというのは、前世の悪業《あくごう》に違いないので、人の力では救えません。たとえまた黄金仏の利生で首をつながれても、執念深く親族の阿丑と昌九郎を殺したという濡《ぬ》れ衣《ぎぬ》を晴らす手だてがなければ、八十、九十の長寿をたもって生きのびても、いったい何になりましょうか。たとえまた無実の罪で死んだとしても、のちに犯人が分かって汚名をそそぐ時があれば、決して恨みはございません」。難《なん》に臨《のぞ》んで死を恐れず、言葉の清く潔い返答に、長《ちょう》は兄与惣《よそう》と目を合わせ、感涙《かんるい》をむやみに拭《ぬぐ》いかねる。

お六はいっそう悲しみに沈んで激しく泣き、「死ぬとお決めになったのは、男の魂《たましい》なのでしょうが、初めからそうお思いになるのなら、『人を殺していません』と、どうして何度も主張なさいませんのか。囚《とら》われなさったその日から数えると、早くももう四日。昼は終日袂《ひねもすたもと》を絞り、夜は夜通《よどお》し垢離《こり》をとり、ある時は神垣《かみがき》(神域)仏場《ほとけのにわ》で、百度の緡《さし》(神仏への百度参りの時に数を数えるのに用いた)を投げ尽くし、かなわぬまでも願いごとが叶《かな》えと祈るのは誰のためでしょうか。裏口の枯れ木にいつもいる、烏の声を聞くたびに、心にかかるも心から、早く死ぬことができるなら、わたしが先につらい思いで死ぬのでしょうが、死なないからこそ、今日対面もしたのです。赦免《しゃめん》の時を待つばかりで、松山と白眉の二人の大人《うし》に任せて、つれないことをおっしゃいますな。このような時に、女房の心のうちはどうだろうかと、思いやることさえなさらないのですか」と、かき口説きながら怨《うら》みごとを言う。

善吉はそれを聞くと頭をふり、「愚かなことをお言いだよ。着物の裾へ鮮血《ちしお》をつけたので、昌九郎を殺した者が善吉でないとは、善吉以外に誰が知るでしょう。しかも相手は親族です。姨《おば》をなまじっか申し開きしにくいと知りながら、申し開きしようとするのは、ますます罪を重ねるようなものです。日と月が誠を照らせば、人を殺さないでいて、殺したと申しても助かるでしょう。前世の悪い行いが消えなければ、呵責《かしゃく》を忍んで述べても、責め殺されるのは確かです。死を恐れないわたしですが、たいそう苦しいのは獄舎の住まい。人伝えにだけ聞いた阿《あ》鼻《び》地獄。叫喚《きょうかん》大叫喚の地獄は、ほんとうにほかの場所ではありません。ただ願うことは、一日も早く首を刎《は》ねさせて、悩み苦しみをお助けくださいと、ここより仰《あお》ぐ鷲《わし》の山（霊鷲山《りょうじゅせん》。釈迦が法華経などを説いた地として有名な山）、仏の利益《りやく》を祈るばかり。嘆くのならば後世《ごせ》の障《さわ》りとなりましょう。思い悩みなさいますな」。いかにも恨みがましい述懐《じゅっかい》に、お六はいっそう激しく泣き、松山与惣も白眉も道理だとは言えずに、しきりに鼻をかむ。

その時、獄卒たちが出てきて、眼を見張り声を張り上げ、「お前たちは飯を持ってきたのに、どうして長居《ながい》をするのだ。早く退出しろ」と叱る。与惣と白眉は左右から、悲しみにくれるお六を助けて引っぱり、獄舎の内をのぞくと、娑婆《しゃば》と冥土《めいど》の辞別《いとまごい》。竭《つ》きぬ涙の血盆《ちのいけ》に、刀林《つるぎのはやし》を振りかえり、帰るは三人六道《みたりろくどう》（死後赴く六種類の世界。地獄・餓鬼・畜生・阿修羅・人間・天）の、辻占《つじうら》（四つ辻に立ち、道を通る人の言葉を聞いて物事の吉凶を占う）凶《わろ》き鳥の声。人を恐れぬ草野犬《のらいぬ》は、畜生道《ちくしょうどう》かと浅ましく、夢路《ゆめじ》をたどる心持《ここち》する。

そうこうしているうちに与惣と白眉は、お六を扶《たす》けて二夫川村へ戻る。またいろいろ相談し、「とにかく善吉の助命《じょめい》を頼むには、多賀殿よりほかにない。ただ何度でもかの主従に頼み込んで、ものを十倍にして献上しよう。ほかに方法はない」と、白眉は旅費の金銭を大部分懐に収め、その夕暮れにまた多賀へ行こうとする。相模《さがみ》から連れてきた従者は野上に残しておいて、老人《おきな》一人があちらへ行き、日が暮れたら心もとないので、与惣もまた一緒に行きたいと思った。だが、お六は先に帰ってから、「そうでなくてさえ悩める痞《つかえ》が、またひどく苦しい」といって、衣を頭からかぶって横になっているので、これもまた見捨てられず、与惣はそのまま二夫にとどまり、白眉だけを遣《つか》わした。

この時馮司、遅也らは、思い通りに善吉を陥れてひそかに喜び、「やつは今日首を刎《は》ねられるだろうか、明日は市《いち》に棄《す》てられるだろうか」と、毎日多賀の官の高札《こうさつ》を立てた辻に行って様子をうかがう。すると、松山与惣とその弟で化粧坂の白眉という者が考えをめぐらして、郡司主従に土産ものをたくさん差し上げたので、すでに善吉の死刑を緩《ゆる》くして、そのうえかの妻子《やから》に獄舎へ行って対面することをお許しになったと伝え聞いて、たいそう驚く。

「およそ銭《ぜに》のすぐれていることは、足がないのに走り、翼がないのに飛び、非常に重い怨《あだ》をやわらげ、あらゆる方面の愛を引き寄せることだ。そんなわけでまた多賀殿が善吉を贔屓《ひいき》なさるのも、くだんの孔兄《あにき》（銭の異称）の行いだが、わしは所持金がすでに尽きて、どうにも手だてがない。かといって手を拱《こまね》いて、ぼんやり日を送ったら、善吉は再び生きてしまい、枕を高くして眠れないだろう。こうなったうえは、やつが多賀殿へ行くのを待ち伏せして、いきなり懐《ふところ》のものを奪い取り、それを郡司主従に献上して、善吉の始末をつけてしまおう。これ以上の近道はない」と、ひそかに遅也と相談する。

その夕暮れに、馮司は手ぬぐいで顔を包み、善吉の庭の出入り口で木と木の陰に隠れて、なかの様子をうかがう。たった今白眉の長《ちょう》が金をたくさん懐にして、多賀へ行くのを立ち聞きすると、こぼれるばかりに一人ほほ笑んで、彼より先へ走り抜けて搨鍼巓《すりはりとうげ》（摺針峠）で待っている。日は早くも暮れて、人の行き来は稀《まれ》である。

そうとは知らず白眉は、善吉を救おうと思うばかりで、よそ見もせずに足を急がせたが、搨鍼巓を越える時、あいにく日は沈んでしまった。馮司は遠くからこれだと思うと、すぐに木陰を出て、行き違うようにして足を飛ばしてどんと蹴る。しかし白眉は心得た老人《おきな》で、早く左に避けたので、蹴られながらもついに倒れず、「これは盗賊」と高く叫んで、杖で撃とうとする。馮司にしてみれば、前もって謀ったことである。近ごろ信濃路《しなのじ》からこの山下《ふもと》へ来て、人がまだ顔を知らない菰平《こもへい》・靄平《もやへい》という野伏《のぶせり》を雇って、まさかの時の味方にしていた。くだんの野伏らは、白眉のうしろから突然走ってきて、左右の腕をしっかりとつかむ。つかまれるとすぐに身を沈ませ、振り離そうといらだつ間に、馮司はしめたとばかり白眉の懐へ手を入れると、金《かね》を残らず奪いとり、足にまかせて逃げ去った。白眉はますます怒って腕をやっと振りほどき、短刀をひらめかせて野伏らを砍《き》ろうとすると、あとも振り返らず逃げて姿をくらました。

続いて追うのは簡単だが、賊は三人、自分は一人。毛を吹いて疵《きず》を求めたら、後悔先にたたずと思い返し、塵《ちり》をたたいて払う。「それにしてもあの金をここで奪いとられては、善吉を救えない。どうしたものだろうか」と、ためらってしまう。さすがに金には事欠《ことか》かない老人だが、旅寝の悲しさ。懐《ふところ》寒い夜の山に、こうしていてよいものではないので、ついにあと戻りをして二夫川《にふかわ》へ引き返す。

番場《ばんば》の辻《つじ》のそばで、松明《たいまつ》をふり照らしながらやって来る者がいた。互いに誰かとすかして見て、「誰だ」と問うと与惣である。長《ちょう》はとても面目なかったが、言わないではすまないので、まず松明を踏み消させて、並んでいる松の木陰に集まり、賊に金を奪われた事情を告げた。与惣は思い悩む額をなでて、「これほどまでに事が食い違うのも、みな善吉の薄命《はくめい》が起こすことなので、嘆くいわれはありません。お前さまが出て行ってから、道中が何となく心もとなく思われたので、湯薬《くすり》を煎《せん》じてお六に飲ませ、行灯《あんどん》にだけ火をともして、追いつこうと思って来たのです。けれど、「兎を見てから犬を呼んで追いかけさせる」、「羊を逃がしてから牢《おり》を補う」という諺と同じで、わしが来るのも遅かった。お前さまは、どう思うだろうか。今の若者に、善吉のような者はいません。彼は無学の賢人だ。金を無駄に失っても、惜しむようで惜しむに足《た》らず。もったいないことにこの男を失ったら、お六もずっと生きていけないだろう。この夫婦は惜しむべきだ。ほかに臨機応変な巧みな手だてはあるだろうか」と、ひそひそ尋ねる。

白眉は塵を払いのけるとうしろを振りかえり、「今鎌倉では青砥《あおと》の大人《うし》が、賢い判断で私心なく善悪をお照らしになることは、浄玻璃《じょうはり》の鏡《かがみ》（地獄の閻魔《えんま》の庁で、死者の生前の善悪の行為を映し出すという鏡）のようで、賞罰の正しいことは、閻魔王にも勝《まさ》りなさる。ところが、かの大人ですら、この春は関《せき》の東西をめぐり歩き、鎌倉にはおられないということです。藤綱《ふじつな》がもしここにおいでになれば、善吉は生きられるでしょうよ。ですが手だての種《たね》を失っては、ほかに手段もございません。化粧坂《けわいざか》へ飛脚《ひきゃく》で事情を言ってやり、金を取り寄せたら、数日かかってしまうでしょう。轍《わだち》の鮒《ふな》が泥で息つくのも、さし迫ったことでは、それも無駄です。あなたはまずどうにでもして、二、三十両の金を用意なさい。返す日までに、わが家から金を取り寄せて差し上げましょう」。

与惣はうなずいて、「それなら明日は野上へ帰って、わが家を売り払い、それでも足りなければ、岐岨《きそ》の櫛屋《くしや》を売ってしまおう。そうはいっても、いいかげんにはお六に告げられない。彼女がこれを聞いたら、またいっそう気に病《や》んで、長い病気になるかもしれない。心配りをなさってください」と、義をうながす。

兄は弟と示しあわせて、二夫へ急いで帰ると顔色にも表さず、「善吉の助命のことを多賀殿《たがどの》へお願い申し上げて、ものをたくさん献上したところ、快くお受けになられましたので、おおかたは事が成就《じょうじゅ》するでしょう。ご安心なさい」と、まことしやかに慰める。お六はおもむろに身体を起こして恩人たちを拝みながら、少しは痞《つかえ》もよくなった。

さて、与惣は白眉と示し合わせたことなので、次の日またお六に言うに、「今日は、あなたの顔色もよく見えます。わたしもまた一時的にここへ来て、数日たちました。婢《おんな》どもが、どうして、どうしてと理解できずに思っているでしょう。それで今日は白眉を連れて野上へ帰り、明日は未明にまた来ましょう。心細いでしょうが、今宵は一人でお明《あ》かしください」。それをお六は聞き終わらずに、「お二人の阿翁《おじ》たちの真心で、助からない夫の命が助かったなら、一夕《ひと》《よ》はもちろん百夜でも、寂しいとは思いません。早く、早くお帰りくださいませ」と、勧めるのも痛ましいが、告げない事実《まこと》が誠だと思うと、すぐに帯を結びそえ、白眉の長を急がせて野上に向かって走る。

行くことすでに二里で、柏原では時々休み、茶店《さてん》があれば腰掛けて、白眉とひそかに家を売ることを話していると、荘客《ひゃくしょう》と思われる者が、蓑《みの》を背負い笠《かさ》を手にさげて持ち、二、三人がせわしげに醒井《さめがい》の方へ通り過ぎる。茶店の老女《おうな》がそれを見て、「長久寺《ちょうきゅうじ》（地名）の兄さんたち、どこへ走っていかれるんですか。腰掛けてお休みください。茶をお飲みになりませんか」と呼びかける。うしろの一人が立ち止まり、「今日は多賀の小野《おの》の辻《つじ》で、刑罰を受ける人がいるんです。彼は近ごろ梓川《あずさがわ》で、親族の男女を殺したということです。それで多賀から人夫に指名され、今あちらへ参るのです。帰りには」と、返事も終えずに追いつこうと走り去る。

与惣は長と顔を見合わせ、「終わりだ、終わりだ。善吉は今日早くも刃《やいば》の錆《さび》になるというのか。これからあちらへ行って、言い残す言葉を聞かないでは心残りだ。さあ、行きましょう」と急がせる。白眉も腰掛けを放り、「それならわたしは二夫川へ走って行って、このことを、お六に早く知らせよう」。

与惣は頭を振って、「お六は性質は勇ましいが、もとより女流《おなご》なので、悲しみで取りみだし、自害などした時には、たいそう痛ましいではないか。たとえそこまでいかなくても、今般《いまは》（これが最後という時）に会わせれば、善吉の黄泉路《よみじ》の障《さわ》りにもなろう。知らせても無益なことなので、あとで告げても遅くはあるまい」と止めた。白眉は、「もっともです」と答えて、ともに主《あるじ》の老女《おうな》にあいさつをして別れると、脇道を求めて喘《あえ》ぎ喘ぎ、小野の辻へ走った。

お六はそういうこととは知らなかったが、与惣と白眉が帰ってから、昼間でさえ過去のことばかり思って、たいそう心寂しく籠《こ》もっている。すると体の肉が動いて胸がどきどきし、気持ちはいよいよ平常ではない。しばらく慰める手だてがあればいいなあと、その日の未《ひつじ》（午後二時前後の二時間）のころに、一人で門のそばに出て、もの思う身はなんとなく眺める空のたたずまい。日は出ているが小雨《こさめ》降り、定めなき世にあぢきなき（思うようにならない）、身にもいそしい（せわしい）袖袂《そでたもと》、絞りきれず乾《ほ》しきれず、糊張《こはり》（糊をつける）の衣《きぬ》の跡《あと》残る。

門《かど》の板戸《いたど》に手をかけて入ろうとした、ちょうどその時、里《さと》の子どもで牛うつ童《わらべ》が五人、三人と連れだって、番場《ばんば》の方へ走りながら、「七よ、早く歩けよ。ここの小父《おじ》公《ご》が小野の辻で、今斬られるのを見せよう」と呼びかけていくうしろ姿を、お六は「ああ」と見送った。

ぼおっとして、すぐに尻もちをついて急に転《ころ》げまわると、ふつとちぎれる髻結《もとゆい》に、雲《くも》の鬢鬘《びんずら》

（髪を頭の中央から左右に分けて、それぞれ両耳の辺りで輪の形に束ねたもの）乱れる雲ゆき。またひとしきりはらはらと、降る驟雨《むらさめ》に顔を打たれ、勢いよく起きると小膝をつきたて、目の上に降りかかる鬢《びん》の後《おく》れ毛《げ》、あふれ落ちる涙とともにかきなでて、肩をゆりおこす息をついて、「痛ましいことよ、哀しいことよ。松山、白眉二人の翁《おきな》の誠心《まごころ》もついに届かず、わが夫は今はや刃《やいば》の下に、引きすえられなさっているのでしょう。夫婦のひたむきな愛情は石にもなる。それは異国《いこく》へ生き別れ、これは眼前《がんぜん》で死に別れ。三千世界（この世のすべて）の憂《う》きことを、わが身ひとつに受けたのか」と、胸を打って嘆いたが、肩に垂《た》れた頭髻《たぶさ》の末《すえ》を、しっかり握って右の方へ引き、これを噛《か》みながら喉《のど》を潤《うるお》す。

ふり仰いで遠くを見ると、また晴れている空の様子にうなずいて、「思いのほかに日は高い。たとえ群衆にさえぎられ、警護の者にとめられても、夫の死に際《ぎわ》に言葉をかわし、同じ道ばたの露《つゆ》と消えよう。そうだ、そうだ」と、独《ひと》りごとを言って気持ちを励まし、勢いよく立ち上がる。よろよろとよろめく足をしっかり踏むが、走るといっそうよろよろと、転んでは起き、起きては転び、樋口《ひのくち》、樽水《たるみ》、門松《かどまつ》、久礼《くれ》、番場《ばんば》、米原《まいばら》を越えていく。一里に足らぬ小野《おの》の辻、斧《おの》を研《と》ぐなら摺鍼嶺《すりはりとうげ》。一心凝《こ》りてもこの数日、憂苦《ゆうく》のために食事をとらなかったので、山道で疲れて目まいがし、急に足を踏みはずして、左の方の谷へころころと、身体を転がせて落ちてしまった。痛ましいかな、薄命《はくめい》の女人《にょにん》。三寸息が絶えれば万事休《ばんじきゅう》す。結局お六の存亡《そんぼう》はいかに。それは、次の巻をご覧ください。

巻之五

○二夫川の拾遺の下

悲しんで鳴く矢傷《ししょう》の鳥も、やはりその連れあいへの思いが深い。それゆえお六は、善吉の最後に向かおうと、病苦をしのんで喘《あえ》ぎ喘ぎ摺鍼巓《すりはりとうげ》を越える時、夫婦石《ふうふいし》のそばでつまずいて転《ころ》び、横ざまに谷底へ落ちたけれども、これを知る人はなかった。

それはそうと、そののち鎌倉では、執権《しっけん》北条時宗朝臣《ときむねあそん》が、さる建治《けんじ》（訳者註：正しくは、弘安）七年四月四日に逝去なさって［原注：時に年三十四］、法号《ほうごう》を宝光寺道果《ほうこうじどうか》と称《もう》した。嫡男《ちゃくなん》貞時《さだとき》は弱冠《じゃっかん》（数えで二十歳）（訳者注：貞時が実際に執権になったのは十三歳）より、父祖の業をお継ぎになられたが、武将の大器が備わっていて、よく藤綱《ふじつな》を用いなさったので、善政はほとんど父祖に恥じなかった。

今年弘安《こうあん》八年正月《むつき》なかば、「先例によるべし」ということで、青砥左衛門尉《さえもんのじょう》藤綱を巡歴使《じゅんれきし》に任命させなさって、「守護《しゅご》、郡司《ぐんじ》らの政道の理非《りひ》善悪を判断し、無実の民に訴える手だてがないことがあれば、よく問いただして事実を明らかにせよ」と、函西《せきのにし》にある諸州《くにぐに》へおつかわしになられた。

青砥はそこで五十子《いさらご》七郎、浅羽《あさはの》十郎以下たくさんの従者を連れて、このたびは中山道から出発して、武蔵《むさし》、上野《かみつけ》、信濃《しなの》、美濃《みの》をめぐり歩き、二月《きさらぎ》なかばには早くも近江路《おうみじ》へ入り、佐々木近江判官満信《おうみのほうがんみつのぶ》の観音寺（地名）の城《じょう》、またこれの郎党多賀郡司《たがのぐんじ》の多賀の陣営へ行くといって、十六日の未《ひつじ》の下刻《くだるころおい》に摺鍼嶺《すりはりとうげ》を越えるうち、藤綱は山の中腹で馬を駐《とど》める。

乗っている馬の左右に従う五十子と浅羽をふり返り、「お前たち、よくあれを見よ。西の方に殺気《さっき》がある。思うに、今わしが行く道に、刑罰を受ける者がいるのだろう」と、鞭《むち》を上げてさし示す。その言葉が終わらないうちに、突然谷陰《たにかげ》で女の泣き声が聞こえた。そこで藤綱はしばらく耳をすませ、「不思議だ。あの泣き声は、哀しんでいるうえに憾《うら》んでいる。これはきっと無実を訴える者だろう。理由のあることよ、今日は一日中降ったり降らなかったりと、思いがけない空模様は、これに対応している。わしは以前聞いたことがある。もし誤って善人を刑《けい》する時は、天が怒り人が憾《うら》むと。史伝に載せるところでは、昔唐山《もろこし》東海の孝婦《こうふ》が、姑《しゅうとめ》のためにありもしないことを事実のように言われて、無実で死んだところ、日照りが三年に及んだ。杞梁《きりょう》の妻が戦死した夫を哭《こく》すと、梁山はたちまちくぼんでしまった（訳者注：城壁が崩れ落ちたとする話が一般的）とかいう。これはただ異国の故事《こじ》だけだろうか。今泣いている声は西の方角で、三町《ちょう》くらいのところと思われる。訪ねてみよ」と命令する。

五十子と浅羽は心得て、一緒に走って行ったが、しばらくすると引き返してきて、「殿《との》の明察に少しもたがわず、年若い一人の婦人が西の谷へ転げ落ちていました。ひどく疲れているとみえて、呼んでもみずから出ることができません。そこで僕《やつがれ》らが、やっとのことで助け上げ、まず腰につけて用意していた薬を飲ませ、事情を尋ねますと、『二夫川の村長《むらおさ》、蚕屋《かいや》善吉という者の妻で、その名を六《ろく》と呼ばれる者です。夫の善吉は、近ごろ親族の上台馮司《こうだいひょうじ》という者に事実を曲げて言われ、人殺しの濡《ぬ》れ衣《ぎぬ》を着せられました。それで善吉は、ただいま小野の辻で首を刎《は》ねられると伝え聞きました。夫の最後の様子をも見たく、同じ野のはずれの露霜《つゆしも》と消えようと決心し、やっとここまで来たのです。けれども願掛《がんか》けのために、この五、六日は五穀《ごこく》を食べていませんでした。そうでなくても心配と苦しみで身体が疲れていたので、思いがけず足を踏みはずしてこの谷へ転げ落ちました。よじ登るにも身体がいうことを聞かず、志を果たすことができません。ここで死ぬのは、思いがけない憾《うら》みでございますので、腸《はらわた》を断《た》つばかりに泣き叫んでおりました』と申しました。

そこで、僕《やつがれ》らはますますいたわり慰《なぐさ》めて、『そなたは、安心せよ。青砥公がめぐり歩いて、今この山を越えていらっしゃる。訴えがあるなら自分で申し上げよ。きっとお聞き届けになろう。ここで殿をお待ち申し上げよ』と、繰り返し教え諭《さと》して、木《こ》の葉《は》や草を刈って敷《し》き、平らな石の上にくだんの婦人をゆったり坐らせて、走って帰ってまいりました」と、喘ぎながら申す。

藤綱はこれをじっくり聞くと、鞍《くら》を拍《う》って嘆き、「ああ、その夫にしてこの妻あり。これは、おろそかにできない。五十子七郎は、速やかに小野へ行って多賀《たが》郡司に対面し、予《よ》の言葉をはっきりと伝えて、善吉とやらの死刑を止めよ。わしはここでくだんの婦人に事の顛末《てんまつ》をよく尋ねて、あとから行こう。心得たか。早く、早く」と急がせる。五十子は「はい」と返事も終わらぬうちに、山路《やまじ》を西へまっしぐら、小野に向かって走っていく。

はやくも三町ばかりで、盛りあがったところから前方を見わたすと、あれこそ郡司主従だろうと思われる者が、ある者は床几《しょうぎ》（折りたたみ式腰掛け）に腰かけ、ある者は梠棒《よりぼう》（さお状の棒）で威厳を示している。群衆の老若《ろうにゃく》数百人が、行馬《やらい》（竹などで造った仮囲い）の四方を取り囲んで、入り乱れるように群がっている。大刀《たち》とりの健男《ますらお》は、切柄《きりづか》（刀の柄を短くしたもので、首切り刀に用いる）をつけた刀をひっさげて罪人の背後に立ち、玉《たま》も散るべき氷《こおり》の刃《やいば》を、きらきらときらめかせて、すでに首を刎ねようとしている。五十子は、「ああっ」とさし招く扇とともに声を上げ、「多賀郡司にもの申さん。鎌倉殿の仰せによって、青砥左衛門尉《さえもんのじょう》がここに来た。北条殿の厳命であるぞ。その罪人を殺してはならぬ。しばし、しばし」と呼びとどめると、すぐに走って到着した。

その時多賀郡司らは、わずかに青砥の二文字を聞き、さらに北条殿の厳命と聞いて、驚いたり怪しんだりする。事の虚実は分からないものの、まず大刀とりの武士を退かせ、さらには軽率に善吉を殺さず、主従は頸《くび》を伸ばして五十子を待つ。集まった里人らで、誰が藤綱を知らない者があろう、誰が善吉を憐れまない者があろう。今五十子の呼び声を聞くと、一斉にどよめいて、追い払いもしないのに一条《ひとすじ》の路《みち》を早くも開いたので、五十子七郎は、流れる汗をぬぐおうともせず、行馬のそばに進んできた。

郡司はあわただしく床几《しょうぎ》を放《はな》って、すぐにこれを迎え入れ、「それがしは満信《みつのぶ》の郎党《ろうとう》多賀郡司です。廷尉《ていい》巡歴のこと、前もってお知らせくださったとはいえ、昨日今日《きのうきょう》とは予想しませんでした。それればかりでなく、この罪人のことで非常の場《にわ》を忌《い》むことなく、ここにお出でになられたことに驚いているところです。厳命の事情を承りましょう」。

七郎は礼儀正しく、「お疑いはもっともでしょうが、ここで死刑に処せられる者は、二夫《にふ》の村長《むらおさ》善吉のはずです。彼の妻の六という者が、道中訴え申したことがあります。そこで藤綱が、みずから事の次第を尋ねるため、まず僕《やつがれ》を遣わして、しばし処刑を止められたのです。かく言うのは、藤綱に属《つけ》られた雑色《ぞうしき》五十子七郎と呼ばれる者です。なお詳しいことは、藤綱に拝謁したあとで知れましょう」と述べた。すると郡司はますますとまどって、心中穏やかでない。配下らを遠ざけて、藤綱を迎えた。

これより先、与惣《よそう》や白眉《しろまゆ》らは柏原《かしわばら》から走ってきて、群衆の里人らを押し分けて行馬《やらい》のそばに進んだが、警護の兵士に止められて、善吉と話すことはできなかった。お六ののちの悲嘆さえ思いやられて痛ましく、深い恨みは晴らしようがなかった。ところが、今思いがけず中途から、藤綱がここを訪ねて善吉を救うと聞いて、枯れた苗が雨で活《い》き、炒《い》った豆に花が咲くように、天に歓《よろこ》び地に喜び、藤綱が今おいでになるだろうかと、うなじを伸ばし足をつま立てて、摺鍼巓《すりはりとうげ》の方ばかり眺めるのは、たいそう道理である。上台馮司のほうは、昨夜摺鍼巓で白眉の金を奪い取り、それを多賀へ持って行って郡司主従に贈り、ひそかに頼んだので、郡司は善吉の処刑を急がせたのだった。

そうするうちに馮司《ひょうじ》と遅也《おそや》は、この日善吉が斬られるのを見たいと、人より先に小野へ来て、行馬につかまって油断なく目を配り、あれこれささやき、指をさしながら見物していた。そこへ思いがけず青砥の雑色五十子という者が走ってきて、言うことすべて善吉の首をつなげるように聞こえたので、宝の山に入りながら手を空《むな》しくするばかりでなく、自分の身の上もまたどうなるだろうかと思うと、ひどく狼狽《ろうばい》してあきれること半時《はんとき》ほどだった。傷もつ足（やましいことのあるたとえ）はそうはいうものの、踏むところ（実際に見ること）を忘れて帰るのも心残りで、人の背に隠れて青砥を見ようとしていた。

しばらくして藤綱は、浅羽十郎らと二、三人でお六を助けさせ、自分はまっ先に馬を進め、早くも近くにやってきた。五十子は走って行って、善吉の処刑を止めたことを告げる。郡司も外に出て、うやうやしく出迎える。青砥は従者らを路のそばに残しておき、五十子と浅羽ら、わずかに十余人を連れて行馬門《やらいぐち》に馬を乗りいれると、ひらりとおりて進み入る。床几を上座に立てさせると、郡司に向かい、「佐々木の郎党《ろうとう》多賀郡司が、みずから法廷に出て刑罰を行うのは、職務上の務めに対して、いかにも本気である。藤綱ほとほと深く心に感じいる」。

郡司は頭を下げて、「わが身は不肖《ふしょう》ではございますが、それがしは佐々木の一族として両郡を預かっておりますので、賞罰を人に委《ゆだ》ねはいたしません。それで廷尉がお出でになることを告げられたとはいえ、遠くお迎え申し上げずに、失礼をいたしました。お許しをいただければ、たいへん幸いです」。

青砥は扇を持ちなおすと、「藤綱があわただしくこの場所に来たことを不審に思われるだろうが、このたび下官《やつがれ》が北条殿の命《おおせ》を受けて、このように巡歴する理由は、守護と言わず、郡司と言わず、政道の理非《りひ》を問い、民の苦しみや悲しみを取り去るためである。そうしたところ、先に摺鍼巓を越える時に、誤って谷に落ちて泣き叫んでいる婦人がいた。従者に助け上げさせて事情を尋ねると、ここで処罰される罪人善吉の妻であった。『夫は無実の罪で、ただいま首を刎《は》ねられると伝え聞き、最後の様子をも見たいとこの山まで来ましたが、身は疲れて目まいがし、突然谷へ転げ落ちて登ることができなくなりました。志を遂《と》げずに中途で死ぬことは、このうえない恨みですので、泣き叫んでおりました』と言った。このためにまず五十子《いさらご》七郎に善吉が死ぬのを止めさせ、お六の訴えの事情を聞いてみると、すべて道理にかなっているようだったのだ。かの者を、早く、早く」。

五十子と浅羽が、お六の左右の手を取って行馬《やらい》の内へ入れたので、お六は夫と顔を合わせる。ひどいありさまを見る哀しさと、見られる苦しさ。消えようとした露《つゆ》の命の、露より冷たい氷の刃《やいば》が、ひとたび頭《こうべ》に落ちかかったのを、青砥の君《きみ》に助けられて身の錆《さび》（苦しみ）を落とす手だてがあれば、浮いた木に遇《あ》った亀よりも、なお遇いがたい夫婦の幸い。生きても死んでも、はかりしれない生死の海。深い嘆きとうれしさは、いずれ涙の潮境《しおざかい》（異なった二つの潮流の境目）、満《み》ち干《ひ》にもれぬ松山《まつやま》、白眉《しろまゆ》、ここにいるとも告げかねたが、同じ思いと言おうとしても言うことができないが、はやくも表情に現れる。

郡司は、お六がさえぎって道で青砥に訴えたと聞くと、心中不快になり、がまんできずに眼を怒らせると、「この女は、夫の罪に連座されないのをありがたいとも思わず、勝手気ままにふるまい、貴人《きじん》を恐れず、何を申したのか。善吉はすでに白状していて、人殺しの罪が決まったのは、自業自得《じごうじとく》だと分からないのか。たいそう馬鹿げている」と叱りつける。

藤綱はそれを聞くと笑い声を上げ、「郡司の言葉は、道理だとも思われぬ。人の命と千引《ちびき》（千人もの多人数で引くほどの重さ）の石と、どちらを重いとするのか。罪を調べて問いただし、厳しく責めるのに堪《た》えられず、無実の罪におとしいれられる者が、世の中にないとは言えない。そもそも善吉の着物の裾《すそ》に血がついていたのと、彼の庭の飛び石に血がついていたという理由で、犯人だろうと疑われ、厳しく咎《とが》められたあとで、やっと罪に服したのではないか」と尋ねる。すると郡司は怒りをしずめ、「いかにも、おっしゃるとおりです」。

青砥はかさねて、「それなら、そなたの断罪は不注意による過ちのようだ。善吉がほんとうに昌九郎《しょうくろう》と丑《うし》とやらを斬り殺し、その血が飛び散って衣装にかかったのなら、襟先《えりさき》や袖《そで》など、ほかの場所にもつくはずだ。それなのに、裾にだけ血をつけるのは疑わしい。そればかりか梓川から二夫までは、その間に番場《ばんば》の駅《しゅく》がある。おおよそ道のりは二十町《ちょう》、三十町に及ぶのに、彼の草履《ぞうり》についた鮮血《ちしお》が、彼が住まいに帰るまで、草履の裏から流れ流れて飛び石に残っているというのは、いよいよ疑わしい。

思うに、善吉をひそかに恨む者がいて、梓川のほとりで男女が命を落とした夜、善吉が知らずに同じ河原を帰るのを見て、浅はかにもたくらんで、草履の裏に血を浸《ひた》して飛び石へつけたのと、善吉がその夜に着物の裾に血をつけたのとが偶然に一致したのだろう。着物の裾に血をつけるだけならば、疑われることもあるまい。飛び石に血をつけるとは、道理においてあってはならない。およそ罪の疑わしいものは、軽々しく殺さないという。どうしてその夜に善吉が行ったという梓村の巫《めかんなぎ》を召し出して、往来の時刻を考え、また善吉がいつも身につけている脇差《わきざ》しの刀《かたな》は言うまでもなく、彼の家のありとあらゆる包丁に至るまで召し寄せて鑑定しないのか。また馮司らが訴えたことを合わせて考えたら、十中八九はその事情を推察する手だてがあるはずなのに、気持ちに左右され、威厳をほしいままにして善吉の口を閉じさせ、呵責杖《かしゃくじょう》罰《ばつ》が限度を超えて罪人を作るとは、公道《おおやけ》とは言えない。まして首のない死骸で、昌九郎と丑と決めつけるとは、すべて推量の沙汰《さた》ではないか。郡司の判断は理解できない」。

なじられてもなお性懲《しょうこ》りもなく、「これはお言葉ではございますが、おおよそ馮司、昌九郎らを深く怨んで殺そうとまで思った者は、善吉のほかにいるとも思われません。その理由は、かの昌九郎の女房丑《うし》は、善吉のもとの妻なのです。それなのに丑は、六という淫婦《たおやめ》に見くだされ、母と一緒に離別させられて、やむをえず母を連れて昌九郎の妻となったのです。それを善吉はかえっていまいましく思って、長い間心に刃《やいば》を研《と》いできたのです。そればかりでなく、二《に》夫《ふ》の村長《むらおさ》を上台馮司が承って長年たちましたが、少しばかり誤ったことがあって馮司は長《おさ》をやめさせられました。善吉がこれに代わりましたが、里人らは帰服しません。ひそかに馮司が元のように村長であることを願うので、善吉はますます憤りに堪《た》えられず、梓川で待ち伏せして丑と昌九郎を殺したことは、鏡に照らして見るように明らかです。たいそうはばかりのある言葉ではありますが、廷尉《ていい》はまだこのことを詳しくご存じではありません。ただあの六が申すことを、もっともだとお思いになられたのでしょう」。

するど藤綱はあざ笑い、「言ったことには、理由があるようだ。ただしそれは郡司が明らかにされたのか、また人づてに聞いたのか」。

「いや、それがしがどうして、これほどまでに推しはかることができましょう。これはかの馮司、遅也らが申すことでございます」

言い終わらせないうちに藤綱は、またからからと笑い声をあげ、「愚かなことを聞くものだ。あの馮司、遅也とやらは、善吉の讐《あだ》ではないか。そうであれば言葉たくみに、ないこともあるかのようにごまかして言い、善吉に罪を着せようと謀ったのではあるまいか。もし仲由《ちゅうゆう》（孔子の弟子で、字《あざな》は子路《しろ》）でなかったら、誰が片方の言い分で、訴えを定めることができようか。馮司の言葉を本当とするなら、世に言うところの、仇《あだ》に兵《つわもの》を貸し、賊に食糧をもたらすものだ。左右の者が殺すべきだと言っても、殺してはならない。国民《くにたみ》がみな殺せと言うならば、その殺すべきを見てこれを殺せと、子輿《しよ》（孔子の弟子、字は曽参《そうしん》）氏は言っているではないか。

わしはまだ善吉の人となりを知らないが、その妻六が申すことと、今郡司に聞いたことは異なっている。先に善吉は姨《おば》の遅也の行方を尋ねて、飢えと渇《かわ》きから救い、また遅也のすすめで従母女弟《いとこめ》の丑《うし》を娶《めと》って、少しも背《そむ》かなかった。だが、彼らはかえって恩義を忘れ、よくない行いが発覚して夫婦離別し、母と一緒に馮司らに身を寄せたのではないか。それならば、善吉は誰を妬《ねた》もうか。また馮司に罪があって村長をやめさせられた時、里人らに、善吉の人情があって誠実な行為をほめたたえる気持ちがあったから、彼の由緒《ゆいしょ》を守《かみ》へ告げ、善吉を薦《すす》めて村長にしたのではないか。それならどうして里人らが善吉を退けて、さらに馮司を村長にしたらよいと思うだろうか。小人《しょうじん》は自分の非《ひ》を悔いずに、かえって人を怨むものだ。わしはまだ馮司の人となりを知らないが、善吉を妬《ねた》ましいと思って馮司らに悪だくみがあるのか、これも測るのは難しい。それは何で分かるかといえば、ここに集まっている里人らが、はじめはみな愁眉《しゅうび》を顰《ひそ》めていたが、今喜ぶ様子が見える。それなら、すべて善吉を惜しみもしただろうし、悼《いた》みもしただろう。これによって推《お》しはかると、誰が善吉を疎《うと》むだろうか。誰が馮司を村長にしたいと思うだろうか。そもそも権力をもてあそんで人を殺し、利益を貪《むさぼ》って人を打ち負かすのは、盗跖《とうせき》（春秋時代魯国の大盗賊）の徒《ともがら》だ。郡司も処罰は逃れられまい。どうであろうか」と尋ねながら、扇を上げて膝をうつ。

説きあかした明察に、郡司は胸を打たれたようにわが身の上だと思うと、顔色は行馬《やらい》の竹より青くなり、眼をみはり鼻を吹き、まったく少しも否定できない。これには、善吉の死をひるがえす良薬はこれ以上のものはないと、心に拝むお六はいうまでもなく、柵《さく》の向こうに笑顔を向けた。与惣、白眉、里人らは、思わずあっと声を上げ、感嘆の声がやまない。馮司らはあれやこれやと、胸中ますます穏やかでなくなり、早く退出しようと思う。けれども、いっそう人が入って混みあい、うしろからひどく押すので、無理やり前へ突き出されて、とうとう隠れることができず、「恐ろしくもここへ来てしまった」と、いよいよ悔しく思った。

その時青砥は郡司に向かい、「藤綱に思うことがあるが、この場では意見を述べられない。後日のことになろうか。群衆の中には、善吉らの親族がきっといるだろう。召し出してくれ」。配下らはあわただしく行馬《やらい》のそばに走り寄り、「そこに集まっている者の中に、善吉らの親族がいたら、巡歴使《じゅんれきし》がお召しなので、早く参れ」と、大声で呼びたてる。

すると、「おん前にございます」と返事も終わらぬうちに、与惣と白眉は左右へ人をかき分けて行馬の内に進み入り、「それがしは野上の旅籠屋《はたごや》松山与惣と呼ばれる者で、六の義父《やしおや》です。これなるは善吉のもとの主で、与惣にとっては弟、化粧坂《けわいざか》にいる白眉《しろまゆ》の長《ちょう》です。このたびのことを知らず、善吉らに会おうと相模《さがみ》からまいりました」と、名乗り終わらぬうちに額《ぬか》づく。

青砥はつくづくこれを見て、「与惣、白眉がまいったか。善吉の不慮の無実の難儀《なんぎ》、近ごろはさぞかし苦悩していたことだろう。藤綱がここに来たからには、善吉に罪がなければ、お天道《てんとう》さまを見ることもあろう。また罪があるなら、一族のために、私《わたくし》には赦《ゆる》しがたい。六はひどく疲れているので、お前たちはこれを連れて帰り、ねんごろに保養させ、かさねての沙汰《さた》を待て。分かったか」と説き諭す。

与惣と白眉は「はい」とだけ、とどめられない感涙《かんるい》に、乾かぬ袖《そで》もまた湿る。砂に額を突きいれて、承諾申し上げるそばから、ただ伏し拝み、伏し拝む。妻と一緒に善吉は拝もうとするが、まだ解けない縄は仏《ほとけ》の御手《みて》の糸、いまや剣《つるぎ》の山を出て、蓮台《れんだい》（極楽浄土で死者が上に坐るという蓮華）へ坐る心地《ここち》がした。

青砥はかさねて郡司に向かい、「わしが先ほどから群衆の老若《ろうにゃく》を見ていると、恐れを抱《いだ》いて、どうかすると隠れようとする者がいる。思うにかの馮司、遅也も、その中にいるのだろう。早く召し出しなさい」。それを聞きかけて逃げようとする悪者らを、里人が左右から引きとどめ、「上台馮司はここにおります。遅也もここにおります」と、前から引っぱり、後ろから押して、行馬《やらい》の内へ突き入れる。

藤綱はそれを厳しく見て、「馮司、遅也とは、お前たちか。このたびの訴えは理解しがたい。ことの善悪を糺《ただ》すまで、善吉と一緒に、しばらく獄舎《ひとや》に繋《つな》ぐぞ。あれを縛れ」と命令する。浅羽と五十子は走りかかって、急いで縄をかけた。馮司と遅也はあきれ果ててそれ以上言えず、これかれ顔を見合わせて、眼を丸くし口を細めてすぐにひざまずく。それを気分がよいと、里人らは思わず声を上げ、一度にどっと笑った。

そうしているうちに夕日が西に傾き、群れなす鴉《からす》は林に帰る。青砥は郡司を道案内にして多賀の陣所《じんしょ》へ行くので、お六、白眉、与惣らには身のいとまを取らせ、馮司、遅也、善吉らには浅羽十郎をつけて、郡司の配下に引き立たせ、床几《しょうぎ》を取り払うと馬に乗り、末黒《すぐろ》の芒《すすき》（春の野焼きで、黒く焼けたあとから青々と芽吹いているススキ）が萌《も》え出《い》づる小野の細道を右手に見た。柳の煙《けぶ》りがまだ細い、道に伏《ふ》したる雨後《うご》の竹、たばねてかける檜桶《ひのきおけ》、多賀に向かって急がせた。

　こうして藤綱は、その早朝に多賀を出て観音寺《かんおんじ》へ行くうちに、佐々木の従僕数十人が郊外へ出迎え、次々と連なって観音寺の城中へ導く。近江判官満信《おうみほうがんみつのぶ》は礼服を整えて、城門のそばで出迎えると、花鳥《かちょう》の間《ま》に招待し、「それがしは近ごろ病気のため、使者がおいでのことを聞きましたが、道中のもてなしが思うにまかせませんでした。ご命令の内容を承りましょう」。

　藤綱は威儀《いぎ》正しく、「四海《しかい》（天下）は久しく太平で、万民《ばんみん》は王化武徳《おうかぶとく》に浴《よく》しています。ですが、生《せい》を貪《むさぼ》り死を忘れ、驕《おご》れるままに足《た》ることを知らず、ある者は民を虐《しいた》げておのれを富《と》ませ、利《り》に走って悪知恵に耽《ふけ》り、ひそかに害する者は、今多いに違いありません。そこで藤綱は北条殿の命《おお》せを受けました。こたび巡歴の第一義は、守護《しゅご》の政道《せいどう》善悪を照らし合わせて考え、訴えを晴らし善を勧《すす》め悪を懲《こ》らして、よるべない無実の民《たみ》を救うことです。ところが昨日《きのう》藤綱が摺鍼《すりはり》巓《とうげ》を越える時、道中これこれの婦人がいました。愁訴の事情が聞き捨てならず、小野の辻へ馬を走らせ、当家の郎党《ろうとう》多賀郡司に対面して、罪人善吉の死刑をとどめ、さらに訴えた馮司、遅也らを縛って獄舎《ひとや》に繋がせました。およその件《くだり》のことは、判官《ほうがん》（満信）が命令されたのでしょうか。郡司が申すのに任されたのでしょうか」と尋ねる。

　満信は顔をしかめて、「これは問われるまでもありません。帝堯《ぎょう》が聖人であっても、身ひとつで二十官《かん》のことはできません。それがしは大国《たいこく》を領有しているので、些細《ささい》なことは郎党にすべて任せています。ことにあの郡司は佐々木の一族として、犬上《いぬかみ》、坂田《さかた》、二郡《にぐん》の主《ぬし》です。それがしはまったく善吉の処罰の事情を知らないのではありませんが、裁判のことは始めから郡司に任せました」と答える。

藤綱は持っている扇を膝に突きたてて、「おっしゃることはそうであっても、郡司に過《あやま》ちがある時は、守護の過ちです。たとえて言えば、今世を治め民を安んじる道が乱れて、天下が治まらなければ、それは北条殿の罪ではないでしょうか。国を領有して治まらず、家を修《おさ》めて整わなければ、みなこれは主人の罪です。だから一族郎党とはいっても、賢《けん》と不肖《ふしょう》をみずから照らし合わせて考え、忠《ちゅう》と佞《ねい》（おもねる）をよく区別して、民の父母とならねばなりません。それなのに、人の命を些細《ささい》なこととし、譬《たと》えを引いてみずから許し、気ままに遊び楽しむことをのみ旨《むね》として、国の安危《あんき》をふり返らないのでは、どうして守護と言えましょう。急ぎの手紙を差しだして、これを鎌倉殿へ申しましょうか。いま一度、承りましょう」。

なじり問われて満信は、後悔がたちまち顔色にあらわれ、また言うこともできない。主の後ろに並んで坐っていた佐々木の従僕保田《ほだ》、村井田《むらいだ》らは、当家の安危《あんき》だと手に汗を握り恐る恐る進み出て、「主人の満信は弱冠《じゃっかん》で、お答えする言葉を失いました。しかし祖先の旧功《きゅうこう》によって、情けをかけて罪を許していただけましたならば、これに勝《まさ》る幸いはございますまい」。

すると満信はようやく我に返って頭をあげ、「おのれの非を飾るようですが、それがしは逸《いっ》楽《らく》にふけって賞罰を郎党に任せたのではございません。坂田と犬上の両郡は、郡司の父の時から久しく領有していたので、そのようなこととは思いもかけず、満信がみずから裁かないで、鎌倉殿に罪を得ました。青砥公、もしそれがしが愚かで年がたいそう若いのをあわれんで、みずから訴えを調べて決定し、郡司の悪だくみを改めていただけましたら、まことに公私《こうし》の幸いでございましょう」と、心の奥底を吐露《とろ》し、反省して恥じいり、主従はしきりに詫びた。

藤綱はそれを聞くとうなずいて、「わしが近江路に入ってから気をつけて見ていると、賤婦《しず》（いやしい女）山児《やまがつ》（山中に住む身分の低い人）の末《すえ》までも、秀義《ひでよし》（佐々木秀義。平安時代後期の武将）以来の旧法《きゆうほう》を守る者がたいそう多い。祖先の徳によるものだろうか。判官《ほうがん》は弱冠《じやっかん》だとはいえ、家に忠臣がいて、国には孝子《こうし》や烈女《れつじよ》がいる。今一言《いちごん》の過《あやま》ちで、不平の沙汰《さた》に及ぼうか。北条殿の命《おお》せを受けて鎌倉を出てからは、藤綱の現在の職務なので、しばらくここに逗留《とうりゆう》して事の善悪を審理し、もし不正な手段で自身だけの利益をはかる時は、郡司といっても許すことはできない。心得ている従僕を多賀へ遣《つか》わし、一件《ひとくだり》の者どもを召し寄せなさい」。満信主従はたいそう喜び、村井田《むらいだ》八郎に配下十人をつけ、「多賀郡司と罪人善吉、馮司らを連れてまいれ」と言って遣わす。また別に、人を二夫へ遣わして、お六らを召しだした。

満信は、その日青砥に酒食を供してもてなそうと、山海の珍味をつらね、主人みずから配膳《はいぜん》して丁寧に勧めた。けれども藤綱はそれを受けず、「それがしは弱冠の昔から、朝夕の飯のおかずには乾した魚と焼き塩だけで、まったく美食や珍味を嗜《たしな》みません。ところが今、この品数の多さは胃腸に慣れないので、無理にいただいたら身体に害になるでしょう。無礼はお許し下さい」と言って、湯漬《ゆづ》けのほかは箸さえ手をつけない。

満信主従は、また土産と称して、美濃の八丈絹や信濃の麻衣《あさぎぬ》などの巻衣《まきぎぬ》をたくさん贈る。けれども藤綱は、これも受け取らず、「それがしが平素から節約を第一としているのは、財《たから》を弄《もてあそ》ぶためではありません。主君のために非常の時に充《あ》て、また親族朋輩《ほうばい》の急を救うためなのです。ご覧のように、衣裳《いしょう》は貲布《さよみ》（織り目の粗い麻布）の直垂《ひたたれ》に、布の奴袴《おぼくち》（指貫《さしぬき》の袴《はかま》）を穿《は》いていて、まったく美服を着たことはありません。そもそも古《いにしえ》の道がある人は、人に贈るのは言葉です。藤綱は、今主のために一言の贈り物があります。判官がよく受けとめて、民を憐れみなさったら、これ以上のもてなしはありません。そのような時に、これらの引出物《ひきでもの》を受けとってどうしましょうか。ひどく道中のわずらいです」と言って、目録さえも振り返らない。

ちょうど郡司らを待っていると、翌日に村井田八郎は、郡司とともに罪人善吉、馮司、遅也らをつれて多賀から帰り、お六、与惣、白眉らも二夫川から参上した。

その時藤綱は、満信とともに問注所《もんちゅうじょ》へ出ていく。青砥は南に坐り、満信は主座《しゅざ》につき、大牀子《しょうじ》（机の形をした四脚の腰掛け）を一段くだって、多賀郡司は右にいる。五十子《いさらご》七郎、浅羽《はの》十郎らは左にいる。このほか佐々木の従僕らや、青砥の従者が順に並んで坐る。たいそう晴れやかなそのなかへ、配下五、六人が、善吉、馮司、遅也らに縄をかけたまま引ったてて、簀《すの》子《こ》の下《もと》に押して坐らせると、お六、与惣、白眉らも、一斉にそのそばに寄る。

青砥はまず、馮司と遅也に向かい、「さる夜に、梓川のほとりで斬り殺された男女の死骸には首がないということだが、お前たちはどうして子どもたちと分かったのか」と尋ねる。馮司は眼をひらき、「亡骸《なきがら》でございますが、衣《きぬ》の色はいうまでもなく、帯《おび》や脚絆《きゃはん》なども昌九郎、阿《お》丑《うし》らが着ていた衣裳に少しも違《たが》いません。まして彼らはその夜から、まったく帰りませんので、大地を槌《つち》でたたくのと同じで、万に一つもはずれることのない確かなことでございます」。

言い終わらないうちに笑い声を上げると、「世の中には顔つきの似ている者でさえ、まったくないとは言えない。味耜高彦根神《あじすきたかひこねのかみ》（大国主神《おおくにぬしのかみ》と田霧姫命《たぎりひめのみこと》の子）は天稚彦《あめわかひこ》と似ていたし、壹《い》岐直真根子《きのあたいまねこ》の顔つきは武内宿禰《たけのうちのすくね》に似ていた。陽虎《ようこ》の顔かたちは孔子《こうし》に似ていたし、何尚之《かしょうし》、顔延之《がんえんし》らは猿に似ていた。まして同じ衣裳《いしょう》を着ていたのは、一郷《いちごう》のなかにもいるだろう。もしあの骸《むくろ》が別人で、のちに丑《うし》と昌九郎らが帰ってきても、誣《し》いられた善吉は、生き返ることができない。その時お前たちが、昌九郎と丑を殺して無実の罪をあがなっても、どんな益《えき》があろう。述べたことは、すべて疑わしい」と説き諭す。馮司は胸を刺されたようで、自分の悪事が的中し、頭《こうべ》を垂《た》れて黙ったままである。青砥は左側を厳しく見て、「やい、善吉。お前はまたどういうわけで、暗い夜に松明《たいまつ》を照らさずに、梓川原を通り過ぎたのか」と尋ねる。

善吉は頭をあげて、「そのことですが、そのころ女房の六が、怪しい夢を見ました。その夢は五年前、それがしが鎌倉から帰る時に、悪者につけられて盗難を逃れるため、野上の宿屋をひそかに出て、松山の向こうにある古廟《ふるやしろ》にいた夜に見た夢と同じでした。ものを忌《い》むのは婦人の情であり心配するものですから、その夢を占わせて吉凶を尋ねようと思って、申《さる》（午後四時を中心とする約二時間）のころに宿所（住む家）を出ましたが、途中で知り合いの二階堂《にかいどう》の従僕で、井軽元二《いかるげんじ》という者に出会いました。その人は妻をつれて筑摩《ちくま》の温湯《いでゆ》に入るついでに、はっきりとは知りませんが、妻の親族を訪ねて多賀に向かおうと、妻を馬に乗せました。ですが朝方のにわか雨で馬を見失い、いくら行っても遇《あ》えませんでした。さてはくだんの馬追《うまお》う男が妻を奪って逃げたのかと、ことさらあわてふためき、走ってうろうろしているところでした。

あれこれ話すうち、思いがけず時が過ぎ、別れて梓村へ行ったところ、帰る途中で日が暮れました。暮れてから帰ることになるとは思いませんでしたので、松明《たいまつ》の用意をしていませんでした。梓川原を通り過ぎる時に何かにつまずきましたが、たいそう暗かったので、それとは知らずに家に帰りました。翌朝になって、着物の裾を見ると血がついていました。庭を見ると、血を踏んだ草履《ぞうり》の跡を石に残していました。とても理解できないので、履いて帰った草履を取りだして裏返して見ると、血はついていません。そこに多賀殿から多くの兵士を差し向けられ、それがしを捕らえてひどく打たれました。薄命《はくめい》のなすところでしょうか、訴えた人はわが姨《おば》です。親族なのに、無理に争って責め殺されるより、早く死のうとあきらめて、梓川で昌九郎らを殺したと申しました」と、残らず申し上げる。

藤綱はじっくり聞いてうなずくと、「それはどのような夢で、六が心配したのか」。問われてお六は夫を振り返り、「場所ははっきりしませんが、手っとり早く申しますと、夫善吉は烏帽《えぼ》子《し》、素袍《すおう》を身につけて、たいそうたくましい馬に乗り、一人で寂しい野原に出たところ、前面《むかい》に小川があって、『枕川《まくらがわ》』と札《ふだ》を立ててあります。水は一面凍《こお》っていて、氷の上に馬を進めて北から南へ渡るうちに、二つの日輪《にちりん》がひらめいて昇り、また水中に没すると思うと、氷は急にさっと砕け、水が二筋に流れ、人馬が一緒に水中に沈んだと見て、夢が醒めました。五年前に見たという夫の夢と同じなので、しきりに気にかかりました。夫に勧めて梓村へ、その日にやらなければ着物の裾に血をつけることもなかったでしょうに」と言いかけて、はやくも涙ぐむ。

後悔をそんなにまでと、藤綱はまた善吉に向かい、「くだんの夢を占わせた巫《めかんなぎ》は何と言ったのか。思い当たることはあるか」と問う。善吉は、「さようでございます。『烏帽子、素袍は官服です。馬に乗って水に落ちたのは、身に禍《わざわい》がある前兆。日輪は王法が非常にあきらかなのにたとえられるに違いない。北から南へ渡ろうとして果たさなかったのは、北は黒く南は赤い。これは暗い獄舎《ひとや》に繋がれ、身のあかしを弁解しようとしても解くことができないという意味です』と、そのように占われました」。

その時に藤綱は机をはたと拍《う》って、「その夢判断は、一を知って、いまだその二を知らないことよ。そもそも易《えき》には、☵坎《かん》を水としまた北とし、☲離《り》を馬とし南とすると。南方の馬に乗って、北から南へ渡す時は、坎に従い離にゆきて、三爻《さんこう》が同じく変じたのだ。また離を中女《なかつおんな》（年齢が中くらいの女）とし、坎を中男《なかつおとこ》とする。馬は左に向かって水に湿《うるお》う。水を左にして馬を右にし、しかもその水は凍っていて、裂《さ》けて二筋に流れる時は、冰《ひょう》と冫《ひょう》とは同字で、ともにこれは二水《にすい》の義である。二水に馬を寄せる時は、これはすなわち馮《ひょう》の字である。枕川《まくらがわ》と題したのは、枕はすなわち頭《こうべ》の台《だい》、頭はすなわち上方《こうべ》であって上台《こうだい》の義にかなう。二つの日輪とは昌《しょう》の字だ。人馬がもろともに水中に沈んだと夢に見たのは、梓川原《あずさがわら》を通り過ぎてから、馮司、昌九郎らに謀《はか》られて、善吉は獄舎《ひとや》に繋がれ、馮司《ひょうじ》もまた縲絏《いましめ》を逃れられない前兆だ。五年前に善吉がこのような夢を見て、この春に六がまた夢を見たのは、禍《わざわい》の寄り添うことが、わずかな期間ではない。それなら、馮司はその夜に昌九郎らと示しあわせて、ひそかに男女を斬り殺して、その首を隠し、昌九郎と丑の衣裳《いしょう》を骸《むくろ》に着せ、庭の石に血まで残して善吉を誣《し》いたのだろう。明白に申せ。白状しないか」と責め問う。

馮司は騒ぐ様子もなく、「これは青砥公《あおとこう》のお言葉とも思われません。たいそう畏《おそ》れ多いことながら、以前から伝え聞いていたことがあります。前執権宝光寺殿《ぜんしっけんほうこうじどの》が鶴岡八幡宮《つるがおかはちまんぐう》へ通夜《つや》をなさった夢に、老翁《ろうおう》が一人、突然に枕元に立ちあらわれて、『政道《せいどう》を直《なお》くし（正し）て、世を久しく保《たも》とうと思うなら、藤綱を重用せよ』と霊験をお示しなさったので、帰宅したあとで八か所の大荘園《だいしょうえん》を割り当ててお与えになったが、廷尉《ていい》はそれをお受けになりませんでした。物の実相《じっそう》のない喩《たと》えに、如夢幻泡影《にょむげんほうえい》（この世のことはすべて、ゆめ、まぼろし、あわ、かげのようで、実体がなく空《くう》である）如露亦如電《にょろやくにょでん》（この世のものはすべて露や電光のようにはかないもの）と、金剛経《こんごうきょう》にも説《と》かれています。もしそれがしの首を刎《は》ねよという夢をご覧になったら、咎《とが》がなくても夢のように行われますか。『報国《ほうこく》の忠《ちゅう》が薄くて過分の賞をいただくことは、もったいのうございます』と言って辞退なさったと、そのころ人は言いましたが、善吉のことにだけ夢物語を実事《まこと》として、牽強附会《けんきょうふかい》の説をなすまでに馮司を憎みなさる。これは、受け入れがたいことでございます」と、言葉巧みに軽んじる。

藤綱は、「あはは」と笑い声を上げると、「お前は、さかしげに言い負《ま》かそうとするが、夢には虚実のあることを知らない。思わないでいてよく当たる、これを名づけて正夢《せいむ》といい、怪しい夢を奇夢《きむ》といい、思っても当たらないのを虚夢《きょむ》といい、思夢《しむ》という。むかし先君宝光寺殿が、どのようにもして藤綱の俸禄《ほうろく》を増やしたいと普段から思っていらしたので、そのような夢をご覧になったのだろう。これはいわゆる思夢であり、虚夢である。だからわしはそれを受けなかった。また善吉、お六のごときは、五年前からこのような禍《わざわい》があると思うだろうか。思わないでいてよく当たった。これは正夢であって、奇怪な夢が当たった時は正夢となる。だからわしはこれを取ったのだ。いにしえ唐山周《もろこししゅう》の時、すでに占夢《ゆめあわせ》の官《つかさ》を置いた。大卜三夢《たいぼくさんむ》の法をつかさどったのだ。第一に致夢《ちむ》、第二に奇夢《きむ》、第三を咸渉《かんしょう》という。これはちゃんと『周礼《しゅらい》』に見えている。また別に五つ（訳者注：六つか）の夢がある。正夢《せいむ》といい噩夢《がくむ》といい、思夢《しむ》といい寤夢《ごむ》といい、喜夢《きむ》といい懼夢《くむ》という。正夢とは、事実と合っていて当たる夢をいう。噩夢とは驚くことがあって、それで夢に見るのをいう。思夢は、思い寤《ね》の夢。寤夢《ごむ》は、目が覚めて見る夢。喜夢は、喜ぶことがあって、それで夢に見るのをいう。懼夢は恐れることがあって、夢でもうなされて泣くのをいう。だから夢は一つのことで、その虚実を推しはかってはいけない。

　これを史伝で考えると、神日本磐余彦天皇《かんやまといわれひこのてんのう》〔神武〕は、夢で天照皇大神《あまてらすめおおんかみ》、武甕雷神《たけみかづちのかみ》と謀《はか》って、剣《つるぎ》をお下しになられると見せかけて、丹敷戸畔者《にしきとべのかみ》を誅《ちゅう》され、活目入彦五十狭茅尊《いくめいりびこいさちのみこと》〔垂仁天皇〕は、御諸《みもろ》（神の降臨する場所）の山の嶺《みね》に登って、四方に縄を張りわたし、粟《あわ》を食《は》む雀を追い払う夢を見て、帝嗣《あまつひつぎ》を定められた。殷《いん》の武丁《ぶてい》は夢によって賢臣傅説《ふえつ》を用い、周の文王は夢によって、九十九の齢《よわい》を知った。このほか詩書礼経《ししょれいけい》に載せるものは、枚挙《まいきょ》にいとまがないが、おそらくお前に話しても馬耳東風《ばじとうふう》であろう。そうはいっても、わしはただ夢の虚実を弁じて、お前たちの罪を決めるのではない。最後には、かの昌九郎と丑をからめとったあとで、くだんの夢が当たるか、当たらないかを知る手だてがあろう。その時を待てよ」と、言われた伎倆《たくみ》の破れ口《やぶぐち》（破滅に陥る糸口）。口をつぐんで上台馮司は、遅也と目と目を合わせ、思わずため息をついた。

　青砥はまた与惣、白眉らに向かい、「そなたの仲間の善吉を水火《すいか》の中から救おうと、幾日か苦労したと聞いた。それはどのような行いをしたのか、思い当たることはないか」と尋ねる。

　与惣と白眉は、少し持ち上げた額をなでて、「善吉夫婦の心ばえに感動して、生みのわが子より愛《いと》しく思いますので、財《たから》をなげうち財産を失い、どれほど多くつらく苦しいことがあっても、彼の命に代えられるものがあるなら調達して救い出そうと相談した時に、白眉が申しまして、『千金《せんきん》の子は市《いち》に死せず。わたしは、もとより多賀殿の身内の人には手だてがあります。旅の土産《みやげ》を差し上げて、善吉の身の上を、こっそりと頼みたい』と言うのに従って、型通りにしたところ、『善吉はすでに白状して、人殺しの罪が決まったので、助命は実現できない。ただし獄舎へ行って、碗に盛った飯を贈るのは、親族の頼みによるがよい』と、まずこのことを許されました。それなら、その筋にさらに機嫌をとったら、善吉がたとえ白状しても、首がつながることもあるかもしれないと、はかないことをあてにしました。そこで弟は、旅費の金銭を残らず持って行きました。その日の黄昏《たそがれ》に、多賀殿へ参ろうとしたところ、摺鍼嶺《すりはりとうげ》の中腹で三人の賊に出くわしまして、善吉のために命の綱と思った金を奪われました。そのありさまは、かくかくしかじかです」と、すべて隠さずに申し上げる。

藤綱は聞き終わらないうちに、急に声を張り上げて、「多賀に知己《しるひと》がいるとしても、理由もなくものを贈るというのは、潔白の行いではない。郡司はどうしてそれを知ることができよう。愚かなことを言うものだ」と、どこまでも叱責《しっせき》して、左右を厳しく振り返る。郡司は顔の色が焼けたようになり、やや咳《しわぶき》にまぎらわし、頭を低くして黙っている。

青砥はかさねて、「お前たちは、どうして分からないのか。一郷《いちごう》で富んでいる者が、（供養のために）好んで鳥を放つ時は、鳥を捕らえて売る者がいる。捕らえられるために落ちる鳥がいる。それならば人の善行功徳《ぜんこうくどく》は、放さず捕らえないのに勝《まさ》るものはない。与惣、白眉が謀《はか》って善吉のために土産を多賀へ贈ろうと思ったのも、好んで鳥を放つ者へ、鳥を捕らえて売るのと同じだ。盗んだ銭を僧に施し、人を殺して塔を建てたのを、作善《さぜん》（仏縁を結ぶための善行）功徳だと思う愚か者は、好んで鳥を放そうと、鳥を捕らせて買う者に次《つ》ぐ。迷いは、どちらが深いか。

善吉にはたして罪がなければ、与惣、白眉が土産をひそかに多賀へ贈ったとしても、その過ちは許すことができる。善吉に本当に罪があれば、人を殺して塔を建てるようなもので、功徳といっても許しがたい。これは後日の沙汰《さた》に及ぶだろう。そもそも白眉は、くだんの賊をことごとく見知っているのか、どうだ」と尋ねる。

すると、ついていた手をゆるめ、「はじめ出てきた一人は、盗賊のかしらでしょう。手ぬぐいを深くして顔を包んでいまして、黄昏《たそがれ》のことでしたので、顔つきは判断できませんでした。あとから出てきた二人の賊は、野伏《のぶせり》と思われましたが、これは気をつけて見ました。その人相はこれこれです」と申し上げる。

藤綱は筆をとると、話すままに書きしるし、「お前たち、今日はひとまず退出せよ。丑、昌九郎らの生死を探ってから、また召すことがあろう。善吉、馮司、遅也らはもと通り獄舎《ひとや》に繋ごう。引き立てよ」と命令すると、あるじ満信《みつのぶ》主従は青砥の才に感服する。

お六は引かれていく夫を、もの言いたげに見送ると、ともに振り返る馮司、遅也は、三つ四つ抜けた歯を食いしばって、にらむ目玉を光らせる。白眼黒眼の黒白論《こくびゃくろん》、この日の役所は終わってしまった。

こういうわけで、藤綱は馮司らの悪だくみを明らかに察したが、まだ昌九郎、阿丑《おうし》らの生死を明らかにしていないので、軽々しく馮司らの罪を決めないでいた。突然思いあたることがあり、ひそかに浅羽十郎《あさはの》に、「先にわしが信濃路《しなのじ》を巡歴して、諏訪《すわ》の祝《ほうり》（神社に属して神に仕える職のひとつ）の館《たち》に泊まり、上下《じょうげ》の神社《みやしろ》へ詣《もう》でた時に、年若い男女二人で甲斐峯《かいがね》の方《かた》へ走る者がいた。その様子は抜け道を探して、人を恐れている者に見えた。それゆえひっ捕《と》らえて、わけを尋ねようと思ったが、やつは色《いろ》に迷って走るのだろうと思い返して、そのまま見逃した。だが、今になって思うと、女を連れたくだんの旅人の顔は、少し馮司に似ていたぞ。それなら、男は昌九郎、女は丑かもしれない。そなたは五、七人の配下らと、また昌九郎と丑を見知っている二夫川村の荘客《ひゃくしょう》を案内に連れ、おおよそ信濃、甲斐から、相模までの旅籠屋《はたごや》を綿密に調査し、先から先へ跡をつけて詳しく行方を探し求め、からめ取って早く戻れ。やつらの行方は鎌倉だろう。すべて世の浮浪人《ふろうにん》、自分の仕事に行く者は、多くは繁華《はんか》の土地をでないものだ。京でなければ鎌倉だ。早く、早く」と急がせる。浅羽十郎は心得て、配下五、七人をつれると、まず二夫川へ行き、昌九郎らをよく見知っている馮司の隣家の荘客を案内として、信濃路に向かって走っていった。

さて昌九郎、阿丑らは、さる夜に梓川原で父の馮司と別れてから、阿丑を馬に乗せ、竹輿《かご》に乗せ、またある時は歩いて行くのも急がせて、夜を日に継いで走るうちに、六十余里を四日で走って下諏訪《しものすわ》までやって来た。甲斐国《かいのくに》へ入れば間道《こみち》が多くて、人目を避けるのに具合がよいので、しきりに阿丑を急がせた。けれどもこの時、阿丑は長い道のりに疲れて、その夜には悪《お》寒《かん》と発熱が交互にきて、「気分が悪くて死にそうです」と言う。

昌九郎は驚いて心配し、やむを得ず諏訪の旅籠屋に逗留《とうりゅう》するうちに、八日ほどで阿丑《おうし》の病気がよくなった。明日は早朝にここを立とうと、その日の午後《ひるすぎ》に、昌九郎は阿丑を連れてひそかに宿を出て、秋《あき》の宮《みや》へ詣《もう》でた。彼らは何を祈ったのだろうか。神明《しんめい》がどうして不善《ふぜん》の人に福《さいわい》をお降《くだ》しになるはずがあろう。

この時浅羽《あさはの》十郎は頭梨《かしらなし》（地名）の茶店《さてん》で、「下《しも》の諏訪《すわ》の旅籠屋《はたごや》に、夫婦らしい旅人が逗留している」と聞く。そこでことさらに道を急がせ、二夫の里人を先に立たせて喘《あえ》ぎ喘ぎやって来るうちに、昌九郎らが秋の宮から参詣して帰るのに行き会った。案内の二夫人《にふびと》が指さして、「あれこそ昌九郎、阿丑です」と告げる。

それを聞くと、くだんの夫婦は驚き騒いで、狩場《かりば》の雉《きじ》と同じである。道を探して逃げようとすると、浅羽十郎は配下に命じて、その場ですぐに阿丑をひっ捕らえ、きっちり縛らせる。自分は昌九郎を追いかけて、項髪《えりがみ》を引っつかみ、あおむけに引き倒す。横になりながら、刃《やいば》を抜いて浅羽の向こう脛《ずね》を斬ろうとするのを、跳び越えて踏み落とし、押さえて少しも動かせず、たちまち縄をかけてしまった。

それはさておき青砥藤綱は、「昌九郎、阿丑の行方を探して、からめ取って帰れ」と、浅羽十郎らを信濃路へ遣《つか》わした。またさる日摺鍼巓《すりはりとうげ》で、白眉の長の金を奪い取ったという三人の賊を捕らえようと、五十子《いさらご》七郎に熟練《ものな》れた兵士三、四人をつき従わせて、毎日あちこちへ出かけさせた。五十子らは姿を変えてみすぼらしくよそおい、互いに合図を決めて、二町、三町離ればなれになって、大堀川《おおほりがわ》から向こうの醒井《さめがい》、柏原《かしわばら》の駅路《うまやじ》を歩き回ることが、六、七日に及んだが、それらしい者を見かけない。

ある日、五十子七郎は一人で摺鍼巓を越えていたが、ふと見ると古びた松の下に筵《むしろ》を敷《し》いて、野伏《のぶせり》の乞児《かたい》だろうか、不気味で恐ろしい男が二人、向かい合って酒を飲んでいる。近づくにつれ、山風《やまかぜ》に吹き送られて、酒の香りがこうばしく鼻に入った。七郎は思うに、「やつらが今飲んでいる酒は、どぶろくや片白《かたはく》（蒸米《むしまい》だけに精白米を用い、麹米《こうじまい》には精米していない玄米を用いる製法の酒）の類《たぐい》ではない。その気を嗅《か》ぐに、これは最上の諸白《もろはく》（麹米と蒸米の両方に精白米を用いる透明度の高い酒）に違いない。やつらがこのように旨酒《うまざけ》を飲んでいるのは、よからぬ銭を手に入れたからではなかろうか。まず探ってみよう」。

そこで、にこにこ笑って「お許しください」と言葉をかけると、席《むしろ》の端に腰をかけ、ちょっと話しかけながら近寄り、口から涎《よだれ》を流すくらいに彼らの飲む酒をのぞきこみ、「突然だが、わしは生まれつき人並み以上に酒を嗜《たしな》みます。それなのに今日は山路《やまじ》を越えてきて、一滴も喉《のど》を潤《うるお》していません。何か飲みたい時なので、今あなたたちが酒盛りしているのを見ると、我慢できません。余分があれば一、二碗、分けてください」。

野伏らは笑い声を上げ、「われも人も嗜むと言うので、ともども酒中《しゅちゅう》の餓鬼《がき》だ。ちょうど酒はたくさんある。分けて飲ませて差し上げよう」と、一碗を渡した。五十子は半分飲むと舌を鳴らして、「美濃路《みのじ》は養老の滝で名高く、酒の佳《よ》いところだが、この諸白は入手しがたいに違いない。あなたたちはどんな鳥がかかって、こんな贅沢をきわめていらっしゃるのか、お話しくだされ」と、なれなれしく尋ねる。すると頭を振って、「どうしてそんなことがあろう。あれこれ言わずに傾けよ」と、簡単には心を許さない。

そこで七郎は酔った顔つきをして、腰を探って一枚の小判をひらりと投げ与えると、「これはさしあたっての酒代《さかだい》だ。このように仲よく語らうのも、まことに一樹《いちじゅ》の陰《かげ》で一河《いちが》の流れを汲《く》む酒も、他生《たしょう》の縁《えん》と聞く時は、遠慮深くは思わないよ。わしはもともと盗賊《ぬすびと》で美濃《みの》と近江《おうみ》を宿とした、かの熊坂《くまさか》(平安時代の伝説上の盗賊熊坂長範《ちょうはん》)の子孫だが、しっかりした同類もいない。わしと同じ仲間がいるなら、志を語ろうと思うが、むげには明かされない。この摺鉞巓を毎月越えるが、あんたたちをよく知らない。名前を聞かせてくだされ」と親しく頼み込む。

野伏らは酔いにまぎれて大声で笑い、「そう聞いたからには、馬も合うというものだ。われは菰平《こもへい》、彼は靄平《もやへい》と呼ばれて、この数年信濃路で、ある時は駄賃《だちん》を取り、またある時は追いぎをして五、七年を過ごしたが、独活《うど》の大木《たいぼく》で力はない。剣術はまったく知らず、やってのけることもないので、そこでもついに住みづらくなり、近ごろこの山下《ふもと》へ巣を変えたのだ。そうしたところ、さる日、急に人に頼まれて、金をたくさん懐《ふところ》にした。老人をここで待ち伏せして、よい働きをしたところ、三分の一を分け前として取って、十日余り飲み暮らしている。酒の由来は言ったとおりだ」と舌もまわらず、二人してたいそう誇らしく話した。

それを五十子はしっかり聞き終えると素早く立ちあがり、二人の賊を左右へ強く蹴り倒して、

「天に口なし身の罪を、みずから告げる自業自得《じごうじとく》。青砥殿の命《おお》せを受けて、お前たちをからめ取る、五十子七郎を知らないのか」と罵る。菰平と靏平は、はっと驚きながら立ちあがり、そばへ寄せた堅木《かたぎ》の杖を閃《ひらめ》かせて打とうとする。それを五十子は飛鳥《ひちょう》のように受け流してくぐり抜けると、二本の杖を奪い取って肩腰の区別なく打って困らせ、一人一人をつかみ起こして縄をかけ、合図の笛を吹いた。しばらくすると配下二人がここに集まったので、七郎は事情を話して聞かせ、「この曲者《くせもの》を観音寺《かんおんじ》へ連れて行きなさい」と急がせる。配下らはつくづく感心してほめたたえ、菰平、靏平をひき立てて、勇み進んで走り去った。

五十子七郎は、かの追いはぎたちの同類が隠れているかもしれないと、山路をあちこち回って、番場《ばんば》、醒井《さめがい》の駅路《うまやじ》を過ぎて梓川を三度渡り、梓村の向かいの鬼頭《おにのかしら》という田畝《たんぼ》を行くうちに、ここは梓川の上《かみ》で川の水があふれて田に流れ込み、道までいっそうぬかるんでいた。時に二月《きさらぎ》も、はや残りわずかになったけれど、今年は閏月《じゅんげつ》があるからだろうか、時々淡雪《あわゆき》が降って凍ったまま溶《と》けない。まだ鋤《す》いていない田はおおかた凍っていて、群れている雁《かり》を見るのさえも寒々《さむざむ》しい。

ちょうどその時、榛林《はりのきばやし》に烏が騒いでかあかあと鳴いたので、何を見てあさるのだろうかとそばに来て見ると、年は三十余りで旅やつれした一人の武士が、深田《ふかた》の氷を打ち砕いて、斬られた二つの首を、たったいま引き上げたかと思われたが、男の首には目もかけず、女の首を膝《ひざ》に抱《いだ》いて、声を抑えて泣いていた。

五十子は、このありさまに思いあたることがあるので、くだんの武士に向かって、「旅人よ、それはお前さまの妻か。仇《あだ》を尋ねて討とうというなら、こちらに都合のよいことが多い。わたしは巡歴使《じゅんれきし》の雑色《ぞうしき》で、五十子七郎という者です。さる日この川のほとりで男女を斬り殺し、二夫《にふ》の村長《むらおさ》善吉を誣《し》いた奸民《かんみん》、馮司、昌九郎らの一件によって、藤綱が今観音寺のまちにいらっしゃる。事の顛末《てんまつ》を申し上げるがよい」。

すると旅人は威儀《いぎ》を正し、「さては、その名を聞き及んでいる五十子殿でいらっしゃるか。それがしは鎌倉にいる二階堂権頭《ごんのかみ》の従僕で、井軽元二《いかるげんじ》という者です。お察しの通り、これなるはわが妻空蟬《うつせみ》の首です。たいそう恥ずかしくはありますが、この空蟬はその始め、化粧坂《けわいざか》の遊女でしたが、わけあって迎えて数年を経ました。ところでこの婦人は、幼い時に人さらいに奪い去られて、化粧坂へ売られたのです。それで、『親兄弟の名はいうまでもなく、故郷《ふるさと》さえも確かには知りません。守り袋に、近江《おうみ》にある多賀の社《やしろ》のお札がありましたが、父の筆跡と思われます。これこれと書いた臍《へそ》の緒《お》だけを頼みにして、尋ねて親にめぐり会ったなら、世にある価値があります』と嘆《なげ》く心が痛ましく、筑摩《ちくま》の温泉《いでゆ》に入浴するといって、主君に身のいとまをいただきました。

妻を連れてはるばると近江路へ入ったその日に、これこれのことで、馬逐《うまお》う男に空蟬を掠《かす》め取られ、あちこち尋ねた時に、鎌倉で知っている善吉という者に出会いました。しかし、まだ妻の行方を知る手だてがなくて、むなしく夜を明かし、夜が明けてから聞くと、梓川で斬り殺された男女がいると。走って行って見ると、その死骸に首はなかったが、衣《きぬ》の色は妻のものではありませんでした。これは空蟬ではなかったと、少しは心が安らいで引き返そうとする途中、日ごろ空蟬が身体から離さずに、その日まで項《えり》にかけていた守り袋を拾いました。疑念がふたたび起こって、事情を国の守《かみ》へ訴えようと思いましたが、もとより忍びの旅ですので、主君の名を名乗ることはうしろめたく、そのままに捨てておきました。

また善吉の住まいを訪ねて、わが身の上を頼み申し上げて相談相手にしたいと、翌日やっと尋ねあて、隣の人に彼のことを尋ねますと、『これこれのことで、多賀殿へからめとられて、家には女房だけです』と言います。その女房をまだ知らないので、ついに善吉の住まいを訪れませんでした。妻の生死を見定めなければ鎌倉へは帰るまいと、十四、五日あちこちと迷い歩いていたところ、今日思いがけず、深田《ふかた》の水に閉じ込められた二つの首がありました。引き上げて見ると、一つはまさしく妻の空蟬、一つは妻を奪い去った馬逐う男の首でした。氷の中にあったため、数日しても腐ってくずれたりもせず、爛《ただ》れもしなかったので、妻だと分かりました。けれど解けない疑いを、どこからか解いたなら、これ以上の追善《ついぜん》はありますまい」。

五十子はうなずいて、「ただいまのあなた様のお話で、ぴったりと合うことがあります。観音寺へおいでになれば、おのずから明らかになるでしょう。早く、早く」と急がせる。元二《げんじ》はすぐに二つの首を風呂敷に包むとしっかり背負い、七郎に誘《いざな》われて観音寺のまちに行った。

さて、この日浅羽《あさはの》十郎らは、昌九郎、阿丑をからめとって帰る途中で、五十子七郎に出会った。互いにねぎらい、かれこれそろって城に入る。浅羽は昌九郎らの白状の様子を説明し、五十子は井軽《いかる》元二の顛末《てんまつ》を話した。

青砥はまず菰平、靏平を引き出させて、白状の内容を糾明《きゅうめい》し、次に昌九郎、阿丑《おうし》を引き出させて、仔細を責め問う。前後の白状は違《たが》うことがない。そこでまず四人の罪人を、それぞれ別の獄舎《ひとや》に繋がせる。そこで井軽元二を召し出して、それまでの事情を尋ねる。元二の話す内容は、先に五十子に述べたことと同じである。そこで七郎に、二つの首と守り袋を受け取らせて、彼を城外の旅籠屋に退《しりぞ》かせる。

翌日、お六、与惣、白眉、元二らを問注所《もんちゅうじょ》へ召しよせ、また善吉、馮司、遅也らを引き出させる。この日も主人の満信《みつのぶ》はいうまでもなく、多賀郡司《たがのぐんじ》、村井田《むらいだ》八郎、五十子七郎、浅羽十郎、すべて佐々木と青砥の従者、配下らに及ぶまで、先日のように席にひかえている。

青砥は馮司に向かい、「わしは先に、二夫《にふ》の里人《さとびと》で老いた者を召しよせて尋ねたが、お前の子は昌九郎だけでなく、ほかに一人娘がいる。それが幼い時、お前は多賀祭祀《たがのまつり》を見に連れていって人に奪い取られてから、まったく生死を知らないというのは本当なのか。女児の名を何と呼んだのか」と尋ねる。

問われて馮司は顔をしかめ、「思いがけないことを、お尋ねになるものですなあ。仰《おお》せの通り長年の間、まったく女児の行方を知りません。名前は工虫《くち》と呼んでおりました」と、気にせずに答える。

青砥は重ねて、「くだんの工虫は、相州《そうしゅう》（相模国）化粧坂《けわいざか》にある風流藪沢屋《みやびやぶや》の遊女となって空蟬と呼ばれたが、年季が終わって、鎌倉の二階堂の若党《わかとう》井軽元二に嫁《とつ》いだのだ。この臍《へそ》の緒《お》を見知っておろう」と、守り袋をおし開いて五十子七郎に取らせる。五十子はすぐに向きを変えて馮司の眼の前に差しだす。それをじっくり見つめてから、ますます怪しんで、「いかにも臍の緒に書いてあるのは、それがしの筆跡です。これはどのようにして手に入れなされたのでしょうか。理解できないことです」とつぶやく。

青砥はまた遅也に向かい、「お前には、前夫が生ませた鵜太郎《うたろう》という男児《おのこご》がいる。幼い時に赤坂の主《しゅう》の家を逐電《ちくでん》して、外父《おじ》の善三に債《おいめ》（借りや金銭などを返す義務）を負わせた。こうして多くの年を経て丑《うし》が離別させられた日に、善吉の住まいで、お前たちはかの鵜太郎にめぐり会ったが、その後ついに行方を知らないと、二夫の里人らに聞いた。そもそも鵜太郎は、その年は今どれほどか。顔かたちはどうであった」と尋ねる。

遅也もいぶかって、「まことわが子の鵜太郎は、三十歳あまりになっていることでしょう。面色《いろ》が黒くて眼《まなこ》は鋭く、鼻はのび広がって鎌髭《かまひげ》は青く、鬢《びん》（耳ぎわの髪）は薄くて眼の下にいかにも大きな黒子《ほくろ》があります。また左の耳の裏に刀疵《かたなきず》の跡があると覚えていますが」と言う間に、五十子、浅羽が首桶《くびおけ》二つを持ってきて、簀子《すのこ》の端に置いた。

青砥は扇を持ち直すと、「お前たちにはこの世の思い出に、絶えて久しい子どもらと顔を合わせてやるぞ。早く、早く」と命令する。五十子、浅羽が、首桶の蓋《ふた》を左右へ払いのけて取ると、これは空蟬《うつせみ》と馬逐《うまお》う男の首である。遅也はわが子鵜太郎の首だと判ったので、たちまち顔色が変わり、途方に暮れること半時《はんとき》ばかり、ものを尋ねる手だてもなかった。

青砥は膝を立てなおすと、「奸賊《かんぞく》ども、思い知ったか。馮司《ひょうじ》は、さる夜に梓川で悪者に拐《かどわ》かされて猿轡《さるぐつわ》をつけられた女子《おなご》を一刀《ひとかたな》で斬り殺し、また昌九郎と一緒に、くだんの女子を引きずってきた男をも斬り殺した。ここで悪念《あくねん》が増長し、二つの首を川へ投げ棄《す》て、昌九郎と丑の衣裳を男女の骸《むくろ》に着がえさせ、善吉を悪者にした。因果覿面《いんがてきめん》、逃《のが》れぬ悪報《あくほう》、殺した旅の女子は、馮司の娘の空蟬だ。拐《かどわ》かしは丑の兄の鵜太郎だが、暗い夜なので互いに分からなかった。父は女児《むすめ》を自分の手で殺し、子はまた妻の兄を殺して、恩義の深い親族の善吉をおし倒し、もとのように村長になりたいと目論《もくろ》む極悪《ごくあく》さ。お前から出て、お前に反《かえ》る。昌九郎らの白状によって、その夜のことがよく分かった。

先にわしは浅羽十郎を遣わして、昌九郎、丑を一緒に下諏訪《しものすわ》で生け捕《いど》った。また摺鍼嶺《すりはりとうげ》で、思いがけず馮司に仲間に引き入れられて、白眉《しろまゆ》の金を奪い取った野伏《のぶせり》の菰平《こもへい》、靄平《もやへい》をもからめ取った。そのうえ空蟬らの首は、鬼頭《おにのかしら》と呼ばれる深田の中へ流れ入り、氷に閉《と》ざされたので腐爛せず、夫の元二《げんじ》に取り上げられて、鵜太郎の首と一緒に役所に集まったことは、明らかな皇天《こうてん》が結末をつけたようだ。不思議なことだ、空蟬の乳名《おさなな》を工虫《くち》と呼んだのは。工虫《くちゅう》とは、たくめるむし。穴《あな》と單《ひとつ》を添《そ》えると、空《うつ》となり蟬《せみ》となる。諺《ことわざ》に言う、單穴《ひとつあな》の狐に劣《おと》る親は毒《どく》虫《むし》。山路《やまじ》を出《いで》て水に没した、鵜太郎の名も虚《むな》しくはない。氷を砕《くだ》いて獲《え》た首で、善吉の罪がとけたので、六《ろく》も夢みた頭座川《まくらがわ》、凍った水に人馬が陥《おちい》り、昌《しょう》の字を分けた日輪《にちりん》二つは、偽陽《ぎよう》の陰《いん》謀《ぼう》（陰陽で偽《いつわ》りの陽なら陰で、それが陰謀につながる）。ことごとくみなその応《しるし》がある。これでも正夢《まさゆめ》でないのか。見よ、この空蟬は故郷《ふるさと》の名も知らないので、多賀の神符《みふだ》と臍《へそ》の緒《お》に書きつけた筆跡を手がかりに親を尋ねようと、夫の元二に連れられて故郷近くに来たけれど、逢わずに帰る黄泉《よみじ》の旅。妻の仇人《かたき》は妻の父、婿《むこ》の元二もここにいる。斬られて日を経た二つの首を、とり出《いだ》したる田畝《たんぼ》の字《あざな》、鬼頭《おにのかしら》も名詮自性《みょうせんじしょう》（名がそのものの本質を表している）。六は則ち陰《いん》（陽に対置される）の正数《せいすう》、婦徳めでたい未曾有《みぞう》の賢妻。夫はしかも三世《さんせ》の善人、祖父は楽善《らくぜん》、父は善三《ぜんぞう》。その子に至っては積善《しゃくぜん》の、善吉と呼ぶのは虚名《きょめい》でない。いまこそ釈《と》けた無実の罪。善吉はもとより咎《とが》はなし」と、その縛《いまし》めを解《と》かせる。

　坪《つぼ》の向こうに引きすえている昌九郎、阿丑、菰平、靎平を呼び出して、馮司、遅也らに見せたところ、残忍無敵の上台《こうだい》でも、方寸《ほうすん》（心）が砕《くだ》け腸《はらわた》が断たれて、今となっては少しも隠すことができない。梓川のことは言うまでもなく、長年の隠れた悪事を残らず白状する。またその夜に、善吉が同じ河原を帰るのを見て、草履の裏を血に浸《ひた》して、善吉の庭の飛び石に塗らせたこと、摺鍼巓で菰平、靎平を仲間にして白眉の金を奪いとり、これを郡司に贈って、善吉の死刑を急がせた一部始終を申し上げる。

　すると遅也も逃れられず、旧悪《きゅうあく》まで白状し、わが子は及ばない孝順の甥《おい》善吉をひどく憎み、ちゃんと馮司、昌九郎らを村長にしたくて、日ごろから阿丑らと奸計《かんけい》をめぐらせていたことを話す。事情が先に昌九郎と阿丑《おうし》が白状したことと符合したので、罪はここに定まった。まことに、悪人のための禍《わざわい》は、善人の福《さいわい》である。お六、与惣、白眉らの喜びは、たとえようもないに違いない。善吉は、菰平と靏平を見るといぶかしげに、またじっと見つめる。

青砥もまたそれをいぶかり、「善吉、その者どもを知っているのか」と、鋭い感覚で尋ねる。問われると、「さようでございます。この者どもは、先にそれがしが鎌倉から帰る時、ものを持っているのをよく知っていてでしょうか、寝寐《ねざめ》の里のほとりで、わけもなく喧嘩《けんか》をしかけた曲者《くせもの》たちに似ています」と申し上げる。

すると、「そうしたことは、あったろう。やつらは近ごろ信濃《しなの》から近江路《おうみじ》へ移ってきた、野伏の悪者だ。先には信濃路でそなたを苦しめ、のちには摺鍼巓《すりはりとうげ》で白眉を悩ませた。天罰人罰《てんばつじんばつ》から、どうして逃れられよう。そもそもひとの妻に道にはずれた行いをし、それを奪って十分だと思わず、ひそかに善吉を殺そうとした者は昌九郎だ。また飢えと渇きを善吉に救われた親子の再生の恩を思わず、夫の金を盗んで情夫にとらせ、さらに情夫の妻となって恥としない。知らないままに兄を害し、さらに夫の悪を助けて善吉を殺そうとしたのは丑である。こういうわけで、この奸夫毒婦《かんぷどくふ》は、罪がもっとも大きい。梓川で、さらし首にすべきだ。

また長年善吉の田畑を横領し、村長《むらおさ》までも無理に奪い、おのが落ち度で村長を辞めさせられたのに、かえって善吉を憎く思い、もっぱらひどい悪事に専念した。そればかりか菰平、靏平を仲間にして白眉の金を奪い取り、これで郡司を誘い、速やかに善吉を殺そうとした者は馮《ひょう》司《じ》だ。その罪はすべて死罪に当たる。菰平、靏平とともに、摺鍼巓でさらし首にすべきだ。

また長年多くの夫を替えて岐岨路《きそじ》にいたとき、もとは主《しゅう》である夫和五郎《わごろう》の病気を不快に思って娘の丑と密談し、丑には情夫を誘引《いざなわ》せて、母子《おやこ》は和五郎の衣裳や金銭を盗んで逐電《ちくでん》した。さらに善吉に養われるに及んで、丑と昌九郎とが奸通《かんつう》するのを知りながら止めもせず、こらしめもしない。丑が離別された時、一緒に馮司の家に走って後妻となり、自分にとっては甥の善吉の事実をねじ曲げて言った者は遅也である。こういうわけで死罪に当たるとはいえ、善吉の孝順の誠心《まごころ》と引き換えに、一等《いっとう》をくだして追放とするのがよい。

鵜太郎《うたろう》はもとより悪事を重ねた曲者《くせもの》だが、すでに馮司、昌九郎らに殺されたので、処罰には及ばない。また坂田、犬上両郡《いぬかみふたこおり》を管領《かんりょう》して、なお満足せずに土産物をむさぼり、罪のない者を殺そうとしたのは郡司である。領地を取り上げ追放して、生涯閉居《へいきょ》させるのがよい。

とりわけ善吉の人となりは孝子であり、義男《ぎだん》である。日ごろの行いに、一点の瑕《きず》もない。そればかりでなく善吉は、廃《すた》れた家業を興《おこ》そうと、長年苦心して貯えた百五十金を惜しむことなく、遅也と鵜太郎、丑らに分け与えたのは、義であり仁《じん》である。こうして彼らと絶交して、のちの禍をふせいだのは智《ち》である。丑を昌九郎に取らせて、ふり返らないのは信である。罪なくして獄舎に繋がれても、怨みの言葉がないのは礼である。薄命《はくめい》を嘆いて死を決心したのは勇である。その五常《ごじょう》（人が常に守るべき五つの道）にかなうのはこのようで、賢でありまた至善《しぜん》である。その徳行を村里の入り口の門に表示して、遠いところにも近いところにも知らしめるのがよい。一方で当座の褒美《ほうび》として、砂金《さきん》二百両と大小の刀を賜《たま》う。夫婦ますます徳を修めて、里人を教え諭《さと》せよ。

与惣、白眉は、よくその人を知って、善を助け義によって財を惜しまなかった。その心ばえは、またほめたたえるべきだ。井軽元二は妻空蟬《うつせみ》ゆえにしばらく召し寄せたが、可もなく不可もなく、自分の思うままに鎌倉へ帰ることを許す。これはしかしながら執権《しっけん》北条殿の恩沢《おんたく》であって、守《かみ》佐々木氏《うじ》の善政が及ぶところであるよ。みなみな心得るように」。

明快な裁断が済むと、村井田《むらいだ》八郎らは飛びかかって郡司の腰刀《こしがたな》を奪いとり、素袍《すおう》、烏帽子《えぼし》をはぎ取り、一室《ひとま》の内へ閉じこめる。五十子、浅羽は配下たちに、昌九郎、阿丑、馮司、遅也、菰平、靄平を引き出させ、摺鍼巓《すりはりとうげ》、梓川原の二か所で首を刎《は》ね、その首をさらしものにした。

これより先、配下が二、三人で遅也《おそや》のしばった縄を解いて城外へ追放する。善吉は身にあまる国からの恩が感謝にたえないのにつけても、自業自得《じごうじとく》で姨《おば》遅也が子を殺し家を失い、分かれ道で迷っているのではないかと、今さら痛《いた》ましいが、個人的に救うこともできない。贈り物を賜《たまわ》って、お六、与惣、白眉とともに、藤綱と満信《みつのぶ》に心から感謝して二夫川村へ帰った。

これよりくだんの村を、牛打村《うしうちむら》と呼んだ。二夫川《にふかわ》は、もとは入川《にふかわ》である。これもまた、阿丑の夫だった善吉と昌九郎の清濁《せいだく》を論じて、「入」と「二夫」の音が似ているので、好事《こうず》の者が文字を替えて二夫と言い出したのだ。牛打《うしうち》というわけは、ひどく阿丑を憎むからである。

そうこうするうち、遅也はあちこちをさまよいながら、身の置きどころのないままに、梓川へ身を投げた。こうして雨の夜には、かの川原で鬼の泣く声が聞こえた。善吉はひどく哀しんで、法華堂《ほっけどう》に卒塔婆《そとば》を建て、また毎月経《きょう》を読ませて亡き人々の菩提《ぼだい》を弔《とむら》ったので、そのような不思議なこともなくなった。

これらのことが都にも田舎にも伝わり、善吉、お六の名がたいそう高くなった。夫婦は二夫川村にいたが、かの岐岨《きそ》のお六櫛《ろくぐし》は、ますます世の中の人が大切に扱って繁昌した。このような福《さいわい》だけでなく、お六の腹に子宝《こだから》をたくさんもうけた。善吉は彼らが成長したのち、初子《ういご》には二夫の村長《むらおさ》を嗣《つ》がせ、二男は与惣が養って野上《のがみ》の旅籠《はたご》屋を相続させ、三男には父善吉の母の姓である苧環氏《おだまきうじ》を名のらせたが、これは樽水《たるみ》の村長《むらおさ》になった。四男には、母お六の姓の森村氏《もりむらうじ》を嗣がせ、母の故郷へ家を作って酒店《さかみせ》を開かせたが、これを和合《わごう》の酒と名づけて、その名が高くなった。

善吉、お六は、老後に岐岨《きそ》の櫛店《くしみせ》へ隠居し、末娘《すえむすめ》に壻《むこ》をとって店の主《あるじ》とした。白眉の長《ちょう》には子がおらず、妻は先だって死んだ。五十年の非を知ってからは、遊里《さと》の生活《なりわい》が疎《うと》ましいと、家産《しんしょう》を棄て、髪の毛をそり落とすと善光寺《ぜんこうじ》へ退隠《たいいん》して、生涯仏道修行に専念したという。

［完］

青砥藤綱摸稜案の典拠について（主なもの）

［参考文献］

○『江戸文學と支那文學』麻生磯次　三省堂　昭和二十一年（以下、［麻生］）
○『馬琴中編読本集成　第十三巻　青砥藤綱摸稜案』「解題」徳田武・鈴木重三
　汲古書院　平成十五年（以下、［徳田］）

前集

○巻之一〜二　県井司三郎が禍を転じて福を得たる事
［麻生］典拠は、『龍図公案』一「鎖匙」と『棠陰比事』上「向相訪賊」。
○巻之三　牽牛星茂曽七が青牛主の屍を乗して帰りし事
［徳田］典拠は、いまだに不明であるが、単一の話を典拠としたのではなく、いろいろな話や設定を融合させた可能性が強い。『水滸伝』『百家公案』『龍図公案』に拠った可能性は十二分に存する。
○巻之四　藤綱が六波羅に三たび獄えを折る事

［麻生］典拠は、『初刻拍案驚奇』巻三十三「張員外義撫螟蛉子　包龍図智賺合同文」の入話。類話として『龍図公案』八「味遺嘱」。

［徳田］典拠は、『済顛大師酔菩提全伝』第十五回「顕神通替古仏装金」（章題はテキストによって異なる）中の一挿話。

・六波羅の中

・六波羅の下

［麻生］典拠は、『本朝藤陰比事』一「命の算用は恩ある科人」。

［徳田］宋就の話は、『古今事文類聚』後集・二十六・瓜・「隣瓜美悪」に拠る。

○巻之五　根深機白が奸計鍾馗中介夫婦を陥れし事

［麻生］典拠は、『龍図公案』巻三「裁縫選官」。

・鍾馗の下

［徳田］鍾馗が現れて由八を投げつける話は、『百家公案』（『包龍図判百家公案』第二十二回「鍾馗証元弼絞罪」から摂取した、と考える。

後集

○巻之一〜三　二夫川に二夫牛打村の名を遺す事

［麻生］典拠の一は、『本朝藤陰比事』一・一「失ひたる金子再手に入大工」。善吉が山神廟で

見る夢が『棠陰比事』中「符融沐枕」に基づく。

［徳田］『本朝藤陰比事』の話と併せて『譚海』の話にも拠っている。

○巻之四〜五　二夫川の拾遺

［麻生］着想を与えたものとして、『棠陰比事』下「従事函首」の第一・二・三話。

［徳田］『通俗漢楚軍談』巻之一「始皇巡狩望雲気」（『西漢演義』一「呂政立暗絶秦嗣」）。『礼記』檀弓・下。

［注］『本朝藤陰比事』『譚海』『通俗漢楚軍談』は日本の作品。ほかは、中国の作品である。

著者プロフィール
有坂 正三（ありさか しょうぞう）
本名　佐野正史
1956 年生まれ
立命館大学文学部卒業
長野県在住

【既刊書】
『半七捕物帳』と中国ミステリー（2005 年　文芸社）
包青天奇案　中国版・大岡越前の物語（2006 年　文芸社）
狄仁傑の不思議な事件簿　簡約版・『狄公案』（2007 年　文芸社）

現代語訳　青砥藤綱摸稜案《あおとふじつなもりょうあん》　曲亭馬琴の名裁判物語

2021年11月15日　初版第１刷発行

著　者　有坂 正三
発行者　瓜谷 綱延
発行所　株式会社文芸社
〒160-0022　東京都新宿区新宿１－10－１
電話　03-5369-3060（代表）
03-5369-2299（販売）

印刷所　株式会社フクイン

ISBN978-4-286-23063-4